KB189458

프랑스 중위의 여자

프랑스 중위의 여자 하

The French Lieutenant's Woman

존 파울즈 장편소설   김석희 옮김

이 책은 실로 꿰매어 제본하는 정통적인 사철 방식으로 만들어졌습니다.
사철 방식으로 제본된 책은 오랫동안 보관해도 손상되지 않습니다.

31

떨리는 한숨이 가슴을 채우고
두 손이 우연한 만남에 떨리고
두 사람의 맥박과 신경이
감미로운 통증으로 두근거릴 때,
전에는 아무렇지도 않게 마주치던 두 눈이
서로 수줍어하며 눈길을 피하다가
황홀하고 의식적인 합일점을 찾을 때,
이 흥분과 깨달음은
하늘의 천사가 부르는 사랑의 전주곡인가?

아니면, 달빛 아래 숨 쉬는 모든 것들이
그토록 쉽사리 배울 수 있는 속된 가락인가?
— 아서 H. 클러프, 제목 없는 시(1844)

    그리고 이제, 그녀는 자고 있었다.

    찰스가 마침내 마음을 다잡고 칸막이 너머를 보았을 때 그의 시선과 마주친 것은 바로 이 부끄러운 광경이었다. 그녀는 작은 소녀처럼 웅크리고 누워 있었다. 밑에는 낡은 외투가 깔려 있고, 무릎은 가슴까지 당겨져 있고, 풀어헤친 머리를 건초 부스러기로부터 보호하려는 듯 초록빛 모직 스카프가 머리 밑에 받쳐져 있었다. 그 고요한 적막 속에서는 그녀의 가벼운 숨소리까지도 들을 수 있었다. 그녀가 이런 곳에서 그토록 평화롭게 잠들어 있는 모습은 찰스가 예상했던 어떤 것보다도 사악한 범죄처럼 보였다.

    그러나 그의 마음속에는 그녀를 보호해 주고 싶다는 욕망이 불처럼 일어났다. 그 욕망이 너무나 강렬하게 그를 사로잡았기 때문에, 그는 그녀에게 주었던 시선을 잡아채듯 돌아섰다. 그녀 옆에 무릎을 꿇고 그녀를 위로해 주고 싶은 것이 자신의 본능이라는 것을 알았기 때문이다. 더구나 그곳은 어둡고 은밀한 헛간인 데다가, 그녀의 자세가 그에게 침실을 연상시켰기 때문이다. 그는 1킬로미터를 급히 달려온 사람처럼 심장이 뛰는 것을 느꼈다. 호랑이는 그녀가 아니라 그의 내면에 있었다. 한순간이 지나자 그는 조용히, 그러나 재빨리 문 쪽으로 걸음을 옮겼다. 문을 막 나서려는 순간, 뒤를 돌아보았다. 그러고는 그녀의 이름을 내뱉고 있는 자신의 목소리를 들었다. 그럴 의도는 전혀 없었다. 그런데도 목소리가 저절로 입 밖으로 나왔다.

「우드러프 양.」

대답이 없었다.

그는 다시 그녀의 이름을 불렀다. 좀 더 크게, 좀 더 의식적으로. 이제는 어두운 심연을 안전하게 건넜기 때문이다.

희미하게 바스락거리는 소리가 들리더니, 그녀의 머리가 나타났다. 그녀는 황급히 무릎을 세우고 일어나 앉아 칸막이 너머로 내다보고 있었기 때문에, 그 모습은 거의 희극적이었다. 그는 뿌연 먼지 사이로 그녀가 충격과 절망이 뒤섞인 모호한 표정을 짓는 것을 보았다.

「어머나, 죄송합니다. 용서하세요……」

그 얼굴이 갑자기 칸막이 아래로 내려갔다. 그는 밖으로 나왔다. 청어갈매기 두 마리가 귀에 거슬리는 소리를 지르며 머리 위로 날아갔다. 찰스는 낙농장에 좀 더 가까운 곳, 그러나 들판에서는 보이지 않는 곳을 이리저리 걸어다녔다. 그로건 박사가 두려운 것은 아니었다. 아니, 아직은 그로건 박사가 오지 않을 것이다. 그러나 그곳은 너무 탁 트인 곳이었다. 어쩌면 낙농장 주인이 건초를 가지러 올지도 모른다. 찰스는 초조한 나머지, 들판에 봄풀이 파랗게 덮여 있는데 건초 따위가 무슨 쓸모가 있느냐는 생각조차 떠오르지 않았다.

「선생님?」

그는 그녀가 자기를 다시 부르지 않아도 되도록 얼른 문 쪽으로 돌아갔다. 그들은 3미터가량 떨어진 채, 사라는 문턱에, 찰스는 오두막 모퉁이에 서 있었다. 그녀는 서둘러 매무새를 고친 듯했다. 코트를 입고 있었고, 스카프는 옷솔 대신 사용한 듯 그냥 손에 들고 있었다. 그러나 눈에는 여전히 불안한 기색이 어려 있었다. 그녀의 모습은 단잠에서 갑자기 깨어나는 바람에 얼굴이 약간 상기되어 있었지만, 어쨌든 잠을 잤기 때문에 부드러워져 있었다.

　그녀에게는 야성적인 면이 있었다. 그것은 광기나 히스테리에서 오는 야성 ─ 찰스는 굴뚝새의 울음소리에서 그런 느낌을 받았었다 ─ 이 아니라…… 순수함, 아니 간절한 열망에서 나오는 야성이었다. 그리고 그 새벽 산책이 이렇게 급전직하 타락한 것이 그의 진지한 자기성찰에서 나온 우울함을 반박하는 동시에 더욱 악화시켰듯이, 그 강렬하고 직관적인 사라의 얼굴은 마테이와 그로건 같은 뛰어난 의사들이 찰스의 마음속에 심어 준 온갖 임상학적 공포를 반박하는 동시에 더욱 악화시켰다. 헤겔의 철학에도 불구하고, 빅토리아 시대는 변증법적 정신의 시대가 아니었다. 이 시대 사람들은 천성적으로 반대편에 서서 생각지 않았고, 긍정과 부정을 동일한 전체의 양면으로 생각지 않았다. 역설은 그들에게 즐거움보다는 오히려 괴로움을 안겨 주었다. 그들은 실존주의적 계기를 추구하는 사람들이 아니라, 인과관계의 사슬을 추구하는 사람들, 신중한 연구와 면밀한 적용을 통해 모든 것을 설명하는 절대적인 이론을 세우고자 애쓰는 사람들이었다. 당연히 그들은 짓고 세우느라 바빴다. 그런데 우리는 오랫동안 부수는 데 바빴기 때문에, 이제는 건설이라면 풍선껌을 부는 것처럼 덧없는 활동으로 생각한다. 그래서 찰스는 스스로 생각해도 불가해한 존재였다. 그는 간신히 미소를 지었지만, 전혀 설득력이 없는 미소였다.

「우리가 여기 있는 걸 누가 보지 않겠소?」

그녀는 그의 시선을 따라, 보이지 않는 낙농장을 바라보았다.

「오늘은 엑스민스터에 장이 서는 날이라서, 그 사람은 우유를 짜자마자 거기로 갈 거예요.」

그래도 그녀는 헛간 안으로 다시 들어갔다. 그도 따라 들어갔다. 사라는 여전히 충분히 거리를 둔 채, 그에게 등을 돌린 자세로 서 있었다.

「여기서 밤을 보냈소?」

그녀가 고개를 끄덕였다. 침묵이 흘렀다.

「배고프진 않소?」

사라는 고개를 흔들었다. 그리고 침묵이 다시 지나갔다. 이번에는 사라가 먼저 침묵을 깨뜨렸다.

「알고 계셨나요?」

「난 어제 온종일 이곳에 없었어요. 그래서 올 수가 없었소.」

더 긴 침묵이 지나갔다.

「풀트니 부인은요? 좀 회복되었나요?」

「그렇다고 들었소.」

「저한테 몹시 화가 났었어요.」

「오히려 잘된 일이오. 그 집은 당신이 있을 곳이 못 됩니다.」

「제가 있어도 될 만한 곳은 어디에 있죠?」

그는 신중하게 말해야 한다는 것을 기억했다.

「자신을 너무 가엾게 여겨선 안 됩니다.」 그는 한두 발짝 다가섰다. 「사람들이 큰 관심을 보여 줬어요. 간밤에 수색대가 당신을 찾아나섰소. 그 폭풍우 속에…….」

그녀는 그가 거짓말하고 있을지 모른다고 생각하는 것처럼 그를 돌아보았다. 그러고는 그의 말이 사실인 것을 알고 놀란 표정을 지으며 말했다. 「그런 소동을 일으킬 작정은 아니었어요.」 그녀가 놀라는 모습을 보고 찰스는 그녀의 말이 거짓이 아닌 것을 알았다.

「신경 쓸 거 없어요. 하지만 그들은 이번 소동을 즐기고 있을지 몰라요. 그러니 당신은 라임을 떠나야만 합니다.」

그녀는 고개를 숙였다. 그의 목소리에는 엄격한 울림이 있었다. 그는 망설이다가 앞으로 다가가서, 위로하듯 그녀의 어깨에 손을 얹었다.

「걱정하지 마시오. 난 당신이 라임을 떠나도록 도와주러 왔으니까.」

이 간단한 동작과 위로는, 말하자면 의사가 말한 불장난으로 들어가는 첫걸음이었다. 그러나 사람 자체가 기름인 경우, 불을 끈다는 것은 부질없는 짓이었다. 사라는 몸 전체가 불꽃이었다. 특히 그녀가 찰스에게 시선을 던질 때, 그녀의 눈은 온통 불꽃이었다. 그는 손을 거두었다. 그러나 그녀는 그 손을 붙잡더니, 거기에 입술을 갖다 댔다. 그는 깜짝 놀라서 손을 뺐다. 그러자 그녀는 뺨이라도 한 대 얻어맞은 듯한 반응을 보였다.

「우드러프 양, 제발 자제하시오. 나는……」

「참을 수가 없어요.」

그 말은 거의 들리지 않았지만 찰스를 침묵에 빠뜨렸다. 그는 당혹감으로 위축된 자신을 애써 타일렀다. 그녀의 말은 그의 자비심에 대한 고마움을 참을 수 없다는 뜻일 거라고. 그러나 그때 그의 마음속에 문득 카툴루스[103]의 시구가 떠올랐다.

---

103 로마의 서정시인. BC 84∼BC 54.

그대를 볼 때마다
목소리는 나오지 않고,
내 혀는 비틀거리고,
가느다란 불길이 내 팔다리에 스며들고,
내면의 천둥 소리가 내 귀를 멀게 하고,
내면의 어둠이 내 눈을 멀게 한다.

　이것은 카툴루스가 사포의 시를 번역한 것이다. 그런데 사포의 시는 유럽 의학에서 지금도 여전히 사랑을 임상학적으로 가장 잘 설명한 것으로 꼽힌다.

　사라와 찰스는 똑같은 증세 ── 한편으로는 시인하고, 한편으로는 부인하는 증세 ── 의 희생물이 되어, 거기에 그렇게 서 있었다. 그러나 한편으로는 부인하면서도 찰스는 그곳을 떠날 수가 없었다. 억눌린 격한 감정이 4～5초 동안 지나갔다. 사라는 이제 더 이상 서 있지 못하고, 무릎을 꿇으며 그의 발치에 쓰러졌다. 말이 쏟아져 나왔다.

　「전 선생님한테 거짓말했어요. 저는 페얼리 부인이 저를 보게 되리라는 걸 알고 있었어요. 그러면 그 여자가 풀트니 부인한테 일러바치리라는 것까지.」

　거의 되찾았다고 느꼈던 자제력이 다시금 그의 손아귀에서 빠져나갔다. 그는 자신을 향해 쳐든 얼굴을 가만히 내려다보았다. 그녀는 분명 용서를 구하고 있었다. 그러나 그는 새로운 길잡이를 찾고 있었다. 의사들의 경고가 이번에도 그를 이끌어 주지 못했기 때문이다. 자기 집에 방화했거나 익명의 날조된 편지를 썼던 그 훌륭한 가문의 딸들은 흑백 논리의 도덕적 판단에 얌전히 순종하여, 자백하기 전에 체포되기를 기다렸다.

　그녀의 눈에서 눈물이 솟아 나왔다. 그것은 그에게 찾아온 운명, 황금빛 세계였다. 그 운명에 대해 그의 누선이 삼출 작용을 일으켜, 한두 개의 물방울을 뿜어냈다. 그 작은 물방울은 눈 속에서 잠깐 진동하다가 덧없이 사라졌다. 그러나 그는 용서를 구하며 흐느껴 우는 여인을 내려다보고 있는 남자라기보다, 무너지고 있는 댐 밑에 서 있는 남자였다.

「도대체 왜……?」

그러나 그녀는 진지한 애원의 눈길로 그를 올려다보았다. 그 눈에는 말이 필요 없을 만큼 명백한 고백이 담겨 있었다. 어떤 회피나 핑계도, 〈우드러프 양〉 따위의 격식을 차린 말투조차 불가능하게 만드는 적나라한 눈빛이었다.

그는 천천히 손을 뻗어 그녀를 일으켰다. 둘 다 최면술에라도 걸린 듯, 눈은 여전히 서로에게 못 박혀 있었다. 그녀는, 아니 우물처럼 깊고 커다란 눈은 그가 이제껏 보았던 어떤 것보다도 매혹적인 아름다움을 지니고 있는 듯 느껴졌다. 그 뒤에 무엇이 숨어 있는지는 중요하지 않았다. 순간이 시대를 극복했다.

찰스는 사라를 품 안으로 끌어당기면서, 그녀의 눈을 가까이서 응시했다. 그러고는 눈을 감고 그녀의 입술을 찾았다. 그는 그 입술의 부드러움뿐만 아니라 그녀의 육체를 이루고 있는 모든 본질까지도 그대로 충실하게 느낄 수 있었다. 갑자기 어린아이처럼 작아진 느낌, 연약함, 가냘픔, 부드러움…….

그는 갑자기 그녀를 홱 밀쳐 냈다.

그의 얼굴에 고통스러운 표정이 떠올랐다. 그는 마치 가증스러운 범죄를 저지르다가 붙잡힌 가장 타락한 범죄자라도 되는 것 같았다. 그는 돌아서서, 문을 통해 또 다른 공포 속으로 뛰어들었다. 그 공포는 그러나 그로건 박사는 아니었다.

32

하얀 무명옷 차림의 그녀를
기대에 부푼 가슴을 안고 현관에서 기다리는 동안,
안에서는 기계가 연주하는 가락이
여전히 희미하게 들려오고 있었다.
— 토머스 하디, 「음악 상자」

간밤에 어니스티나는 잠을 이룰 수가 없었다. 그녀는 화이트 라이언 호텔의 어느 창문이 찰스의 방인지를 잘 알고 있었고, 이모의 코 고는 소리가 조용한 집 안에 슬며시 기어든 뒤에도 오랫동안 그의 방에 불이 켜져 있었다는 것도 알고 있었다. 그녀는 불쾌감과 죄책감을 느꼈다. 처음에는 이 두 감정이 똑같은 무게였으나, 아직도 불이 켜져 있는지를 보려고 열여섯 번째로 침대에서 기어나왔을 때는 죄책감이 더 커지기 시작했다. 찰스는 분명 나한테 화났을 거야. 화를 내는 것도 당연해.

찰스가 떠난 뒤, 어니스티나가 스스로에게 ― 다음에는 트랜터 이모에게 ― 자기는 사실 윈즈야트를 전혀 좋아하지 않는다고 말하는 것을 보고, 여러분은 신 포도에 관한 우화를 떠올렸을지도 모른다. 찰스가 윈즈야트로 떠났을 때만 해도 그녀는 대저택의 여주인 역할을 품위 있게 받아들이는 자신을 생각해 보았고, 〈주의해야 할 항목〉의 목록을 작성하기까

350

지 했다. 그러나 그 꿈이 한순간에 물거품이 되자, 그것은 오히려 그녀에게 일종의 구원처럼 여겨졌다. 대저택을 꾸려 나가려면 사령관 같은 수완이 필요하다. 그러나 어니스티나에게는 군사적 재능이라고는 눈 씻고 봐도 찾아볼 수 없었다. 그녀는 사치라면 뭐든지 좋아했고, 발끝까지는 아니더라도 손끝 정도는 남의 시중을 받기를 좋아했다. 그러나 그녀는 대단히 건전한 부르주아적 균형 감각을 가지고 있었다. 방이 열다섯 개면 충분한데 서른 개의 방을 가지는 것은 그녀에겐 어리석은 짓이었다. 아마도 그녀는 이 상대적 절약 개념을 아버지한테 배웠을 것이다. 그녀의 부친은 〈귀족〉이란 〈겉치레〉와 동의어라고 믿고 있는 인물이었다. 그러나 이런 믿음에도 불구하고, 그는 사실상 사업의 적지 않은 부분을 이 잘못된 겉치레에 의존하고 있었고, 또 많은 귀족들이 탐내고 있는 런던의 저택을 소유한다거나 사랑하는 외동딸에게 마님 칭호를 줄 수 있는 기회를 놓치려 하지 않았다. 그를 공정하게 말하자면, 그는 아마 자작은 과분하다 하여 사양했을 것이다. 그에게는 준남작 정도가 가장 적당했다.

나는 어니스티나를 그다지 좋게 묘사하고 있지 않다. 하지만 그녀도 결국은 상황의 희생자, 즉 편협한 환경의 희생자였다. 물론 중산층을 이스트와 밀가루 반죽의 독특한 혼합물로 만들어 버리는 것은 본질적으로 정신 분열증적인 그들의 사회관이다. 오늘날 우리는 중산층이 언제나 가장 위대한 혁명적 계급이었다는 사실을 곧잘 잊어버리는 경향이 있다. 우리는 이스트보다는 밀가루 반죽만 너무 과장하여, 부르주아지를 반동의 중핵 지대,[104] 모든 대상을 모욕하면서도 영원히

---

104 생산적으로 자급할 수 있고, 군사적으로 적의 공격을 완충할 수 있는 주변 지역을 갖춘 정치상의 단위.

이기적이며 순응적인 사람들로 생각한다. 그런데 이 야누스 같은 그들의 특징은 바로 그 계급의 유일한 미덕에서 나온다. 그 미덕은 자신에 대한 멸시다. 사회를 크게 세 계층 — 귀족, 부르주아지, 프롤레타리아 — 으로 나눌 때, 오직 그들만이 진지하게 그리고 습관적으로 자신을 멸시한다. 이 점에서는 어니스티나도 예외가 아니었다. 그녀의 목소리에서 달갑지 않은 신랄함을 느낀 것은 찰스만이 아니었다. 그녀 자신도 그것을 느끼고 있었다. 그러나 그녀의 비극(이것은 아직도 어디에나 존재한다)은 자기멸시라는 이 값진 천부적 재능을 남용하여, 자신에 대한 신념을 잃어버렸다는 것이다. 자신에 대한 신념이 부족한 것은 중산층의 결점이었다. 그녀는 중산층의 이런 결점을 계급 구조 전체에 저항해야 할 이유로 여기는 대신, 더 높은 계급으로 올라가기 위해 노력해야 할 이유로 생각했다. 물론 그녀를 비난할 수는 없다. 그녀는 사회를 사다리에 걸쳐진 수많은 가로대와 같은 것으로 여기도록 가르침을 받았기 때문에, 그 사회관이 바뀔 가망은 전혀 없었다. 따라서 그녀가 밟고 있는 가로대는 좀 더 높은 곳으로 올라가기 위한 하나의 계단에 불과했다.

그러므로 어니스티나가 잠자려는 노력을 포기하고, 침대에서 일어나 실내복을 걸치고, 일기장을 연 것은 〈나는 포목상의 딸처럼 굴었다〉는 자기멸시 때문이었다. 이 새벽에 찰스가 이쪽으로 시선을 보냈다면, 폭풍우가 지나간 다음의 캄캄한 어둠 속에서 그녀의 창문에도 참회의 불이 켜져 있는 것을 보았을지 모른다. 그럭저럭하는 동안, 그녀는 작문을 시작했다.

〈잠을 잘 수가 없다. 사랑하는 C는 내가 싫어진 모양이다. 나는 그이가 윈즈야트에서 가져온 그 끔찍한 소식에 그만 머

352

리가 뒤죽박죽되어 버렸다. 울고 싶었다. 그만큼 당황하고 있었다. 하지만 바보같이 심술궂은 말을 많이 해버렸다 ── 그러나 하느님, 저를 용서해 주세요. 제가 그 말을 한 것은 그만큼 C를 사랑하기 때문입니다. 그이가 떠나 버린 뒤에 얼마나 울었는지 모른답니다. 이런 경험이 결혼 서약서에 적힌 아름다운 말들을 양심과 명예를 걸고 지키라는 교훈이 되게 하시고, 제 감정이 비록 그에게 반대하려는 쪽으로 저를 몰고 가더라도 사랑하는 C에게 존경과 복종을 바쳐야 한다는 교훈으로 삼게 하소서. 저보다 훨씬 높은 그의 지혜에 대하여 저의 밉살스럽고 심술궂은 고집을 굽히는 법을 진지하고 겸손하게 배우도록 저를 이끌어 주시고, 저로 하여금 그의 판단을 소중히 여기게 하시고, 저를 그의 가슴에 묶어 두소서. 《진정한 참회의 즐거움은 바로 천국의 행복으로 들어가는 문》이기 때문입니다.〉

  여러분도 벌써 알아차렸겠지만, 이 감동적인 구절에서는 어니스티나가 평소에 보여 주는 냉담함을 찾아보기 힘들다. 그러나 경우에 따라 다양한 목소리를 가지고 있는 것은 찰스만이 아니었다. 그리고 그녀는 자기 방에 밤늦게까지 불이 켜져 있는 것을 찰스가 보아 주었으면 하고 바란 것과 똑같은 심정으로, 그가 언젠가는 자기를 구슬려 이 참회록을 함께 보자고 졸라 댈 날이 오리라 기대하고 있었다. 그녀는 부분적으로는 그의 눈을 의식하면서 일기를 썼고, 부분적으로는 그 시대의 다른 여자들처럼 하느님의 눈을 의식하면서 일기를 썼다. 그녀는 이제야 다소 마음을 가라앉히고 침대에 들 수 있었다. 정신적으로는 그녀가 약혼자의 짝으로서 완벽할 만큼 성숙해 보이기 때문에, 나는 그녀가 결국은 찰스의 방황하는 마음을 다시금 사로잡을 것이라는 결론에 도달할 수밖에 없다.

그리고 그녀는 저 아래 거리에서 조그만 사건이 벌어지고 있을 때에도 여전히 깊은 잠에 빠져 있었다. 이날 아침에 샘은 주인만큼 일찍 일어나지 못했다. 그가 홍차와 구운 치즈 — 빅토리아 시대의 하인들은 비록 미식가다운 예절은 주인보다 뒤진다 해도, 양적인 면에서는 결코 뒤지는 법이 없었다 — 를 먹으러 호텔 식당에 들어가자, 호텔의 구두닦이가 인사와 함께 주인은 벌써 외출했다고 알려 주면서, 정오에 떠날 수 있도록 준비를 끝내 두라고 했다는 주인의 지시를 전해 주었다. 샘은 충격을 간신히 억눌렀다. 짐을 꾸리는 것은 반 시간이면 끝날 일이었다. 그는 더 급한 용무가 있었다.

그는 곧바로 트랜터 부인 댁으로 달려갔다. 거기서 그가 무슨 말을 했는지에 대해서는, 그것이 분명 비극으로 가득 찬 것이었으리라는 점만 빼고는 굳이 조사할 필요도 없다. 왜냐하면 샘이 그 집에서 나온 직후 트랜터 부인 — 그녀는 시골 사람답게 일찍 일어났다 — 이 부엌으로 내려갔을 때, 메리가 식탁에 엎드려 펑펑 울고 있는 광경을 목격했기 때문이다. 조금 전까지만 해도 메리는 펑펑 울고 있었던 게 분명했다. 귀먹은 요리사가 빈정대듯 턱을 슬쩍 치켜든 것은 그녀에게 동정심이 거의 없다는 증거였다. 트랜터 부인은 그녀다운 다정한 말투로 메리한테 몇 가지 질문을 하여 그 비탄의 원인을 금세 알아낸 다음, 찰스보다 훨씬 친절한 치료법을 썼다. 그래서 하녀는 어니스티나를 시중들어야 할 시간까지 외출해도 좋다는 허락을 받았다. 어니스티나가 잠자고 있는 방의 두꺼운 커튼은 대개 열시까지는 드리워진 채로 있으니까, 그것은 거의 세 시간의 은총이었다. 이 은총을 베푼 보답으로, 트랜터 부인은 그날 이 세상에 있었던 미소 가운데 가장 정감이 넘치는 미소를 받았다. 5분 뒤, 샘은 브로드 가 한복판에 큰

대 자로 꼴사납게 널브러져 있었다. 아무리 급해도 자갈길을 전속력으로 달리면 안 된다. 메리처럼 아름다운 여자에게 달려가는 길이라 해도.

33

오, 나의 사랑이여, 그대를 나 혼자서만 사랑하게 해다오.
그리고 내가 아는 것이 세상에 알려지지 않게 해다오.
환상이 찾아온 것을 아무도 목격하지 않게 해다오.
모든 것을 보면서도, 보이지 않게 해다오.
— 아서 H. 클러프, 제목 없는 시(1852)

　누가 더 놀랐을까? 문에서 2미터 떨어진 곳에 얼어붙어 버린 주인일까, 아니면 30미터쯤 떨어진 곳에서 주인 못지않게 얼어붙어 버린 하인일까? 샘은 너무나 놀란 나머지, 메리의 허리에 둘렀던 팔도 거두지 못했다. 이 정물화를 깨뜨려 버린 것은 네 번째 인물의 등장이었다. 사라가 미친 듯이 문간으로 뛰쳐나왔다. 그러나 너무도 재빨리 뒤로 물러섰기 때문에, 그 모습은 미처 알아보기도 전에 사라져 버렸다. 그러나 샘에게는 그것만으로도 충분했다. 입이 딱 벌어지면서 팔이 메리의 허리에서 툭 떨어졌다.
　「도대체 여기서 뭘 하고 있나?」
　「산책하러 나왔습니다요, 나리.」
　「내가 지시를 남겨 둔 걸로 아는데…….」
　「다 해놨습니다요, 나리. 준비는 다 됐습니다요.」
　찰스는 샘이 거짓말하고 있다는 것을 알았다. 메리는 그녀에게 어울리는 우아한 동작으로 돌아섰다. 찰스는 잠깐 머뭇거리다가 샘에게 다가갔다. 그 순간 샘의 마음속에는 해고나 폭행 따위의 환상이 번쩍 떠올랐다.

「저희는 몰랐습니다요, 나리. 정말입니다요.」

메리는 수줍은 눈으로 찰스를 힐끔 곁눈질했다. 그 눈길 속에는 놀람과 두려움이 깃들어 있었지만, 교활한 경탄의 빛도 아주 희미하게나마 나타나 있었다. 찰스가 말했다.

「잠깐만 우리끼리 얘기할 수 있게 해주겠나?」

메리는 고개를 까딱하더니, 말소리가 들리지 않는 곳까지 종종걸음으로 걸어갔다. 찰스는 샘을 바라보았다. 샘은 이제 겸손한 하인의 자세로 되돌아가서, 주인의 구두만 하염없이 내려다보고 있었다.

「내가 전에 말했던 걸 기억하겠지? 난 그 일 때문에 여기 온 거야.」

「예, 나리.」

찰스가 목소리를 낮추었다. 「저 여자를 치료하고 있는 의사의 요청으로 말이야. 의사는 상황을 전부 알고 있어.」

「예, 나리.」

「이 일은 절대 비밀이야.」

「알겠습니다요, 나리.」

「저 아가씨도!」

샘은 고개를 들었다. 「메리는 아무 말도 안할 겁니다요, 나리. 절대로.」

이번에는 찰스가 시선을 떨구었다. 그는 자신의 뺨이 빨개져 있는 것을 느끼고 있었다. 「좋아. 그리고…… 고맙네.」 그는 지갑을 더듬어 꺼냈다. 「그리고 자…… 이것 받게.」

「아닙니다요, 나리.」 샘은 약간 뒤로 물러섰다. 그 몸짓은 아무리 냉정한 관찰자라도 납득시킬 수 있을 만큼 좀 지나치게 연극적이었다. 「절대로 안 받겠습니다요, 나리.」

찰스의 손이 우물우물 멈추었다. 주인과 하인 사이에 시선이 오갔다. 둘 다 지금 막 약삭빠른 타협이 이루어졌다는 걸 알았을 것이다.

「좋아, 자네한테는 보상이 있을 거야. 하지만 한마디도 삥긋하면 안 돼.」

「맹세합니다요, 나리.」

샘은 돌아서서 메리를 뒤쫓아 갔다. 그녀는 1백 미터쯤 떨어진 가시금작과 고사리 수풀 속에서 등을 돌린 채 가만히 기다리고 있었다.

그들의 목적지가 왜 하필이면 그 헛간이었는지는 추측할 수밖에 없다. 메리처럼 분별 있는 처녀가 샘이 단 며칠 동안 떠나 있어야 한다는 이유만으로 눈물을 터뜨렸다는 사실이 여러분에게는 벌써 이상하게 여겨졌을지도 모른다. 그러나 샘과 메리는 숲속으로 다시 들어가, 아직도 가시지 않은 충격 때문에 아무 말도 못한 채 잠시 걷다가, 살며시 서로의 눈을 찾고는, 어쩔 수 없이 터져 나오는 숨죽인 웃음으로 자신들의 무력감을 해소시켜 버렸으니까, 이 두 남녀는 내버려 두고, 이제는 얼굴이 빨개진 찰스한테 되돌아가기로 하자.

그는 샘과 메리가 시야에서 사라지는 것을 보고 있다가, 아무 기척도 없는 헛간을 흘깃 돌아보았다. 좀 전의 행동은 그의 가장 깊은 존재를 뒤흔들었지만, 바깥공기 속에서 그는 잠시 생각할 겨를을 가질 수 있었다. 지금까지도 자주 그랬듯이, 이번에도 의무감이 그를 구해 주었다. 그는 분명히 금지된 불에 부채질을 했다. 바로 이 순간 또 다른 희생자는 그 불꽃 속에서 죽어 가고 있는지도 모른다. 어쩌면 대들보에다 밧줄을 걸고 있을지 모른다. 그는 잠시 망설이다가 헛간 안으로 돌아갔다.

사라는 마치 샘과 찰스 사이에 오가는 말을 들으려고 애쓴

듯, 바깥에서는 보이지 않는 창문 곁에 서 있었다. 그는 문간에 섰다.

「당신의 불행한 상황을 악용한 것은 용서받을 수 없는 짓이지만, 제발 나를 용서하시오.」 그는 말을 멈췄다가 계속했다. 「그것도 오늘만이 아니었소.」 그녀는 시선을 떨구었다. 그녀가 이제는 더 이상 야성적이 아니라 무안해하는 것처럼 보였기 때문에, 그는 마음이 놓였다. 「당신의 애정을 받는 건 내가 전혀 바라지 않은 일이었소. 나는 아주 어리석은 짓을 했소. 정말 어리석었소. 책임은 전적으로 나한테 있소.」 그녀는 선고를 기다리는 죄수처럼 둘 사이에 깔린 돌바닥을 내려다보고 있었다. 「불행히도 일은 이미 벌어졌고, 우리는 둘 다 피해를 보았소. 내가 그 피해를 복구할 수 있도록 도와주시오.」 그녀는 여전히 잠자코 있었다. 그가 애써 말을 시키려는 데 대해 반발이라도 하는 것 같았다. 「나는 런던에 볼일이 있소. 얼마나 오래 걸릴지는 알 수 없지만.」 그러자 그녀가 그를 쳐다보았다. 그러나 곧 다시 시선을 떨구었다. 그는 말을 더듬었다. 「당신은 엑서터로 가야 합니다. 이 지갑에 있는 돈을 받아 주었으면 하오. 원한다면…… 빌리는 것으로…… 적당한 자리를 찾을 때까지…… 그리고 금전적인 도움이 더 필요하게 되면…….」 그의 목소리가 점점 가늘어졌다. 또 점점 형식적인 말투가 되어 갔다. 그는 자기 말이 혐오스럽게 들린다는 것을 알았다. 그녀가 그에게 등을 돌렸다.

「다시는 선생님을 뵙지 못하겠군요.」

「내가 아니라고 말할 거라고는 기대하지 마시오.」

「선생님을 만나는 것이 제가 살아가는 이유의 전부지만…….」

뒤이은 침묵 속에는 무서운 협박이 감돌고 있었다. 그는 감히 그것을 입 밖에 낼 수가 없었다. 그는 족쇄를 찬 듯한 기분을 느꼈다. 그리고 해방은 사형수가 무죄로 석방되듯 예기치 않게 찾아왔다. 그녀는 그를 돌아보고 그의 생각을 분명히 읽었다.

「자살하고 싶었다면 벌써 했을 거예요. 지금까지도 자살할 이유는 충분히 있었으니까요.」그녀는 창밖으로 시선을 던졌다.「빌려 주시는 돈은 받겠어요…… 고맙게.」

그 고마운 순간, 그는 안도의 한숨을 조용히 내쉬며 눈을 감았다. 그러고는 문 옆에 있는 선반에다 지갑 ── 이것은 어니스티나가 선물한 지갑이 아니었다 ── 을 올려놓았다.

「엑서터로 갈 거요?」

「그것이 선생님의 충고라면.」

「꼭 그렇게 해야 합니다.」

그녀가 고개를 숙였다.

「얘기할 게 또 있는데…… 마을에선 당신을 어떤 시설에 위탁한다는 이야기가 있소.」그녀의 눈이 불꽃을 내며 번쩍였다.「그건 분명 말버러 저택에서 나온 생각일 거요. 심각하게 생각할 필요는 없어요. 당신이 라임으로 돌아가지만 않는다면 낭패를 당할 일도 없을 테고.」그는 망설이다가 덧붙였다.「이제 얼마 있으면 수색대가 다시 당신을 찾아나설 거요. 내가 이렇게 일찍 온 것도 바로 그 때문이오.」

「제 트렁크는…….」

「그건 내가 처리하겠소. 엑서터의 정류장으로 보내 드리겠소. 당신이 그럴 기운만 있다면, 액스머스 교차로까지는 걸어서 가는 게 나을 것 같소. 그러면…….」그렇다. 그러면 추문을 피할 수 있을 것이다. 그러나 그는 자기가 무엇을 요구하고 있는지를 깨달았다. 액스머스는 10킬로미터나 떨어져 있다. 그리고 역마차가 지나는 교차로는 거기서도 3킬로미터를 더 가야 한다.

그녀는 그렇게 하겠다고 동의했다.

「그리고 직장을 구하는 대로 트랜터 부인에게 알려 주면 좋겠소.」

「저에게는 추천장이 없어요.」

「탤벗 부인의 이름을 댈 수도 있을 거요. 트랜터 부인의 이름도. 내가 부인께 말해 두지요. 그리고 돈이 더 필요하면 자존심만 고집하지 말고 부인을 찾아가서 돈을 더 빌리도록 하세요. 그 문제도 내가 떠나기 전에 조치해 둘 테니까.」

「그럴 필요는 없을 거예요.」 그녀의 목소리는 거의 들리지 않았다. 「하지만 어쨌든 고맙습니다.」

「감사해야 할 사람은 나요.」

그녀는 그의 눈을 바라보았다. 그 시선 속에는 여전히 창으로 꿰뚫는 듯한, 그의 전부를 꿰뚫어 보는 듯한 날카로움이 깃들어 있었다.

「당신은 정말 놀라운 여자요, 우드러프 양. 그것을 좀 더 일찍 알아봤어야 했는데…….」

「그래요. 저는 정말 놀라운 여자예요.」

그러나 그녀의 말에는 조금도 오만한 기색이 없었다. 빈정대는 구석도 없었다. 오직 쓰라린 천진난만함이 있을 뿐이었다. 그리고 침묵이 다시 흘러들었다. 그는 견딜 수 있는 데까지 그 침묵을 견디다가 회중시계를 반쯤 꺼냈다. 이제 갈 시간이 되었다는 아주 진부한 암시였다. 그는 자신의 태도가 어색하고 뻣뻣하게 경직되어 있음을 느꼈고, 자신보다 오히려 그녀가 더 품위 있다고 느꼈다. 그는 아직도 그녀의 입술의 촉감을 느끼고 있었는지도 모른다.

「함께 걷지 않겠소? 오솔길까지만이라도.」

찰스는 이 마지막 작별의 마당에 자기가 부끄러워하고 있다는 것을 보이고 싶지 않았다. 그로건 박사가 나타난다 하더라도 이제는 별문제가 아닐 것이다. 그러나 의사는 나타나지 않았다. 사라는 이른 햇살 속에서 머리카락을 반짝이며, 시든 고사리와 파릇한 가시금작화 사이를 앞장서서 걸어갔다. 말없이, 한 번도 뒤돌아보지 않고. 샘과 메리가 어디선가 그들을 지켜보고 있으리라는 것을 찰스는 잘 알고 있었다. 그러나 이제는 그녀와 함께 있는 것을 그들에게 떳떳이 보여 주는 편이 나을 것 같았다. 길은 숲속을 지나서 마침내 큰길과 만났다. 그녀가 돌아섰다. 그는 그녀 곁으로 다가서면서 손을 내밀었다.

그녀는 잠깐 망설이다가 손을 내밀었다. 그는 더 이상 어리석은 짓을 하지 않으려고 애쓰면서 그 손을 굳게 잡았다.

「당신을 잊지 못할 거요.」 그가 중얼거리듯 말했다.

그녀는 얼굴을 들어, 파고드는 듯한 눈길로 그를 바라보았다. 그 눈길은 이렇게 말하고 있는 듯했다. 당신이 봐둬야 할 게 있다고. 당신의 진실 너머에 있는 또 다른 진실, 당신의 감정 너머에 있는 또 다른 감정, 당신의 역사관 너머에 있는 또 다른 역사를 보아 두라고. 아직은 늦지 않았다고. 나는 세상에 대해 말할 수 있지만, 내가 말해 주어야만 비로소 당신이 세상을 이해할 수 있다면…….

제법 오랜 순간이 흘러갔다. 그는 눈길을 떨구면서, 그녀의 손을 놓았.

1분 뒤에 그는 뒤를 돌아보았다. 그녀는 그 자리에 서서 그를 바라보고 있었다. 그는 모자를 들어 올렸다. 그녀는 아무런 몸짓도 하지 않았다.

10분 뒤, 찰스는 낙농장으로 통하는 마찻길의 바다 쪽 관문에서 걸음을 멈췄다. 이곳에서는 들판 너머로 코브가 내려다보였다. 저 멀리 아래쪽에서 찰스가 서 있는 곳을 향해 허우적거리며 올라오는 의사의 작달막한 모습이 보였다. 그는 약간 뒤로 물러서서 잠시 망설이다가, 마을로 내려가는 샛길을 따라 걸어가기 시작했다.

34

썩은 장미 한 송이가 벽을 뚫고 나왔다.
— 토머스 하디, 「비바람 속에서」

「산책을 하셨군요.」

따라서 그가 옷을 두 번씩 갈아입었던 것은 결국 쓸데없는 속임수였다.

「마음을 좀 정리할 필요가 있어서. 잠을 제대로 못 잤어.」

「저도 그랬어요. 당신은 믿을 수 없을 만큼 피곤하다고 말씀하셨잖아요.」

「그래. 피곤했던 건 사실이야.」

「하지만 당신은 한시가 넘도록 주무시지 않던걸요.」

찰스는 퉁명스럽게 창문 쪽으로 돌아섰다. 「생각해야 할 일이 많았거든.」

어니스티나의 말투가 이처럼 딱딱해진 것을 보면, 간밤에 맹세한 기분이 낮에까지 유지되지 못한 것을 알 수 있다. 그녀는 찰스가 산책하러 간 것 이외에 오늘 라임을 떠날 계획이라는 것도 알고 있었다. 그가 갑자기 생각을 바꾼 이유가 무엇인지 궁금했지만, 그것을 설명해 달라고 조르지는 않기로 결심했다. 그가 마음이 내켜 먼저 말해 줄 때까지 기다릴 생각이었다.

그는 열한시가 다 되어서야 겨우 나타났다. 그녀는 거실에 앉아서 얌전히 기다리고 있었지만, 그가 홀에서 트랜터 이모와 오랫동안, 더구나 자기한테는 들리지 않게 낮은 소리로 대화를 나누는 몰인정한 짓을 저질렀다. 그래서 그녀는 화가 났다.

그뿐만이 아니었다. 그녀는 아침에 몸치장을 할 때 특별히 신경을 많이 썼다. 그런데도 그는 거기에 대해 한마디 찬사도 보내지 않았다. 그녀는 넓은 소매가 달린 장미색의 〈아침식사용〉 드레스를 입고 있었다. 이 옷은 그녀의 모습을 너무나 예쁘게 돋보여 주었다. 그리고 부드러운 머리카락에 매단 하얀 리본과 라벤더 향수의 미묘한 향기도 그런 역할을 하고 있었다. 그녀는 달콤한 아프로디테였다. 아프로디테가 바다에서 태어난 것과 달리 하얀 아마포를 씌운 침대에서 일어난 점이 다를 뿐이었다. 찰스는 그녀를 냉정하게 대하는 것이 차라리 속 편한 노릇이라는 것을 알았는지도 모른다. 그러나 그는 간신히 미소를 지으며 그녀 옆에 앉아서 한쪽 손을 잡고 토닥여 주었다.

「미안해. 난 지금 제정신이 아니야. 그리고 런던에 가봐야 할 것 같아.」

「오오, 찰스.」

「나도 그러고 싶지는 않지만, 사태가 이렇게 변했으니, 당장에 가서 몬터규를 만나야 해.」 몬터규는 찰스의 일을 맡아서 돌봐 주는 사무 변호사였다.

「제가 런던으로 돌아가는 날까지 기다릴 순 없나요? 열흘만 있으면 되는데.」

「당신을 데리러 올게.」

「몬터규 씨가 이리로 오면 되잖아요.」

「그건 안 돼. 서류가 많아서 말이야. 게다가 그 일만 보러 가는 게 아니야. 당신 아버지한테도 우리 문제를 말씀드려야 돼.」

그녀는 그의 팔에서 손을 뺐다.

「하지만 그게 아빠하고 무슨 상관이죠?」

「이봐요, 순진한 아가씨. 아버지하고 무슨 상관이냐고? 그분은 나를 믿고 당신을 맡겼단 말이야. 그런데 내 장래에 중대한 변화가 생겼으니……」

「하지만 당신은 아직도 수입이 있잖아요!」

「글쎄…… 그야 물론 그렇지. 생활에 지장을 받지는 않아. 하지만 다른 문제들이 있어. 칭호 문제도 그렇고……」

「참, 제가 그걸 깜빡 잊고 있었군요. 물론 그건 해결해야죠. 제가 평민에 불과한 사람과 결혼하다니, 그건 말도 안 돼요.」 그녀는 알맞게 빈정대는 말투와 약간 냉소적인 시선으로 그를 곁눈질했다.

「좀 참아요. 그리고 분명히 해둘 문제가 있는데…… 당신이 가져올 지참금 말이야…… 가장 중요한 고려 사항은 물론 우리 사이의 애정이지만, 거기에는…… 저, 결혼에는 법적인 절차와 계약 문제 따위가……」

「아이, 시시해!」

「티나.」

「제가 원한다면 부모님은 제가 호텐토트[105]와 결혼한대도 허락해 줄 거예요. 그건 당신도 잘 아시잖아요.」

「그럴지도 모르지. 하지만 아무리 자식을 끔찍이 사랑하는 부모라도 알고 싶어하는 법이야……」

105 남아프리카의 미개 인종.

「벨그라비아 저택에는 방이 몇 개나 되죠?」

「글쎄.」 그는 망설이다가 덧붙였다. 「스무 개, 아마도 그쯤 될 거야.」

「그리고 언젠가 당신이 말했었죠? 연수입이 2천5백 파운드쯤 된다고. 거기다 제 지참금을 합하면…….」

「우리가 바뀐 상황에서도 여전히 안락하게 살 수 있느냐 없느냐 하는 문제는 지금 중요한 게 아니래도.」

「좋아요. 만약에 아빠가 당신한테 절 맡길 수 없다고 말씀하신다고 가정해 봐요. 그럼 어떡하죠?」

「당신은 일부러 오해하려 드는군. 난 내가 할 일을 알고 있어. 이런 중대한 고비에는 아무리 용의주도하게 생각해도 모자라.」

그들은 서로의 얼굴을 정면으로 쳐다보지도 못한 채 이런 대화를 계속했다. 그녀는 고개를 떨군 채, 분명한 어조로 그의 의견에 반대하고 있었다. 찰스는 일어나서 그녀 뒤에 가서 섰다.

「그건 형식에 불과해. 하지만 형식이 중요할 때도 있는 거야.」

그녀는 고집스럽게 아래만 내려다보고 있었다.

「저는 라임에 진력났어요. 게다가 당신은 여기 있는 시간보다 읍내에 있을 때가 더 많아요.」

그는 소리 없이 웃었다. 「말도 안 돼.」

「사실이 그래요.」

약간 뾰로통한 표정이 그녀의 입가에 감돌기 시작했다. 그녀는 마음을 누그러뜨리려 하지 않았다. 그는 벽난로 쪽으로 걸어가서 팔을 그 위에 얹고 미소를 지으며 그녀를 내려다보았다. 그러나 그것은 마음에도 없는 미소, 일종의 가면에 불과했다. 찰스는 그녀가 고집 피우는 것을 좋아하지 않았다. 그것은 세심하게 신경을 쓴 옷차림과는 너무나 대조적이었다. 그녀의 드레스는 순전히 실내에서만 입도록 디자인되어 있었다. 쐐기처럼 아래로 내려갈수록 통이 좁아지는 그 멋진 옷은 15년 전에 블루머 부인이 사교계에 도입한 것이었다. 그러나 바지의 선구라 할 수 있는 이 옷은 크리놀린 때문에 대체로 실패했다. 이것은 우리가 빅토리아 시대를 이해하는 데 상당히 중요한 의미를 갖는 사실이다. 그들은 감각을 부여받았고, 그 감각을 활용할 수 있는 여유를 이룩했으나, 가장 어리석은 삼류 예술 중에서도 비할 데 없이 어리석은 패션을 선택했다.

그러나 뒤이은 침묵 속에서 찰스는 첨단 패션의 어리석음에 대해서 생각한 것이 아니라, 어떻게 하면 더 이상 소동을 부리지 않고 떠날 수 있을까를 생각했다. 그에게는 다행한 일이었지만, 그때 티나도 자신의 위치를 곰곰 생각하고 있었다. 잠깐 떨어져 있는 것뿐인데, 그런 일로 소동을 피우는 것은 아랫것들이나 하는 짓이었다(어니스티나가 잠에서 깨어나 벨을 울리자, 메리 대신 트랜터 이모가 나타나서는, 메리가 왜 올 수 없는가를 설명해 주었다). 게다가 남자의 허영심은 여자에게 복종받는 데 있었고, 여자의 허영심은 궁극적인 승리를 얻기 위해 복종하는 데 있었다. 언젠가는 찰스가 무정하게 군 대가를 치러야 할 때가 올 것이다. 그를 올려다보며 가볍게 미소를 짓고 있는 그녀의 얼굴은 참회하는 표정을 담고 있었다.

「날마다 편지하실 거죠?」

그는 손을 뻗어 그녀의 뺨을 어루만졌다. 「물론이지. 약속할게.」

「그리고 될 수 있는 대로 빨리 돌아오실 거죠?」

「몬터규와 일을 처리하는 대로 쏜살같이 돌아올게.」

「아빠한테 편지를 쓰겠어요. 당신을 오래 붙잡아 두지 말라고.」

찰스는 기회를 잡았다. 「지금 써. 내가 가져갈 테니까. 나는 한 시간 뒤에 떠나.」

그러자 그녀는 일어나서 손을 내밀었다. 그녀는 키스해 주기를 원했다. 그는 그녀의 입술에 키스할 수가 없었다. 그래서 그는 그녀의 어깨를 잡아 가볍게 껴안고서 양쪽 관자놀이에 입을 맞췄다. 그러고는 떠나려고 했다. 그런데 뭔가 이상한 이유 때문에 걸음을 멈췄다. 어니스티나가 새치름한 표정으로 진주 넥타이핀이 꽂힌 그의 암청색 넥타이를 바라보고 있었다. 찰스가 그녀에게서 떨어지지 못한 이유는 당장에는 분명치 않았다. 사실은 어니스티나의 두 손이 그의 윗도리 호주머니에 들어가 있었던 것이다. 그는 해방되기 위한 대가를 알아차리고 그 값을 치렀다. 그가 그녀의 입술에 자신의 입술을 포개고 서 있는 몇 초 동안, 세상이 무너지지도 않았고, 내면에서 울리는 포효도 없었으며, 암흑이 눈과 귀를 뒤덮지도 않았다. 그러나 어니스티나는 아주 예쁘게 옷을 차려입고 있었다. 부드럽고 조그맣고 새하얀 육체의 환상 — 아니, 환상이라기보다는 오히려 실제로 만질 수 있는 구체적인 인상이 찰스의 마음속에 떠올랐다. 어니스티나는 머리를 찰스의 어깨에 기대며 바싹 다가섰다. 그는 그녀를 쓰다듬고 토닥이며 몇 마디 중얼거렸다. 그는 갑자기 당혹감을 느꼈다. 허리께에 뚜렷한 자극이 있었다. 지금까지는 줄곧 어니스티나의 육체보다는 그녀의 기분에 신경을 썼다. 이따금씩 부리는 사소한 짜증, 변덕스러운 감정의 변화, 숨어 있는 야성의 낌새, 성적인 기교를 기꺼이 배우고 언젠가는 수줍게, 그러면서도 맛있게 금단의 열매를 깨물어 먹겠다는 의욕……찰스가 무의식중에 느낀 이런 것들은 어쩌면 천박한 마음을 가진 여인들의 영원한 매력에 불과했는지도 모른다. 그들의 매력은 요컨대 남자가 원하는 대로 그들을 만들어 갈 수 있다

는 점이었다. 그리고 그가 의식 속에서 느낀 것은 어떤 불결
감이었다. 아침에 다른 여인과 입을 맞추고도, 지금 또 다른
여자에게 육체적 욕망을 느끼다니!

그는 서둘러 그녀의 이마에 입을 맞추고, 자기 손가락에
꼭 끼여 있는 그녀의 손가락을 풀어 그 손에 입을 맞춘 다음,
방에서 나왔다.

그는 또 한 차례의 시련을 겪어야 했다. 메리가 그의 모자
와 장갑을 들고 문 옆에 서 있었기 때문이다. 메리는 시선을
떨구고 있었지만, 뺨은 빨갛게 상기되어 있었다. 찰스는 장
갑을 끼면서, 막 나온 방의 닫힌 문을 흘낏 돌아보았다.

「오늘 아침의 일을 샘이 설명해 주던가?」

「네, 나리.」

「이해하겠지?」

「네, 나리.」

그는 장갑을 벗고, 저고리의 호주머니를 더듬었다. 메리는
머리를 더욱 깊이 숙였다.

「아닙니다요, 나리. 저는 그런 것 바라지 않아요.」

그러나 그녀는 이미 그것을 받은 뒤였다. 잠시 후 그녀는
찰스 뒤로 문을 닫았다. 그러고는 작은 손을 천천히 펴고, 손
바닥에 놓인 금화를 바라보았다. 아버지가 하는 것을 보아
왔듯이, 그녀는 그것이 혹시 놋쇠는 아닌지 확인하려고 깨물
어 보았다. 한 번 깨무는 것으로 금과 놋쇠를 분간할 수 있는
것은 아니었지만, 그러나 깨물어 보니 어쨌든 그것이 금화라
는 것을 알 수 있었다. 언더클리프에 가는 것이 죄가 된다는
게 판명된 것처럼.

순진한 시골 처녀가 죄가 무엇인지를 알 수 있을까? 이 질
문은 답을 요구한다. 그 질문에 대답하는 동안, 찰스는 혼자
힘으로 런던에 갈 수 있을 것이다.

35

내 유일한 힘은 그대에게 있나니.
그대 안에 머무는 것은 기쁨이어라.
— 토머스 하디, 「영원한 그녀」

병원에는 14세부터 17세까지의 임신한 소녀들 — 개중에는 심
지어 13세짜리 소녀도 있었다 — 이 끌려와서 갇혀 있었다.
그들이 파멸한 원인은 대개 일터(농장)를 오가는 도중에 일어났
다고 소녀들은 인정했다. 비슷한 또래의 남녀 아이들은 일터로
가기 위해 8~10킬로미터를 걸어가야 하는데, 대개 몇 명씩 떼
를 지어 도로나 샛길을 따라 걷는다. 그러는 도중에 일은 벌어
진다. 나는 14~16세의 소년 소녀들 사이에 더없이 추잡한 행
위가 벌어지는 광경을 직접 목격한 일도 있다. 한번은 어린 소
녀가 대여섯 명의 소년들에게 길가에서 능욕당하는 광경도 보
았다. 나이 든 사람들이 20~30미터 떨어진 곳에 있었으나, 아
무도 알아차리지 못했다. 그 소녀는 큰 소리로 구원을 청했다.
내가 걸음을 멈춘 것은 그 때문이었다. 나는 또한 사내아이들
이 개울에서 미역 감는 것을 그만한 또래의 계집아이들이 방죽
위에 서서 유심히 바라보고 있는 것도 본 적이 있다.
— 『아동 고용 위원회 보고서』(1867)

19세기 — 이 시공(時空) 안에서 우리는 무엇을 목격할 수
있을까? 여자는 신성시되었지만, 여자를 한두 시간 원하면
몇 파운드, 아니 몇 실링으로 열세 살짜리 소녀를 살 수 있었
다. 영국사 전반에 걸쳐 세워진 것보다 더 많은 교회가 세워
졌지만, 런던에서는 60가구당 하나가 매춘 장소였다(오늘날
에는 6천 가구당 하나꼴). 모든 설교단과 신문 사설과 공공
집회 연설에서는 결혼의 신성함(과 혼전 순결)이 강력히 주
창되었지만, 수많은 저명인사 — 미래의 국왕까지 — 의 사
생활은 온갖 추문으로 얼룩져 있었다. 형벌 제도가 점차 인
간다워졌지만, 채찍질이 하도 유행하는 바람에 사드 후작[106]
의 조상은 분명 영국인이라는 것을 입증하기 위해 진지하게

조사에 착수한 프랑스 인이 있을 정도였다. 여자들은 몸을 꽁꽁 감추고 다녔지만, 조각가들은 나부상(裸婦像)을 제작하는 솜씨로 능력을 평가받았다. 뛰어난 문학 작품 가운데 키스 이상의 관능적 장면을 묘사한 작품은 소설이나 희곡이나 시를 불문하고 단 한 편도 없었고, 보들러 박사[107] ― 그의 사망 연도가 1825년인 것을 보면, 빅토리아 시대 정신은 그 시대가 시작되기 훨씬 전에 존재하고 있었음을 알 수 있다 ― 는 대중의 은인으로 여겨졌지만, 빅토리아 시대만큼 외설 문학이 양산된 적도 없었다. 배설 기능에 대한 이야기는 절대로 사람들 입에 오르내리지 않았고, 위생 설비 ― 수세식 변소는 빅토리아 시대 말기에 도입되었지만, 1900년까지는 여전히 사치품으로 여겨졌다 ― 는 너무 원시적이어서, 끊임없이 배설물을 상기하지 않고 지낼 수 있는 집이나 거리는 거의 없었다. 여자는 오르가슴을 맛볼 수 없다는 설이 보편적으로 주장되었지만, 창녀들은 오르가슴을 느끼는 척하도록 가르침을 받았다. 인간 활동의 다른 모든 분야에서는 거대한 진보와 해방이 이루어졌지만, 가장 인간적이고 근본적인 측면에서는 횡포만이 존재했다.

얼핏 보기만 해도 해답은 분명해 보인다. 그것은 승화시키는 일이다. 빅토리아 시대 사람들은 그들의 리비도를 다른 분야에 쏟아 넣었다. 마치 진화의 수호신이 나른한 기분으로 이렇게 혼잣말하는 듯이 ― 우린 진보가 필요해. 그러니까 댐을 세우고, 이 커다란 물줄기를 다른 데로 돌려서, 무슨 일이 일어나는지 보자고.

106 프랑스의 작가. 사디즘은 그의 이름에서 유래했다. 1740~1814.
107 영국의 의사, 저술가. 셰익스피어의 작품들에서 외설적인 대목들을 삭제한 『가정용 셰익스피어』를 발표하여, 그 시대의 도덕적 기풍의 상징적 인물이 되었다. 1754~1825.

이 승화 이론이 부분적으로 옳다는 것을 인정하면서도, 나는 이것이 빅토리아 시대 사람들의 실상을 오해하게 만들지나 않을까 걱정될 때가 있다. 그들이 성에 별로 관심이 없었을 거라고 생각하는 것은 잘못이다. 그들은 우리 시대 사람들 못지않게 성에 관심이 많았고, 빅토리아 시대 사람들이 밤낮없이 종교와 접촉했듯이 우리는 밤낮없이 성과 접촉하고 있지만, 그들은 우리보다도 훨씬 성행위에 열중했다. 그들의 마음은 온통 사랑에 사로잡혀 있었고, 우리보다 훨씬 많은 예술품을 사랑에 바쳤다. 그들은 토끼처럼 자식을 많이 낳았고 우리보다 훨씬 열렬히 다산(多産)을 숭배했지만, 『인구론』을 쓴 맬서스도, 당시에는 아직 피임 기구[108]가 없었다는 사실도 그

---

108 최초의 〈칼집seath〉(소시지 껍질로 만든 남성용 피임 기구)은 18세기 후반부터 시판되기 시작했다. 인구 증가를 경고한 맬서스조차 산아 제한을 〈온당치 못하다〉고 비난했지만, 〈칼집〉은 1820년대에 들면서 선풍적인 인기를 끌었다. 또한 근대적인 〈성생활 안내서〉에 최초로 접근한 것은 조지 드라이스데일 박사의 『사회 과학의 요체 ─ 가난, 매춘, 독신 생활의 원인과 치료법』이라는 다소 에두른 제목을 붙인 책이었다. 이 책은 1854년에 출판되어 널리 읽혔으며, 각국 언어로 번역되었다. 이 책에서 저자가 들려주는 피임법을 보면 다음과 같다.

〈사정이 일어나기 직전에 페니스를 빼내거나(이 방법은 기혼, 미혼을 가리지 않고 많은 남성들이 자주 실행하고 있다), 칼집(이것도 흔히 쓰이고 있는데, 영국보다는 대륙에서 더 많이 쓰인다)을 쓰거나, 질 속에 해면 조각을 삽입하거나, 교접 직후에 미지근한 물로 질을 세척하는 방법으로 수태를 피한다.

이 방법들 가운데 첫번째 방법은 몸에 해로우며, 신경 쇠약이나 성욕 감퇴, 울혈 등을 초래하기 쉽다……. 두 번째 방법, 즉 〈칼집〉은 성적 쾌감을 둔화시키고, 남자에게는 발기 불능을 초래하는 경우가 많으며, 또 남자와 여자 모두에게 혐오감을 주기 때문에 역시 해롭다.

이런 결함은 세 번째 방법, 즉 해면 조각이나 그 밖의 물질을 질에 삽입하여 자궁 입구를 틀어막는 방법에는 해당되지 않는다. 특히 이 방법은 여자 혼자서 쉽게 할 수 있고, 성적 쾌감을 거의 손상시키지 않을뿐더러, 남자와 여자의 건강에도 해로운 영향을 주지 않는 것 같다(피임 방법은 반드시 여

원인을 설명해 줄 수는 없다. 진보와 해방이라는 문제에서 우리 20세기가 빅토리아 시대보다 뒤떨어지는 것은 아니지만, 그렇다고 해서 우리가 승화된 에너지를 남아돌 만큼 많이 가지고 있기 때문에 그 에너지를 진보와 해방에 돌릴 수 있는 거라고 주장할 수는 없다. 〈외설적인 90년대〉[109]는 수십 년 동안의 금욕에 대한 반작용으로 나타난 거라고 나는 생각한다. 내 생각에 그것은 그때까지는 개인적으로 은밀히 이루어지던 것이 공개된 것에 불과했고, 성에 관심을 갖는 것은 사실상 인간의 변함없는 본성이 아닐까 생각한다. 다만 그것을 표현하는 어휘가 다르고, 은유의 정도가 다를 뿐이다.

빅토리아 시대의 사람들은 우리가 가볍게 여기는 것을 심각하게 다루었고, 그들이 그 심각함을 표현하는 방식은 우리의 방식과는 정반대로 성에 대해 〈공공연히 말하지 않는 것〉이었다. 그러나 심각함을 표현하는 이 〈방식〉들은 관습일 뿐이다. 그 뒤에 숨어 있는 진실은 불변의 상수(常數)로 남아 있다.

우리가 흔히 저지르는 또 하나의 잘못이 있는 것 같다. 성적으로 무지할수록 성적 쾌감이 줄어든다는 생각이 그것이다. 찰스와 사라의 입술이 서로 맞닿았을 때, 둘 다 성애적 기술은 거의 보이지 않았을 거라고 나는 확신한다. 그러나 거기에 성적 흥분이 전혀 없었다고는 생각할 수 없다. 어쨌든 그보다 훨씬 더 흥미로운 비례 관계는 욕망과 그것을 충족시킬 수 있는 능력 사이에 존재하는 비례 관계인데, 여기서도 우리가 증조부모들보다 훨씬 성공적이라고 믿어도 좋다. 그러나 욕망은 그것을 느끼는 빈도에 따라 좌우된다. 이 세계

자가 사용해야만 만족을 얻을 수 있다. 남자가 피임 방법을 생각해야 하는 경우에는 성행위의 열정과 충동이 손상되기 때문이다〉 — 원주.

109 the Naughty Nineties. 1890년대를 말함.

는 우리를 교접으로 유혹하느라 엄청난 시간을 소비하지만, 반면에 현실은 우리의 욕망을 좌절시키느라 바쁘다. 성적으로 우리는 빅토리아 시대 사람들만큼 좌절감을 느끼고 있는 것은 아닐까? 어쩌면 그럴지도 모른다. 그러나 하루에 사과 한 개만을 즐길 수 있다면, 그 고약한 과일이 가득 열려 있는 과수원에서 살기 싫어하는 사람이 많을 것이다. 반면에 사과를 1주일에 하나만 먹을 수 있다면, 하루에 한 개씩 먹을 때보다 사과가 훨씬 달콤하게 느껴질지도 모른다.

따라서 빅토리아 시대 사람들은 성적 쾌감을 느끼는 빈도가 우리보다 적었기 때문에 성적 쾌감을 우리보다 더 민감하게 느끼지 못했다거나, 그들은 성적 쾌감을 거의 알지 못했기 때문에 성적 쾌락의 강도를 유지하기 위해 성에 대한 억압과 억제와 침묵이라는 관습을 택했다는 주장은 터무니없는 것 같다. 그들이 개인의 상상력에 맡겨 둔 것을 공적 상상력으로 바꾸어 버린 우리는 어떤 면에서는 그들보다 더 빅토리아 시대적이다. 여기서 빅토리아 시대적이라는 말은 그 시대를 경멸하는 의미로 쓰였다. 우리는 금지된 것이 품고 있는 신비와 장애와 독특한 분위기를 대부분 파괴함으로써, 많은 쾌락도 함께 파괴해 버렸기 때문이다. 물론 쾌락을 상대적으로 비교하여 측정할 수는 없다. 그러나 측정할 수 없다는 것은 빅토리아 시대 사람들보다 오히려 우리 자신에게 더 다행한 일인지도 모른다. 게다가 그들의 방법은 남아도는 에너지를 보너스로 제공해 주었다. 사라가 남성과 여성 사이에 존재하는 간격이나 은밀함을 줄이려고 한 것은 찰스를 몹시 난처하게 만들었지만, 바로 그 은밀함이나 간격이 그 밖의 모든 분야에서는 분명히 더 큰 힘을 낳았고, 훨씬 거리낌없고 솔직한 태도를 낳는 경우도 많았다.

메리가 사과를 무척 좋아한 것은 사실이지만, 지금까지 한 이야기는 메리와는 아무 상관도 없는 엉뚱한 방향으로 우리를 이끌어간 것 같다. 다시 메리한테로 이야기를 돌리면, 메리는 결코 순진한 시골 처녀가 아니었다. 그 이유는 간단하다. 그녀의 시대에는 〈순진한〉이라는 형용사와 〈시골〉이라는 명사가 양립할 수 없었기 때문이다. 그 원인을 찾기는 어렵지 않다.

어느 시대에나 그 시대을 증언하고 기록한 사람들은 대부분 교육받은 계층에 속한다. 그리고 이 계층은 줄곧 현실을 왜곡하는 일종의 소수파를 낳았다. 우리가 빅토리아 시대 사람들에게 부여했고 빅토리아 사회의 모든 계급에 함부로 적용한 그 고상한 체하는 청교도 기질은, 사실은 중산층 자신의 관점에서 본 중산층의 기풍일 뿐이다. 디킨스의 소설에 나오는 노동 계급은 하나같이 우스꽝스럽고(또는 애처롭고), 비할 데 없이 기괴한 모습들이다. 그러나 냉정한 현실을 찾기 위해서는 다른 곳 — 메이휴[110]와 『위원회 보고서』 — 으로 시선을 돌릴 필요가 있다. 여기에는 디킨스(그는 자신에 대한 신뢰감이 부족했다)와 그의 동료 작가들이 그토록 철저하게 〈보들러라이즈〉[111] 해 버린 노동 계급의 성생활이 적나라하게 묘사되어 있다. 빅토리아 시대 영국 시골의 가혹한 — 나는 오히려 부드럽다고 말하고 싶지만, 그건 중요하지 않다 — 현실은 좀 더 순박한 시대에 요구되었던 〈사기 전에 맛부터 보라〉(요즘 말로 하면 혼전 성교)가 예외가 아니라 규칙이었음을 보여 준다. 아직도 생존해 있는 한 부인의 증언을 들어 보자. 이 여자는 1883년에 태어났는데, 그녀의 아버지가 토머스 하디의 주치의였다.

---

110 영국의 저널리스트, 사회학자. 『런던 노동자와 런던 빈민층』을 통해 19세기 중엽의 영국 사회를 고발했다. 1812~1887.

111 *bowdlerize*. 〈외설적인 부분을 작품 속에서 삭제하다〉라는 뜻. 앞에 나온 보들러 박사의 이름에서 유래했다.

19세기에는 농장 노동자의 생활이 오늘날과 전혀 달랐다. 예를 들어 도싯의 농민들 사이에서는 혼전 임신이 정상적인 것이었고, 오히려 임신이 분명해져야 결혼을 했다……. 그 이유는 임금이 하도 형편없어서, 밥벌이할 여분의 노동력이 언제나 필요했기 때문이다.[112]

이제 우리는 이 소설에서 묘사되고 있는 지방에서 석공의 아들로 태어나 위대한 소설가로 출세한 인물의 그림자 밑에 이르렀다. 빅토리아 시대의 중산층이 섹스의 판도라 상자에다 붙여 둔 봉인을 뜯어내려고 시도한 첫번째 인물이 토머스

---

112 여기에는 또 다른 경제적인 이유가 있었다. 미혼 남성은 모든 면에서 남자 한 사람 몫의 일을 충분히 했는데도, 기혼 남성의 절반밖에 안 되는 임금을 받았기 때문이다. 이 악마적인 임금 체계는 노동력을 확보하는 멋진 수단이었지만, 농장에서 기계 사용이 일반화된 뒤에야 — 밑에 인용한 대가를 치르고 — 사라졌다. 또한 탈퍼들 읍의 희생자들이 나온 현장(1834년에 도싯 주 탈퍼들 읍에서 여섯 명의 농장 노동자가 노동 조합 지부를 결성했다가 7년 추방형을 받았다)인 도싯은 영국의 농촌 지역 중에서도 노동력 착취로 가장 악명이 높았다는 사실을 덧붙일 필요가 있을 것이다.

1867년에 쓰인 제임스 프레이저 목사의 글을 보면 다음과 같은 이야기가 나온다.

〈침대가 빽빽이 들어찬 좁은 단칸방에서 아버지와 어머니, 젊은 사내들, 젊은 여자들, 사내아이들, 계집아이들, 아기들 — 2대, 심지어 3대에 걸친 일가 — 이 뒤엉켜 사는 곳에서는, 정숙함이란 들어 보지도 못한 미덕이고, 예의범절이란 상상할 수도 없는 개념이다. 목욕, 생리적 배설, 옷을 입고 벗는 일, 출산, 죽음 — 이 모든 행위가 가족 모두의 눈과 귀 앞에서 이루어진다. 전체적인 분위기는 관능적이고, 인간의 본성은 돼지보다 낮은 수준으로 떨어진다……. 이런 곳에서 근친상간은 흔한 일이다. 우리는 여성의 혼전 성교를 나무라고, 밭에서 일하는 소녀들의 방종한 언행을 꾸짖고, 처녀들이 너무 가볍게 자신의 명예와 결별하는 것을 개탄하고, 딸이나 누이가 그런 행실을 보이는데도 부모나 남자 형제들의 피가 수치심으로 끓어오르는 경우가 거의 없는 것을 한탄한다. 그러나 많은 사람들이 복작거리는 단칸방 오두막을 들여다보면, 그 모든 것의 이유와 내력을 알 수 있다〉 — 원주.

하디였다는 사실을 상기할 때, 그에 관해 적지 않게 흥미로운(그리고 가장 역설적인) 점은 그가 자신과 부모의 성생활에 붙인 봉인만은 거의 광적으로 방어하려 했다는 사실이다. 물론 그것은 그의 양도할 수 없는 권리였고, 여전히 그대로 보존되어 있을지 모른다. 그러나 문학적 비밀 — 하디의 비밀은 1950년대에 와서야 알려지기 시작했다 — 이 지켜지는 경우란 별로 없다. 그 비밀과 내가 이 장(章)에서 제시하려고 애쓴 빅토리아 시대 영국 시골의 현실은 에드먼드 고스의 유명한 비난 — 〈하느님이 무엇을 어떻게 했기에, 하디 씨가 웨식스의 농촌에서 벌떡 일어나, 자기를 창조한 조물주에게 주먹을 휘두르는 것일까?〉 — 에 응답하고 있다. 고스는 아트레우스[113] 일족이 미케네에서 하늘을 향해 청동색 주먹을 휘두른 이유를 물을 수도 있었을 것이다.

지금은 이그던 히스[114]의 그림자 속으로 깊이 파고 들어갈 때가 아니다. 분명하게 알려져 있는 것은 1867년 당시 27세였던 하디가 런던에서 건축을 배우고 고향 도싯으로 돌아온 다음 16세의 사촌 누이 트리페나와 깊은 사랑에 빠졌다는 사실이다. 그들은 약혼까지 했지만, 이 약혼은 5년 뒤에 깨지고 만다. 완전히 증명된 것은 아니지만, 그 이유는 하디가 집안의 비밀을 알게 되었기 때문인 듯하다. 트리페나는 하디의 사촌 누이가 아니라, 어머니가 처녀 시절에 다른 남자와 관계하여 낳은 사생아의 사생아였던 것이다. 이런 사실에 대한 암시는 「쪽문 앞에서」, 「그녀는 돌아오지 않았다」, 「영원한 그녀」를 비롯한 하디의 많은 시에 나타나 있다. 그리고 그의 집안

---

113 그리스 신화에 나오는 미케네의 왕으로, 펠롭스의 아들이며 아가멤논과 메넬라오스의 아버지.
114 하디의 소설 『귀향』의 무대. 작가의 고향인 도싯 주 도체스터의 소설 상의 이름이다.

에는 모계 쪽으로 특히 그 무렵에 여러 명의 사생아가 있는 것이 입증되었다. 하디 자신도 어머니가 〈결혼한 지 5개월 만에〉 태어났다. 신앙이 깊은 사람들은 그가 신분 차이 때문에 파혼했다고 주장했다. 그는 순박한 시골 처녀를 배필로 삼기에는 너무나 앞날이 유망한 젊은 건축가였기 때문이다. 그가 1874년에 결혼한 래비니아 지퍼드는 둔감하기 짝이 없는 여자였지만, 하디보다도 신분이 높은 여자였다. 그러나 트리페나는 당시로는 보기 드문 재능을 가진 여자였다. 그녀는 런던에 있는 사범 학교를 5등으로 졸업한 다음, 우수한 성적 덕택에 20세의 젊은 나이에 플리머스 학교의 여교장이 되었다. 하디와 트리페나가 헤어진 이유가 집안의 무서운 비밀 때문이었다는 것은 부인하기 어렵다. 물론 어떤 면에서 보면, 그것은 무서운 비밀이 아니라 다행한 비밀이었다. 영국의 천재들 가운데 하디처럼 하나의 주제에만 몰두하여 그 덕을 본 경우는 다시 없기 때문이다. 그 주제는 아름다운 연시들을 낳았고, 수 브라이드헤드[115]와 테스라는 순결한 여인상을 낳았다. 이 여주인공들은 영혼에서는 순결한 트리페나다. 그리고 『비운의 주드』의 서문에서 하디는 〈이 작품을 처음 구상한 것은 1890년이었다……. 한 여인의 죽음이 작품 내용의 일부를 암시해 주었다〉고 말하여, 이 책이 트리페나에게 바쳐진 것임을 암시하고 있다. 트리페나는 다른 남자와 결혼하여 살다가 1890년에 죽었기 때문이다.

　욕구와 단념, 영원히 사라지지 않는 추억과 끊임없는 억제, 서정적인 항복과 비극적인 의무, 야비한 진실과 그것의 고상한 사용법 — 이 같은 양자 사이의 갈등과 긴장은 그 시대의 가장 위대한 예술가로 꼽히는 하디에게 창작의 원천이

---

115 하디의 소설 『비운의 주드』의 여주인공.

되었고, 또한 그의 모든 것과 더 나아가서는 그가 살았던 시대의 전체 구조를 설명해 준다. 이것을 여러분에게 일깨우기 위해 나는 잠시 줄거리에서 벗어났던 것이다.

그러나 이제는 우리의 어린양들에게로 돌아가기로 하자. 그날 아침 샘과 메리가 왜 헛간으로 갔는지, 여러분은 이제 비로소 짐작할 수 있을 것이다. 더구나 그들이 거기에 간 것은 그날이 처음은 아니기 때문에, 메리가 흘린 눈물을 좀 더 이해할 수 있을 것이다. 그리고 열아홉 살인 그녀의 얼굴을 처음 보고 짐작할 수 있는 정도 이상으로, 또는 같은 해 후반에 실제로 도체스터를 지나간 사람이 메리보다는 세 살 아래지만 더 훌륭한 교육을 받은 현실의 소녀 — 트리페나 — 의 얼굴에서 상상했던 것 이상으로, 메리가 죄악에 대해서 많이 알고 있는 이유를 이해할 수 있을 것이다. 트리페나는 런던에서 쓸쓸한 5년을 보내고 방금 돌아온 창백한 얼굴의 젊은 건축가, 그리고 이제 곧 빅토리아 시대 최대의 신비를 완벽하게 상징하는 전형적인 인물이 될(〈불길이 그녀와 입술과 머리카락을 집어삼킬 때까지〉) 하디 옆에 이제 영원히 수수께끼 같은 모습으로 서 있다.

36

그녀의 이마 위에 불꽃 하나가 피어오른다.
그녀는 겉으로는 태연한 표정을 지으며,
원하는 모든 것을 가져다줄
미래의 기회 속으로 뛰어든다.
— 앨프레드 테니슨, 『인 메모리엄』

　　1백 년 전에는 엑서터에서 런던으로 가는 길이 오늘날보다
훨씬 멀었다. 그래서 오늘날에는 영국 사람들 모두가 부도덕
한 쾌락을 즐기기 위해 런던으로 몰려들지만, 당시에는 그런
쾌락의 일부를 고장 안에서 자체적으로 공급했다. 1867년에
엑서터에 홍등가가 있었다고 말하면 과장이 될 것이다. 그러
나 이런 반론에도 불구하고 시내와 성당에서 얼마간 떨어진
곳에는 분명히 적선 지대가 있었다. 그곳은 강 쪽으로 비탈진
언덕에 자리 잡고 있었는데, 한때(1867년보다 훨씬 전) 엑서
터가 중요한 항구였던 시절에는 이곳 생활의 중심이었다. 거
리에는 16세기에 지어진 집들이 아직도 빽빽이 들어차 있었
다. 이 집들은 하나같이 음침하고, 냄새가 고약하고, 사람들
로 득실거렸다. 그곳에는 매음굴과 댄스홀, 술집들이 있었다.
그러나 이곳에서 가장 흔히 볼 수 있는 것은 온갖 부류의 타
락한 여자들 — 처녀, 유부녀, 미혼모, 정부, 하녀 — 로, 이
들은 데번 주의 궁벽한 마을이나 작은 도시에서 도망쳐 나온

여자들이었다. 한마디로 그곳은 은신처로 악명이 높았다. 값싼 여인숙과 여관 — 언젠가 사라가 묘사했던 웨이머스의 여관 같은 — 들이 들어차 있는 그곳은 영국 전역을 휩쓸고 있는 엄격한 도덕적 풍조로부터 자신을 지킬 수 있는 성역이기도 했다. 엑서터도 모든 점에서 예외가 아니었다. 그 시대의 조금 크다 싶은 지방 도시들은 보편적인 남성의 순결을 지키기 위한 싸움에서 상처 입은 불행한 여성 군단을 수용할 공간을 마련해야 했다.

이 지역의 변두리를 지나는 한 거리에는 조지 시대[116]의 테라스 하우스들이 줄지어 있었다. 이 집들이 지어졌을 당시에는, 테라스에 서서 강 쪽으로 시선을 돌리면, 내려다보이는 전망이 무척 아름다웠을 것이다. 그러나 비탈에 창고들이 세워지면서 그 전망을 차단해 버렸다. 그래서 집들은 본래의 우아함에 대한 자신감을 상실해 버렸다. 벽은 페인트가 벗겨지고, 지붕은 타일이 깨지고, 문들은 널빤지가 금 가 있었다. 한두 집은 아직도 개인의 가정집이지만, 서로 연결된 한가운데의 다섯 채 — 그 집들은 원래의 벽돌담에 우중충한 갈색 페인트를 덧칠하는 바람에 더욱 지저분해 보였다 — 는 입구에 내걸린 간판으로 보아 호텔 — 〈엔디콧 패밀리 호텔〉 — 이라는 것을 알 수 있었다. 이 호텔은 (간판이 말해 주고 있듯이) 마사 엔디콧 부인의 소유로, 그녀가 직접 운영하고 있었다. 그녀의 주요 특징은 고객에게 호기심을 보이는 일이 결코 없다는 점이었다. 그녀는 철저한 데번 여자였다. 말하자면 그녀는 투숙객의 얼굴에는 조금도 관심이 없고, 그들이 내미는 숙박료에만 관심을 쏟았다. 따라서 손님의 등급은 용모나 옷차림이 아니라, 10실링, 12실링, 15실링…… 등으로 1주일마다

116 영국왕 조지 1~4세가 다스린 1714~1830년간.

청구하는 숙박비에 따라 결정되었다. 그렇다고 해서 근대식 호텔에서 벨을 한 번 울릴 때마다 15실링짜리 동전을 팁으로 주는 데 익숙해진 사람들이 행여나 엔디콧 호텔을 싸다고 생각해서는 안 된다. 당시에는 작은 별장 한 채를 임대하는 값이 1주일에 보통 1실링이고, 비싸 보았자 2실링이었다. 엑서터에서는 아주 멋진 집 — 저택은 말고 — 도 6실링이나 7실링이면 임대할 수 있었다. 따라서 가장 싼 방이 1주일에 10실링이라는 것은 여주인의 폭리를 말해 줄 뿐 아무런 정당성이 없었는데도, 엔디콧 패밀리 호텔을 고급 호텔로 격상시켜 놓았다.

땅거미가 지기 시작하는 어스레한 저녁이다. 맞은편 도로의 가스등 두 개는 등지기가 벌써 장대로 불을 붙여 놓았기 때문에 밝게 타오르면서 벽돌이 그대로 드러난 창고 벽을 비추고 있다. 호텔 방에도 군데군데 불이 켜져 있다. 아래층은 좀 밝았지만, 위로 갈수록 불빛이 침침했다. 당시에는 가스 설비비가 너무 비싸서, 많은 집들이 파이프를 위층까지는 설치하지 않고 여전히 석유 등잔을 쓰고 있었기 때문이다. 현관문 옆에 나 있는 1층 창문을 통해, 엔디콧 부인이 조그만 석탄난로 옆의 책상에 앉아 그녀의 성경책 — 즉, 숙박부 — 을 골똘히 들여다보고 있는 모습이 보인다. 그리고 그 창문에서 건물을 비스듬히 가로질러 오른쪽 끝의 꼭대기 층에 있는 또 다른 창문을 들여다보면, 12실링하고도 6펜스짜리 방이 어떻게 생겼는지를 알 수 있다. 짙은 보랏빛 커튼을 아직 걷지 않아서, 그 창문은 어두컴컴하다.

그 방은 사실 두 칸으로 되어 있다. 작은 거실과 그보다 더 작은 침실은 원래 널찍한 방이었던 것을 둘로 나눈 것이다. 벽에는 자잘한 갈색 꽃무늬 벽지가 발라져 있다. 다 해진 양탄자 위에 다리가 셋 달린 둥근 테이블이 놓여 있고, 진초록빛 테이블보 귀퉁이에는 서툰 솜씨로 수가 놓여 있다. 낡아 빠진 암갈색 벨벳을 씌운 꼴사나운 안락의자 두 개, 역시 암갈색 마호가니로 만들어진 서랍장 하나. 벽에는 찰스 웨즐리[117]의 색 바랜 복제 초상화와 엑서터 성당을 사생한 서툰 수채화 한 점(이것은 몇 해 전에 돈이 떨어진 어떤 숙녀한테 숙박비 대신 마지못해 받은 것이다)이 걸려 있었다.

가로대가 쳐진 작은 벽난로에서 난롯불이 타닥타닥 소리를 내며 타고 있을 뿐, 아무 소리도 들리지 않는다. 벽난로는 원래 이 방의 재산 목록이었지만, 지금은 잠자고 있는 루비다. 그나마 그 벽난로를 살려 주는 것은 그것을 둘러싸고 있는 하얀 대리석뿐이다. 거기에는 코누코피아[118]를 들고 있는 우아한 요정들의 모습이 새겨져 있었다. 아마도 이 요정들은 그들의 고전적인 얼굴에 항상 희미한 놀라움의 표정을 띠고 있었을 것이다. 그들은 단 한 세기 만에 한 나라의 문화에 얼마나 엄청난 변화가 일어날 수 있는가를 보고, 지금도 놀란 표정을 짓고 있는 것 같았다. 그들은 벽에 소나무 널빤지를 댄 쾌적한 방에서 태어났지만, 지금은 더럽고 음침한 방에서 살고 있었기 때문이다.

그들이 숨을 쉴 수 있었다면, 문이 열리고, 지금까지 출타했던 점유자가 문간에 검은 그림자로 나타났을 때, 분명 안도의 한숨을 내쉬었을 것이다. 그 묘하게 재단된 코트와 검은색 보닛, 하얀색 작은 칼라를 댄 쪽빛 드레스…… 그러나 사라는 경쾌하게, 거의 열정적으로 방 안에 들어섰다.

그녀가 엔디콧 패밀리 호텔에 투숙한 것은 벌써 며칠 전이

117 영국의 감리교 창시자인 존 웨즐리의 동생으로, 찬송가 작가. 1703~1791.
118 그리스 신화에 나오는 풍요의 뿔. 과일, 곡식, 꽃 따위가 넘쳐 나오는 모양으로 표현된다.

었다. 그렇다면 그녀는 왜 하필 이곳에 왔을까? 그 이유는 간단하다. 그녀가 소녀 시절에 다닌 엑서터의 기숙학교에서, 이 호텔 이름이 일종의 농담으로 입에 오르곤 했기 때문이다. 학생들은 엔디콧을 형용사가 아니라 명사로 받아들여, 엔디콧이라는 성을 가진 사람들은 자식을 너무 많이 낳기 때문에 그들이 전부 투숙하려면 호텔 하나가 통째로 필요한 모양이라고 농담을 했던 것이다.

사라가 도체스터와 엑서터를 오가는 합승 마차를 타고 종점에 도착해 보니, 트렁크는 이미 전날 도착해서 그녀를 기다리고 있었다. 짐꾼이 어디로 갈 거냐고 물었다. 그녀는 잠시 당황했다. 희미한 기억 속의 농담 말고는 떠오르는 이름이 없었다. 엔디콧. 이 이름을 들었을 때 짐꾼의 얼굴에 떠오른 표정을 보고, 그녀는 엔디콧 호텔이 엑서터에서 가장 품위 있는 숙소는 아니라는 사실을 알았을 게 분명하다. 그러나 짐꾼은 말없이 트렁크를 짊어졌고, 그녀는 짐꾼을 따라서 중심가를 지난 다음, 내가 앞에서 이야기한 구역으로 내려갔다. 호텔의 외관이 마음에 든 것은 아니었다. 기억에는 — 단 한 번 보았을 뿐이지만 — 좀 더 정겹고, 수수하고, 품위 있고, 넓은 인상으로 남아 있었다. 하지만 거지나 한가지인 주제에 이것저것 가릴 수도 없었다. 여자 혼자 투숙하는데도 별로 까다롭게 굴지 않은 것이 그녀를 얼마간 안심시켜 주었다. 그녀는 1주일 치 숙박비를 선불로 냈는데, 이것은 그녀에게 아주 유리한 추천장과 다름없었다. 그녀는 가장 싼 방을 원했지만, 방이 하나뿐인 객실이 10실링인 데 반해 반 크라운[119]만 추가로 내면 부속실이 딸린 객실을 내드릴 수 있다는 말에 그녀는 마음을 바꿨다.

119 1크라운은 5실링.

그녀는 재빨리 안으로 들어와서 문을 닫았다. 성냥을 켜서 등불 심지에 불을 댕겼다. 그러자 우윳빛 유리 갓을 통해 흘러나오는 불빛이 어둠을 부드럽게 몰아냈다. 그런 다음 그녀는 보닛을 벗고, 독특한 몸짓으로 머리를 흔들어 머리카락을 내려뜨렸다. 그녀는 들고 온 천 가방을 탁자 위에 올려놓았다. 그 가방을 빨리 풀어 보고 싶은 마음에 코트를 벗는 것조차 귀찮게 느껴진 게 분명했다. 그녀는 천천히 그리고 조심스럽게 꾸러미에 싼 것들을 가방에서 꺼내 초록빛 테이블보 위에 하나하나 올려놓았다. 그러고는 마룻바닥에 바구니를 내려놓고 구입한 물건들을 풀기 시작했다.

그녀는 먼저 찻주전자를 꺼냈다. 개울가 오두막 앞에 한 쌍의 연인이 앉아 있는 모습이 아름답게 채색되어 있었다(그녀는 연인의 모습을 유심히 들여다보았다). 다음에는 작은 맥주잔을 하나 꺼냈다. 이것은 빅토리아 시대에 만들어진 천박한 색깔의 괴물이 아니라, 자줏빛과 황록빛이 어우러진 섬세하고 작은 도자기 잔이었고, 기분 좋게 취한 남자의 모습이 연푸른색으로 멋지게 그려져 있었다. 전문가가 보았다면 이 도자기가 웨지우드[120]의 제품이라는 사실을 첫눈에 알아보았을 것이다. 사라는 골동품 가게에서 이 두 가지 물건을 사는 데 9펜스를 썼다. 잔은 금이 가 있었고, 앞으로도 더 많은 금이 갈 터였다. 그렇게 되리라는 것을 내가 아는 까닭은, 이 도자기를 몇 해 전에, 사라가 구입한 가격 — 3펜스 — 보다 훨씬 비싼 값으로 사들였기 때문이다. 그러나 나는 그것이 웨지우드의 제품이기 때문에 샀고, 사라는 술 취한 사내의 미소에 반해서 샀다.

우리는 아직 그 재능이 발휘되는 것을 보지 못했지만, 사

---

120 영국의 이름난 도공이며 요업가. 1730~1795.

라는 뛰어난 미적 감각을 가지고 있었다. 아니, 그것은 그녀가 처해 있는 그 지독한 현실에 대한 감수성, 즉 반작용이었다. 그녀는 자기가 구입한 잔의 나이를 전혀 알지 못했다. 그러나 그것이 오랜 세월 사용되었고, 많은 손을 거쳐 자신의 손에 들어왔다는 것만은 어렴풋이 느끼고 있었다. 그 잔은 이제 그녀의 것이었다. 그녀는 그것을 벽난로 위에 올려놓고, 아직도 코트를 입은 채, 처음으로 맛보는 이 소유감을 한 오라기도 잃어버릴 수 없다는 듯, 어린애처럼 열띤 눈으로 그것을 바라보았다.

그녀의 환상은 바깥 복도에서 들린 발소리 때문에 깨어졌다. 그녀는 짧지만 강렬한 시선을 문 쪽으로 던졌다. 발소리는 금세 지나갔다. 이제 사라는 코트를 벗고, 난롯불을 들쑤셔 살려 놓았다. 그러고는 밑바닥이 까맣게 탄 냄비를 벽난로 안의 선반에 올려놓았다. 그녀는 다른 구입품들 쪽으로 돌아섰다. 홍차가 든 종이 봉지, 설탕 봉지, 조그만 우유 깡통을 꺼내 찻주전자 옆에 놓았다. 그러고는 짐 꾸러미 세 개를 들고 침실로 갔다. 침대 하나, 대리석 세면대, 작은 거울, 수수한 양탄자 조각 — 침실에 있는 것은 이게 전부였다.

그러나 그녀의 눈에는 들고 온 꾸러미밖에 보이지 않았다. 첫번째 꾸러미는 기다란 잠옷이었다. 그녀는 그것을 걸쳐 보지도 않은 채 그냥 침대 위에 걸쳐 놓았다. 그런 다음 두 번째 꾸러미를 풀었다. 그것은 연둣빛 실크로 가장자리를 댄 초록빛 모직 숄(다른 물건들보다 훨씬 많은 값을 치렀다)이었다. 그녀는 야릇한 황홀감 속에서 그것을 집어 들었다. 그녀가 황홀감을 느낀 대상은 그 숄 자체가 아니라, 그 비싼 가격이었을 게 분명하다. 그 숄은 다른 물건값을 모두 합한 것보다 더 비쌌기 때문이다. 마침내 사라는 골똘히 생각에 잠긴 얼굴로 숄을 들어 올려, 그 곱고 부드러운 천을 뺨에 대고 잠옷을 내려다보았다. 그러고는 처음으로 여자다운 몸짓을 보이며 다갈색 머리타래를 앞으로 잡아당겨 초록빛 천 위에 놓았다. 잠시 후 그녀는 스카프(폭이 1미터쯤 되었다)를 흔들어 펼쳐서 어깨에 둘렀다. 그러고는 거울을 한참 동안 들여다보았다. 그런 다음 다시 침대로 돌아가서, 펼쳐 놓은 잠옷의 어깨에 스카프를 둘러놓았다.

그녀는 가장 작은 세 번째 꾸러미를 풀었다. 그러나 그것은 붕대 뭉치에 불과했다. 그녀는 그것을 들고 옆방으로 가서 마호가니 옷장의 서랍 속에 넣었다. 그때 마침 냄비 뚜껑이 달그락거리기 시작했다.

찰스가 준 지갑에는 1파운드 금화 열 닢이 들어 있었다. 이 것만으로도 사라가 바깥 세계에 접근하는 방식을 바꾸는 데는 충분했다. 그 열 닢의 금화를 처음 세어 본 이후, 그녀는 밤마다 그것을 다시 세어 보곤 했다. 수전노처럼이 아니라, 줄거리와 영상 속에서 혼자만의 억제할 수 없는 즐거움을 맛보기 위해 똑같은 영화를 몇 번이고 보러 가는 사람처럼……

엑서터에 처음 도착한 후 며칠 동안은 돈을 쓰지 않았다. 음식값으로 약간의 돈을, 그것도 자신의 보잘것없는 저축에서 지불했을 뿐이다. 그러나 그녀는 가게들을 유심히 둘러보고 다녔다. 드레스, 의자, 탁자, 야채, 포도주, 그녀에게 적의를 보이며 다가왔던 수많은 물건들, 비웃는 사람들, 업신여기는 사람들, 두 얼굴을 가진 — 그녀가 앞을 지날 때는 시선을 피하다가 지나간 다음에는 뒤에서 싱글거리는 — 수많은 라임 사람들……. 그녀가 고작 찻주전자 하나를 사는 데 그렇게 오랜 시간이 걸린 이유는 바로 그 때문이었다. 넌 냄비 하나만 있으면 충분해 — 사람들은 이렇게 말하는 것 같았고, 몸에 밴 가난은 그녀를 무소유에 길들였다. 그리고 무엇을 사고 싶은 욕망과는 담을 쌓고 살아왔기 때문에, 하루에 비스 킷 반 조각만 먹으며 몇 주일을 견뎌 낸 선원처럼, 그녀는 이 제 원하기만 하면 어떤 음식이든 먹을 수 있는데도 식욕을 잃어버렸다. 그녀가 불행해졌다는 뜻은 아니다. 오히려 그 반대였다. 그녀는 어른이 된 이후 첫번째 휴가를 즐기고 있 을 뿐이었다.

　그녀는 홍차를 끓였다. 황금빛 작은 불꽃이 난로 속의 주 전자에 반사되어 반짝거렸다. 그녀가 그토록 변했고, 마음의 평화를 얻었으며, 자신의 행운에 감사하고 있는 모습을 보 고, 여러분은 아마 그녀가 찰스로부터 어떤 소식을 들은 모 양이라고 생각할지 모른다. 그러나 사실은 아무 소식도 없었 다. 그리고 나는 지금 그녀가 불빛을 바라보며 마음속에 무 슨 생각을 떠올리고 있는지 알고 싶다. 그녀가 어느 적막한 밤중에 말버러 저택에서 눈물을 흘리고 있을 때 그랬던 것처 럼. 잠시 후 그녀는 일어나서 서랍장으로 가더니 맨 위 서랍 에서 찻숟가락과 찻잔을 꺼냈다. 탁자 앞에 앉아 홍차를 따 른 뒤, 그녀는 마지막 꾸러미를 풀었다. 그것은 작은 고기 파 이였다. 그녀는 전혀 우아하지 않은 태도로 그것을 먹기 시 작했다.

37

체면은 나라 전역을 그 무거운 망토로 뒤덮었다……. 다른
것은 돌아보지 않고 오로지 일편단심으로 그 위대한 여신을
숭배할 수 있는 남자가 경쟁에서 이긴다.
— 레슬리 스티븐, 『케임브리지 스케치』(1865)

부르주아지는…… 부르주아적 생산 방식을 채택하지 않으면
어떤 나라도 존속할 수 없다고 위협하면서 인류 전체가 부르
주아적 생산 방식을 채택하도록 강요한다. 또한 부르주아지
는 그것이 문명이라고 부르는 것을 모든 나라에 도입하도록,
즉 인류 전체가 부르주아가 되도록 강요한다. 한마디로 말해
부르주아지는 그 자신의 형상을 본떠서 세계를 창조한다.
— 카를 마르크스, 『공산당 선언』(1848)

　찰스가 어니스티나의 아버지와 가진 두 번째 공식 면담은
첫번째 면담보다 훨씬 덜 유쾌한 것이었지만, 그것은 프리먼
씨의 잘못이 아니었다. 귀족에 대해 품고 있는 은밀한 감정
— 귀족이란 게으름뱅이다 — 에도 불구하고, 그는 생활의
외적인 면에서는 귀족에게 아첨하고 지위가 낮은 사람을 깔
보는 속물이었다. 그는 모든 면에서 신사처럼 보이는 것을
자신의 일로 삼았고, 번창하고 있는 사업과 마찬가지로 그
일도 잘해 냈다. 그는 또한 의식적으로는 자기가 완벽한 신
사라고 믿고 있었다. 그 믿음에 대한 회의는 무슨 수를 써서
라도 신사처럼 보여야 한다는 그의 무의식적인 강박 관념에
서만 찾아볼 수 있을 것이다.
　상중산층에 새로 들어온 이들 신참자들은 아주 피곤한 위
치에 있었다. 사회적으로는 신참자에 불과했지만 상업계에
서는 강력한 우두머리라는 것을 그들은 너무나 잘 알고 있었
다. 어떤 사람은 — 조럭스 씨[121]처럼 — 신사를 사회적 보

호색으로 선택하여, 진정한 시골 신사의 직업과 재산과 예절을 추구했으며, 또 어떤 사람은 — 프리먼 씨처럼 — 신사라는 말에 새로운 개념을 부여하려고 애썼다. 프리먼 씨는 서리 주 솔숲에 최근에 지은 저택을 하나 가지고 있었지만, 정작 그곳을 즐겨 찾는 사람은 프리먼 씨보다는 그의 아내와 딸이었다. 그는 나름대로 현대의 부유한 교외 통근자의 선구자였다. 다른 점이 있다면, 그가 주말에만 — 그것도 거의 여름에만 — 그 교외 저택에서 지낸다는 점이다. 그리고 그의 현대판 동료들이 골프나 주색잡기를 즐기기 위해 가는 곳을 프리먼 씨는 진지해지기 위해서 갔다.

이윤과 성실(순서 그대로)은 그의 진정한 좌우명이었을 것이다. 그는 1850~1870년의 사회 경제적 격변 — 공장에서 상점으로, 생산자에서 소비자로의 권력 이동 — 을 바탕으로 성공을 거두었다. 소비 풍조의 첫번째 큰 파도는 그의 회계 장부를 대단히 만족스러운 상태로 만들어 주었다. 그리고 거기에 대한 보상으로 — 또한 여우 사냥보다 악덕 사냥을 즐겼던 전(前) 세대의 청교도 모리배들을 모방하여 — 그는 사생활에서 극도로 진지하고 기독교도다운 인물이 되었다. 우리 시대의 실업계 거물들이 예술품을 수집하고 투자를 자선이라는 그럴듯한 색깔로 덧칠하듯, 프리먼 씨도 〈기독교 지식 선전 협회〉나 그와 유사한 호전적 자선 단체에 돈을 기부했다. 그의 피고용자들 — 도제, 견습공, 기타 다수 — 은 오늘날의 기준에 따르면 매우 열악한 환경에서 착취를 당하고 있었다. 그러나 1867년의 기준으로 보면, 프리먼 씨는 예외적일 만큼 진보적이고 모범적인 고용주였다. 그가 하늘나라

121 영국 작가 로버트 서티스(1803~1864)의 소설에 나오는 희극적인 주인공.

로 떠나면, 그 뒤에는 행복한 노동력이 남을 테고, 그의 상속자들은 그 노동력에서 이윤을 얻을 터였다.

그는 강렬한 잿빛 눈동자를 가진 근엄한 교장 같은 남자였다. 그 예리한 눈빛의 사정거리 안에 들어간 사람은 모두 자신을 맨체스터에서 대량 생산된 조잡한 상품처럼 느끼는 경향이 있었다. 그는 찰스가 전하는 소식을 아무 내색도 하지 않고 무표정하게 듣고만 있었다. 찰스가 설명을 끝내자, 근엄한 태도를 유지한 채 한두 차례 고개를 끄덕였을 뿐이다. 침묵이 뒤따랐다. 이 면담은 하이드 파크 저택에 있는 프리먼 씨의 서재에서 이루어졌다. 이 방은 그의 직업 냄새를 전혀 풍기지 않았다. 벽에 줄지어 놓인 책장에는 알맞게 묵직해 보이는 장서들이 즐비하게 꽂혀 있었다. 그리고 마르쿠스 아우렐리우스의 흉상 — 아니, 어쩌면 그것은 목욕하고 있는 파머스턴 경[122]의 흉상이었을까? — 이 놓여 있고, 축제를 묘사한 것인지 전쟁을 묘사한 것인지 분간하기 어려운 대형 판화 두어 점이 적당한 간격을 두고 걸려 있었다. 그러나 이 판화들은 현재의 주위 환경과 너무나 동떨어진 미숙한 인간성을 묘사하고 있는 듯한 인상을 주었다.

이윽고 프리먼 씨가 목청을 가다듬고 붉은색과 황금색의 모로코 가죽을 씌운 책상을 응시했다. 그는 무슨 선언을 내리려는 것 같았지만, 곧 마음을 바꿨다.

「이건 정말 놀라운 일이군. 아주 놀라운 일이야.」

더 긴 침묵이 흘렀다. 그 침묵 속에서 찰스는 짜증과 즐거움이 뒤섞인 복잡한 기분을 느꼈다. 그는 자기가 이 근엄한 장인한테 한몫 얻으러 왔다는 것을 깨달았다. 그러나 장인이

---

122 영국의 정치가. 외무 장관과 총리로 재직하면서 해외 팽창주의를 주도했다. 1784~1865.

자청해서 주겠다고 한 것이 아니라 그가 요구했기 때문에, 그 불만스러운 반응 뒤에 이어진 침묵 속에서 묵묵히 견딜 수밖에 없었다. 침묵은 장인의 불만스러운 반응을 삼켜 버렸다. 프리먼 씨의 은밀한 반응은 사실 신사이기보다는 오히려 사업가의 반응이었다. 찰스의 말을 들었을 때 그의 마음에 즉각 떠오른 생각은, 찰스가 결혼 지참금을 늘려 달라고 요구하러 왔구나 하는 것이었기 때문이다. 그런 요구라면 쉽게 들어줄 수 있었다. 그러나 끔찍한 가능성이 동시에 떠올랐다 ─ 저 녀석은 백부가 결혼하리라는 것을 애초부터 알고 있었던 게 아닐까. 그가 가장 질색하는 것 하나는 중요한 사업상의 거래에서 패배하는 것이었다. 게다가 이번 사업은 뭐니 뭐니 해도 그가 가장 사랑하는 딸과 관련된 문제였다.

마침내 찰스가 침묵을 깨뜨렸다. 「저의 백부께서 그런 결정을 내린 것은 저에게도 정말 큰 충격이었습니다. 이런 말은 덧붙일 필요도 없을 줄 압니다만.」

「물론 그랬겠지. 그렇고말고.」

「하지만 저는 장인어른께 즉시 알려 드리는 것이, 또 직접 만나 뵙고 말씀드리는 것이 도리라고 느꼈습니다.」

「옳은 말일세. 그런데 어니스티나…… 그 애도 알고 있나?」

「티나에겐 가장 먼저 말해 주었습니다. 티나도 마음이 좀 상했을 겁니다. 하기야 그동안 저에게 베풀어 준 애정을 생각하면 당연한 노릇이지요.」 찰스는 잠시 망설이다가 주머니를 뒤적거렸다. 「티나가 장인어른께 보낸 편집니다.」

그는 일어나서 그것을 책상 위에 놓았다. 프리먼 씨는 날카로운 잿빛 눈동자로 그 편지를 물끄러미 바라보았다. 그는 다른 생각에 잠겨 있는 게 분명했다.

「자넨 아직도 상당한 소득을 갖고 있지. 그렇지 않은가?」

「부모님이 저를 가난뱅이로 남겨 놓았다고는 할 수 없겠죠.」

「거기다 자네 백부께서 상속자를 얻을 만큼 운이 좋지 않을 가능성도 추가해야겠지?」

「그렇습니다.」

「그리고 어니스티나가 자네와 결혼할 경우 상당한 재산을 가지고 갈 거라는 확실성도 추가해야 할 테지?」

「정말 너그러우십니다.」

「그리고 언젠가 내가 영원한 안식처로 부름받게 될 테고…….」

「장인어른, 저는…….」

승리는 신사의 것이었다. 프리먼 씨는 자리에서 일어섰다. 「우리 사이에 못할 얘기가 뭐 있겠나. 이보게, 찰스, 자네한테 솔직히 털어놓겠네. 내가 가장 중요하게 생각하는 건 내 딸의 행복이야. 하지만 경제적인 관점에서 보면, 그 애와 결혼하는 남자는 횡재를 하는 셈이라는 건 구태여 말할 필요도 없겠지. 자네가 그 애와 결혼하고 싶다면서 내 허락을 요청했을 때, 자네가 내 눈에 탐탁해 보인 데에는 자네의 신분이나 재산이 어니스티나와 걸맞다는 점도 적잖이 작용했네. 나는 그 결혼이 상호 존중과 상호 가치에 입각한 결합이 되리라고 확신할 수 있었지. 그런데 이제 자네의 처지가 달라졌어. 그런 상황 변화는 마른하늘의 날벼락 같았다고 자네는 말했지만, 자네의 도덕적인 정직성을 아는 사람조차 자네가 처음부터 불순한 동기를 갖고 있었다고 생각할 가능성이 있어. 내가 염려하는 건 바로 그 점일세.」

「그건 단연코 제 걱정거리이기도 합니다, 장인어른.」

더욱 긴 침묵이 흘렀다. 두 사람 다 실제로 항간에 무슨 말이 나돌 것인가를 잘 알고 있었다. 그 결혼을 둘러싸고 악의에 찬 험담이 퍼질 게 분명했다. 사람들은 이렇게 말할 것이다 ― 찰스는 청혼하기 전에 이미 자기가 유산을 받을 수 없으리라는 것을 알고 있었다고. 그리고 어니스티나는, 다른 데서라면 돈을 무기 삼아 손쉽게 손에 넣을 수도 있었을 〈마님〉 칭호를 어이없게 잃어버렸다고 비웃음을 받을 것이다.

「편지를 읽어 보는 게 좋겠군. 실례하네.」

그는 순금제 종이칼로 봉투를 찢었다. 찰스는 창가로 가서 하이드 파크의 나무들을 내려다보았다. 베이스워터 가에 마차들이 줄지어 서 있고, 그 너머에 한 처녀 — 외모로 미루어 가게 점원이나 하녀 같아 보였다 — 가 울타리 앞 벤치에 앉아 있는 것이 보였다. 누군가를 기다리고 있는 모양이라고 생각하는 순간, 붉은 재킷을 입은 군인이 나타났다. 그가 인사를 하자, 여자는 그를 돌아보았다. 얼굴을 보기에는 거리가 너무 멀었지만, 남자의 목소리에 고개를 돌리는 여자의 열정적인 모습은 그들이 연인 사이라는 것을 분명히 보여 주었다. 군인은 여자의 손을 잡고, 그 손을 자기 가슴에 잠시 눌러 댔다. 그러고는 무슨 말인가를 속삭였다. 그러자 여자는 손을 그의 겨드랑 밑으로 살며시 밀어 넣었고, 그들은 옥스퍼드 가 쪽으로 천천히 걸어가기 시작했다. 이 하찮은 장면을 찰스는 넋을 잃고 바라보았다. 그래서 프리먼 씨가 손에 편지를 들고 옆으로 다가왔을 때, 그는 그만 깜짝 놀랐다. 프리먼 씨는 미소를 짓고 있었다.

「그 애가 추신으로 덧붙인 말을 아무래도 자네한테 읽어 줘야 할 것 같네.」 그는 은테 안경을 꺼내 썼다. 「〈아빠가 한순간이라도 찰스의 터무니없는 말에 귀를 기울이신다면, 저는 그이를 부추겨 함께 파리로 도망가고 말겠어요.〉」 그는 무뚝뚝하게 찰스를 올려다보았다. 「우리에겐 선택의 여지가 없는 것 같군그래.」

찰스는 희미하게 웃었다. 「하지만 장인어른께서 좀 더 생각해 볼 시간을 원하신다면……」

프리먼 씨는 이 양심적인 사내의 어깨에 손을 올려놓았다. 「난 내 딸의 약혼자가 만사 순조로웠을 때보다 역경에 처했을 때 오히려 더 존경할 만하다는 것을 깨달았노라고 그 애한테 말해 주어야겠네. 그리고 자네가 라임으로 빨리 돌아갈수록 일이 더 순조로울 거라고 생각하는데, 자네 생각은 어떤가?」

「너무나 많은 친절을 베풀어 주셔서, 뭐라고 감사의 말씀을 드려야 할지…….」

「천만에. 자네가 오히려 나한테 큰 친절을 베풀어 주고 있지. 내 딸을 그렇게 행복하게 만들어 주고 있으니 말일세. 그 애의 편지가 모두 그렇게 천박한 투로 쓰인 건 아니야.」 그는 찰스의 팔을 잡고 방 안쪽으로 데리고 갔다. 「이보게, 찰스…….」 이런 말투는 프리먼 씨에게 일종의 즐거움을 주었다. 「……나는 말이지, 결혼 때 드는 비용을 미리 어느 정도 정해 놓는 일이 반드시 나쁜 거라고는 생각지 않네. 하지만 상황이…… 내 말뜻을 알겠지?」

「정말 친절…….」

「더 이상 말하지 말게.」

프리먼 씨는 열쇠고리를 꺼내 책상 서랍을 열고, 무슨 귀중한 국가 기밀문서나 되는 것처럼 딸의 편지를 집어넣었다. 아니면 그가 하인이라는 족속에 대해 빅토리아 시대의 대다수 고용주들보다 더 많이 알고 있었기 때문이었는지도 모른다. 그는 서랍을 다시 잠그면서 찰스를 쳐다보았다. 찰스는 이제 자신이 일개 고용인 — 주인의 총애를 받고 있긴 하지만, 어쨌든 실업계 거물의 손아귀에 들어와 버린 고용인 — 의 신세가 되어 버렸다는 불쾌감을 느끼고 있었다. 이어서 그보다 더 나쁜 일이 일어났다. 결국 프리먼 씨의 내면에 있는 신사는 친절만 베풀기로 결심한 게 아닌 모양이다.

「마침 기회가 좋은 것 같으니, 어니스티나와 자네에 관련된 또 다른 문제에 대해서 내가 속마음을 털어놓아도 괜찮겠나?」

찰스는 동의하는 뜻으로 공손하게 고개를 숙였다. 그러나 프리먼 씨는 어떻게 말을 꺼내야 할지 몰라 잠시 난처해하고 있는 것 같았다. 그는 다소 야단스러운 몸짓으로 종이칼을 제자리에 돌려놓고는, 방금 떠나온 창가로 되돌아갔다. 그러고는 찰스에게 돌아섰다.

「이보게, 찰스. 나는 나 자신을 모든 면에서 운이 좋은 남자라고 생각하네. 한 가지만 빼고는.」 그는 양탄자를 내려다보며 덧붙였다. 「나에겐 아들이 없어.」 그는 다시 말을 멈췄다. 그러고는 사위에게 탐색하는 듯한 시선을 던졌다. 「자네한테는 장사가 혐오스럽게 여겨지리라는 건 나도 이해하네. 사실 그건 신사의 직업이 아니지.」

「그건 위선에 불과합니다. 장인어른 자신이 그것을 증명해주고 있잖습니까?」

「정말로 그렇게 생각하나? 설마 위선적인 빈말은 아니겠지?」

그의 청회색 눈이 갑자기 찰스를 똑바로 바라보았다. 찰스는 잠시 당황했다. 그는 팔을 벌렸다.

「저는 이렇게 생각합니다. 지성을 가진 사람이라면 상업이 갖는 커다란 공익성과 우리나라에서 차지하는 비중을……」

「아아, 좋아. 그건 정치인들이 으레 지껄이는 입에 발린 소리야. 그들은 그렇게 말할 수밖에 없어. 우리나라의 번영은 상업에 달려 있으니까. 하지만 자네는…… 남들한테 장사꾼이라는 말을 듣게 되면 기분이 어떻겠나?」

「그럴 가능성은 절대로 없습니다.」

「하지만 그 가능성이 생긴다면?」

「그럼 장인어른께선…… 제가……」

그제야 그는 장인의 속셈을 깨달았다. 그리고 그가 충격받은 것을 보자 장인은 서둘러 신사의 모습으로 되돌아갔다.

「물론 자네가 내 사업체의 일상 업무로 골치를 썩어야 한다는 뜻은 아닐세. 그런 건 중역과 사무원들이 할 일이니까. 하지만 내 사업은 번창하고 있다네, 찰스. 내년에는 브리스틀과 버밍엄에 지점을 낼 계획인데, 그건 시작에 불과해. 난 자네한테 지리적인 왕국이나 정치적 왕국은 줄 수 없지만, 언젠가는 어니스티나와 자네가 일종의 왕국을 갖게 되리라고 확신하네.」 프리먼 씨는 방을 오락가락하기 시작했다. 「자네가 나중에라도 백부의 소유지를 관리하는 의무를 떠맡게 된다면, 난 아무 말도 않겠네. 하지만 자네는 정력이 있고, 교육도 받았고, 또 뛰어난 능력을……」

「하지만 저는…… 장인어른께서 제의하시는 문제에 대해…… 거의 알지 못합니다.」

프리먼 씨는 손사래를 쳐서 찰스의 항변을 물리쳤다. 「정직과 성실, 남에게 존경받는 능력, 사람 됨됨이를 판단하는 날카로운 통찰력…… 이런 것들이 훨씬 중요하다네. 그리고 난 자네가 그런 능력을 충분히 가졌다고 생각하네.」

「장인어른께서 제의하고 계신 게 뭔지, 정확히 알 수 없군요.」

「당장에 뭘 해달라는 건 아닐세. 어쨌든 내년이나 내후년까지는 자네도 신혼 생활을 마음껏 즐겨야 할 테고. 그럴 때 외부의 간섭이나 관심이 달갑지 않으리라는 건 나도 알고 있네. 하지만 언젠가는 자네가…… 어니스티나를 통해…… 내 사업체를 물려받게 되리라는 것을 알고 기뻐하는 날이 온다면…… 그 사업을 더욱 키우는 것보다…… 나와…… 집사람에게 더 큰 즐거움을 안겨 주는 건 아무것도 없을 걸세.」

「배은망덕한 사람처럼 보이고 싶지는 않습니다만…… 그

건 제 기질과는 전혀 어울리지 않는 것 같습니다. 저는 그런 재능을 별로…….」

「나는 다만 동업을 제의하고 있을 뿐이야. 실제로 처음에는 사무실에 가끔 들러서 일이 어떻게 진행되고 있는지를 대충 살펴보고 직원들을 감독하는 정도밖에는 할 일이 없을 걸세. 내가 지금 책임 있는 부서에 기용하고 있는 간부들이 어떤 사람들인가를 알면 자네도 아마 놀랄걸? 그들과 알고 지내는 것을 창피하게 생각하지는 못할 걸세.」

「제가 망설이고 있는 것은 결코 사회적인 이유 때문이 아닙니다.」

「그렇다면 자네의 겸손 때문이라고 생각할 수밖에 없겠군. 그리고 그 점에 있어서는 자네가 스스로를 잘못 판단하고 있는 걸세. 내가 말한 그런 날, 내가 더 이상 이 세상에 존재하지 않는 날이 반드시 올 걸세. 물론 자네는 내가 일생을 바쳐 이루어 놓은 사업을 몽땅 처분해 버릴 수도 있고, 자네 대신 사업체를 관리해 줄 우수한 경영자를 찾을 수도 있겠지. 하지만 성공적인 기업은 훌륭한 군대가 장군을 필요로 하듯 적극적인 소유주를 필요로 한다네. 장군이 직접 전쟁터에 나가 지휘하지 않으면, 병사들은 최선을 다하려 들지 않는 법이거든.」

찰스는 이 매력적인 비유가 안겨 준 최초의 충격에 짓눌려, 마치 사탄의 유혹을 받는 나사렛 예수 같은 기분을 느꼈다. 그도 역시 예수처럼 황야에서 며칠을 보냈기 때문에, 그 제안이 더욱 매력적으로 보였다. 그러나 그는 신사였다. 신사는 장사꾼이 될 수 없다. 어떻게 하면 거절의 뜻을 전할 수 있을까. 방법을 찾아보았지만 결국 실패했다. 사업상의 담판에서 우유부단은 곧 약점을 의미한다. 프리먼 씨는 기회를 포착했다.

「언젠가 자네가 말했지. 우린 모두 원숭이의 자손이라고.

나는 물론 그 견해에 동의하지 않을뿐더러, 신에 대한 모독이라고 생각하네. 하지만 우리가 사소한 의견 충돌을 일으켰을 때 자네가 말한 것 가운데 어떤 문제에 대해서는 생각을 많이 해봤다네. 자네가 말했던 것…… 그게 뭐더라…… 아아, 진화론이었지. 그 이론의 취지에 대해서 다시 한 번 말해 주었으면 좋겠군. 종(種)은 반드시 변한다고 그랬던가……?」

「생존을 위해서요. 종은 환경 변화에 적응해야 합니다.」

「바로 그래. 이제 나는 그걸 믿을 수가 있네. 난 자네보다 스무 살이나 나이가 많아. 게다가 나날의 입맛에 맞게 스스로를 변화시키지 않으면, 그것도 아주 멋들어지게 변화시키지 않으면 살아남을 수 없는 환경에서 일생을 살아왔다네. 적응에 실패하면 파산하고 말지. 자네도 알다시피 시대는 변하고 있네. 지금은 위대한 진보의 시대야. 진보란 팔팔한 말과 같아서, 사람이 말에 올라타지 못하면 말이 사람 위에 올라타게 돼. 신사가 되는 게 일생을 바칠 만한 일이 못 된다고는 말할 수 없지만…… 그렇고말고, 그런 말은 절대로 못하지……. 하지만 지금은 행동의 시대, 위대한 행동의 시대일세, 찰스. 이런 일들은 자네와 관계가 없다고, 자네보다 수준이 낮은 문제라고 말할지 모르지만, 정말로 자네와 관계가 없는지 자문해 보게. 내가 제안하는 건 그것뿐일세. 찬찬히 심사숙고해 봐야 하네. 아직 결정을 내릴 필요는 없네. 그럴 필요는 전혀 없지.」 그는 잠시 말을 멈췄다가 덧붙였다. 「하지만 이 생각을 그냥 팽개쳐 버리지는 않겠지?」

이때쯤 찰스는 자신을 서툴게 수놓인 손수건 견본, 모든 면에서 진화의 희생자가 된 듯한 기분을 느끼고 있었다. 자기 존재의 무용성에 대한 해묵은 회의가 너무도 간단히 되살아났다. 프리먼 씨가 실제로는 자기를 어떻게 생각하고 있는지, 이제는 짐작할 수가 있었다. 장인은 그를 게으름뱅이로 여기고 있는 것이다. 또 그가 제의하고 있는 것은, 한마디로 말해서 아내의 지참금만큼 일을 해야 한다는 것이다. 찰스는 조심스럽게 냉담한 태도를 보이고 싶었지만, 프리먼 씨의 격렬한 목소리 뒤에는 어떤 따뜻함, 사위에 대한 애정이 담겨 있었다. 찰스는 평생 동안 유쾌한 언덕들 사이를 돌아다니다가 이제 단조롭고 광활한 평원에 다다른 듯한 기분을 느꼈다. 게다가 유명한 순례자와는 달리, 저 아래 펼쳐진 평원에는 의무와 굴욕밖에 보이지 않았다. 적어도 행복과 진보가 보이지 않는 것은 너무나 분명했다.

찰스는 그의 속마음을 꿰뚫어 보고 있는 듯한 시선으로 대답을 기다리고 있는 사업가의 눈을 겨우 들여다보았다.

「솔직히 말해서 저는 좀 당황하고 있습니다.」

「난 다만 그 문제를 생각해 보라고 요구하는 것뿐일세.」

「물론입니다. 그렇게 하고말고요. 아주 진지하게 생각해 보겠습니다.」

프리먼 씨는 문으로 가서 그것을 열었다. 그러고는 미소를 지었다. 「자네는 또 한 차례 고역을 치러야 할 것 같군. 프리먼 부인께서 우리를 기다리고 있거든. 라임의 최근 소식을 듣고 싶어서 안달하고 있다네.」

잠시 후 두 남자는 널따란 복도를 지나, 이 저택의 중앙 홀이 내려다보이는 넓은 층계참으로 걸어갔다. 이 집에 있는 것 가운데 당대의 최고급품이 아닌 것은 거의 없었다. 그러나 그들이 층계참을 돌아서 하인 쪽으로 내려가고 있을 때, 찰스는 문득 자신의 가치가 떨어진 듯한 ─ 우리에 갇힌 사자 같은 ─ 기분을 느꼈다. 전혀 예기치 않게 윈즈야트에 대한 애정이 가슴을 저몄다. 윈즈야트를 채우고 있는 그 〈형편없는〉 낡은 그림들과 가구들, 윈즈야트의 연륜, 안도감, 품위에 대한 사무치는 애정이 문득 마음을 스쳤다. 진화라는 추상적인 개념은 분명 매력적이었다. 그러나 그것의 실제는, 그들이 막 들어가려는 방의 문틀을 이루고 있는 코린트식 원주처럼, 겉치레의 속물근성으로 얼룩져 있는 듯이 보였다. 그 문턱 위에서, 그와 그의 고문자는 새로 금도금한 문기둥을 지나 안으로 들어가기 전에 잠깐 ──「찰스 스미스선 씨께서 오셨습니다, 마님!」── 걸음을 멈췄다.

38

나한테도 머지않아 황금시대의 흔적이 찍히겠지요 —
안 될 이유가 없잖아요? 나는 희망도 없고 믿음도 없답니다.
내 마음을 맷돌처럼 단단하게 하시고,
내 얼굴을 부싯돌처럼 딱딱하게 하시고,
속고 속이다가 죽어 가게 하소서.
누가 알리오, 우리는 결국 재와 먼지인 것을.
— 앨프레드 테니슨, 『모드』(1855)

찰스가 마침내 프리먼 씨의 저택을 나와 널따란 현관 계단에 내려섰을 때는 거의 황혼 무렵이었다. 흐릿한 안개 속에는 길 건너 공원에서 풍겨 오는 신록의 향기와 오랫동안 익숙해진 매연 냄새가 뒤섞여 있었다. 찰스는 그 매콤한 공기를 깊이 들이마신 다음, 걸어서 가기로 마음을 정했다. 불려 온 이륜마차는 돌려보냈다.

그는 뚜렷한 목적지도 없이, 세인트제임스 가에 있는 클럽 쪽으로 걸음을 옮겼다. 그는 우선 하이드 파크의 울타리를 따라 걸어갔다. 이 육중한 철제 울타리들은 불과 3주 뒤에, 선거법 개정안 통과를 촉구하기 위해 그 일대에서 시위를 벌인 군중 앞에서(또한 찰스가 좀 전에 악수를 나눈 사람의 공포에 질린 눈 앞에서) 무너져 내릴 터였다. 다음에는 모퉁이를 돌아 파크레인[123]으로 들어섰다. 그러나 그곳의 교통 혼잡

123 하이드 파크 공원의 동쪽 울타리를 따라 나 있는 도로.

은 정말 불쾌할 정도였다. 빅토리아 시대 중엽의 교통 체증은 요즘 못지않게 극심했다. 게다가 요즘보다 훨씬 시끄러웠다. 마차들이 쇠테 타이어를 바퀴로 달고 다닌 탓에, 화강암으로 포장된 도로를 다닐 때 나는 소리가 요란했기 때문이다. 그래서 찰스는 지름길을 택하여 메이페어[124]의 심장부로 뛰어들었다. 안개가 더 짙어졌다. 앞이 안 보일 정도는 아니지만, 지나치는 것들이 환상적으로 보이기에는 충분했다. 그는 마치 외계에서 온 방문객, 설명해 주기 전에는 아무것도 이해하지 못하는 고지식한 캉디드[125] 같은 사람, 갑자기 풍자 감각을 박탈당한 사람 같았다.

정신에서 가장 근본적인 측면을 박탈당하고 나자, 그는 이제 벌거벗겨진 것이나 다름없었다. 지금 찰스가 느끼고 있는 기분을 이보다 더 잘 표현해 주는 비유는 없을 것이다. 무엇 때문에 어니스티나의 아버지를 찾아갔는지 이해할 수가 없었다. 편지로 모든 문제를 처리할 수도 있었을 텐데. 그의 양심적인 행동이 이제 와서 어리석게 보인다면, 그가 말한 이야기들 — 가난이라든가, 수입을 조절할 필요가 있다는 등 — 도 마찬가지로 어리석고 터무니없는 것이었다. 당시 부자들은, 특히 안개가 짙은 저녁에는, 마차를 타고 다녔다. 걸어다니는 사람은 십중팔구 가난한 사람들이었다. 따라서 찰스가 길에서 마주친 얼굴들은 거의가 신분이 낮은 사람들이었다 — 메이페어의 대저택에 고용된 하인들, 사무원들, 점원들, 거지들, 거리 청소부들(마차가 도로를 장악하고 있던 그 시대에는 지금보다 훨씬 천한 직업이었다), 행상인들, 개구쟁이 아이들, 창녀 두어 명……. 1년에 1백 파운드의 수입만 생겨도 이

---

124 하이드 파크 공원 동쪽에 있는 고급 주택가.
125 프랑스의 철학자 볼테르의 소설 『캉디드』의 주인공.

들에게는 엄청난 행운일 터였다. 그런데 찰스는 그 액수의 스물다섯 배나 되는 수입이 있는데도 생활에 쪼들려야 한다는 이유로 동정을 받았다.

찰스는 초기 사회주의자가 아니었다. 그는 자신이 경제적으로 누리고 있는 특권적 지위에 대해 도덕적 죄책감을 느끼지 않았다. 다른 면에서는 특권을 전혀 누리지 못한다고 느꼈기 때문이다. 그 증거는 찰스 주위에 널려 있었다. 그가 지나친 사람들, 그를 지나쳐 간 사람들은 불쌍해 보여야만 돈을 벌 수 있는 거지들을 제외하고는 대체로 자신의 운명을 그다지 불행하게 여기는 것 같지 않았다. 그러나 그는 〈지금〉 불행했다. 소외되어 있었기 때문에 더욱 불행했다. 신사가 자신을 보호하기 위해 주위에 둘러쳐야 하는 거대한 계급 구조가 그에게는 마치 고대에 번성했던 파충류를 멸종으로 몰고 간 묵직한 비늘 갑옷처럼 느껴졌다. 지구의 지배자 자리를 빼앗긴 이 괴물을 생각하느라 그의 걸음이 느려졌다. 보다 활기차고 보다 환경에 잘 적응하고 있는 생명들이 그 앞에서 마치 현미경 밑에 놓인 아메바처럼 작은 상점가를 분주히 오가고 있을 때, 찰스는 살아 있는 화석처럼 그 자리에 멈춰 섰다.

손풍금을 목에 건 거리의 악사 두 명이 경쟁하는 판에 밴조 연주자가 끼어들었다. 감자 장수, 족발 장수(「하나에 1페니요. 뜨끈뜨끈한 족발 하나에 1페니!」), 군밤 장수, 성냥팔이 노파, 꽃바구니를 들고 있는 또 다른 노파, 수도 고치는 사람, 하수구 뚫는 사람, 뒤를 접어 올린 모자를 쓴 쓰레기 청소부, 네모난 연장통을 멘 수리공들…… 누더기를 걸친 부랑아들이 문 앞이나 연석(緣石) 위에 앉아 있거나 마차 정거장 기둥에 기대서 독수리처럼 탐욕스러운 눈빛을 내뿜고 있었다. 몸을 따뜻하게 하려고 발을 동동거리고 있던 아이들 가

운데 하나 — 다른 아이들처럼 그 아이도 맨발이었다 — 가
광고 전단을 나누어 주는 아이한테 날카로운 경고의 휘파람
을 불었다. 그 아이는 찰스가 이 활기 넘치는 무대에 막 등장
했을 때, 천연색으로 인쇄된 광고 전단 다발을 휘두르며 그
에게 뛰어왔다.

찰스는 급히 몸을 돌려, 좀 더 어두운 거리를 찾았다. 귀에
거슬리는 목소리가 유행가를 흥얼거리면서 그의 뒤를 따라
왔다.

> 「마머듀크 나리, 우리 집에 와서
> 저와 저녁 식사를 같이하지 않으실래요?
> 맛있는 흑맥주 한 잔을 비우고 나면
> 우리는 닐리리 닐리리 할 텐데
> 우리는 닐리리 닐리리 할 텐데……」

목소리와 거기에 담겨 있는 조롱에서 마침내 벗어났을 때,
그 노래는 찰스에게 런던의 또 다른 분위기, 즉 죄악의 냄새
를 생각나게 했다. 이 도시에 만연한 매연만큼 체감할 수는
없어도, 매연만큼 분명히 느낄 수 있는 이 냄새는 가끔 마주
친 거리의 여인들보다는 — 그는 지나치게 신사의 분위기를
풍겼고, 그 여자들은 그보다 신분이 낮은 먹이를 노리고 있
었기 때문에, 이들은 그가 지나가도 그저 멍하니 바라보기만
했다 — 오히려 대도시가 일반적으로 지니고 있는 익명성에
서 풍겨 나오고 있었다. 이곳에서는 모든 것이 감춰질 수 있
고, 누구의 눈에도 뜨이지 않은 채 지나칠 수 있다는 의식.

라임은 날카로운 눈들이 여기저기서 번뜩이는 마을이었
다. 그러나 이곳은 장님들의 도시였다. 돌아서서 그를 바라
보는 사람은 아무도 없었다. 그는 어느 누구에게도 관심의

대상이 될 수 없었다. 존재하지도 않는 것 같았다. 이런 느낌은 그에게 해방감을 안겨 주었다. 그러나 현실 속에서는 이미 자유를 잃어버렸기 때문에 ── 요컨대 자유는 윈즈야트와 함께 사라졌다 ── 그 해방감이 오히려 고통스러웠다. 그는 모든 것을 잃어버렸다. 그리고 눈에 보이는 것마다 그 상실의 고통을 상기시켜 줄 뿐이었다.

남녀 한 쌍이 바쁜 걸음으로 그의 옆을 지나쳤다. 그들은 프랑스 어로 말을 나누고 있었다. 프랑스 어! 그때 찰스는 문득 깨달았다. 내가 지금 런던에 있지 않고 외국을 여행하고 있다면 얼마나 좋을까. 다시 한 번! 〈여기서 달아날 수 있다면, 달아날 수만 있다면……〉 그는 이 말을, 그것도 프랑스 어로, 열두 번도 넘게 중얼거렸다. 그러다가 그토록 비현실적이고 낭만적인 데다 책임감이 부족한 자신을 나무라며, 정신 차리라고 속으로 자신을 흔들었다.

그는 마구간 거리를 지나갔다. 당시의 유행처럼 오두막을 잇대어 지어 놓은 것이 아니라 원래의 기능에만 충실하게 만들어 놓은 것이어서, 몹시 시끄러웠다. 말들을 빗질하거나 돌보는 소리, 마차를 끌어내는 소리, 말을 마차의 끌채 사이에 묶을 때 뒷걸음치는 말발굽 소리, 마부가 마차 옆을 닦으면서 요란하게 불어 대는 휘파람 소리가 한데 뒤섞여 들려왔다. 모두가 저녁 일을 시작할 준비에 바빴다. 놀라운 논리가 찰스의 마음을 스치고 지나갔다. 하층 계급이 상류 계급보다 속으로는 더 행복하다는 생각이었다. 그들은 급진론자들이 주장하는 그럴듯한 이론처럼 부자들의 탐욕과 우둔함에 짓눌려 신음하는 하부 구조가 아니라, 오히려 행복한 기생충에 더 가까웠다. 그는 몇 달 전에 윈즈야트의 정원에서 우연히 발견한 고슴도치 한 마리를 생각해 냈다. 지팡이로 툭툭 쳤더니, 고슴도치는 몸을 둥글게 웅크렸다. 그러자 곧추선 털

가시 사이에 벼룩들이 어지럽게 엉크러져 우글거리는 것이 보였다. 그는 나름대로 과학에 조예를 가진 생물학자였던 만큼, 이 자연계의 상호 관계에 비위가 뒤틀리기보다는 오히려 매혹되었다. 그러나 지금 그는 맥 빠진 기분이었다. 누가 고슴도치인가? 유일한 방어 수단이라고는 죽은 체하고 누워서 그 뾰족한 털 — 귀족 의식 — 을 곤추세우는 것밖에 모르는 동물, 그것은 과연 누구인가?

잠시 후 그는 철물상 앞에 이르러, 창문을 통해 안을 들여다보았다. 중산모를 눌러쓰고 앞치마를 두른 철물상 주인이 계산대 앞에 서 있었다. 사내는 열 살쯤 된 소녀에게 양초를 세어 주는 중이었고, 소녀는 빨간 손에 쥔 동전을 쳐들어 보이고 있었다.

장사. 상업. 그는 장인이 제의한 문제를 생각해 내고는 얼굴을 붉혔다. 나한테 그런 제의를 하다니! 그 제의가 자기와 같은 계층에 대한 모욕과 경멸에서 나온 것임을 찰스는 이제야 알 것 같았다. 찰스는 절대로 사업에 투신하거나 장사꾼이 되지 않으리라는 것을 프리먼 씨는 분명히 알고 있었다. 찰스는 그 이야기가 처음 나왔을 때 곧바로 냉정하게 거부했어야 했다. 하지만 그의 재산이 모두 장인한테서 나오도록 되어 있는데 어떻게 그런 무모한 짓을 할 수 있었겠는가? 여기서 우리는 찰스의 불만이 싹트게 된 진정한 원천에 접근하게 된다. 즉, 자기는 돈에 팔린 남편이고, 장인의 꼭두각시에 불과하다는 느낌. 이런 결혼은 당시만 해도 — 특히 그의 계급에서는 — 일종의 전통이었다. 이 전통은 정략결혼이 하나의 공인된 사업 계약이었던 시대의 소산으로, 이 계약에서 남편과 아내는 어느 쪽도 돈으로 계급을 산다는 계약 조건 이상의 것을 상대에게 기대하지 않았다. 그러나 이제 결혼은 순수하고 성스러운 결합이었고, 순전한 편의가 아니라 순수한 사랑을 창조하기 위한 기독교 의식의 하나였다. 그가 혹 그런 제의를 받아들였다 해도, 어니스티나는 그들의 결혼에서 사랑이 부차적인 원칙으로 격하되는 것을 결코 용납하지 않으리라는 것을 그는 알고 있었다. 어니스티나의 일관된 원칙은 찰스가 자기를 사랑하는 것, 오직 자기만을 사랑하는 것이었다. 그 밖에 필요한 것들 — 그녀의 지참금에 대한 그의 고마움, 배우자 관계를 이용한 도덕적 갈취 따위는 사랑의 원칙에서 나오는 부차적인 것들이었다.

그는 운명의 마법에라도 걸린 듯이 어느 길모퉁이에 이르렀다. 어둑한 골목길 끝에는 불을 환히 밝힌 건물 정면이 자리 잡고 있었다. 그는 지금쯤 피카딜리 가에 다다랐으려니 생각했다. 그런데 어두운 골목 끝에 서 있는 황금빛 궁전은 그가 원래 가고자 했던 방향과는 반대쪽에 있었다. 그는 자기가 방향 감각을 잃어버리고, 장인의 상점이 있는 옥스퍼드 가로 (그렇다! 이건 분명 운명의 장난이다!) 나온 것을 깨달았다. 그는 자석에라도 끌린 듯이 골목길을 빠져나와 옥스퍼드 가로 들어갔다. 그러자 노란색의 대형 건물이 한눈에 들어왔다. 최근에 판유리로 바꾼 창을 통해, 건물 안에 가득 차 있는 면직물과 각종 레이스, 가운들, 둘둘 말아 쌓아 둔 옷감 뭉치들이 보였다. 최근에 개발된 아닐린 염료로 물들인 옷감들이 여기저기에 세워져 있거나 펼쳐져서 소용돌이치고 있는 모양은 그 일대의 공기마저 오염시키고 있는 듯했다. 벼락부자 냄새가 진동했다. 물건마다 값을 알려 주는 하얀 딱지가 붙어 있었다. 가게는 아직 열려 있었고, 사람들이 출입문을 통해 들락거리고 있었다. 찰스는 자신이 그 문을 통해 출입하는 모습을 상상해 보려고 했지만 완전히 실패했다. 그보다는 차라리 문간 옆에 웅크리고 있는 거지가 되는 편이 나을 터였다.

전에는 그 가게가 음담패설이나 오스트레일리아의 금광처럼 자신과는 아무 상관도 없는 곳, 현실 세계에 거의 존재하지 않는 곳으로 여겼었다. 그러나 이제 그 가게는 힘으로 가득 차 있는 것처럼 보였다. 그것은 거대한 엔진, 가까이 다가오는 것을 모조리 삼켜 가루로 만들어 버리려고 기다리는 베헤모스[126]였다. 그 거대한 건물, 그와 비슷한 다른 건물들, 그것의 황금, 그것의 위력 — 이 모든 것을 손에 쥐는 것은, 그 당시에도 많은 사람들에게 지상의 천국으로 보였을 게 분명하다. 하지만 찰스는 맞은편 보도에 서서, 그 건물을 영원히 없애 버리고 싶다는 듯이 눈을 감았다.

물론 그의 이 같은 거부감 속에는 비열한 면 — 조상들의 판단과 영향력에 자신을 내맡기는 단순한 속물근성 — 도 있었다. 그러한 거부감 속에는 게으름 — 노동에 대한, 판에 박힌 일상에 대한, 세세한 것까지 신경을 써야 하는 데 대한 두려움 — 도 있었다. 그러한 거부감 속에는 비겁한 면도 있었다. 여러분도 벌써 알아차렸겠지만, 찰스는 다른 사람, 특히 자기보다 낮은 계층의 사람들에게 두려움을 느끼고 있었기 때문이다. 길 건너편 창문 앞에 몰려 있는 사람들, 출입문을 통해 드나드는 사람들 — 이들과 관계를 맺는다는 것은 생각만 해도 그를 구역질 나게 했다. 그것은 도저히 참을 수 없는 일이었다.

그러나 그의 거부감 속에도 한 가지 고상한 요소가 있었다. 돈을 추구하는 것이 인생의 전부는 아니라는 생각이 그것이었다. 그는 다윈이나 디킨스 같은 위대한 과학자나 예술가는 되지 못할 것이다. 고작해야 딜레탕트, 한량, 무위도식자에 불과했을지 모른다. 그러나 자신을 하찮게 여기는 마음

---

126 구약 「욥기」에 나오는 거대한 괴물.

속에는 야릇하고 덧없는 자존심도 섞여 있었다. 쓸모없는 존재 ─ 가시 말고는 아무것도 가진 게 없는 존재 ─ 가 되기를 선택하는 것은 신사의 수많은 결점을 보충해 주는 유일한 장점, 즉 그에게 남아 있는 마지막 자유라는 생각은 그에게 너무도 분명히 다가왔다. 저 가게에 한 발짝만 들여놓으면, 나는 끝장이야.

이런 딜레마가 여러분에게는 역사적인 것으로 보일지도 모른다. 1867년 4월의 어느 날 저녁에 찰스는 비관적인 상상력으로 〈신사〉라는 족속의 멸종을 예견했지만, 1969년인 지금 〈신사〉의 멸종 정도는 찰스가 예견했던 것보다 훨씬 심하다. 그러나 나는 멸종 위기에 놓인 〈신사〉라는 족속을 특별히 변호하고 있는 것은 아니다. 죽음은 만물의 본질 속에 들어 있는 하나의 요소가 아니라, 만물의 본질 그 자체다. 그러나 죽는 것은 형태일 뿐, 그 형태를 이루고 있는 질료는 영원히 죽지 않는다. 이 대체된 형태의 연속체를 통해 이어지는 것, 우리는 그것을 실존, 일종의 내세라고 부른다. 빅토리아 시대의 신사가 지녔던 가장 훌륭한 자질들은 중세의 기사까지 거슬러 올라갈 수 있다. 그리고 역사의 흐름을 따라 그 자질을 뒤쫓아 보면, 현대의 신사에까지 내려올 수 있다. 그 족속을 우리는 과학자라고 부른다. 과학자야말로 면면히 이어져 내려온 그 자질을 지니고 있기 때문이다. 바꿔 말하면, 모든 문화 ─ 아무리 비민주적인 문화도, 아무리 평등주의적인 문화도 ─ 는 어떤 행동 규범에 얽매여 자신에게 의문을 던지는 윤리적인 엘리트를 필요로 한다. 이 행동 규범의 일부는 대단히 비윤리적일 수 있고, 따라서 형태의 궁극적인 죽음을 초래하는 원인이 될 수도 있다. 그러나 그런 비윤리적인 행동 규범에는 역사에서 그들이 맡고 있는 기능이 좀 더 좋은 효과를 낳을 수 있도록 체계를 강화하거나 대행하려는 좋은 의도가 숨어 있다.

중세에 프랑스에서 새로 생겨난 순결의 개념을 가지고 성배를 찾아 나섰던 1267년의 찰스, 상업을 혐오하는 1867년의 찰스, 그리고 자신들의 잉여성을 인식하기 시작한 나약한 휴머니스트들의 절규를 들으려 하지 않는 오늘날의 컴퓨터 과학자 찰스 — 이 세 종류의 찰스는 서로 아무 관계도 없다고 여러분은 생각할지 모른다. 그러나 거기엔 공통점이 있다. 그들은 여성의 육체를 추구했든, 높은 이윤을 추구했든, 진보의 속도에 대한 지배권을 추구했든, 그 추구 대상을 〈소유〉하는 것이 인생의 목표라는 생각을 거부했거나 거부하고 있다. 과학자는 또 하나의 형태일 뿐이며, 그것은 곧 다른 형태로 대치될 것이다.

이 모든 것은 〈광야에서의 유혹〉이라는 신약 성서의 신화와 위대하고도 영원한 관계가 있다. 통찰력과 교양을 가진 이들은 누구나 자동적으로 그들 나름의 광야를 갖는다. 그들의 거부는 어리석을 수도 있지만, 그러나 결코 사악하지는 않다. 당신은 학문 연구를 계속하기 위해 상업적인 응용 과학 분야에 들어오라는 유혹적인 제의를 거절했는가? 요전번 전시회 작품이 지난번 전시회 때보다 잘 팔리지 않았어도 당신은 새로운 스타일의 그림을 계속 고집해 나가기로 결심했는가? 당신은 개인적 이익을 얻을 수 있는 기회가 방해받는 것을 결코 용납하지 않겠다고 결심했는가? 그렇다면, 찰스의 심리 상태를 쓸데없는 속물근성으로 간단히 치부해 버리지 말자. 찰스를 있는 그대로, 역사를 극복하려고 투쟁하는 한 인간으로 바라보자. 비록 그 자신은 그것을 깨닫고 있지 못하더라도.

찰스에게는 개인의 정체성을 유지하려는 인류 공통의 본능보다 더 강하게 그를 압박하는 것이 있었다. 오랜 세월에 걸쳐 이루어진 사색과 명상 및 자기 인식이 뒤에서 그를 떠받치고 있었다. 찰스는 자신의 모든 과거, 과거의 자아 가운데 가장 훌륭한 자아를 대가로 치르도록 요구받은 기분이었다. 그가 아무리 현실과 꿈을 조화시키는 데 실패했다 할지라도, 과거에 그가 되고 싶어했던 모든 것이 아무 쓸모도 없는 무가치한 존재라고는 믿을 수가 없었다. 그는 인생의 의미를 추구해 왔다. 아니, 그는 가련한 어릿광대처럼 이따금 인생의 의미를 언뜻 보았다고 믿었다. 자기가 본 것을 남에게 전달할 재주가 없는 것이 그의 잘못일까? 외부의 관찰자들에게 그가 한낱 과학 애호가, 무능한 아마추어로 보인 게 그의 잘못일까? 적어도 그는, 〈프리먼 상회〉 같은 곳에서는 인생의 의미를 찾을 수 없다는 것을 깨달았다.

그러나 찰스는 적자생존의 원칙이 만물의 기본 원리라고 믿었다. 그중에서도 특히 라임에서 그날 밤 그로건 박사와 낙천주의에 물든 토론을 벌일 때 이야기한 바 있는 적자생존의 한 측면 — 환경에 적응하려고 노력하는 인간은 자기 분석 능력이야말로 인간에게 부여된 독특한 특권이라고 생각지 않을 수 없다 — 을 가장 중요하게 생각했다. 바로 여기서 두 사람은 인간의 자유 의지가 위험에 처해 있지 않다는 증거를 보았다. 프리먼 씨조차 동의했듯이, 인간은 생존을 위해 변화해야 한다. 그러나 그 방법을 선택할 수 있는 권리는 인간에게 주어져 있다. 이론에 대해서는 이쯤 해두자. 이제 찰스에게 홍수처럼 밀려오고 있는 실제는 이론과는 달랐다.

그는 덫에 걸려 있었다. 그래서는 안 되는데도, 실제로는 덫에 걸리고 말았다.

그는 시대의 거대한 압력에 저항하면서 잠시 서 있었다. 그러다가 추위를 느꼈다. 프리먼 씨와 프리먼 식 사고방식에 대한 차가운 분노 때문에 뼛골 깊숙이까지 한기가 느껴졌다.

그는 지나가는 핸섬[127]을 향해 지팡이를 들었다. 그는 마차 안으로 들어가, 곰팡내 나는 가죽 의자에 몸을 깊숙이 묻고 눈을 감았다. 그러자 그의 기분을 달래 주는 이미지가 떠올랐다. 희망? 용기? 결단? 천만에. 그는 밀크펀치와 샴페인을 머릿속에 그리고 있었던 것이다.

---

127 택시가 등장하기 전에 사용되었던, 말 한 필이 끄는 2인승 이륜마차.

39

> 그래, 내가 창녀면 어때요? 사회가 무슨 권리로 나를 욕할
> 수 있죠? 도대체 사회가 나한테 무슨 혜택을 주었단 말인가
> 요? 그래, 내가 사회에서 소름 끼치는 암적 존재라면, 그 병
> 의 원인은 썩은 시체에서 찾을 수 있지 않을까요? 나는 사회
> 의 불행한 사생아가 아닌가요? 예, 잘난 선생님?
> ──「더 타임스」에 실린 독자의 편지에서(1858. 2. 24.)

　영혼 탐구의 결론으로 얻은 것이 밀크펀치와 샴페인이라
니, 그다지 심오한 철학적 귀결은 못 되는 것 같다. 그러나 케
임브리지 대학에서는 오랫동안 모든 문제의 해결책으로 밀
크펀치와 샴페인을 처방해 왔고, 찰스도 대학을 졸업한 뒤
그런 문제에 대해 훨씬 많은 것을 배웠지만, 그보다 나은 해
결책은 아직 찾아내지 못했다. 다행히도 그의 클럽은, 그 많
은 영국 신사들의 동호회와 마찬가지로, 학창 시절이야말로
인생의 황금기라는 아주 단순하고 유용한 가설에 기반을 두
고 있었다. 그 클럽은 대학 생활의 짜증나는 것들 ── 학감,
교수, 시험 따위 ── 은 하나도 없으면서, 화려한 학창 시절의
즐거움은 죄다 갖추고 있었다. 한마디로 그것은 남성에게 사
춘기를 되살려 주었다. 게다가 거기서는 훌륭한 밀크펀치도
마실 수 있었다.

　찰스가 끽연실로 들어갔을 때 처음 마주친 동료 두 명은
마침 대학 동창이었다. 하나는 주교의 둘째 아들이었는데,

부친의 눈 밖에 나 있는 소문난 말썽꾼이었다. 또 한 사람은 찰스가 얼마 전까지만 해도 이제 곧 그렇게 되리라는 꿈을 가지고 있었던 신분, 즉 준남작이었다. 태어날 때부터 노섬벌랜드의 넓은 토지를 주머니에 넣고 나온 토머스 버그 경은, 역사의 흐름조차 움직일 수 없을 만큼 단단한 바위임을 입증해 보인 사내였다. 그는 먼 옛날부터 조상 대대로 추구해 온 일을 집안 전통에 따라 계속 추구하고 있었는데, 그 일이란 바로 사냥과 술과 오입질이었다. 사실을 말하자면, 그는 찰스가 학창 시절에 잠시 휩쓸렸던 방탕한 패거리의 우두머리였다. 돈 후안과 카사노바를 합쳐 놓은 것 같은 그의 탈선 행위는 악명이 자자했다. 그를 클럽에서 제명하려는 움직임이 여러 차례 있었지만, 그는 자신의 광산에서 나오는 석탄을 클럽에 공급하고 있었고, 그것은 선물이나 다름없을 만큼 염가였기 때문에, 언제나 그를 옹호하는 쪽이 우세하곤 했다. 게다가 그의 생활 방식에는 어딘가 솔직한 데가 있었다. 그는 수치심도 없이 악덕을 저질렀지만, 위선을 부리는 일도 없었다. 그는 남의 실수에 관대한 편이었다. 클럽의 젊은 멤버 가운데 절반은 적어도 한두 번은 그에게 빚을 진 적이 있었다. 게다가 그는 신사답게 상환 기일을 무기한 연장해 주었고, 이자도 받지 않았다. 내기를 걸 일이 있을 때면 그는 언제나 솔선수범해서 장부에 이름과 금액을 기록했다. 어떤 면에서 그는 구제받을 수 없을 만큼 근엄한 회원을 제외하고는 거의 모든 회원에게 그들이 덜 근엄했던 시절을 상기시켜 주었다. 그는 몸집이 단단하고 키가 작았으며, 술과 기후 탓으로 얼굴이 항상 불그레했다. 그리고 탁한 푸른색을 띤 그의 눈동자는 당당한 천진난만함, 악마처럼 타락한 인간의 불경스러운 솔직함을 담고 있었다. 찰스가 들어서는 것을 보고 그 눈에 주름이 잡혔다.

「찰리! 여긴 웬일인가? 자네는 지금쯤 결혼이라는 감옥에 갇혀 있는 줄 알았는데.」

찰스는 미소를 보냈다. 그 미소에는 약간 멍청한 느낌이 없지 않았다. 「오랜만이군, 톰. 너대니얼, 자넨 요즘 어떤 가?」 입에 항상 시가를 물고 다니는 주교의 말썽꾸러기 아들이 나른하게 손을 쳐들었다. 찰스는 준남작 쪽으로 돌아섰다. 「가석방이야. 내 사랑하는 아가씨는 지금 광천수를 마시러 도싯에 가 있다네.」

톰은 살짝 윙크를 보냈다. 「그래, 그동안 자넨 알코올과 정기를 마시고 있겠다, 그 말인가? 하지만 장미꽃처럼 아름다운 아가씨라며? 냇이 그러더군. 저 풋내기가 말이야. 그러고는 뭐랬는 줄 아나? 〈빌어먹을 찰리 녀석이 그 멋진 아가씨와 멋진 짝을 이루다니, 세상은 너무 불공평해.〉 이렇게 불평까지 하더라고. 냇, 안 그랬어?」 주교의 아들은 돈이 없기로도 유명했다. 그래서 찰스는 그가 시샘하는 것은 어니스티나의 외모가 아닐 거라고 짐작했다. 이야기가 이쯤 돌아가면 십중팔구 그는 자리를 떠서 신문을 읽으러 가거나 아니면 보다 덜 귀찮은 친구한테 갔을 것이다. 그러나 오늘은 그 자리에 그대로 머물러 있었다. 저 두 녀석은 오늘도 펀치와 샴페인을 〈논하겠지〉? 그럴 거야. 그래서 그는 그들과 함께 앉았다.

「그래, 자네의 그 존경스러운 백부께서도 안녕하시고?」 톰은 다시 찰스에게 윙크를 보냈지만, 그 모습이 너무나 그의 천성에 어울렸기 때문에 반감을 가질 수가 없었다. 그래서 찰스는 아주 건강하다고 중얼거리듯 말했다.

「그 양반 사냥개들은 어때? 그분께 좀 여쭤 봐주게. 노섬벌랜드 최고의 사냥개 한 쌍이 필요하지 않으냐고. 정말 천사들이야. 물론 천사가 그 개들을 낳은 건 아니지만 말이야. 토네이도 ─ 자네도 토네이도를 기억하겠지? 그 녀석의 손자들이야.」토네이도는 어느 여름엔가 케임브리지의 기숙사 방에서 몰래 한 학기를 보낸 적이 있었다.

「기억하고말고. 내 발목도 기억이 나는걸.」

톰은 입을 크게 벌리고 싱글싱글 웃었다. 「아아, 그래. 녀석은 자네를 무척 좋아했지. 그놈은 언제나 제가 사랑하는 것만 물거든. 사랑스러운 토네이도…… 신이여, 그 녀석의 영혼이 고이 잠들게 하소서.」그러고는 하도 슬픈 모습으로 술잔을 내려놓는 바람에 나머지 두 사람은 웃음을 터뜨렸다. 하지만 그들의 웃음은 지나친 것이었다. 톰의 슬픔은 진정이었기 때문이다.

이런저런 이야기를 나누는 동안 두 시간이 지났다. 그사이에 샴페인 두 병과 펀치 한 단지가 바닥났고, (식당으로 자리를 바꿔) 여러 종류의 고기와 염통구이를 먹어 치웠다. 고기를 먹었으니 쌉쌀한 적포도주로 입가심을 해야 했고, 적포도주를 마셨으니 이번에는 또 그에 대한 입가심으로 달콤한 포트와인을 두 병 더 마셔야 했다.

톰 경과 주교의 망나니 아들은 소문난 모주꾼이었고, 따라서 찰스보다 주량이 많았다. 그래서 두 병째 포트와인을 다 마셨을 무렵에는 그들이 찰스보다 더 취한 것처럼 보였으나, 사실은 겉으로 말짱해 보이는 찰스가 더 취해 있었다. 이런 사실은 톰의 제의에 따라 〈가볍게 시내 드라이브나 하려고〉 식당에서 나왔을 때 분명해졌다. 찰스는 꼿꼿이 서 있을 수도 없는 상태였다. 그러나 정신을 잃을 만큼 취한 것은 아니었다. 어쨌든 그는 자신을 바라보는 프리먼 씨의 잿빛 눈동자를 느끼고 있었다. 프리먼 씨만큼 장사와 밀접한 관계를 갖고 있는 사람은 아무도 그 클럽에 발을 들여놓을 수 없지만.

그는 웨이터의 시중을 받아 망토를 걸쳤고, 모자와 장갑과

지팡이를 건네받았다. 그런 다음 쌀쌀한 바깥 공기 속에서
— 안개는 아직도 끼어 있었지만 예보된 농무 현상은 나타
나 있지 않았다 — 톰 경의 사륜마차에 새겨진 준남작 가문
의 문장을 골똘히 응시하고 있었다. 윈즈야트가 비열하게 다
시 그를 찔러 댔다. 하지만 그때 문장이 그를 향해 다가왔다.
그의 팔이 잡아당겨지고, 잠시 후 그는 톰과 나란히 앉아서
주교의 아들과 마주 보고 있었다. 두 친구가 은밀히 주고받
는 눈짓을 알아차리지 못할 만큼 취한 것은 아니었으나, 그
눈짓이 무슨 뜻이냐고 물어보기에는 술기운이 무거웠다. 아
무러면 어떠냐고 생각했다. 취한 것이 즐거웠고, 시선에 잡
히는 것, 가슴을 스치는 것, 머리에 떠오르는 것, 이 모든 것
들이 별로 중요해 보이지 않는다는 것 또한 즐거웠다. 그는
두 친구에게 벨라 톰킨스 부인과 사라져 버린 윈즈야트에 대
해 말해 주고 싶었다. 그러나 아직까지도 남아 있는 제정신
이 그런 욕망을 억눌렀다. 신사는 신사로 남아 있어야 한다,
취했을 때라도. 그는 톰 쪽으로 몸을 돌렸다.

「톰…… 톰, 넌 빌어먹을 행운아야.」

「그건 자네도 마찬가지야. 우린 모두 빌어먹을 행운아들
이지.」

「어디로 가는 거야?」

「빌어먹을 행운아들이 기분 좋게 취한 밤이면 찾아가는 곳.」

침묵이 흘렀다. 그동안 찰스는 톰의 말뜻을 알아내려고 애
썼다. 그리고 이번에는 두 번째 눈짓이 두 친구 사이에 오가
는 것을 보지 못했다. 톰이 한 말 가운데 중요한 말의 뜻이 서
서히 분명해져 왔다. 그는 진지하게 톰 쪽으로 돌아앉았다.

「기분 좋게 취한 밤?」

「우린 지금 터프시코어 할멈네 집으로 가고 있다네. 뮤즈
의 사당에 경배하러. 이래도 모르겠나?」

「사당?」

「이를테면 그렇다는 거지.」

주교의 아들이 끼어들었다. 「비유적으로 말하면 그런 거고, 계집을 사러 가는 거라고.」

찰스는 그들을 바라보다가 갑자기 웃음을 터뜨렸다. 「멋진 생각이야!」 그러나 창밖으로 향한 그의 시선은 보다 진지했다. 그는 마차를 세우고 그들과 그만 헤어져야 한다고 느꼈다. 정신이 균형을 찾은 짧은 순간, 그는 그들의 평판이 어떤 것이었나를 기억했다. 그때 어디선지 모르게 사라의 얼굴이 다가왔다. 그 입맞춤…… 아무것도 아닌 것에 대한 그 엄청난 흥분. 그는 자신의 모든 고통이 거기서 생겨났다는 것을 깨달았다. 그는 여자가 필요했고, 섹스가 필요했다. 때맞춰 배설할 필요가 있듯이, 성욕도 가끔씩 발산할 필요가 있었다. 그는 두 친구를 번갈아 바라보았다. 톰은 구석에 몸을 쭉 펴고 드러누워 있었고, 주교의 아들은 맞은편 의자에 다리를 걸친 채 비스듬히 돌아누워 있었다. 그들의 실크해트는 모두 비뚜름하게 젖혀져 있었다. 이번에는 세 사람 사이에 눈짓이 오갔다.

얼마 안 가서 그들이 탄 마차는 런던 환락가로 향하는 마차들의 혼잡 속에 끼어들었다. 좀 더 공개된 지역(헤이마켓 일대와 리전트 가)에는 도박장(노름하는 장소이기보다 오히려 만남의 장소였다), 카페, 끽연실들이 자리 잡고 있었고, 인접해 있는 뒷골목에는 온통 매춘굴이 들어차 있었다. 그들은 헤이마켓에 있는 유명한 해물 요리 전문점(〈게, 굴, 훈제 연어〉)과 감자구이로 유명한 〈로열 앨버트 포테이토 캔〉을 지나쳤다. 그러고는 온갖 부류의 여자들 — 마차에 타고 있는 고급 창녀들, 길모퉁이를 서성대고 있는 싸구려 창녀들…… 얼굴이 창백한 양품점 여점원들, 뺨을 붉게 칠한 여자들 — 이 무리져 있는 곳을 지나갔다(이곳을 지날 때 주교의 아들은 오페라 안경을 꺼내 쓰고는 밖을 내다보았다). 색깔의 홍수, 패션의 홍수였다. 이곳에서는 온갖 상상할 수 없는 것들이 용납되었다. 파리의 거룻배 사공처럼 중절모와 바지를 입은 여자도 있었고, 스페인 아가씨나 시칠리아의 시골 처녀처럼 차려입은 여자도 있었다. 그 일대의 수많은 싸구려 극장에서 공연하던 여배우들이 일제히 거리로 쏟아져 나온 것 같았다. 고객들 — 손에는 지팡이를 들고, 입에는 엽궐련을 물고, 눈으로는 이날 저녁 공연할 여배우들을 관찰하고 있는 남자들 — 도 그들만큼 화려하지는 않았지만 수적으로는 비슷했다. 그리고 찰스는 술기운으로 눈이 침침해진 탓에 모든 것을 두 번씩 보아야 했기 때문에 괜히 과음했다고 후회했지만, 모든 것이 즐겁고 유쾌하고 활기차고, 무엇보다도 프리먼답지 않다고 생각했다.

10분쯤 뒤에 우리의 세 친구가 터프시코어 하우스에 가서 고객이 되고자 했을 때, 포주 할멈은 그들에게 생색내는 태도로 친절을 베풀 수 없었을 것이다. 고객은 그들만이 아니었기 때문이다. 예닐곱 명의 젊은 남자와 두 명의 중년 남자 — 그중 하나가 상원의 중심인물이라는 것을 찰스는 첫눈에 알아보았다 — 가 세련된 파리 풍의 취향으로 장식되어 있는, 그리고 헤이마켓 번화가에서 비좁고 악취 나는 골목을 지나야 닿을 수 있는 그 커다란 홀에 앉아 있었다. 샹들리에가 휘황하게 켜져 있는 홀의 한쪽에는 진홍빛 커튼으로 가려진 작은 무대가 있었다. 커튼에는 두 쌍의 사티로스[128]와 요정이 금실로 수놓아져 있었다. 사티로스 하나는 양치기 요정

---

128 그리스 신화에 나오는 숲의 정령. 성질이 음탕하고 술을 좋아하는 것으로 유명하다.

을 움켜잡고 있었고, 또 하나는 이미 요정의 몸속에 들어가 있었다. 그리고 커튼 상단에 있는 소용돌이 모양의 황금빛 장식에는 검은 글씨로 「프리아포스의 노래」가 라틴 어로 씌어 있었다.[129]

> 그대는 알고 싶지 않은가, 내가 나무로 만들어졌는데도,
> 왜 처녀들이 내 연장에 입을 맞추고 싶어하는지?
> 통찰력이 뛰어나지 않아도 그 이유는 쉽게 알 수 있다.
> 그건 〈남정네들이 이 연장을, 그것도 거칠게,
> 나한테 사용해주었으면〉 하고 바라기 때문이다.

남녀 교접을 나타내는 글귀는 커튼이 드리워진 창문 사이의 창틀에 붙여진 여러 장의 종이에도 적혀 있었다. 페티코트 차림에 머리를 풀어 내린 아가씨가 차례를 기다리며 앉아 있는 신사들에게 샴페인을 따라 주고 있었고, 그 뒤에는 훨씬 짙은 화장에 훨씬 그럴싸한 옷차림의 쉰 살쯤 되어 보이는 여자가 고객들에게 조용한 시선과 가벼운 미소를 던지고 있었다. 직업이 전혀 다르고, 소득에 엄청난 차이가 있는데도 불구하고, 그 여자의 취향은 엑서터의 엔디콧 부인과 너무도 비슷해 보였다.

그다음에 벌어지는 장면들은 아마 인간의 행동들 가운데 역사의 흐름 속에서 가장 변하지 않은 행위였으리라. 이날 찰스의 눈앞에서 벌어진 행위는 로마 황제 엘라가발루스[130]

---

129 프리아포스는 그리스 신화에 나오는 남성 생식력의 신. 고대 로마에서는 성기가 곧추선 목각 인형으로 제작되어, 다산을 기원하는 숭배물로 쓰였다.

130 218년에 즉위한 뒤, 정치는 모친에게 맡기고 자신은 방종한 생활을 하다가 근위병에게 암살당했다. 204~222.

의 눈앞에서도, 아니 아가멤논의 눈앞에서도 벌어졌을 테고, 오늘날에도 소호의 수많은 싸구려 술집에서 비슷한 행위가 벌어지고 있다. 오랜 역사를 가지고 있는 이 유서 깊은 오락 형태의 불변성에서 특히 나를 즐겁게 해주는 것은 그 불변성 덕분에 다른 사람들의 상상력을 손쉽게 빌릴 수 있다는 점이다. 나는 최근에 이름난 — 그리고 부주의한 — 고서점에 들러서 〈의학〉 서적이 꽂혀 있는 서가를 살피다가, 『간염 입문』과 『호흡기 질환』 사이에 얌전히 꽂혀 있는 『인간 심장의 역사』라는 다소 아리송한 제목의 책을 발견했다. 제목은 무미건조하지만 내용은 전혀 무미건조하지 않은, 인간 페니스의 역사를 생생히 서술한 책이었다. 이 책은 1749년에 처음으로 출판되었는데, 1749년은 그 분야에서 걸작으로 꼽히는 클레랑의 『엉덩이 언덕』이 출판된 해이기도 했다. 다음은 그 책에서 발췌한 내용이다. 저자는 글솜씨가 부족하지만, 그래도 충분히 도움이 된다.

그들이 처음 들어간 그 집은 유명한 매춘굴 가운데 하나였는데, 그들은 이곳에서 〈도심의 자고새 무리〉를 만났다. 카미요는 시골에서 그물로 집은 어떤 자고새보다도 이 도시의 자고새들이 마음에 들었다. 그들 중에는 성행위의 다양한 체위를 보여 주는 이른바 〈체위 걸〉인 M 양도 끼여 있었다. 그녀 덕분에 우리의 한량들은 새 동료인 카미요가 지금까지 꿈도 꾸어 보지 못한 장면을 보여 줄 수 있었다.
그들은 큰 방으로 안내되었다. 포도주가 들어오고, 급사가 물러갔다. 한 잔 가득 건배가 있은 뒤, 여자들에게 준비하라는 명령이 떨어졌다. 그녀들은 즉시 나체가 되어 탁자 한복판에 올라앉았다. 카미요는 이런 방식에 깜짝 놀랐고, 무엇 때문에 아가씨들이 그런 곳에 올라앉는가를 짐작하고는 사뭇 당황했다. 여자들은 깨끗한 팔다리와 산뜻한 용모, 새까만 머리 때문에 더욱 돋보이는 새하얀 살결을 갖고 있었다. 특히 얼굴은 뺨에 어려 있는 자연스러운 홍조 덕분에 비너스에 못지않은 아름다움을 뽐내고 있었다. 카미요는 그 고운 얼굴을 멍하니 바라보다가, 수줍은 듯 〈사랑의 제단〉으로 시선을 옮겼다. 그가 사랑의 제단을 그처럼 뚜렷이 바라본 것은 난생처음이었다.

유명한 〈체위 걸〉의 음부에는 그가 지금까지 느끼거나 본 어떤 것보다도 그의 주의를 끌어당기는 무언가가 있었다. 그 사랑의 옥좌는 적어도 한 뼘 길이로 무성하게 자란 검은 털로 덮여 있었는데, 그녀는 그 거웃을 교묘히 흩뜨려 마법의 동굴로 들어가는 입구를 드러내고 있었다. 덤불로 덮인 이 부위의 진기한 형상은 카미요에게 아주 야릇한 즐거움을 안겨 주었다. 그 즐거움은 이 음탕한 여자들이 의식을 하나씩 치를 때마다 더욱 고조될 터였다. 그들은 각자의 술잔에 포도주를 채운 다음, 몸을 쭉 뻗고 누워서 술잔을 비너스의 둔덕에 올려놓았다. 여자들은 갖가지 음란한 몸짓을 하면서 남자들이 다른 데 정신을 파는 것을 원치 않았지만, 남자들은 그 유혹적인 돌기 위에 놓여 있는 술잔을 단숨에 비우곤 했다. 자연스러운 쾌락에 싫증이 나면, 여자들은 시들어 버린 욕정을 다시 불러일으키기 위해 온갖 기발한 몸짓과 재주를 부렸다. 나중에는 가랑이를 벌리고 위에서 비너스의 둔덕 쪽으로 포도주를 들이부은 다음, 그 가련한 카미요에게 따뜻한 폭포가 쏟아지는 가랑이 사이를 재빨리 지나가게 했다. 이런 짓은 나룻배 안에서 물구나무를 선 것보다 더 그를 불안하게 했다. 그러나 친구들과 여자들은 모두 요란하게 웃어 대면서, 신참자는 누구나 다 그런 신고식을 거쳐야만 그들 사회의 비법을 전

수받을 수 있다고 말했기 때문에, 그는 엄청난 인내심을 가지고 그 장난을 견뎌 냈다. 카미요는 이제 여자들의 뻔 뻔스러움에 넌더리가 나기 시작했다. 그는 여자들이 처음 의식을 시작했을 때 느낀 불편하고 어색한 기분 말고는 아무것도 느낄 수 없었고, 그래서 여자들을 그만 내보내고 싶었다. 그러나 친구들은 여자들이 모든 연기를 다 선보일 때까지 그녀들을 내보내려 하지 않았다. 여자들은 스스로 개발한 뻔뻔스러운 짓을 하나씩 보여 줄 때마다 남자들에게 기부금을 추가로 거두면서, 젊은 탕아들이 애걸복걸하지 않아도 자진해서 그들을 만족시켜 주고, 수치심이라고는 티끌만큼도 드러내지 않은 채 인간의 본성이 얼마나 타락할 수 있는가를 기꺼이 보여 주었다.

여자들의 마지막 묘기는 탕아들의 욕망을 활활 타오르게 했다. 그래서 그들은 연극의 결말로 각자 마음에 드는 체위를 골라, 지금까지는 여자들이 흉내로만 보여 준 행위를 실제로 해보자고 제의했다. 그러나 이것은 여자들이 결코 응하려 하지 않는 단계였다. 그것은 이런 사회의 불문율이었다. 장사를 망칠 우려가 있기 때문에 여자들은 남자의 포옹소차 허락하지 않았다. 이런 사실을 알고 카미요는 몹시 놀랐다. 지금껏 여자들이 하는 짓을 보고, 돈만 주면 어떤 행위도 다 할 거라고 생각했기 때문이다. 이런 거절을 당하기 전에는 여자들의 거리낌없는 음탕함에 질려서 그들과 함께 자고 싶다는 생각이 완전히 억눌려 있었지만, 막상 거절을 당하고 나자 마치 그들이 정숙한 처녀라도 되는 것처럼, 그들의 음탕함을 전혀 보지 못한 것처럼, 그들에 대한 욕망이 강하게 솟구쳤다. 그래서 카미요는 두 친구와 마찬가지로 여자들에게 제발 자신의 요구를 들어 달라고 애걸하기 시작했다.

이것은 1867년에 터프시코어 하우스에서 어떤 일이 벌어졌는가를 대충 알려 주고 있지만, 한 가지 중요한 차이점이 있다. 1867년의 아가씨들은 1749년의 아가씨들만큼 까다롭지 않아서, 마지막 연기가 끝나면 기꺼이 경매에 붙여졌다는 점이다.

그러나 찰스는 경매에 입찰하려고 그곳에 간 것이 아니었다. 덜 외설적인 제1막은 아주 즐겁게 구경했다. 그는 여행을 많이 다닌 사람답게, 파리에서는 그보다 더 멋진 장면도 구경했다(아니, 적어도 톰 경한테는 그렇게 속삭였다)는 표정을 지으며, 모든 향락을 질릴 만큼 맛본 젊은이처럼 굴었다. 그러나 여자들이 옷을 하나씩 벗어 알몸을 드러내자, 그의 취기도 따라서 씻겨 나갔다. 그는 옆에 앉은 두 친구를 흘끗 곁눈질했다. 호색적으로 헤벌어진 입이 가쁜 숨결을 내쉬고 있었다. 톰 경이 주교의 아들에게 자신의 연장을 가리키며 킬킬거리는 소리가 들렸다. 그 하얀 몸뚱이들은 서로 껴안고 뒤틀며 성행위를 흉내 냈다. 그러나 찰스에게는 여자들의 얼굴에 붙박여 있는 도발적인 눈웃음 뒤에 절망이 숨어 있는 것처럼 보였다. 한 여자는 이제 겨우 사춘기에 들어섰을까 말까 한 어린애였다. 그리고 숫처녀인 척 얌전을 가장하는 태도에서는 자신의 직업에 아직 충분히 단련되지 않은, 진짜 숫처녀답게 고통스러워하는 면이 엿보였다.

그는 역겨움을 느꼈지만, 몸은 마음과는 달리 성적으로 흥분했다. 이런 행위가 사람들이 보는 앞에서 이루어지고 있다는 데 혐오감을 느꼈지만, 마음이 산란해지고 흥분할 만큼은 동물적인 면도 지니고 있었다. 쇼가 끝나기 조금 전에 그는 자리에서 일어나, 마치 화장실에라도 가는 것처럼 조용히 방을 빠져나왔다. 대기실에는 아까 샴페인을 날라 왔던 여자애가 신사들의 코트와 지팡이가 놓인 탁자 옆에 앉아 있었다. 그녀는 일어나면서 짙게 화장한 얼굴에 꾸민 미소를 지었다. 찰스는 일부러 정성들여 흐트러뜨린 그녀의 머리카락과 드러난 팔, 거의 드러난 젖가슴을 잠깐 바라보았다. 그는 무슨 말을 걸 듯하다가 마음을 바꾸고 퉁명스럽게 자기 물건들을 손짓으로 가리켰다. 그러고는 탁자에 반 파운드짜리 금화 한 닢을 던져 주고 허둥거리며 밖으로 나왔다.

거리로 나오자, 골목 끝에 영업용 마차들이 손님을 기다리며 늘어서 있었다. 찰스는 맨 앞에 있는 마차를 골라잡아, 그가 살고 있는 곳에서 가까운 켄징턴의 거리 이름을 소리치고는(이렇게 하는 것이 빅토리아 시대의 관습이었다), 좌석에 몸을 던졌다. 그는 고상하고도 점잖은 기분을 느끼는 대신 오히려 모욕을 감수했거나 결투에 겁을 먹고 도망쳐 나온 듯한 기분이었다. 그의 아버지는 오늘 같은 저녁을 일상으로 여기는 인생을 살았다. 그러므로 그가 이날 저녁을 쉽게 소화할 수 없었다는 것은 그가 비정상적이라는 증거였다. 세계를 여행한 남자는 어디로 가버렸는가? 그는 비참한 겁쟁이로 오그라들어 있었다. 그리고 어니스티나와의 약혼 서약은? 그러나 그것을 상기한다는 것은 자유롭게 홀로 서고자 했던 꿈에서 깨어나 다시 쇠사슬에 묶여 감옥의 암담한 헌실로 되돌아가는 죄수가 되는 것이었다.

마차는 좁은 거리를 천천히 나아가고 있었다. 아직도 죄악이 만연한 구역을 벗어나지 못했기 때문에, 거리는 다른 마차들로 붐비고 있었다. 모든 불빛 아래, 모든 문간 안에 창녀들이 서 있었다. 어둠 속에서 찰스는 그녀들을 바라보았다. 그는 속이 부글부글 끓어오르고, 금방이라도 구역질이 터져 나올 것만 같았다. 그 앞에 날카로운 못이라도 있었다면, 가시나무 옆에서 사라가 하던 짓을 흉내 내어 그것으로 손바닥을 찔렀을 것이다. 산산이 분해되고 싶은 기분, 벌을 받고 싶은 기분, 끓어오르는 울화를 날카로운 것으로 찌르고 싶은 기분이 강하게 그를 사로잡았다.

좀 더 조용한 거리로 나왔다. 마차가 가스등을 지나쳤다. 그 밑에 아가씨 하나가 외롭게 서 있었다. 방금 떠나온 거리에 여자들이 득실거렸기 때문에, 그처럼 외따로 떨어져 서 있는 여자는 왠지 버림받은 아이처럼 보였고, 아직은 풋내기인 듯했다. 그러나 직업은 의심할 여지가 없었다. 가슴에는 인조 장미꽃을 달았고, 분홍빛 드레스 차림에 어깨에는 하얀 숄을 두르고 있었다. 새로운 스타일의 조그만 모자가 망사를 씌운 다갈색 머리에 살짝 얹혀 있었다. 그녀는 앞을 지나는 찰스의 마차를 쳐다보았다. 그 머리카락의 색조, 어둡게 그늘진 기민한 눈, 막연한 생각에 잠긴 자세…… 마차가 지나갈 때, 찰스는 목을 길게 빼고 타원형 옆창으로 그녀를 지켜보았다. 그러다가 더 이상 참지 못하고, 지팡이를 들어 올려 마차 지붕을 세차게 두드렸다. 마부는 당장 마차를 세웠다. 급히 다가오는 발소리가 들리더니, 열린 앞문 곁에 얼굴이 나타났다.

그녀는 사실 사라와 전혀 비슷하지 않았다. 머리카락은 물들였는지 다갈색보다는 빨간색에 가까웠다. 가까이서 보는 그녀에게는 어떤 통속적인 면이 느껴졌다. 지그시 바라보는 시선과 입술에 머금은 미소에는 꾸민 듯한 대담함이 엿보였고, 입술은 피가 흐르는 상처처럼 너무 붉었다. 그러나 고집스러워 보이는 눈썹이나 야무진 입매에는 사라와 비슷한 분위기도 조금은 있었다.

「방을 따로 가지고 있소?」

「네, 선생님.」

「마부한테 방향을 일러 주시오.」

그녀는 잠깐 시야에서 사라져, 뒤에 앉아 있는 마부에게

428

무어라고 말했다. 그러고는 마차를 출렁이며 발판을 딛고 올라와 옆자리에 앉았다. 좁은 공간이 싸구려 향수 냄새로 진동했다. 그녀의 얇은 소맷자락과 치마가 몸에 스치는 것을 느꼈다. 마차는 계속 나아갔다. 1백 미터 넘게 가는 동안 줄곧 침묵이 흘렀다.

「긴 밤이신가요, 선생님?」

「그렇소.」

「아니면 되돌아가는 삯을 추가로 받아야 하거든요.」

그는 고개를 끄덕이고 앞쪽의 어둠을 응시했다. 그들은 침묵 속에서 덜컹거리며 다시 1백 미터쯤 나아갔다. 그는 여자가 약간 긴장을 풀고 자기 쪽으로 몸을 살며시 기대어 오는 것을 느꼈다.

「이맘때치고는 지독하게 춥네요. 그렇죠, 선생님?」

그는 흘낏 그녀를 곁눈질했다. 「날씨에 관심이 많은 모양이군?」

「그럼요. 전 눈이 오면 일을 하지 않아요. 물론 하는 여자들도 있지만, 전 하지 않아요.」

더 긴 침묵이 흘렀다. 이번에는 찰스가 먼저 입을 열었다.

「일 나온 지 됐지?」

「열여덟 살 때부터요. 5월이면 꼭 2년이 돼요.」

「아아.」

침묵이 다시 흐르는 동안, 찰스는 그녀를 또 한 번 흘낏 훔쳐보았다. 끔찍한 계산이 찰스의 마음을 갉아 댔다. 1년 365일 가운데 3백 일을 〈일한다〉 치고, 거기에 곱하기 둘…… 그렇다면 여자가 어떤 병을 갖고 있지 않을 확률은 6백 분의 1이었다. 교묘한 방법으로 물어볼 수는 없을까? 그러나 방법은 없었다. 그는 바깥 불빛이 마차 안으로 비쳐 드는 순간을 이용해서 다시금 그녀를 곁눈질했다. 그녀의 안색은 깨끗해 보였다. 그러나 매독이라면, 좀 전의 술집 같은 곳에서 여자를 고르는 편이 열 배는 더 안전하다는 것을 그는 알고 있었다. 바보같이…… 고작 길거리에서 손님을 낚는 창녀를 골라 잡다니……. 하지만 이제 운명은 정해졌다. 그들이 탄 마차는 토트넘 코트 가를 향해 북쪽으로 달려가고 있었다.

「화대를 지금 받고 싶소?」

「전 그렇게 까다롭지 않아요. 선생님이 상상하시는 것처럼은요.」

「좋소, 얼마요?」

그녀는 잠깐 망설였다.「정상이시겠죠, 선생님?」

그는 그녀를 흘낏 돌아보고는 고개를 끄덕였다.

「긴 밤이라면 보통……」 그녀가 망설이는 태도는 애처롭게도 정직하지 못했다.「……1파운드예요, 선생님.」

그는 프록코트를 뒤져 금화 한 닢을 꺼냈다.

「고맙습니다, 선생님.」 여자는 조심스럽게 그것을 받아 손가방 속에 넣었다. 그러고는 그의 은근한 두려움에 절묘한 답을 넌지시 던져 주었다.「저는요, 신사분만 상대한답니다. 그러니 아무 걱정도 하실 필요가 없어요.」

이번에는 그가 대꾸할 차례였다.「고맙소.」

40

아아, 그 입술은 벌써
다른 사람들의 입술을 맞췄고,
그 가슴은 나보다 먼저
다른 사람들을 껴안았구나……
― 매튜 아널드, 「이별」(1853)

마차는 토트넘 코트 가에 이르러 동쪽으로 꺾어 든 다음, 비좁은 뒷골목에 있는 어느 집 앞에 멈춰 섰다. 여자는 재빨리 마차에서 뛰어내리더니, 현관 층층대를 지나 안으로 들어갔다. 마부는 나이 지긋한 중늙은이였는데, 케이프가 여럿 달린 마부용 코트와 테가 두꺼운 실크해트를 착용하고 있었다. 그는 채찍을 걸쇠에 걸어 놓고, 입에서 짧은 파이프를 빼면서, 돈을 받으려고 때 묻은 손을 내밀었다. 그러는 동안에도 마부는 찰스를 바라보는 게 구역질이 난다는 듯 어두운 거리 건너편으로 시선을 돌리고 있었다. 찰스는 마부가 자기를 보고 있지 않은 것이 기뻤다. 그러면서도 한편으로는 자기를 경멸하는 듯한 마부의 태도가 언짢게 느껴졌다. 그는 잠시 머리를 굴렸다. 도로 마차에 올라타고 돌아갈 수도 있었다. 여자는 이미 사라져 버렸고, 설령 나타난다 해도, 돈까지 치른 다음이니까 두려울 것도 없었기 때문이다. 그러나 음란한 마음을 억누르지 못하고, 결국 마찻삯을 지불했다.

찰스가 안으로 들어가자, 여자는 희미한 불이 켜진 현관에 등을 돌린 채 서 있었다. 그가 문을 닫자, 그녀는 뒤도 돌아보지 않은 채 위층으로 올라가기 시작했다. 집 뒤쪽에서 음식 냄새가 풍겨 왔고, 수런대는 목소리가 들려왔다.

그들은 곰팡내 나는 충계를 올라갔다. 그녀는 문을 열더니, 그가 들어갈 수 있도록 그 문을 붙잡고 있었다. 그가 안으로 들어가자 그녀는 빗장을 질렀다. 그러고는 안쪽으로 걸어가서 가스등을 켜고, 난로를 쑤셔서 불을 일으킨 다음, 거기에 석탄을 집어넣었다. 찰스는 주위를 둘러보았다. 방 안에 있는 것들은 침대를 빼고는 모두 초라했지만, 먼지 하나 없이 깨끗하게 정돈되어 있었다. 침대는 놋쇠로 만든 것이었는데, 반짝반짝 윤이 나게 닦여 있어서 마치 황금처럼 보였다. 침대 맞은편 구석에는 휘장이 쳐져 있고, 그 뒤에 세면대가 놓여 있는 것이 언뜻 보였다. 벽에는 싸구려 장식과 싸구려 복제화가 걸려 있었다. 방 안에 있는 물건들 가운데 사치스러운 목적에 쓰이는 것은 하나도 없는 듯했다.

「잠깐만 실례할게요, 선생님. 오래 걸리진 않을 거예요. 그동안 마음 편히 계세요.」

여자는 다른 문을 통해 뒤쪽에 있는 방으로 들어갔다. 그 방은 어두웠고, 그녀는 아주 조용히 문을 닫았다. 찰스는 난로 쪽으로 걸어가서 거기에 등지고 섰다. 닫힌 문을 통해 잠에서 깬 어린애가 칭얼대는 소리와, 조용하라고 어르는 소리, 몇 마디 주고받는 낮은 목소리가 들려왔다. 문이 다시 열리고, 여자가 다시 나타났다. 이제는 숄과 모자를 벗은 모습이었다. 그녀는 그에게 멋쩍은 미소를 지었다.

「딸애랍니다, 선생님. 아무 소리도 내지 않을 거예요.」 그의 불만을 눈치 챘는지, 그녀가 서둘러 덧붙였다. 「근처에 간이식당이 있는데, 배가 고프시면……」

432

그러나 찰스는 배가 고프지 않았다. 이제는 성적으로도 허기를 느끼지 않았다. 그녀를 바라보는 것조차 힘들었다.

「아가씨가 배고프거든 주문하도록 해요. 난 별로 생각이 …… 아, 포도주라면 괜찮겠군…… 구할 수 있을까?」

「프랑스 산으로 할까요, 독일산으로 할까요, 선생님?」

「호크[131] 한 잔 괜찮겠소?」

「알겠습니다, 선생님. 아이를 보내서 사오도록 할게요.」

여자가 다시 사라졌다. 그는 그녀가 날카롭게, 별로 점잖지 못한 목소리로 아래층 홀에다 외치는 소리를 들었다.

「해리!」

중얼거리는 소리가 들리고, 현관문이 꽝 닫혔다. 그녀가 돌아왔을 때, 그는 술값을 주었어야 하지 않느냐고 물었다. 그러나 이런 서비스는 화대에 포함되어 있다는 대답이었다.

「앉으세요, 선생님.」

그러고는 그가 아직도 들고 있는 모자와 지팡이를 받으려고 손을 내밀었다. 그는 손에 들고 있는 것들을 넘겨주고, 프록코트의 뒷자락을 가르며 난롯가에 앉았다. 그녀가 집어넣은 석탄은 불이 붙는 데 시간이 걸리는 모양이었다. 여자는 난로 앞에 그리고 찰스 앞에 무릎을 꿇더니, 부젓가락으로 열심히 불을 쑤시기 시작했다.

「석탄은 최상품인데, 지하에 두었더니 습기가 찬 모양이에요.」

그는 난롯불에 반사된 그녀의 옆얼굴을 바라보았다. 곱상한 얼굴은 아니지만, 침착하고 고집 센, 그리고 아무 생각도 없는 얼굴이었다. 가슴은 풍만했지만, 팔목과 손은 너무도 가냘퍼서 조금만 힘껏 쥐어도 부러질 것만 같았다. 이런 인

131 독일 라인 지방에서 나는 백포도주.

상과 풍성한 머리카락이 순간적으로 그의 욕망에 불을 댕겼다. 그는 하마터면 손을 내밀어 그녀의 머리를 만질 뻔했다. 그러나 마음을 다잡았다. 포도주를 마시면 한결 기분이 좋아질 터였다. 그들은 잠시 그 상태로 있었다. 마침내 여자가 고개를 들어 그를 쳐다보았고, 그는 가볍게 웃어 보였다. 그날 처음으로 잠깐이나마 평화로운 기분을 느꼈다.

여자가 다시 난로 쪽으로 시선을 돌리며 중얼거렸다. 「오래 걸리진 않을 거예요. 두어 걸음만 가면 되는 곳이니까요.」

그래서 그들은 다시 침묵 속에 빠졌다. 그러나 이런 순간은 빅토리아 시대의 남성들에게는 아주 이상한 순간이었다. 남편과 아내 사이에서조차 지나친 친밀감은 그 시대를 지배하는 인습의 냉혹한 규범에 따라 금지되고 있었다. 그러나 찰스는 여기에 있었다. 한 시간 전만 해도 존재조차 알지 못했던 여인의 방, 난롯가에 앉아 있었다. 마치……

「딸애의 아버지는……?」

「군인이에요, 선생님.」

「군인?」

그녀는 난롯불을, 과거를 응시하고 있었다.

「지금은 인도에 가 있어요.」

「왜 결혼하지 않았지?」

그녀는 그의 순진함에 미소 짓고는 머리를 저었다. 「그이는 저를 침대로 데려갈 때마다 돈을 주었답니다.」 이 말로 그녀는 그 사내에게 불만이 없다는 것을 암시하려는 것 같았다.

「다른 직업을 구할 순 없었소?」

「일자리가 없는 건 아니지만, 하루 종일 붙어 있어야만 하는 일이에요. 그러면 어린 딸애는 누가 돌봐 주나요? ……물론 유모를 살 수도 있겠지만, 돈이……」 그녀는 어깨를 으쓱했다. 「한번 잘못 빠지면 계속 잘못될 수밖에 없답니다. 고칠 수가 없어요. 그러니 할 수 있는 일 중에 가장 괜찮은 일을 해 나갈 수밖에요.」

「그럼 이런 일이 가장 괜찮은 일이란 거요?」

「이 일 말고는 할 줄 아는 게 없어요.」

그러나 여자는 별로 부끄러워하거나 후회하는 기색이 없었다. 그녀의 운명은 정해졌고, 그녀는 그것을 깨달을 만한 상상력이 없었다.

층계를 올라오는 발소리가 들렸다. 여자는 몸을 일으키더니 문으로 걸어가서 노크 소리가 들리기도 전에 문을 열었다. 찰스는 문밖에 서 있는 열서너 살가량의 사내아이를 언뜻 보았다. 그 아이는 손님 쪽으로 눈길을 돌리지 말도록 훈련을 받은 게 분명했다. 여자가 쟁반을 받아 들고 창가에 있는 탁자로 갔다가 지갑을 들고 문으로 다시 돌아가는 동안에도 아이는 줄곧 시선을 떨구고 있었다. 동전 몇 닢이 짤랑거리고, 문이 다시 닫혔다. 여자는 찰스의 몫으로 포도주를 한 잔 따라서 가져다주고는, 마치 포도주는 데워서 마셔야 한다는 듯 반쯤 남은 술병을 난로의 삼발이 위에 내려놓았다. 포도주는 약간 신맛이 났지만, 찰스는 감각이 무디어지길 바라면서 그것을 마셨다.

난로에서는 이제야 불이 피는지, 타닥타닥 소리가 났고, 가스가 쉿쉿거리며 나오는 소리가 들렸다. 찰스는 어떻게 하면 이곳에 온 원래의 목적으로 자연스럽게 넘어갈 수 있는지, 그 방법을 알지 못했다. 그는 신 포도주를 한 잔 더 마셨다.

그동안 여자는 포도주와 함께 가져온 감자 파이 몇 개로 식사를 끝내고, 쟁반을 문밖에다 내놓았다. 그런 다음 어린 딸애가 잠들어 있는 옆방으로 갔다. 1분쯤 뒤에 나타난 그녀는 하얀 잠옷으로 갈아입고 있었는데, 앞자락이 벌어지지 않게 꼭 붙잡고 있었다. 머리카락은 풀어져서 어깨 뒤로 치렁하게 흘러내려 있었다. 그리고 옷자락을 너무 꼭 죄게 붙잡고 있어서, 잠옷 속에는 아무것도 입지 않았다는 것이 드러날 정도였다. 찰스는 일어섰다.

「서두르지 마세요, 선생님. 포도주나 마저 드세요.」

그는 옆에 있는 술병을 내려다보았다. 술병이 거기에 있는 것을 이제야 알아보았다는 듯이. 그는 고개를 끄덕이고, 다시 자리에 앉아 자작으로 한 잔을 따랐다. 여자는 그 앞으로 다가와서, 한 손으로는 여전히 옷자락을 모아 쥔 채, 다른 손을 뻗어 가스등을 낮추었다. 그녀의 젊은 얼굴이 불빛을 받아 부드러워졌다. 그러고는 다시 난롯불을 마주 보며 그의 발치에 무릎을 꿇었다. 잠시 후 그녀는 양손을 난롯불 쪽으로 내밀었다. 그러자 옷자락이 약간 벌어지면서 흘러내렸다. 그는 그늘진, 그러나 완전히 드러나지 않은 그녀의 뽀얀 젖가슴을 보았다.

그녀가 여전히 난로 쪽에 시선을 둔 채 말했다. 「무릎 위에 앉아도 괜찮겠어요?」

「응…… 그렇게 하지.」

찰스는 포도주를 단숨에 들이켰다. 여자는 다시 옷자락을 모아잡고 일어서더니, 오른팔로 그의 어깨를 두르면서, 그의 뻣뻣해진 무릎 위에 걸터앉았다. 그는 오른팔을 어색하게 의자의 낮은 팔걸이에 얹은 채, 왼팔로 그녀의 허리를 안았다. 그녀는 잠옷 앞자락을 붙잡고 있던 왼손을 뻗어 그의 오른쪽 뺨을 어루만지기 시작했다. 그러고는 그의 왼쪽 뺨에 입술을 살며시 댔다. 그들의 시선이 잠깐 마주쳤다. 그녀는 수줍은 듯 그의 입술을 내려다보았지만, 막상 일을 시작하자 수줍음을 던져 버렸다.

「선생님은 정말 멋진 신사분이세요.」

「아가씨는 아주 미인이군.」

「저 같은 여자들을 좋아하세요?」

그는 왼팔을 약간 조였다.

그러자 그녀는 손을 뻗어 그의 머뭇거리는 오른손을 잡고는, 그것을 잠옷 속으로 넣어 젖가슴에 갖다 댔다. 그는 손바닥에 닿는 젖꼭지를 느꼈다. 그녀는 손으로 그의 머리를 끌어당겼다. 그들은 입을 맞췄다. 지금껏 멀리해 온 여자의 육체, 비단같이 부드럽고 비누 거품처럼 부풀어 오른 감촉, 잊고 있었던 한 편의 시를 이제 다시 기억해 낸 그의 손은 젖가슴의 크기를 가늠해 보고 그 풍만함에 감탄한 다음, 그녀의 잠옷 속으로 더 깊이, 더 아래로 미끄러져 내려가 허리의 굴곡에 이르렀다. 그녀는 알몸이었고, 입에서는 희미하게 양파 냄새가 났다.

그에게 첫번째로 구역질을 느끼게 한 것은 아마도 그 냄새였을 것이다. 그는 이런 느낌을 숨긴 채, 두 인격체로 분리되었다. 하나는 과음한 남자, 또 하나는 성적으로 흥분한 남자. 옷자락이 아래로 흘러내리면서 여자의 앞자락이 벌어졌다. 거웃에 둘러싸인 어두운 옹달샘과 하얀 허벅지가 시각적으로, 그리고 촉각적으로 그를 유혹했다. 그의 손은 여자의 허리 아래로 더듬어 내려가는 대신, 오히려 위쪽으로 올라가, 젖가슴과 목덜미와 어깨를 쓰다듬었다. 그녀는 처음에 그의 손을 끌어당긴 뒤로는 자기가 먼저 적극적인 몸짓을 보이는 일이 없었다. 그녀는 수동적인 희생물이었다. 그녀의 머리는 그의 어깨에 얹혀져 있었고, 대리석처럼 차갑던 몸에 서서히 온기가 돌아오고 있었다. 그때 또다시 구역질의 물결이 그를 덮쳤다. 이번에는 여자도 알아차렸지만, 그것을 잘못 해석했다.

「제가 너무 무거운가요?」

「아니야…… 그건…….」

「저기로 가요. 괜찮은 침대예요. 푹신하고…….」

그녀는 그의 무릎에서 일어나 침대로 걸어가더니, 조심스

437

럽게 시트를 걷고는 그를 돌아보았다. 옷자락이 어깨에서 흘러내리고 있었지만, 그녀는 그대로 내버려 두었다. 몸매가 훌륭했다. 그녀는 침대에 걸터앉아 시트 밑에서 다리를 몇 번 흔들더니, 눈을 감고 드러누웠다. 신중하면서도 노골적인 자세였다. 난롯불이 강렬하면서도 떨리는 그림자를 던지며 밝게 흔들리기 시작했다. 찰스는 위장 속에서 요동치는 구역질과 싸우며 일어섰다. 이건 신 포도주 때문이야. 취한 데다 또 그런 걸 마시다니, 정신이 나갔어. 그는 다리가 후들거리는 것을 느꼈다. 여자가 눈을 뜨고 자기를 바라보고 있음을 알았다. 그녀는 잠시 망설이다가, 섬세하고 하얀 팔을 그에게 뻗었다. 그는 말없이 자신의 프록코트를 손으로 가리켰다.

잠시 후 그는 진지한 표정과 태도로 옷을 벗기 시작했다. 속도 조금은 편해진 것 같았다. 그는 집에서 하던 것보다 더 말쑥하게 옷을 접어서 의자 등받이에 걸쳐 놓았다. 장화 단추를 풀기 위해 그는 의자에 다시 앉았다. 그는 바지와 내의를 벗으면서 난롯불을 바라보았다. 속옷은 당시의 유행에 따라 정강이까지 내려오는 것이었다. 그러나 셔츠는 벗을 수가 없었다. 그때 구역질이 다시 치밀었다. 그는 벽난로를 붙들고, 구역질을 삼키려고 애쓰면서 눈을 질끈 감았다.

여자는 그가 머뭇거리는 것이 부끄러움 때문이라고 생각했는지, 직접 다가와서 그를 데려가려는 듯 침대 시트를 걷어 젖혔다. 그는 억지로 그리고 가까스로 걸어서 그녀에게 다가갔다. 그녀는 다시 누웠지만 몸을 가리지는 않았다. 그는 침대 곁에 서서 그녀를 내려다보았다. 거웃까지 다 드러난 알몸이 눈앞에 가득했다. 그녀가 손을 내밀었다. 그는 여전히 그녀에게 시선을 못 박은 채 서 있었다. 머릿속이 빙빙 도는 듯한 현기증, 밀크펀치와 샴페인, 붉은 포도주와 포트와인, 거기에다 그 빌어먹을 신 포도주까지 몽땅 한데 어울려 요동치는 어지러움…….

「난 아가씨 이름도 몰라…….」

그녀는 살짝 웃으며 그의 손을 잡고 자기 쪽으로 끌어당겼다.

「사라예요, 선생님.」

참을 수 없는 발작이 그를 엄습했다. 그는 옆으로 몸을 비틀면서, 깜짝 놀라 급히 물러난 그녀의 얼굴 옆 베개에다 토하기 시작했다.

41

취해 비틀거리는 사티로스여, 관능의 축제여,
일어나 날아가라.
위로 치솟아 올라, 짐승들을 끌어내어,
원숭이와 호랑이를 죽게 하라.
— 앨프레드 테니슨, 『인 메모리엄』(1850)

그날 아침, 샘은 스물아홉 번째로 요리사와 눈이 마주쳤
다. 그러면 샘은 부엌문 위에 줄지어 매달려 있는 초인종으
로 눈길을 돌렸다가, 다시 천장을 쳐다보곤 했다. 그런 눈길
의 움직임은 천 마디 말보다도 더 많은 것을 이야기하고 있
었다. 정오였다. 샘이 이 시간에 부엌에 앉아 있는 것을 본 사
람은 그가 한가한 아침을 갖게 되어 즐거울 거라고 생각했을
지 모른다. 하지만 그는 뚱뚱한 로저스 부인보다 훨씬 매력
적인 여자 친구와 함께 보내는 한가한 아침만을 갈망했다.
「오늘은 제정신이 아닌가 봐.」 요리사 과부는 벌써 스물아
홉 번이나 똑같은 말을 되풀이했다. 그러나 그녀가 짜증을
냈다면, 그것은 위층에 있는 젊은 나리 때문이 아니라 부엌
에 내려와 있는 하인 녀석 때문이었다. 이틀 전 라임에서 돌
아온 이래, 샘은 우울한 사건에 대해 수단껏 암시를 주었다.
그가 윈즈야트에 관한 뉴스를 친절하게 전달한 것은 사실이
지만, 그때마다 매번 이렇게 덧붙이곤 했다. 「하지만 그건 실

제로 일어난 일의 절반도 안 돼요.」 그는 본론으로 끌려드는 것을 끝내 거부했다. 「그건 비밀이구먼요. 아직은 얘기할 수 없다고요. 하지만요, 내가 직접 눈으로 보고도 믿을 수 없는 사건이 일어났다고요.」

샘은 확실히 분개할 거리를 갖고 있었다. 그것은 윈즈야트 문제보다 그에게 더 직접적인 관계가 있는 문제였다. 찰스는 프리먼 씨를 만나러 나간 날 저녁에, 이젠 물러가서 쉬라고 샘에게 이르는 것을 깜빡 잊어버렸다. 그래서 샘은 한밤중이 지날 때까지 기다리다가 현관문이 열리는 소리를 듣고 나갔지만, 창백한 얼굴로 쏘아보는 주인의 험악한 눈초리만을 받았을 뿐이다.

「도대체 무얼 하느라고 여태까지 잠도 안 자고 있었어?」

「나리께서 밖에서 식사하신다는 말씀을 안 하셨기 때문입죠.」

「난 클럽에 있었어.」

「예, 나리.」

「그리고 자네의 빌어먹을 낯짝에서 그 건방진 눈초리를 거둬.」

「예, 나리.」

샘은 손을 내밀어 찰스가 던져 주는 갖가지 것 — 자질구레한 외출용 장비에서 시작하여 험악한 눈초리로 끝나는 — 을 받았다. 그러고 나서 주인은 한껏 위엄을 보이며 2층으로 올라갔다. 정신은 이제 말짱했지만, 몸은 아직도 약간 취해 있었다. 그를 뒤에서 바라보는 샘의 능글맞은 웃음이 그 점을 분명히 말해 주고 있었다.

「아줌마가 옳아요. 나리께선 제정신이 아녜요. 간밤엔 엉망으로 취해 있었다고요.」

「그런 일이 다 있다니, 난 상상도 할 수가 없어.」

「아줌마가 상상할 수 없는 일이 너무도 많다고요.」

「나리께서는 절대로 포기하고 싶지 않을 거야.」

「아무리 거친 야생마라도 내 입을 열게 하지 못한다니까요.」 요리사는 깊은 한숨을 내쉬었다. 시계가 요리용 화덕 옆에서 똑딱거렸다. 샘은 그녀에게 미소를 보내면서 말했다. 「하지만 아줌마는 생각보다 예민한 데가 있네요. 아주 날카롭다고요.」

샘은 분노 때문에 야생마조차 해내지 못한 일을 곧 해치울지도 몰랐다. 그러나 바로 그때 벨이 울렸고, 그래서 그는 구원을 받은 대신, 가슴이 풍만한 로저스 부인은 좌절을 경험했다. 샘은 화덕으로 가서 아침 내내 그 위에 올려놓았던 다섯 되들이 물통을 들고, 요리사한테 윙크를 보내고는 부엌에서 사라졌다.

숙취에는 두 종류가 있다. 하나는 몸이 불편할 뿐만 아니라 아무것도 할 수 없는 상태이고, 또 하나는 몸은 불편하지만 머릿속은 맑은 상태다. 찰스는 아까부터 깨어 있었고, 실은 벨을 울리기 얼마 전부터 침대에서 나와 있었다. 그의 경우는 두 번째 종류의 숙취였다. 그에게는 유감스럽게도 간밤의 일들이 너무나 또렷하게 기억났다.

구토는 그러잖아도 이미 위태위태했던 성적 요소를 그 방에서 눈 밖으로, 마음 밖으로 완전히 몰아냈다. 재수 없는 손님을 받은 여자는 침대에서 급히 일어나 가운을 걸친 다음, 그에게 베풀어 주기로 약속했던 창녀로서의 서비스만큼이나 침착하고 능숙한 간호 솜씨를 보여 주었다. 그녀는 찰스를 난로 옆의 의자로 데려갔다. 거기서 포도주병이 눈에 띄자 그는 다시 토하기 시작했다. 그러나 이번에는 그녀가 미리 세면대에서 대야를 가져다 준비해 놓았다. 찰스는 토하는 사이사이에 사과의 말을 계속 웅얼거렸다.

「정말 미안…… 일진이 안 좋았어…… 뭔가 입에 안 맞는 걸 먹어…….」

「괜찮아요, 선생님. 마저 토해 내도록 하세요.」

그는 나오는 대로 다 토해 냈다. 여자는 숄을 가져다가 그의 어깨에 둘러 주었다. 그는 노파처럼 우스꽝스러운 꼴로 앉아서, 무릎 위에 올려놓은 대야에다 고개를 처박은 채 웅크리고 있었다. 조금 지나자 기분이 다소 나아지기 시작했다. 그는 자고 싶었다. 그러나 그것은 자기 침대에서였다. 여자는 창가로 가서 거리를 내려다보고는 방에서 나갔다. 그사이에 그는 휘청거리며 옷을 주섬주섬 주워 입었다. 방으로 돌아왔을 때 여자는 옷을 입고 있었다. 그는 의아한 눈길로 그녀를 바라보았다.

「당신, 설마……?」

「마차를 불러다 드리려고요, 선생님. 잠깐만 기다리고 계세요.」

「고맙소.」

여자가 아래층으로 내려가 현관문을 열고 집 밖으로 나가는 동안, 찰스는 다시 의자에 앉았다. 구역질이 끝났는지는 알 수 없지만, 심리적으로는 상당히 편안한 기분을 느꼈다. 그가 이곳에 온 목적이 무엇이었는지는 상관하지 말자. 어쨌든 그는 결정적인 행위까지는 가지 않았다. 그는 빛을 내며 타오르는 난롯불을 물끄러미 바라보았다. 이상하게 보일지 모르나, 그는 희미하게 미소를 짓고 있었다.

그때 옆방에서 나지막한 울음소리가 들려왔다. 잠시 조용해지더니 다시 들려왔다. 이번에는 좀 더 크게, 좀 더 오래. 아이가 깨어난 모양이었다. 우는 소리, 조용, 훌쩍이는 소리, 다시 조용, 울부짖는 소리 ── 가 더욱 커져 갔다. 찰스는 창가로 가서 커튼을 젖혔다. 안개가 짙어서 멀리는 볼 수 없었다. 인적 하나 보이지 않았다. 그렇다면 여자는 마차를 찾기 위해 꽤 먼 곳까지 갔을지 모른다. 그가 망설이며 서 있을 때, 옆집에서 벽을 쾅쾅 치는 소리가 들렸다. 남자의 성난 목소리가 뒤따랐다. 찰스는 좀 더 망설이다가, 모자와 지팡이를 탁자에 내려놓고 어린애가 있는 방문을 열었다. 반사된 불빛을 통해 옷장과 낡은 트렁크를 분간할 수 있었다. 아주 작은 방이었다. 저쪽 한구석, 반닫이 옆에 바퀴 달린 작은 침대가 보였다. 아이가 갑자기 또 울어 댔다. 울음소리가 그 작은 방을 날카롭게 흔들었다. 찰스는 문지방에 멍청히, 겁에 질린 검은 거인처럼 서 있었다.

「쉿! 조용히 해! 네 엄마가 금방 올 거야.」

낯선 목소리가 일을 더 그르쳤다. 찰스는 이웃집에서 모두 잠이 깰까 두려웠다. 아이의 울음소리는 그만큼 높고 날카로웠다. 그는 난감한 기분으로 머리를 흔들고는, 어둠 속으로 걸음을 내디뎌 아이가 있는 침대 쪽으로 다가갔다. 젖먹이 아기였다. 찰스는 말로는 달랠 수 없다는 것을 깨달았다. 그는 허리를 굽혀 아기의 머리를 부드럽게 쓰다듬었다. 따뜻한 고사리손이 그의 손을 움켜잡았다. 그러고는 울음을 그치는가 싶더니, 금세 또 울어 대기 시작했다. 그동안 쌓인 두려움을 쏟아 내기라도 하려는 듯, 아기는 얼굴을 일그러뜨리며 더 크게 울어 댔다. 뭔가 임시방편은 없을까. 찰스는 묘안을 생각해 냈다. 그는 시계를 더듬어 찾은 다음, 조끼에서 줄을 풀어, 그것을 아기의 얼굴 위에서 달랑달랑 흔들었다. 효과는 금방 나타났다. 울음은 가냘프게 훌쩍이는 소리로 바뀌었다. 그러더니 조그만 팔이 그 재미난 은제 장난감을 잡으려고 위로 올라왔다. 찰스는 아기의 손에 시계를 쥐여 주었다. 그러나 아기는 그것을 침대 시트 속에 떨어뜨리고는 찾으려고 이리저리 버둥거리다가 끝내는 찢어지는 듯한 울음을 다시 터뜨리기 시작했다.

찰스는 손을 뻗어 아기를 베개에서 약간 들어 올렸다. 그러자 하나의 유혹이 그를 사로잡았다. 그는 잠옷 차림의 아기를 그대로 침대 밖으로 들어 올려, 반닫이 위에 걸터앉았다. 그 조그만 몸뚱이를 무릎 위에 올려놓고, 그는 아기의 눈앞에서 시계를 다시 달랑달랑 흔들었다. 통통한 얼굴에 검은 머리카락, 구슬처럼 작고 검은 눈을 가진 빅토리아 시대의 전형적인 어린애였다. 귀여운 순무 같았다. 그리고 탐내던 시계를 마침내 쥐었을 때 아기가 기뻐서 까르륵거리는 소리가 찰스를 즐겁게 했다. 아기는 뭐라고 옹알거리기 시작했다. 그는 아기한테 대꾸하듯 중얼거렸다. 그래, 그래. 정말 예쁘구나, 착한 아기야. 그래, 예쁘지. 위대한 타락이 끝난 그 순간, 문득 톰 경과 주교의 아들이 떠올랐다. 야릇하고 어두운 인생의 미로들, 만남의 신비로움.

그는 씩 웃었다. 왜냐하면 어린애가 그에게 불러일으킨 것은 감상적인 애정이기보다 오히려 냉소적인 의식 — 말하자면 자신에 대한 일종의 신뢰감 — 의 회복이었기 때문이다. 톰 경의 사륜마차를 타고 있던 초저녁 때만 해도 그는 자기가 현재에만 살고 있다는 의식을 가졌었다. 그때 과거와 미래를 부인했던 것은 무책임한 망각 속으로 뛰어든 것에 불과했다. 그러나 이제는 시간에 대한 인간의 위대한 환상에 대해 훨씬 심오하고 진정한 직관을 가지게 되었다. 시간의 현실은 진리가 아니라 길의 현실과 마찬가지여서, 그 길 위에서 인간은 자신이 전에는 어디에 있었으며 또 앞으로는 어디로 가게 될 것인지를 끊임없이 인식할 수 있다. 또한 시간은 방과 마찬가지다. 현재는 우리와 너무 가까이 있어서 우리는 대개 그것을 보지 못한다.

찰스의 경험은 사르트르의 경험과는 정반대되는 것이었다. 주위에 있는 소박한 가구와 옆방에서 흘러드는 따뜻한 불빛, 초라한 그림자들, 무엇보다도 그가 무릎에 올려놓고 있는 그 작고 가벼운 존재, 어미(그녀에 대해서는 이제 생각도 하고 있지 않았다)의 무게를 느낀 뒤라서 실체감조차 느껴지지 않는 존재 ── 이것들은 이제 그를 침해하는 적대적인 대상들이 아니라, 그를 이루고 있는 우호적인 대상들이었다. 궁극의 지옥은 끝도 없이 텅 빈 공간이었다. 그리고 지금 그의 주위에 있는 것들은 그 지옥을 막다른 궁지로 몰아넣고 있었다. 그는 문득 아무것도 없는 무서운 공간의 한 형태에 불과한 자신의 미래에 정면으로 맞설 수 있을 것 같은 기분을 느꼈다. 그에게 무슨 일이 일어나든, 그런 순간들은 되풀이될 것이다. 그는 그런 순간들을 찾아야 하고, 찾을 수 있을 것이다.

문이 열렸다. 여자가 불빛 속에 그림자로 서 있었다. 찰스는 그녀의 얼굴을 볼 수는 없었지만, 그녀의 놀란 모습을 짐작할 수 있었다.

「어머나, 선생님. 그 애가 울었나요?」

「조금. 하지만 지금은 잠이 든 모양이오.」

「워렌 가의 마차역까지 가야 했어요. 이 근처에는 마차가 없어서요.」

「정말 고맙소.」

그는 아기를 여자한테 넘겨주고, 그녀가 아기를 침대에 눕히는 모습을 잠시 지켜보다가, 갑자기 몸을 돌려 방에서 나왔다. 그는 주머니를 뒤져 금화 다섯 닢을 탁자 위에 놓았다. 아기가 다시 잠에서 깨는 바람에 엄마는 아기를 어르고 있었다. 그는 잠시 망설이다가, 조용히 문을 열고 밖으로 나갔다.

그가 기다리고 있는 마차에 올라탔을 때, 여자가 층계를 뛰어 내려와 현관에 이르렀다. 여자가 그를 쳐다보았다. 그녀의 시선은 당혹감에 젖어 있었고, 고통의 그림자가 깃들어 있었다.

「선생님, 고맙습니다. 정말 고맙습니다.」

그는 그녀의 눈에 눈물이 가득 고여 있는 것을 알아차렸다. 가난한 사람들에게 불로소득만큼, 아니 자비를 받는 것만큼 큰 충격은 없을 터였다.

「당신은 용감하고 친절한 아가씨요.」

그는 손을 내밀어, 마차의 앞 문턱을 움켜잡고 있는 그녀의 손을 만졌다. 그러고 나서 지팡이로 마차 지붕을 두드렸다.

42

역사는 자신의 목적을 달성하기 위해 인간을 수단으로 이용하는 개인과는 다르다. 역사는 자신의 목적을 추구하는 인간들의 활동일 뿐이다.
—— 카를 마르크스, 『신성한 가족』(1845)

우리가 이미 알고 있듯이, 찰스는 마침내 창녀의 집을 나섰을 때 가졌던 박애주의적인 기분을 줄곧 유지한 채 켄징턴으로 돌아온 것은 아니다. 그는 한 시간쯤 마차를 타고 오는 도중에 다시금 고통을 느꼈다. 그리고 그때마다 심한 자기모멸감까지 솟구쳐 오르곤 했다. 그러나 잠에서 깨어났을 때에는 기분이 한결 나아져 있었다. 남자들이 대개 그러하듯, 그는 숙취를 당연한 업보라고 여기면서, 거울에 비친 푸석하고 수척해진 얼굴을 무섭게 노려보았다. 입 안은 칼칼하고 입술은 바싹 말라 있었다. 하지만 세상과 정면으로 맞설 수 있을 만큼은 괜찮다고 마음을 다잡았다. 그래서 샘이 뜨거운 물을 들고 들어왔을 때, 그는 하인과 정면으로 얼굴을 맞댈 수 있었고, 간밤의 지나친 행동에 대해 사과할 수도 있었다.

「전 아무것도 알아차리지 못했는뎁쇼, 나리.」

「어젯밤엔 좀 피곤했어, 샘. 그러니 홍차나 좀 갖다주게. 난 지금 갈증이 심해.」

주인은 갈증만이 아니라 다른 것도 심하리라는 혼자만의 생각을 감추고 샘은 방에서 나갔다. 찰스는 세수를 하고, 면도를 하고, 〈찰스〉에 대해 생각했다. 찰스는 분명 난봉꾼으로 생겨 먹지는 않았다. 그렇다고 양심의 가책을 받는 데 길들여져 있지도 않았다. 장인이 한 말이 생각났다. 내 장래에 대한 어떤 결정이 내려지려면 2년은 더 있어야 할 거라고? 2년이면 짧은 기간이 아니다. 그동안에도 많은 일들이 일어날 수 있다. 큰아버지가 돌아가실지도 모른다. 이런 생각은 사실 그의 마음 언저리에서 줄곧 맴돌고 있었다. 그는 머리를 흔들어 그 생각을 털어 냈다. 그러자 이번에는 좀 더 즐거운 생각이 떠올랐다. 간밤의 기억과 함께, 그런 육체적 쾌락을 얼마 뒤에는 합법적으로 즐길 수 있게 되리라는 생각이 떠올랐던 것이다. 그러니 당분간은 욕망을 자제해야 한다. 그리고 그 어린애 ── 아이들은 인생에서 부족한 점을 얼마나 많이 채워 주는가!

　　샘이 홍차를 들고 돌아왔다. 두 통의 편지도 함께 가져왔다. 인생은 이제 다시 하나의 길이 되었다. 그는 봉투에 소인이 이중으로 찍혀 있는 것을 첫눈에 알아보았다. 엑서터에서 부친 편지를 라임의 화이트 라이언 호텔에서 다시 이곳 켄징턴으로 보낸 것이었다. 다른 편지는 라임에서 직접 보낸 것이었다. 그는 잠깐 머뭇거리다가 마음을 진정시키면서 종이 칼을 집어 들고 창가로 갔다. 우선 그로건 박사가 보낸 편지부터 뜯었다. 그러나 우리는 이 편지를 읽기 전에, 찰스가 카슬레이크의 헛간으로 새벽 산책을 나갔던 날 아침에 라임으로 돌아오자마자 그로건 박사한테 보낸 쪽지를 먼저 읽어야 한다. 그 내용은 이러했다.

　　친애하는 그로건 박사님.
　　저는 간밤에 박사님께서 주신 소중한 충고와 도움에 감

사드리는 한편, 박사님과 친구분께서 필요하다고 판단하시는 어떤 치료나 간호에 대해서도 기꺼이 비용을 부담하겠다는 것을 다시 한 번 약속드리는 바입니다. 저는 저의 그릇된 관심이 얼마나 어리석은 것이었는지를 깊이 깨닫고 있습니다. 이 점에 대해서도 널리 양찰하시고, 또한 이 편지를 읽으실 때쯤이면 이미 끝났을 그 면담에서 어떤 일이 있었는지를 알려 주시기 바랍니다.

유감스럽게도 브로드 가에서는 그 문제를 꺼낼 수가 없었습니다. 저의 갑작스러운 출발과 그 밖의 여러 가지 상황들 — 여기서는 번거로울 것 같아 언급을 생략합니다 — 때문에 일이 아주 고약하게 되었습니다. 그 문제는 제가 돌아오자마자 처리하겠습니다. 그동안 다른 사람들에게는 알리지 말아 주시기 바랍니다.

저는 곧 떠납니다. 제 런던 주소는 아래와 같습니다.

깊은 감사를 드리며.

C. S.

이건 사실 정직한 편지가 아니었다. 하지만 그렇게 쓸 수밖에 없었다. 이제 찰스는 초조한 마음으로 그로건 박사의 답장을 펼쳤다.

친애하는 스미스선.

우리 고장에서 일어난 사소한 수수께끼에 대해 어떤 해명을 얻게 되기를 기다리느라 그동안 자네한테 답장을 미뤄 왔다네. 이런 말을 전할 수밖에 없어서 참으로 유감이지만, 내가 원정을 나간 아침에 만난 여성은 오직 만물의 어머니인 자연뿐. 세 시간을 기다렸으나 그 여성은 나타나지 않았다네. 그래서 나는 라임으로 돌아왔고, 나를 대신

해서 그녀를 기다리도록 영리한 사내아이를 보냈지. 하지만 그 아이도 역시 유쾌한 고독 속에서 물푸레나무 가지 아래 앉아 있었을 뿐이라네. 나는 지금 가벼운 말투로 글을 쓰고 있지만, 그 아이가 해 질 녘에 돌아왔을 때는 사실 불길한 예감 때문에 얼마나 마음을 졸였는지 모른다네.

그러나 다음날 아침, 그 처녀의 트렁크를 엑서터로 보내 달라는 쪽지가 화이트 라이언 호텔에 남겨져 있다는 정보가 내 귀에 들어왔네. 누가 썼는지는 알아낼 수 없었지만, 그녀가 직접 그 쪽지를 보낸 건 틀림없네. 그 점으로 미루어 보건대, 그녀는 아마 멀리 달아난 것 같아.

이제 내가 걱정하는 것은 그녀가 런던으로 자네를 따라가서 자신의 불행을 자네한테 떠넘기려 할지도 모른다는 것일세. 자넨 웃을지 모르나, 그런 사례는 전에도 있었다네. 여기 주소를 동봉하네. 그는 훌륭한 분이고, 나하고는 오랫동안 교제를 해왔네. 그러므로 자네를 난처하게 만드는 일이 자네의 집 문을 두드리거든, 그 문제를 그의 손에 넘길 것을 강력히 충고하는 바일세.

어떤 말도 내 입을 통해 밖으로 새어 나간 일이 없고, 앞으로도 그런 일이 없으리라는 점을 믿어 주기 바라네. 그리고 또 하나 충고하고 싶은 것은 자네의 그 매력적인 아가씨 — 나는 조금 전에 그 아가씨를 길에서 만났다네 — 한테 될 수 있는 대로 빠른 기회에 다 털어놓도록 하게. 그러면 그녀도 지나치게 가혹한 형벌을 내리지 않고 자네를 용서하리라 믿네.

그럼 이만 줄이네.

마이클 그로건

찰스는 편지를 끝까지 읽기도 전에 죄책감이 섞인 안도의 한숨을 내쉬었다. 그의 일을 눈치 챈 사람은 아무도 없는 모양이었다. 그는 한동안 창밖을 내다보다가 두 번째 편지를 뜯었다.

그는 여러 장의 편지를 기대했지만, 단 한 장뿐이었다.

그는 말의 홍수를 기대했지만, 단 세 마디, 주소가 씌어 있을 뿐이었다.

그는 편지를 구겨서, 하녀가 아침 여덟시에 그의 코 고는 소리를 반주 삼아 흥얼거리며 지펴 놓은 난롯불 속에 던져 넣었다. 그것은 5초도 지나지 않아서 재가 되었다. 그는 아직도 그 자리에 서 있는 샘에게 다가가, 그가 들고 있는 찻잔을 집어서 한 모금에 마신 다음, 조금 더 달라고 찻잔과 받침 접시를 건네주었다.

「난 볼일을 다 마쳤네, 샘. 우린 내일 라임으로 돌아갈 거야. 열 시 기차표를 구해 놓도록 하게. 그리고 내 책상 위에 있는 쪽지 두 개를 전신국으로 가서 부치도록. 오후에는 쉬어도 좋아. 우리가 라임을 떠난 이래 자네 마음이 변하지 않았다면, 그 귀여운 아가씨한테 선물할 리본이라도 사두면 좋겠지.」

샘은 바로 그 신호를 기다리고 있었다. 그는 찻잔에 홍차를 다시 따르면서 주인의 등을 흘깃 바라보았다. 그러고는 찻잔을 작은 은 쟁반에 얹어 찰스가 내민 손으로 건네며 말했다.

「실은 메리한테 청혼할 생각입니다요, 나리.」

「오호, 그게 정말이야?」

「그러고 싶습니다요, 나리. 나리 밑에 있는 게 그렇게 멋진 전망을 가져다주지만 않는다면 말입니다요.」

찰스는 홍차를 홀짝거렸다.

「수수께끼 같은 소리는 그만 하고 다 털어놔 봐.」

「결혼하게 되면, 전 따로 나가서 살아야 할 것 같습니다요,

나리.」

　찰스의 눈이 빛났다. 그 눈은 본능적인 비난을 담고 있었고, 그 날카로운 시선은 그가 그 문제를 한 번도 생각해 보지 않았다는 것을 말해 주고 있었다. 그는 돌아서서 난로 옆에 앉았다.

　「샘, 내가 자네 결혼에 걸림돌이 될 수야 있나. 하지만 자넨 내가 결혼하기도 전에 나를 버리려는 건 아니겠지?」

　「제 의도는 그런 게 아닙니다요, 나리. 저는 나리께서 결혼하신 뒤의 일을 생각하고 있다굽쇼.」

　「우린 훨씬 큰 집에서 살게 될 거야. 그러면 그곳에서 메리도 함께 살 수 있을 테고 말일세. 내 아내도 기뻐할 거야. 그러니 문제가 뭔가?」

　샘은 숨을 깊이 들이마셨다.

　「저는 사업을 해볼까 생각하고 있습니다요, 나리. 나리께서 자리를 잡으신 뒤에 말입죠. 나리께서 저를 필요로 하는 동안은 결코 곁을 떠나지 않을 겁니다요. 이것만은 알아주셨으면 합니다요.」

　「사업이라니? 무슨 사업?」

　「조그만 가게라도 하나 차리고 싶습니다요, 나리.」

　찰스는 쟁반 위에 찻잔을 내려놓았다.

　「하지만 자네도 알다시피…… 자넨 그럴 준비가 아직 안 되어 있지 않은가?」

　「전 저축을 해왔습니다요, 나리. 메리도 그렇고요.」

　「그래? 하지만 가게 임대료도 치러야 하고…… 그보다 샘, 장사하려면 물건을 들여놔야 하지 않겠나? 그래, 어떤 사업인데?」

　「포목점이나 양품점 같은 가게요, 나리.」

　찰스는 마치 그 런던내기가 중이 되기로 결심하기라도 한 것처럼, 믿을 수 없다는 표정으로 그를 쳐다보았다. 그러면서 그는 한두 가지 사소한 지난 일을 떠올렸다. 되도록 점잖은 말을 골라 쓰려는 샘의 태도, 옷차림에 신경을 쓰는 태도 — 샘은 현재의 직업이 가진 몇 가지 측면 가운데 옷차림에 신경을 써야 한다는 점에 대해서만은 불평한 적이 없었다. 실제로 찰스는 샘이 그런 방면에 개인적인 허영심을 갖고 있다고 여러 번(정확히 말하면 천 번쯤) 놀리기도 했다.

「그럼 저축은 충분히 해두었나?」

「아닙니다요, 나리. 가게를 내려면 아주 열심히 저축해야 할 겁니다요.」

의미심장한 침묵이 흘렀다. 샘은 우유와 설탕을 챙기느라 바쁜 척했다. 찰스는 콧등을 문질렀다. 그러다가 문득 알아차리고, 석 잔째 차를 마셨다.

「얼마나?」

「마음에 드는 가게를 벌써 봐두었습니다요, 나리. 그 가게 주인은 권리금으로 150파운드, 물건값으로 백 파운드를 달라고 하더군입쇼. 거기다 임대료가 30파운드라고 합니다요.」 그는 찰스의 반응을 살핀 다음, 말을 이었다. 「나리를 모시는 게 행복하지 않은 건 아니지만, 가게를 갖는 건 제가 늘 꿈꾸던 일입니다요.」

「지금까지 얼마나 저축했는데?」

샘은 머뭇거리다가 대답했다. 「30파운드요, 나리.」

찰스는 웃지 않고 창가로 갔다.

「그걸 저축하는 데 얼마나 걸렸지?」

「3년요, 나리.」

1년에 10파운드면 그리 많은 액수는 아닐지 모른다. 하지만 찰스가 얼핏 계산해 본 대로 그것은 급료의 3분의 1에 해당하는 금액이었다. 비율로 따지면 찰스가 저축할 수 있었던 것보다 훨씬 많은 액수였다. 그는 샘을 돌아보았다. 샘은 찻잔을 들고 탁자 옆에 서서 공손히 기다리고 있었다 — 하지만 무엇을 기다리고 있는 것일까? 이어진 침묵 속에서 찰스는 샘의 계획에 대해 자기가 진지한 반응을 보인 게 애당초 결정적인 실수였다고 생각했다. 어쩌면 그건 어느 정도는 발뺌이었는지도 모른다. 샘은 그동안의 봉사에 보답하라는 태도를 은근히 드러냈지만, 찰스는 샘의 그런 속셈을 털끝만큼도 눈치 채지 못한 척하기 위해 그처럼 진지한 반응을 보였는지도 모른다. 하지만 그보다는 예로부터 절대적으로 옳은 상전이 잘못을 저지르기 쉬운 하인에 대한 책임 — 이것은 오만과는 결코 동의어가 아니다 — 을 떠맡는 측면이 훨씬 강했다.

「경고해 두겠는데, 자네가 지금의 지위에서 벗어나는 생각을 갖게 되면, 그 결과는 불행밖에 없을 거야. 가게를 얻지 못하면 자네는 비참하겠지. 하지만 가게를 갖게 되면 그보다 갑절은 더 비참해질 거야.」샘은 머리를 더 깊이 숙였다.「게다가 난 자네와 친숙해졌고…… 또 자네를 좋아해. 자네를 잃고 싶지 않아. 한순간이라도 그런 마음을 갖는다면, 나는 지옥에 떨어질 거야.」

「알고 있습니다요, 나리. 나리의 기분을 존중하겠습니다요. 깊은 존경심을 가지고.」

「그렇다면 좋아. 우린 서로 즐겁게 지내왔잖아. 그런 식으로 계속해 나가자구.」

샘은 머리를 꾸벅한 다음, 찻잔과 쟁반을 집어 들고 돌아섰다. 그의 낙심은 겉으로 드러날 정도였다. 그를 모델 삼아 조각품을 만든다면, 〈좌절된 희망〉, 〈단축된 인생〉, 〈덧없는 희생〉 같은 제목을 붙일 수 있을 터였다.

「샘, 매 맞은 개 같은 표정은 짓지 말게. 그 아가씨와 결혼하게 되면 자네는 물론 기혼자로서 급료를 받아야겠지. 살림

을 차릴 돈은 말할 것도 없고. 난 자네한테 섭섭하게 할 생각
이 없어. 그 점만은 안심하게.」

「정말 고마우신 말씀입니다요, 나리.」 그러나 목소리는 무
덤 속에서 들려오는 것처럼 음산했고, 찡그린 얼굴도 그대로
였다.

찰스는 샘의 입장에서 자신을 생각해 보았다. 그들이 함께
지낸 지난 몇 년 동안 샘은 그가 엄청나게 많은 돈을 써버리
는 것을 줄곧 보아 왔다. 그리고 그가 결혼하면 그보다 훨씬
많은 돈이 굴러 들어온다는 것도 샘은 알고 있을 것이다. 그
래서 2백~3백 파운드 정도는 요구할 수 있으리라 생각했는
지 모른다.

「샘, 나를 인색한 사람이라고 생각하지는 말게. 실은……
내가 윈즈야트에 간 이유는…… 음, 로버트 경이 결혼할 예정
이기 때문이었어.」

「뭐라굽쇼? 로버트 경이! 말도 안 됩니다요, 나리.」

샘의 놀란 표정과 몸짓을 보면, 샘은 연극 무대에 서겠다
는 야심을 가졌어야 하지 않을까 하는 생각이 든다. 그는 들
고 있던 쟁반을 떨어뜨리는 것만 빼고는 할 수 있는 모든 연
기를 완벽하게 해냈다. 하기야 쟁반을 떨어뜨리는 짓은 스타
니슬라프스키[132] 이전의 구식 연기였다. 찰스는 창밖을 내다
보면서 말을 이었다.

「그건 말이야, 내가 이미 꽤 많은 돈을 써버렸기 때문에 여
유가 별로 없다는 뜻일세.」

「전혀 몰랐습니다요, 나리. 도대체 왜…… 믿을 수가 없습
니다요. 그 나이에 뭘 어쩌신다고…….」

132 러시아의 배우, 연출가. 내면적 체험을 중요시한 독특한 연기와 연출
을 창도했다. 1863~1938.

찰스는 그다음에 쏟아져 나올 동정의 말을 서둘러 막았다.

「우린 그분이 행복하기를 빌어야 해. 하지만 샘, 이 일은 곧 모든 사람에게 알려질 걸세. 그러나 아직은 아무 말도 하지 말게.」

「나리, 제가 입이 무겁다는 건 나리께서도 아시잖습니까요.」

찰스는 날카로운 눈으로 샘을 돌아보았지만, 샘의 시선은 이미 겸손하게 아래쪽을 향해 떨구어져 있었다. 찰스는 그 눈을 보고 싶었다. 그러나 샘의 눈동자는 여전히 그의 날카로운 시선에서 벗어나 있었고, 그래서 찰스는 두 번째의 결정적인 실수를 저지르고 말았다. 샘의 절망은 보답의 요구를 거절당한 데서 나온 것이기보다, 주인 나리는 내가 이용해 먹을 수 있는 부정한 비밀을 전혀 갖고 있지 않은 게 아닐까 하는 낙담에서 나온 것이었기 때문이다.

「샘, 결혼하게 되면 나도 상황이 훨씬 나아질 거야. 그리고 난 자네의 소망을 완전히 꺾어 버리고 싶지는 않아.」

샘의 가슴속에는 환희의 작은 불꽃이 되살아났다. 그는 마침내 해냈다. 방법이 있었던 것이다.

「말씀드리지 말걸 그랬나 봅니다요, 나리. 전 아무것도 몰랐습니다요.」

「아니야. 자네가 속마음을 말해 줘서 난 오히려 기뻐. 기회가 닿으면 프리먼 씨한테 조언을 청해 보겠네. 그분은 사업을 새로 시작하는 모험가에게 들려줄 말이 있을 거야.」

「그건 순금입지요, 나리. 그분의 입에서 나온 충고라면 전 황금을 다루듯 할 겁니다요.」

이런 과장된 말을 남기고 샘은 방에서 나갔다. 찰스는 닫힌 문을 바라보았다. 그는 유라이어 힙[133] 같은 성격, 말하자

---

133 찰스 디킨스의 소설『데이비드 커퍼필드』에 나오는 간사한 인물.

면 어떤 이중성격이 샘의 인간성의 표면으로 분출하기 시작한 것은 아닐까 하고 의심하기 시작했다. 샘은 옷차림과 태도에서 늘 신사를 흉내 내왔다. 그런데 이제 그가 모방하고 있는 가짜 신사한테서는 전과는 다른 무언가가 느껴졌다. 그 시대는 격변의 시대였다! 너무나 많은 질서와 규범이 서로 융합하고 해체되기 시작하고 있었다.

그는 한동안 문을 바라보며 서 있었다. 그러다가 흥! 하고 코웃음을 쳤다. 도대체 샘 녀석이 무슨 자격으로 제 소망을 어니스티나의 지참금과 결부시킬 수 있단 말인가? 그는 책상으로 걸어가서 서랍을 열었다. 그러고는 수첩을 꺼내 무언가를 끄적였다. 프리먼 씨에게 말해야 할 사항을 적어 둔 게 분명했다.

그러는 동안 아래층에서는 샘이 두 통의 전보 내용을 읽고 있었다. 하나는 화이트 라이언에 보내는 것으로, 호텔 주인에게 그들이 다시 돌아간다는 것을 알리는 내용이었다. 또 한 통은 이러했다.

라임, 브로드 가, 트랜터 부인 댁, 프리먼 양 앞. 돌아가라는 긴급 명령이 떨어졌음. 당신이 가장 사랑하는 찰스스미스선은 그 명령에 기꺼이 복종할 것임.

당시에는 천박한 양키들이나 이런 전보 문투를 썼다.

이날 아침 샘이 열어 본 남의 편지는 이것만이 아니었다. 그가 찰스에게 전달한 두 통의 편지 가운데 두 번째 것은 풀로 붙여져 있었지만 봉인되어 있지는 않았다. 수증기는 놀라운 일을 해준다. 감쪽같이. 게다가 샘은 아침 내내 할 일이 없었고, 부엌에 있을 때 잠깐 동안 혼자 있는 시간을 얻었다.

아마 여러분은 샘에 대한 찰스의 생각에 동의하기 시작했을지 모른다. 샘은 정직한 사람인 체하지는 않았다. 그러나 결혼에 대한 생각은 이상한 작용을 하는 법이다. 결혼할 생각을 하고 있는 사람들은 모든 면에서 상대보다 자기가 기우는 게 아닐까 하고 걱정한다. 그래서 상대에게 줄 수 있는 것을 더 많이 가지고 싶어한다. 그것은 젊은이의 태평스러움을 죽이고, 책임감을 잠시 고립시키고, 사회 계약의 이타성을 악화시킨다. 요컨대 사람은 혼자 있을 때보다는 둘이 될 때 더 부정직해지기 쉽다. 샘은 자신의 행동을 부정직하다고는 생각지 않았다. 그는 그것을 〈나한테 주어진 카드를 적절하게 사용하는 것〉이라고 불렀다. 간단히 말해서 그것은 이제 어니스티나와 찰스의 결혼이 반드시 성사되어야 한다는 것을 의미했다. 그녀의 지참금이 있어야만 샘도 250파운드의 몫을 기대할 수 있었다. 주인과 라임의 그 못된 여자 사이에 좀 더 부정한 짓이 일어날 거라면, 그것은 노름꾼의 예민한 코앞에서 일어나야 한다. 그리고 그것은 반드시 나쁜 일만도 아니었다. 찰스가 죄를 많이 지을수록 돈을 뜯어낼 수 있는 가능성도 그만큼 더 확실해질 것이기 때문이다. 그러나 불행히도 일이 너무 진척되어 버린다면…… 샘은 입술을 빨면서 눈살을 찌푸렸다. 그가 자신의 신분을 넘어서서 상류층의 기분을 내기 시작한 것은 의심할 여지가 없었다. 중매쟁이들은 언제나 그랬다.

43

그러나 나는 그녀를 본 것 같았다.
그늘진 땅 위 높은 곳에서,
내 발밑에 드리워진 그림자로 서 있는 것을.
— 앨프레드 테니슨, 『모드』(1855)

빅토리아 시대처럼 타락한 시대에는 인간의 합리적 행동이라는 신화에 어울리는 색깔을 다른 시대보다 더 많이 찾을 수 있다. 반란의 밤을 지낸 뒤, 찰스는 어니스티나와의 결혼에 박차를 가하기로 마음을 다졌다. 하기야 지금까지도 이 결혼에 대한 회의가 심각하게 마음에 떠오른 적은 없었다. 믿기 어려울지 모르나, 뒷골목 술집과 창녀는 그의 결심을 좀 더 확고하게 만들어 주었을 뿐이다. 이미 결정된 일에 회의를 품고 안달하는 짓은 그만두자. 의심할 여지가 없는 일에 의심을 품는 것도 그만두자. 그는 구역질로 느글거리는 몸을 이끌고 집으로 돌아오면서 그렇게 다짐했다. 사라에 대해서는…… 창녀 사라는 그녀의 대리인, 그녀의 슬프고도 비참한 종말의 모습이었으며, 그의 눈을 뜨게 해주었다.

그래도 그는 그녀의 편지가 좀 더 분명한 죄 — 돈을 요구한다거나(그러나 그녀가 그렇게 짧은 기간에 10파운드를 다 쓰기는 어려웠을 것이다), 그에 대한 부정한 감정을 쏟아 놓는 따위 — 를 보여 주기를 원했을지도 모른다. 그러나 단 세 마디 속에서는 어떤 정열이나 절망도 읽기 어려웠다. 〈엔디콧 패밀리 호텔〉— 그 밖에는 날짜도 이름도 없었다! 그가 지시한 대로 트랜터 이모를 거치지 않고 그에게 직접 편지를 보낸 것은 분명 명령 불복종이었다. 그러나 그의 방문을 직접 두드린 것도 아니므로 그녀를 나무랄 수도 없는 일이었다.

이런 암시적인 초대장은 무시해 버려야 한다고 결심하기는 쉬웠다. 절대로 그녀를 다시 만나서는 안 된다. 그러나 찰스는 창녀 사라를 통해 추방자 사라의 독특한 점을 상기하지 않을 수 없었다. 이쪽 사라에게 고상한 감정이 전혀 없다는 사실은 저쪽 사라에게 그 감정이 놀랄 만큼 건재해 있다는 사실을 확인시켜 줄 뿐이었다. 그녀는 얼마나 재치 있고 예민한가. 그녀 나름의 야릇한 방식으로 과거를 고백한 뒤 털어놓았던 몇 가지 일들이 머리를 떠나지 않았다.

그는 라임으로 내려가는 긴 여행 중에 사라에 대해서 많은 생각 — 회상도 생각이라면 — 을 했다. 아무리 개화된 병원일지라도 그녀를 시설에 위탁한다는 것은 일종의 배신 행위라고 생각지 않을 수 없었다. 나는 〈그녀〉라고 말했지만, 이 대명사는 인간이 발명한 가면 가운데 가장 소름 끼치는 가면의 하나다. 찰스에게 다가온 것은 하나의 대명사가 아니라 눈과 표정, 뺨으로 흘러내린 머리카락, 민첩한 걸음걸이, 그리고 잠든 얼굴이었다. 이 모든 것은 물론 공상이 아니었다. 그것은 도덕적인 문제에 대한 진지한 고찰이었고, 불행한 여인의 행복을 바라는 숭고하고 순수한 열망에서 나온 것들이었다.

기차가 엑서터 역으로 미끄러져 들어갔다. 기차가 정차를 알리는 마지막 기적을 울리는 동안 샘이 그의 차칸 창문에 나타났다. 샘은 물론 삼등칸을 타고 왔다.

「여기서 하룻밤 묵으실 건가요, 나리?」

「천만에. 마차를 준비하게, 사륜마차로. 비가 올 것 같군.」

샘은 자신과의 내기에서, 주인이 엑서터에서 하룻밤 묵을 거라는 쪽에 천 파운드를 걸었다. 그러나 찰스가 하인의 얼굴을 보고 자신의 행동 방침을 주저 없이 결정했듯이, 샘도 주저 없이 거기에 복종했다. 그렇게 결정한 사람은 사실은 샘이었다. 찰스는 더 이상 핑계를 댈 수가 없었기 때문이다. 그의 마음속 깊은 곳에는 아직도 내려야 할 결정이 한 가지 남아 있었다.

찰스는 마차가 라임의 동쪽 변두리를 지나고 있을 때에야 비로소 슬픔과 상실감, 그리고 이제는 운명의 주사위가 던져졌다는 것을 절감했다. 하나의 간단한 대답이 그렇게 많은 것을 결정지어 준다는 사실이 그에게는 놀랍게 여겨졌다. 지금까지는 모든 것이 가능했다. 그런데 이제는 모든 것이 움직일 수 없게 고정되어 버렸다. 그는 도덕적이고 점잖고 올바른 일을 했다. 그러나 그 행동은 그의 내면에 숨어 있는 본능적인 나약함과 운명에 순응하는 성격을 은연중 드러내 보인 것 같았다. 이런 성격이 언젠가는 자신을 장사꾼의 세계로 끌어들이게 되리라는 것을 그는 사실보다 더 확실한 예감으로 알고 있었다. 그렇게 하는 것이 프리먼 씨를 기쁘게 해주는 일이고, 프리먼 씨를 기쁘게 해주는 일은 곧 어니스티나를 기쁘게 해주는 일이 될 것이기 때문이다. 그는 이제 막 들어선 전원 풍경을 바라보며, 어떤 거대한 파이프 속으로 끌려 내려가는 것처럼 자신이 서서히 그곳으로 빨려 들어가는 듯한 느낌을 받았다.

마차는 사형수 호송차처럼 애처롭게 흔들릴 때마다 느슨해진 용수철에서 삐걱거리는 소리를 내며 계속 굴러갔다. 저녁 하늘에는 구름이 잔뜩 끼어 있었고, 가랑비가 뿌리기 시작했다. 이런 상황에서 전세 마차를 타고 여행할 때면, 찰스는 으레 샘을 불러서 마차 안에 앉아 가도록 해주었다. 그러나 그는 샘을 정면으로 마주 볼 수가 없었다. 더구나 앞으로는 고독한 시간을 갖기 힘들 터였다. 남아 있는 짧은 순간이나마 즐기고 싶었다. 그는 엑서터에 남겨 두고 온 여인을 다시 생각했다. 물론 그녀를 어니스티나와 대등하게 생각한 것은 아니다. 또 마음만 고쳐먹으면 어니스티나 대신 결혼할 수도 있는 상대로 생각한 것도 아니다. 그런 일은 전혀 가능하지 않은 것이었다. 사실 그가 지금 생각하고 있는 여자가 반드시 사라라고 할 수는 없었다. 그녀는 단지 그의 잃어버린 가능성, 사라진 자유, 다시는 떠나지 못할 여행을 모두 합쳐서, 그 상실감을 더욱 부풀려 주는 하나의 상징에 불과했다.

그것은 의심할 여지가 없었다. 그는 인생에 희생된 제물의 하나였고, 거대한 역사의 물결에 갇혀 이제는 영원히 오도 가도 못하고, 결국 하나의 화석으로 변하게 될 또 하나의 암모나이트였다.

잠시 후 그는 궁극적인 나약함을 보여 주었다. 잠이 들어 버린 것이다.

44

의무 — 그것은 자신에게 요구되는 모든 것에
무조건 따르겠다고 말하는 것……
그 진정한 의미도 모른 채
마땅히 순응하는 형태로……
의무는 영혼 안에 깃든 영혼의
온갖 회의와 억측을
명백한 죄악으로서
엄격하게 즉각적으로 억누르는 것.
의무는 운명이 명령하는 대로
비굴하게 굴종하는 것.
— 아서 H. 클러프, 「의무」(1841)

그들이 화이트 라이언 호텔에 도착한 것은 열시 조금 전이
었다. 트랜터 이모 댁에는 아직도 불이 켜져 있었다. 그들이
지나갈 때 커튼 하나가 움직였다. 찰스는 서둘러 몸을 씻고,
샘에게는 호텔에 남아서 짐을 풀도록 지시한 다음, 사내답게
씩씩한 걸음걸이로 언덕을 올라갔다. 메리는 그를 보자 기뻐
서 어쩔 줄을 몰랐다. 찰스 나리의 도착은 샘의 도착을 말해
주기 때문이었다. 트랜터 이모는 메리 뒤에 서서 얼굴에 홍
조를 띠며 환영하는 미소를 지어 보였다. 그녀는 먼 길을 온
나그네에게 인사를 하자마자 곧 물러났다. 어니스티나는 으
레 그렇듯이, 자신의 품위를 지키느라 뒤쪽 거실에 남아 있
었다.

찰스가 들어가자, 그녀는 일어서지도 않은 채 속눈썹 밑으
로 그에게 오랫동안 흘긴 시선을 던졌다. 그는 미소를 지었다.

「엑서터에서 꽃을 사오는 걸 깜박 잊었군.」

「그럴 줄 알았어요.」

「당신이 잠자리에 들기 전에 도착하려고 굉장히 서둘렀어.」

그녀는 눈길을 내려서 손을 바라보았다. 수를 놓고 있던 참이었다. 찰스가 가까이 다가가자 그 손은 갑자기 하던 일을 멈추고, 수놓고 있던 작은 천을 뒤집었다.

「나한테 경쟁자가 생긴 모양이지?」

「당신이 그런 식으로 굴면, 경쟁자가 생기는 게 당연하죠.」

찰스는 그녀 옆에 무릎을 꿇더니, 그녀의 한쪽 손을 가볍게 잡고 입을 맞추었다. 그녀는 그를 살짝 곁눈질했다.

「당신이 떠난 뒤로 한숨도 못 잤어요.」

「당신의 그 창백한 볼과 부어오른 눈을 보면 나도 알 수 있어.」

그녀는 웃으려 하지 않았다. 「지금 절 놀리고 있군요.」

「당신이 이렇게 아름다워진 게 불면증 때문이라면, 우리 침실에 놓아둘 자명종은 밤새 울리도록 해야겠군.」

그녀는 얼굴을 붉혔다. 찰스는 무릎을 펴고 일어나 그녀 옆에 앉았다. 그러고는 그녀의 머리를 손으로 끌어당겨, 그녀의 입술과 감은 눈에 입을 맞추었다. 그러자 그 눈은 곧 열리더니, 차가운 기색을 다 떨궈 버린 눈빛으로 그의 눈을 응시했다.

그가 가볍게 웃었다. 「당신의 은밀한 숭배자를 위해 수놓고 있던 게 뭐지?」

그녀가 일감을 위로 치켜들었다. 그것은 푸른 벨벳으로 만든 시계 주머니(빅토리아 시대의 신사들이 화장대 옆에 걸어 두고, 잠자리에 들 때마다 시계를 넣어 두는 작은 주머니)였다. 주둥이 양쪽에는 각각 〈C〉와 〈E〉라는 머릿글자가 든 하얀 하트가 수놓아져 있었다. 주머니 앞면에는 금실로 시구를 수놓기 시작했는데, 아직은 미완성인 채였다. 찰스는 그 시구를 소리 내어 읽었다.

「〈그대가 태엽을 감을 때마다……〉 그런데 대구(對句)는 어떻게 끝나지?」

「알아맞혀 보세요.」

찰스는 푸른 벨벳 천을 바라보았다.

「〈그대의 아내는 이빨을 갈리라〉?」

그녀는 벨벳 천을 잡아채어 뒤로 감춰 버렸다.

「더 이상 아무 말도 않겠어요. 당신은 〈캐드〉보다 조금도 나을 게 없어요.」 〈캐드〉는 당시에 사람들의 말을 저속한 농담으로 척척 받아넘기기로 유명했던 합승 마차 마부를 의미했다.

「당신처럼 아름다운 손님한테는 절대로 마찻삯을 요구하지 않을 거야.」

「거짓말로 아첨하는 것도 저속한 농담을 하는 거나 똑같이 진저리가 나요.」

「그런데 당신은…… 화낼 때가 제일 사랑스러워.」

「그렇다면 당신을 용서해 주겠어요. 이건 당신한테 얄밉게 보이기 위해서일 뿐이에요.」

그녀는 그에게서 약간 몸을 돌렸다. 그러나 그의 팔은 여전히 그녀의 허리에 둘러져 있었고, 그녀의 손을 잡은 그의 손에는 다시 힘이 주어지기 시작했다. 그들은 잠시 그대로 조용히 앉아 있었다. 그가 다시 그녀의 손에 키스했다.

「내일 아침에 함께 산책할 수 있겠지? 그래서 세상 사람들한테 우리가 얼마나 멋진 한 쌍의 연인인가를 보여 주지 않겠어? 그러면서 겉으로는 따분한 표정을 짓고, 우리 결혼이 틀림없는 정략결혼인 것처럼 굴면 재미있을 거야.」

그녀가 미소를 지었다. 그러고는 충동적으로 시계 주머니의 시구를 발표했다.

「〈그대가 태엽을 감을 때마다, 나의 사랑을 되새기게 하소서.〉」

「멋진데.」

그는 좀 더 오랫동안 그녀의 눈을 응시하더니, 주머니를 뒤져서 빨간 모로코 가죽으로 싼 작은 상자를 꺼내 그녀의 무릎 위에 올려놓았다.

「꽃다발 대신이야.」

그녀는 수줍은 태도로, 조그만 걸쇠를 뒤로 눌러서 상자를 열었다. 진홍색 벨벳 깔개 위에 우아한 브로치가 놓여 있었다. 타원형의 작은 꽃가지가 모자이크되어 있었고, 가장자리에는 진주와 산호가 번갈아 가며 금으로 세공되어 있었다. 그녀는 눈물을 머금은 눈으로 찰스를 바라보았다. 그는 상황에 도움이 되도록 눈을 감았다. 그녀는 돌아앉아 그에게 몸을 기대고, 그의 입술에 부드럽고 순수한 키스를 했다. 그러고는 그의 어깨에 머리를 기댄 채, 다시 브로치를 바라보고 거기에 입을 맞추었다.

찰스는 프리아포스의 음탕한 노래 구절이 기억났다. 그는 그녀의 귀에 대고 속삭였다.「내일이 우리가 결혼하는 날이라면 좋겠어.」

그건 간단했다. 한쪽은 냉소와 감상 속에서 살았고, 또 한쪽은 인습을 지켰다. 그 결합에서 나올 수 있는 것은 초연하고 냉소적으로 인습을 지키는 또 하나의 실체였다. 바꿔 말하면 한쪽은 굴복했고, 또 한쪽은 이전대로 남아 있을 수 있는 방법을 알았다.

찰스는 어니스티나의 팔을 잡았다.「고백할 게 하나 있는데…… 말버러 저택에 살았던 그 불쌍한 여자와 관련된 거야.」

그녀는 약간 몸을 일으키며 깜짝 놀라는 척했지만, 실은 벌써 즐거워하고 있었다.「불쌍한 비련의 여주인공이 아니고요?」

그가 미소를 지었다. 「그 여자한텐 그보다 더 야비한 별명이 어울리지 않을까 몰라.」 그는 그녀의 손을 꼭 잡았다. 「이일은 아주 어리석고 정말 사소한 거야. 무슨 일이 있었느냐 하면, 그 희귀한 성게 화석을 찾아다니던 중에…….」

스토리는 이렇게 끝난다. 사라가 그 후 어떻게 되었는지는 나도 모른다. 그녀에게 무슨 일이 일어났든, 또 그녀가 그의 기억 속에서 좀처럼 사라지지 않았다 해도, 그녀는 또다시 찰스를 직접 괴롭히지는 않았다. 이런 일은 아주 흔히 일어난다. 사람이 눈에 보이지 않는 곳으로 가버리면, 보다 가까이에 있는 다른 사람이나 사물의 그림자 속에 묻혀 버린다.

찰스와 어니스티나는 그 후 행복한 생활을 갖지는 못했지만, 그래도 내내 함께 살았다. 찰스가 어니스티나보다 10년이나 더 오래 살긴 했지만, 이 10년 동안 그는 진심으로 어니스티나를 애도했다. 그들은 자식 ── 일곱 명이라고 해두자 ── 도 낳았다. 로버트 경은 벨라 톰킨스 부인과 결혼한 지 열달도 안 되어 상속자를 하나가 아니라 둘이나 얻었다. 이것은 찰스에게는 설상가상이었다. 이 치명적인 쌍둥이 때문에 찰스는 결국 사업계에 뛰어들 수밖에 없었다. 그도 처음에는 사업을 따분하게 생각했지만, 곧 거기에 흥미를 느끼게 되었다. 그의 아들들에게는 어떤 선택권도 주어지지 않았다. 그리고 그 아이들의 아들들은 오늘날까지도 여전히 대규모 상회와 거기서 갈라져 나온 여러 가지 잡다한 사업체를 경영해 나가고 있다.

샘과 메리 ── 하지만 누가 하인들의 일대기에 관심을 기울이겠는가 ── 는 그들과 같은 계층의 사람들이 걷는 단조로운 인생 속에서 결혼하고, 자식을 낳고, 죽었다.

누가 또 남았지? 그로건 박사? 그는 아흔한 살에 죽었다. 트랜터 이모도 90대까지 살았으니까. 우리는 라임의 신선한 공기가 몸에 좋다는 분명한 증거를 얻은 셈이다. 그러나 풀트니 부인은 찰스가 마지막으로 라임에 돌아온 뒤 두 달도 채 안 되어 죽었으므로, 그 공기도 모든 사람에게 다 효과가 있는 것은 아니다. 기쁘게 말하건대, 나는 여기서 미래 — 즉, 풀트니 부인의 내세 — 를 내다보고 싶은 흥미를 느낀다. 그녀는 잘 어울리는 검은 드레스를 입고, 사륜마차를 타고 천국의 문에 다다랐다. 하인 — 왜냐하면 고대 이집트에서처럼 그녀가 거느리고 있던 가속(家屬)들도 당연히 그녀와 함께 죽었기 때문이다 — 이 마차에서 내려 엄숙하게 마차 문을 열었다. 풀트니 부인은 층층대를 올라가면서, (나중에 조물주와 친해지면) 천국의 하인들은 귀빈이 올 경우에 대비하여 더욱 빈틈없이 대기하고 있어야 한다는 충고를 조물주에게 해야겠다고 마음에 심은 다음, 초인종 끈을 잡아당겼다. 드디어 집사가 나타났다.

「어떻게 오셨습니까, 부인?」

「난 풀트니 부인이에요. 여기에 거처를 정하려고 왔어요. 주님께 말씀 좀 전해 주세요.」

「주께서는 전지전능하시니까 부인의 죽음을 이미 알고 계십니다. 천사들이 벌써 축하와 환희의 노래를 불렀는걸요.」

「주님께서는 정말 정당하시고 친절하시군요.」 부인은 집사의 머리 너머로 보이는 웅장한 홀로 의기양양하게 들어가려고 했다. 그러나 집사는 옆으로 비켜서지 않았다. 그 대신, 마침 손에 들고 있던 열쇠 꾸러미를 무례한 태도로 쩔렁쩔렁 흔들었다.

「이봐요! 길을 비켜요. 내가 바로 그 여자예요. 라임의 풀트니 부인이란 말이에요.」

「전에는 라임의 풀트니 부인이었지만, 이제는 훨씬 더러운 지역의 풀트니 부인이야.」

이 말과 함께 그 무지막지한 집사는 그녀의 코앞에서 문을 꽝 닫아 버렸다. 풀트니 부인은 재빨리 주위를 둘러보았다. 하인들이 혹시 이 굴욕적인 장면을 엿보지나 않았을까 하는 두려움 때문이었다. 그러나 그녀는 마차가 하인 숙소로 끌려가는 소리를 분명히 들었다고 생각했는데, 그 마차는 불가사의하게도 연기처럼 사라져 버리고 없었다. 아니, 마차만이 아니라 사실은 모든 것이 사라져 버렸다. 길과 풍경(그것은 어떤 특별한 이유 때문에, 윈저 궁으로 통하는 대로와 닮은 데가 있었다), 그 밖에도 모든 것이 사라져 버렸다. 거기에 있는 것은 모든 것을 탐욕스럽게 집어삼키는 텅 빈 공간뿐이었다. 풀트니 부인이 그토록 당당하게 올라갔던 층계도 하나씩 사라지기 시작했다. 이제는 단지 세 계단만이 남아 있었다. 그다음에는 둘, 그러고는 하나. 풀트니 부인은 이제 허공에 서 있었다. 그녀의 목소리가 또렷이 들려왔다. 「이건 분명 코턴 부인이 꾸민 짓이야.」 이윽고 그녀는 아래로 내려가기 시작했다. 총에 맞은 까마귀처럼 발버둥 치며, 깃발처럼 휘날리며, 풍선처럼 부풀며, 그녀의 진짜 주인이 기다리고 있는 곳으로 떨어져 내리기 시작했다.

45

그리고 아아, 내 마음 깊은 곳에서 자라는
또 하나의 나를 위하여
현재의 나는 어디론가 사라져 버렸으면!
— 앨프레드 테니슨, 『모드』(1855)

그리고 이제, 이 소설을 전통적인 결말로 끌고 가기 위해서는, 앞의 두 장(章)에서 내가 묘사한 일들이 실제로 일어나긴 했지만, 여러분이 믿게 된 그런 식으로는 일어나지 않았다는 사실을 설명하는 편이 나을 것이다.

나는 전에 이렇게 말한 적이 있다 —— 우리들 가운데 시를 쓰는 사람은 그다지 많지 않지만, 사실은 우리 모두가 시인이며 소설가라고. 오늘날에는 우리 자신을 소설 속의 주인공보다 영화 속의 주인공으로 상상하는 경향이 많지만, 어쨌거나 우리는 우리 자신에 대해 허구적인 미래를 써보는 버릇이 있다. 우리는 앞으로 어떻게 행동할까, 우리에게 무슨 일이 일어날까 등에 대해 여러 가지 가정을 마음속의 스크린에 비추어 본다. 그리고 이 소설 같은, 또는 영화 같은 가정들은, 미래가 정말로 현재가 되었을 때, 우리의 실제 행동에 대해 일반적으로 생각하는 것보다 훨씬 큰 영향을 미치는 경우가 많다.

찰스도 예외는 아니었다. 그리고 여러분이 읽은 마지막 몇 페이지는 실제로 일어난 일이 아니라, 런던에서 엑서터로 오는 도중에 찰스가 심심풀이로 공상한 것들이다. 물론 그는 내가 쓴 것처럼 상세하고 일관된 서술 방식에 따라 생각을 진행시키지는 않았다. 또한 그가 풀트니 부인의 내세에 대해 그처럼 재미난 세부까지 상상해 보았다고는 나도 단언할 수 없다. 그러나 그는 분명히 그녀가 염라대왕한테 가기를 바랐다. 그러니 결국은 같은 뜻이다.

무엇보다도 그는 이야기가 결말에 이르고 있다는 것을 느끼고 있었다. 더구나 그 결말이 원치 않는 방향으로 가고 있다는 것도 느끼고 있었다. 앞의 몇 장에서 여러분이 일관성 없는 갑작스러움, 문체에 나타난 불협화음, 찰스의 내면에 깊숙이 숨어 있는 잠재적 가능성을 드러낸 점, 그가 매음굴에서 겪은 사소한 사건에 거의 125년에 가까운 수명이 부여된 점을 눈치 챘더라도, 또한 문학에서는 그리 드문 일이 아니지만, 작가의 호흡이 점점 약해지고, 그래서 작가가 아직 이기고 있다고 느낄 때 제멋대로 경주를 끝내 버린 게 아닐까 하는 의심이 들더라도, 나를 비난하지 마시라. 왜냐하면 이 모든 감정들, 혹은 그 감정에 대한 반성들은 찰스 자신의 마음속에 실제로 존재했기 때문이다. 그의 존재를 다룬 이 책은 분명히 초라한 결말을 향해 가고 있었다. 적어도 그는 그렇게 느꼈다.

그리고 사라를 망각의 늪 속에 묻어 버리기 위한 교활하고 허울 좋은 이유를 찾아낸 〈나〉는 나 자신이 아니었다. 그것은 사물에 대한 지독한 무관심을 의인화한 것에 지나지 않았다. 그것은 접시저울 한쪽에 놓여 있는 찰스에게는 너무 적대적이어서 〈신〉이라고 생각할 수 없고, 어니스티나가 놓여 있는 접시저울의 또 한쪽에는 악의적인 무력증을 올려놓았다. 그것은 찰스를 끌고 가는 기차의 방향처럼 변함없이 앞쪽으로만 고정되어 있는 것 같았다.

나는 찰스가 런던에서 엉뚱한 행동을 저지른 다음날 결혼에 박차를 가하기로 결심했다고 말했다. 이것은 거짓말이 아니었다. 언젠가 수도원에 들어가겠다고 말한 것이 그의 공식적인 결정(보다는 반응이 더 정확한 표현일 것이다)이었던 것과 마찬가지로, 그것은 그의 공식적인 결정이었다. 내가 거짓말한 부분이 있다면, 그것은 세 단어로 된 사라의 편지가 찰스에게 미친 영향을 분석한 부분이다. 그 편지는 그의 머릿속에 줄곧 달라붙어, 그를 괴롭히고 혼란에 빠뜨렸다. 그 편지를 생각하면 할수록, 주소만 달랑 써 보낸 것은 더욱 사라다운 짓으로 여겨졌다. 그것은 그녀의 다른 행동들과 완전히 일치했고, 오직 모순 어법 — 유혹해 놓고는 짐짓 물러서고, 교활하면서도 단순하고, 거만하면서도 간청하고, 방어하면서 비난하는 — 으로만 설명할 수가 있었다. 빅토리아 시대는 장광설의 시대였다. 그래서 델포이 신전의 신탁처럼 알쏭달쏭한 표현에는 익숙해져 있지 않았다.

그러나 그 편지는 무엇보다도 찰스에게 선택권을 준 것처럼 보였다. 그리고 찰스가 한편으로는 선택해야 하는 상황에 질색한 반면, 다른 한편으로는 선택의 순간이 다가왔을 때 참을 수 없는 흥분을 느꼈다는 사실을 안다면, 우리는 그가 라임으로 가는 도중에 겪은 심리 상태의 비밀에 좀 더 가까이 다가갈 수 있다. 그는 비록 실존주의의 세례를 받지는 못했지만, 그가 느낀 것은 바로 자유에 대한 불안 — 즉, 인간은 자유롭다는 인식과, 자유는 공포의 한 상태라는 인식 — 이었다.

그러므로 이제 우리는 샘을 가상의 미래에서 내쫓아, 엑서터의 현실로 다시 돌아오게 하자. 그는 기차가 정거장에 멈추자 주인의 차칸으로 갔다.

「여기서 하룻밤 묵으실 건가요, 나리?」

찰스는 결정을 내리지 못한 채 머뭇거리며 잠시 하인을 바라보다가, 잔뜩 찌푸린 하늘로 고개를 돌렸다.

「비가 올 것 같군. 〈십〉에서 묵도록 하지.」

그래서 몇 분 뒤 샘은, 백만장자를 꿈꾸던 백일몽에서 깨어나듯 역 밖으로 나와, 찰스와 나란히 서서, 타이어를 단 플라이[134]의 지붕 위에 주인의 짐이 실리는 것을 바라보고 있었다. 찰스는 분명 안절부절하고 있었다. 드디어 트렁크도 다 묶였고, 모두가 그를 기다리고 있었다.

「샘, 지독한 기차 여행을 한 다음에는 다리를 좀 뻗는 게 좋겠어. 자네는 짐을 가지고 먼저 가게.」

샘의 심장이 덜컹 내려앉았다.

「그럴 수는 없습니다요, 나리. 하늘을 보세요. 비가 곧 쏟아질 것 같은뎁쇼.」

「비 좀 맞는다고 큰일나진 않아.」

샘은 감정을 누르고 허리를 굽혔다.

「알겠습니다요, 나리. 저녁 식사를 준비하라고 말해 둘깝쇼?」

「응…… 그건…… 내가 알아서 할게. 어쩌면 교회에 들러서 저녁 예배에 참석할지도 몰라.」

찰스는 시내를 향해 언덕길을 올라가기 시작했다. 샘은 잠시 우울하게 그를 바라보다가 마부 쪽으로 몸을 돌렸다.

「저…… 혹시 엔디콧 패밀리 호텔이라고 들어 보았소?」

「물론입죠.」

「그게 어디 있는지 아시오?」

---

134 말 한 필이 끄는 마차.

「물론입죠.」

「우선 십 호텔까지 갑시다. 나를 갑절로 빠르게 데려다 주면 횡재하게 될 거요.」

그래서 샘은 침착하게 마차에 올라탔다. 마차는 곧 찰스를 따라잡았다. 그는 잠깐 바람이라도 쐬러 나온 사람처럼 눈에 띄게 천천히 걷고 있었다. 그러나 마차가 시야에서 사라지자 걸음이 한결 빨라졌다.

샘은 꾸벅꾸벅 졸고 있는 시골 여관 사람들을 다룬 경험이 많았다. 짐을 부리고, 가장 괜찮은 방을 골라잡고, 벽난로에 불을 지피고, 다른 필수품과 함께 잠옷을 꺼내고…… 이 모든 일을 7분 만에 해치웠다. 그러고는 재빨리 밖으로 뛰쳐나갔다. 호텔 입구에는 마차가 기다리고 있었다. 마차 안에서 샘은 조심스럽게 주위를 둘러보고는 마부에게 돈을 치렀다.

「왼쪽에서 첫번째 집이오, 선생.」

「고맙소, 마부 양반. 자, 받으시오.」 샘은 마부한테 동전 두 닢 — 이걸 팁이라고 내놓다니! — 을 건넨 다음, 중절모를 머리에 얹고, 어둠 속으로 녹아 들어갔다. 길을 반쯤 내려가자, 마부가 일러 준 호텔 맞은편에는 당당한 기둥들이 지붕을 떠받치고 있는 침례 교회가 있었다. 애송이 탐정은 기둥 뒤로 가서 몸을 숨겼다. 이제 거의 밤이었다. 구름이 잔뜩 덮인 하늘 밑에는 밤이 더 일찍 찾아왔다.

오래 기다릴 필요는 없었다. 키 큰 사람의 형체가 시야에 들어오자 샘은 심장이 뛰기 시작했다. 그 형체는 분명 찰스였다. 그는 당황한 모습으로 어떤 꼬마에게 말을 걸고 있었다. 꼬마는 곧 샘이 지켜보고 있는 모퉁이로 찰스를 데려와서, 길 건너에 있는 건물을 손가락으로 가리켰다. 싱글거리는 표정으로 판단한건대, 꼬마 녀석은 그 동작 하나로 적어도 2펜스는 벌었을 것이다.

찰스의 뒷모습이 멀어져 갔다. 그러다가 멈춰 서서 위를 올려다보았다. 그는 다시 이쪽으로 몇 걸음 되돌아왔다. 그러고는 더 이상 참을 수 없다는 듯 다시 돌아서더니, 그중 한 집으로 들어갔다. 샘은 숨어 있는 기둥 뒤에서 재빨리 나와, 엔디콧 패밀리 호텔이 서 있는 거리 맞은편으로 갔다. 그는 모퉁이에서 잠시 기다렸다. 그러나 찰스는 다시 나타나지 않았다. 샘은 좀 더 대담해졌다. 그는 늘어서 있는 집들을 마주 보고 있는 창고 담장을 따라 걷기 시작했다. 그는 호텔이 반쯤 보이는 곳에 이르러 걸음을 멈추었다. 여러 방에 불이 켜져 있었다. 15분쯤 지나자 비가 내리기 시작했다.

샘은 잠시 어떤 무서운 생각에 잠겨 손톱을 물어뜯었다. 그러고는 빠른 걸음으로 그곳을 떠났다.

46

우리가 생각하거나 말할 때, 아직까지는
가슴이 머리를 지배한다.
그래도 우리는 우리가 소망하는 것을 믿어야 한다.
그리고 주어지는 대로 받아들여야 한다.

그래도 우리는 믿어야 한다, 성실하게 시작된 일은
좀 더 넓은 세계에서는, 도중에 끝나지 않고
마침내 완성되리라는 것을. 왜냐하면
우리가 그렇게 되기를 소망하기 때문이다.

아이야, 그래도 우리는 생각해야 한다,
좀 더 풍부한 삶을 우리 함께 바라보는 날
우리가 지금 이곳에 함께 있음의
참된 결과가 나타나리라는 것을.
— 아서 H. 클러프, 제목 없는 시(1849)

찰스는 지저분한 홀에서 잠시 머뭇거리다가, 약간 열린 틈
새로 불빛이 새어 나오는 방문을 두드렸다. 그러자 안으로
들어오라는 분부가 있었고, 그래서 그는 호텔의 여주인과 대
면하게 되었다. 그가 그녀를 판단하는 것보다 그녀가 그를
평가하는 것이 훨씬 빨랐다. 적어도 15실링짜리는 되겠군.
그래서 그녀는 기꺼이 미소를 지어 보였다.

「방을 원하시나요, 손님?」

「아닙니다. 나는…… 그러니까…… 투숙객 중에…… 우드
러프 양을 좀 만났으면 합니다만…….」 그 순간, 엔디콧 부인
의 얼굴에서 미소가 사라지고 어두운 표정이 떠올랐다. 찰스
의 심장이 내려앉았다. 「여기 없나요……?」

「아아, 그 불쌍한 아가씨 말이군요. 그저께 아침에 아래층
으로 내려오다가 그만 발을 헛디뎠지 뭐예요. 발목을 삐는
바람에 호박처럼 퉁퉁 부었다우. 의사를 부르고 싶어도, 그

처녀가 말을 들으려고 해야 말이죠. 하기야 발목 삔 것쯤은 저절로 낫게 마련이지만 말이에요. 게다가 의사를 부르면 돈이 많이 들거든요.」

찰스는 지팡이 끝을 바라보았다. 「그럼 그 여자를 만날 수는 없겠군요.」

「저런! 손님이 직접 올라가시면 되잖아요. 그러면 그 아가씨도 기분이 한결 나아질 텐데. 친척 되시나 보죠?」

「업무 때문에 찾아왔습니다.」

엔디콧 부인의 존경심이 더욱 깊어졌다. 「아아…… 변호사이신가 보군요?」

찰스는 망설이다가 대답했다. 「그렇소.」

「그렇다면 올라가 보셔야죠, 손님.」

「죄송하지만…… 사람을 보내서 물어봐 주실 수는 없겠소? 발목이 나은 다음에 찾아와도 괜찮은지.」

그는 아주 곤혹스러운 기분이었다. 바르귀엔이 생각났다. 은밀한 만남도 죄악이었다. 그는 단지 몇 가지 물어보려고 왔을 뿐이었다. 그래서 아래층 거실 — 친밀하면서도 공개적인 장소 — 에서 만나게 되기를 바랐었다. 노파는 잠깐 망설이다가, 책상 옆에 놓인 상자로 재빠른 눈길을 던지고는, 변호사라고 해서 도둑질하지 않는 것은 아니라고 결론을 내렸다 (변호사한테 수수료를 지불해 본 사람이라면 이 노파의 결론에 동의하지 않을 수 없을 것이다). 노파는 자리에서 꼼짝도 하지 않은 채, 놀랄 만큼 기운 찬 목소리로 하녀를 불렀다.

하녀가 나타나자 찰스는 명함을 주어 위층으로 올려 보냈다. 시간이 좀 걸리는 모양이었다. 그동안 찰스는 그가 찾아온 진짜 목적을 알아내려고 퍼붓는 노파의 질문 공세를 견뎌내야 했다. 이윽고 하녀가 내려왔다. 위층으로 올라오라는 전갈을 가지고. 찰스는 통통한 하녀를 따라 꼭대기 층으로 올라갔다. 하녀는 사고가 난 지점을 보여 주었다. 층계는 확실히 가팔랐다. 그리고 여성들이 제 발을 내려다볼 수 없는 옷을 입었던 당시에는 걸핏하면 넘어지곤 했다. 그런 일은 가정생활에서도 흔했다.

그들은 복도 끝에 있는 방문 앞까지 왔다. 그의 심장은 가파른 계단을 세 층이나 올라왔다는 것만으로는 변명할 수 없을 만큼 빨리 뛰고 있었다. 하녀가 약간 퉁명스럽게 그가 온 것을 알렸다.

「신사분이 오셨어요, 아가씨.」

그는 방 안으로 들어섰다. 사라는 벽난로 옆에 문을 마주 보도록 놓인 의자에 앉아 있었다. 발은 발판 위에 올려져 있었는데, 양발과 다리가 모두 붉은색 담요로 덮여 있었다. 초록빛 모직 숄을 어깨에 두르고 있었지만, 그녀가 긴 소매가 달린 잠옷을 입고 있다는 사실을 감춰 주지는 못했다. 그녀의 머리카락은 풀어져, 숄을 걸친 어깨 위로 흘러내려 있었다. 그녀는 평소보다 훨씬 작아 보였고, 괴로울 만큼 수줍어하고 있었다. 그가 방에 들어왔을 때 겁먹은 고해자처럼 재빨리 올려다보았을 뿐, 다시 고개를 숙인 뒤로는 미소도 짓지 않고 손만 내려다보고 있었다. 그는 왼손에는 모자를, 오른손에는 지팡이와 장갑을 들고 서 있었다.

「엑서터를 지나던 길이었소.」

그녀는 이해와 부끄러움이 뒤섞인 태도로 고개를 조금 더 깊이 숙였다.

「의사를 부르는 게 낫지 않겠소?」

그녀가 무릎을 내려다보면서 입을 열었다. 「제발, 그러지 마세요. 의사가 와봤자 제가 지금 쓰고 있는 방법을 써보라고 충고하는 게 고작일 거예요.」

그는 시선을 거둘 수가 없었다. 이렇게 꼼짝없이 묶여 있고, 이렇게 병약하고(그러나 그녀의 볼은 짙은 핑크빛을 띠고 있었다), 이렇게 무력한 모습을 보게 되다니! 게다가 평소에 입고 다니던 쪽빛 드레스를 벗어 던진 차림에, 전에는 한 번도 완전히 드러낸 적이 없었던 풍성한 머리채를 한껏 내보이고 있었다. 상처에 바른 연고에서 나는 삼나무 같은 희미한 냄새가 찰스의 콧구멍으로 스며들었다.

「아프진 않소?」

그녀가 고개를 저었다. 「그런 실수를 저지르다니…… 어쩌다 그런 바보 같은 짓을 했는지 이해할 수가 없어요.」

「어쨌든 사고가 언더클리프에서 일어나지 않은 것만도 다행이오.」

「예.」

사라는 몹시 당황해하는 것 같았다. 그는 작은 방 안을 둘러보았다. 새로 지핀 불길이 벽난로 안에서 타오르고 있었다. 벽난로 위에 놓여 있는 단지에는 시든 수선화 몇 송이가 꽂혀 있었다. 그러나 가구의 빈약함이 더욱 두드러져 보여, 그의 마음을 더욱 착잡하게 했다. 천장에는 검은 얼룩 — 등잔에서 올라온 그을음 — 이 묻어 있었다. 마치 수많은 창녀들이 지녔던 이상야릇한 유품들이 과거에 이 방을 차지하고 있었던 것 같았다.

「그럼 난 이제 그만……」

「제발, 가지 마세요. 앉으세요. 용서해 주세요. 전…… 선생님이 오시리라고는……」

그는 들고 있던 물건들을 서랍장 위에 놓고, 그녀와는 반대쪽으로 탁자 옆에 놓여 있는 의자에 앉았다. 비록 그녀가 편지를 보내기는 했지만, 그 자신도 있을 수 없는 일로 단호하게 판결해 버린 일을 그녀가 어떻게 기대할 수 있었겠는가? 그는 여기에 온 핑곗거리를 찾았다.

「트랜터 부인께도 주소를 알려 드렸소?」

그녀가 고개를 저었다. 침묵이 흘렀다. 찰스는 양탄자를 내려다보았다.

「나한테만?」

그녀가 다시 머리를 숙였다. 짐작했다는 듯 그는 고개를 끄덕였다. 그러고는 좀 더 긴 침묵이 흘렀다. 성난 빗줄기가 그녀 뒤에 있는 창틀을 한바탕 두드렸다.

「내가 찾아온 것은 바로 그 문제를 의논하기 위해서요.」

그녀는 기다렸지만, 그는 말을 계속하지 않았다. 그의 시선은 또다시 그녀에게 못 박혀 버렸다. 잠옷 단추는 목과 팔목까지 꼭꼭 채워져 있었다. 탁자에 놓인 등불이 어두웠기 때문에, 잠옷의 하얀 빛깔은 난롯불 빛을 받아 장밋빛으로 반짝였다. 그리고 초록빛 숄 덕분에 더욱 돋보이는 머리카락은 불빛에 닿아 황홀하게 생생한 윤기를 발산하고 있었다. 그녀의 모든 신비가 그 앞에 다 드러나 버린 것 같았다. 그녀는 거만하면서도 순종적이고, 재갈에 물린 것 같으면서도 풀려난 망아지 같고, 그의 노예인 동시에 그와 대등한 인간이었다. 그는 자기가 왜 여기 왔는지를 알고 있었다. 그녀를 다시 보기 위해서였다. 그녀를 보는 것은 꼭 필요한 일이었다. 당장 달래 주어야 할 참을 수 없는 갈증처럼.

그는 애써 시선을 돌렸다. 그러나 그의 눈은 벽난로 상단에 대리석으로 조각되어 있는 두 개의 벌거벗은 요정 위에서 빛났다. 그 요정들도 역시 붉은색 담요에서 반사되는 따뜻한 불빛으로 붉은빛을 띠고 있었다. 그 요정들은 아무 도움도 되지 못했다. 그때 사라가 몸을 약간 움직였다. 그는 그녀를 도로 바라볼 수밖에 없었다.

그녀는 숙인 얼굴에 손을 급히 가져갔다. 손가락으로 뺨에서 무언가를 훔쳐 내더니 목 근처에 갖다 댔다.

「울지 말아요…… 여기 오지 말았어야 하는 건데…… 오지 않을 작정이었지만…….」

그녀가 갑자기 세차게 머리를 흔들었다. 찰스는 그녀가 마음을 진정시킬 시간을 주었다. 격렬한 성욕에 사로잡힌 것은 그녀가 손수건으로 살짝 눈물을 훔쳐 내고 있을 때였다. 그것은 창녀 사라의 방에서 느꼈던 욕정보다도 천 배나 강렬한 욕망이었다. 무방비 상태로 흐느끼고 있는 그녀의 울음은 어쩌면 지혜가 스며 나오는 돌파구인지도 몰랐다. 그러나 그는 문득, 왜 그녀의 얼굴이 자꾸만 떠올라 자기를 괴롭혔는지, 왜 그녀를 다시 만나야 한다는 강한 욕구를 느꼈는지 이해했다. 그것은 그녀를 소유하고, 그녀 속으로 녹아들고, 그 몸과 그 눈빛 속에서 타고 또 타서 재가 되고 싶은 욕망이었다. 그런 욕망을 한 주일, 한 달, 한 해, 심지어는 여러 해 동안 뒤로 미룰 수는 있다. 그러나 그 욕망을 영원히 채워 주지 않는다면, 쇠는 삭아서 바스라져 버릴 것이다.

눈물을 보인 이유를 설명하는 그녀의 다음 말은 거의 들리지 않았다.

「선생님을 다시는 못 볼 줄 알았어요.」

자기도 그런 마음이었다는 것을 그는 차마 말할 수가 없었다. 그녀는 그를 쳐다보았고, 그는 재빨리 시선을 떨구었다. 그 헛간에서 겪었던 것과 똑같은, 그 이상하게 막막해지는 듯한 증세가 다시금 그를 휘감았다. 심장은 전속력으로 뛰고 있었고, 손은 덜덜 떨렸다. 그녀의 눈을 마주 보았다가는 그만 이성을 잃게 되리라는 예감을 느꼈다. 그 눈빛을 막기라도 하려는 듯 그는 눈을 감았다.

침묵은 끔찍했고, 막 무너져 내리려는 다리처럼, 또는 허물어지려는 탑처럼 긴장감이 감돌았다. 이런 감정의 소용돌이 속에서는 진실이 더 이상 견디지 못하고 말이 되어 튀어

나올 것만 같았다. 그때 갑자기 난로에서 석탄이 조금 튀었다. 대부분은 철망 안쪽에 떨어졌지만, 두어 개는 밖으로 튀어나와 사라의 다리를 덮고 있는 담요 가장자리에 떨어졌다. 사라는 담요를 휙 잡아당겼고, 찰스는 재빨리 무릎을 꿇고 석탄통에서 부삽을 집어 들었다. 양탄자 위에 떨어진 석탄은 곧 치워졌다. 그러나 담요는 연기를 내며 타 들어가고 있었다. 그는 담요를 잡아채어 바닥에 내던진 다음, 발로 밟아서 불똥을 껐다. 그을린 양털 냄새가 방을 가득 채웠다. 사라의 왼쪽 다리는 아직도 발판에 얹혀 있었지만, 오른쪽 다리는 바닥에 내려져 있었다. 양쪽 발이 다 맨발이었다. 그는 담요를 두어 번 손으로 쳐서 더 이상 타 들어가지 않는다는 것을 확인한 다음, 돌아서서 그것을 사라의 다리에 덮어 주었다. 그는 담요를 매만지면서 눈은 거기에 둔 채 그녀 가까이로 몸을 굽혔다. 그러자 사라가 어떤 본능에 따른 몸짓처럼, 그러나 얼마쯤은 계산해 두었던 몸짓으로, 수줍게 손을 내밀어 그의 손 위에 얹었다. 찰스는 사라가 자기를 바라보고 있다는 것을 알았다. 그는 손을 움직일 수도 없었고, 그녀의 눈에서 자기 눈을 뗄 수도 없었다.

그녀의 눈 속에는 그에 대한 고마움과 지금까지 겪은 모든 슬픔, 그리고 자기 때문에 괴로움을 겪고 있는 그에 대한 야릇한 염려가 깃들어 있었다. 그러나 무엇보다도 그녀는 기다리고 있었다. 한없이 수줍은 태도로 무언가를 기다리고 있었다. 그녀의 입술에 조금이라도 미소의 기미가 있었다면, 그는 아마 그로건 박사의 이론을 상기했을 것이다. 그러나 그것은 스스로도 놀라고 있는 듯한, 찰스만큼이나 당황한 얼굴이었다. 얼마나 오랫동안 그렇게 서로 눈을 들여다보고 있었을까. 영원처럼 긴 시간이 흐른 것 같았지만, 실은 3 ~ 4초 동안에 불과했다. 손이 먼저 움직였다. 어떤 신비로운 교감에 의해 손가락이 서로 엉겼다. 이어서 찰스는 한쪽 무릎을 세우고 열정적으로 사라를 끌어안았다. 두 입술이 서로 부딪쳤다. 둘 다에게 충격을 줄 만큼 거친 입맞춤이었다. 사라가 입술을 돌렸다. 그러자 찰스는 그녀의 빰과 눈을 온통 키스로 뒤덮었다. 그의 손은 그녀의 머리카락을 쓰다듬기 시작했다. 얇은 잠옷을 통해 그녀의 몸이 느껴지듯, 그 부드러운 머리카락을 통해 작은 머리가 느껴졌다. 그가 갑자기 얼굴을 그녀의 목덜미에 파묻었다.

「이래서는 안 돼요…… 안 돼…… 이건 미친 짓이에요.」

그러나 그녀의 팔은 그를 감싸 안고 그의 머리를 더욱 가까이 끌어당겼다. 그는 움직이지 않았다. 그는 불붙은 날개에 몸을 싣고, 그러나 너무도 온화한 대기 속으로 솟구쳐 오른 듯한 기분이었다. 마침내 수업이 끝난 아이처럼, 푸른 들판에 나온 죄수처럼, 공중에 날아오른 매처럼. 그는 고개를 들어 그녀를 바라보았다. 사나울 만큼 격렬한 몸짓이었다. 입맞춤이 다시 이어졌다. 그러나 그가 그녀를 너무 세게 눌렀기 때문에 의자가 약간 뒤로 밀려났다. 그 바람에 붕대를 감은 왼발이 발판에서 떨어졌다. 그는 사라가 통증으로 움찔하는 것을 느꼈다. 그는 그녀의 발을 뒤돌아보고, 그녀의 얼굴을 다시 바라보았다. 그녀는 눈을 감은 채, 의자 등받이 쪽으로 고개를 약간 돌리고 있었다. 그러나 그녀의 가슴은 그를 향해 활처럼 휘어져 있었고, 그녀의 손은 그의 손을 움켜잡고 있었다. 그는 그녀 뒤쪽의 문을 흘낏 보았다. 그러고는 일어나서 단 두 걸음에 거기에 다다랐다. 문을 열자, 그곳은 침실이었다.

침실에는 불이 켜져 있지 않았다. 황혼의 어스레한 빛과 길 건너의 희미한 가로등 불빛이 스며들고 있을 뿐이었다. 그러나 그는 침대와 세면대를 알아보았다. 사라는 거북한 자세로 의자에서 일어나 있었다. 숄의 한쪽은 어깨에서 흘러내려 있었다. 두 사람은 저마다 서로의 눈 속에서 보았던 격렬한 감정과 그 홍수, 그리고 거기에 휩쓸렸던 순간을 되씹고 있었다. 그녀는 반쯤은 걷고 반쯤은 휘청이면서 그에게 다가왔다. 그는 앞으로 튀어나가 그녀를 두 팔로 안았다. 숄이 떨어져 내렸다. 그와 그녀의 알몸 사이에는 한 겹의 얇은 잠옷밖에 없었다. 그는 오랫동안 참아 온 갈증으로 그녀의 입술을 빨면서, 그녀의 몸을 가슴에 끌어당겼다. 그 갈증은 단지 성적 욕망만이 아니라, 낭만과 모험, 죄악, 광기, 야수성 같은 금지된 모든 것에 대한 억제할 수 없는 욕망이었다. 그것들이 그의 내면에 소용돌이를 일으키며 지나갔다.

이윽고 그가 입술을 떼었을 때, 그녀는 기절한 사람처럼 고개를 뒤로 꺾고 그의 팔 안에 축 늘어져 있었다. 그는 그녀를 안아 들고 침실로 갔다. 그가 침대 위에 내려놓자, 그녀는 반쯤 기진한 상태로 왼쪽 팔을 어깨 뒤로 내던진 채 가만히 누웠다. 그는 그녀의 오른손을 잡고 거기에 열정적으로 키스를 퍼부었다. 그 손이 그의 얼굴을 쓰다듬었다. 그는 몸을 일으켜 옆방으로 뛰어갔다. 그러고는, 강둑에 서 있다가 때마침 물에 빠진 사람을 목격하기라도 한 것처럼 거칠게 옷을 잡아채어 벗기 시작했다. 단추 하나가 프록코트에서 툭 떨어져 방구석으로 굴러갔지만, 그는 그게 어디로 갔는지 바라보지도 않았다. 조끼가 벗겨져 나가고, 구두, 양말, 바지, 그리고 속바지…… 진주 넥타이핀, 넥타이가 차례로 벗겨졌다. 그는 복도로 통하는 출입문을 흘낏 바라보고는, 걸어가서 자물쇠에 꽂혀 있는 열쇠를 비틀었다. 그러고는 와이셔츠만 입은 채, 아랫도리를 다 드러낸 모습으로 침실로 들어갔다.

그동안 그녀는 몸을 약간 움직인 모양이었다. 침대에 여전히 누워 있긴 했지만, 이제는 머리를 베개 위에 올려놓고 얼굴을 약간 옆으로 돌려서 머리카락으로 얼굴을 가리고 있었기 때문이다. 그는 잠깐 그녀를 내려다보며 서 있었다. 성기가 곧추서더니 와이셔츠 밖으로 비쭉 솟아 나왔다. 그는 왼쪽 무릎을 좁은 침대 위에 세우고, 그녀의 입술과 눈과 목덜미에 불타는 듯한 키스를 퍼부으며 그녀 위로 쓰러졌다. 그러나 그의 몸에 깔린 채 수동적으로 그에게 순종하는 그녀의 몸, 그의 맨발에 닿은 그녀의 맨발…… 그는 더 이상 참을 수가 없었다. 그는 몸을 약간 일으키면서 그녀의 잠옷을 걷어 올렸다. 그녀의 다리가 벌어졌다. 금세라도 사정할 것만 같았다. 그래서 그는 미친 듯이 그곳을 찾아 자신의 남성을 거칠게 밀어 넣었다. 좀 전에 아픈 발이 발판에서 떨어졌을 때처럼 그녀의 몸이 움찔했다. 그는 사라의 본능적인 수축을 이겨 냈고, 그 순간 그녀는 자신의 몸속에 찰스를 영원히 — 그는 이제 그녀가 없는 영원은 상상조차 할 수 없었다 — 묶어 두려는 듯 두 팔로 힘껏 끌어안았다. 그와 동시에 그는 정액을 내뿜기 시작했다.

「아, 내 사랑. 나의 천사…… 사라, 사라…… 아아, 사라.」

잠시 후 그는 조용히 누워 있었다. 침실을 들여다보려고 그녀 곁을 잠깐 떠난 뒤부터 정확히 90초가 지나 있었다.

47

디도가 저승길에 다가온 거짓된 친구한테서
단호한 몸짓으로 돌아섰듯이, 당신도 싫거든
우리를 물리치고, 당신의 고독을 굳게 지켜라.
— 매튜 아널드, 「학자 집시」(1853)

침묵.

그들은 자신들이 저지른 일에 마비된 것처럼 누워 있었다.
죄악으로 얼어붙고, 기쁨으로 얼어붙었다. 찰스 — 그는 성
교 뒤의 나른한 비애감은 전혀 없이, 즉각적이며 보편적인
공포에 휩싸여 있었다 — 는 조용한 하늘에서 떨어진 원자
폭탄으로 날벼락을 맞은 도시 같았다. 모든 것이 철저하게
파괴되어 버렸다. 원칙도, 미래도, 신념도, 야망도…… 어느
것 하나 남아 있지 않았다. 그러나 그는 살아남아서, 가장 달
콤하게 자기 인생을 소유한 상태로 누워 있었다. 그는 마지
막 생존자, 절대 고독의 구현자였다. 그러나 죄악의 방사능
은 이미 그의 신경과 혈관에 스며들어 있었다. 먼 그림자 속
에서 어니스티나가 슬픈 눈길로 그를 쳐다보고 있었다. 프리
먼 씨가 그의 뺨을 후려갈겼다…… 무자비하고 냉정하게 기
다리고 있는 그들은 얼마나 잔인한가.

찰스는 몸을 약간 움직여 사라에게 얹힌 무게를 덜어 주고

는, 반듯이 돌아누워 그녀가 머리를 자기 어깨에 얹고 기대어 누울 수 있도록 해주었다. 그는 천장을 쳐다보았다. 이게 무슨 실수란 말인가. 어쩌다 이런 어처구니없는 실수를 저질렀단 말인가!

그는 사라를 좀 더 가까이 끌어안았다. 그녀의 손이 조심스럽게 뻗쳐 오더니 그를 껴안았다. 비는 그쳐 있었다. 둔탁한 발소리가 천천히, 창문 너머 어딘가를 지나갔다. 아마 경찰일 것이다. 그것은 법이었다.

찰스가 말했다. 「난 바르귀엔보다도 못한 놈이오.」 사라는 그렇지 않다는 듯, 그런 말은 하지 말라는 듯, 그의 손을 꼭 쥐었다. 그러나 그는 남자였다. 「우리는 어떻게 될 것 같소?」

「지금 이 순간 외에는 아무것도 생각할 수가 없어요.」

그는 또다시 그녀의 어깨를 잡고 이마에 키스했다. 그러고는 다시 천장을 바라보았다. 그녀는 아직 너무 젊었고, 그런만큼 이 엄청난 일에 완전히 압도당해 있었다.

「파혼해야겠소.」

「전 당신에게 아무것도 바라지 않아요. 전 그럴 수 없어요. 제 잘못인걸요.」

「당신은 나한테 경고했었소. 전적으로 내 책임이오. 이곳에 올 때 난 알고 있었소. 일이 이렇게 되리라는 것을…… 눈이 멀기로 작정했던 거요. 의무 같은 건 이제 알 바 아니오.」

그녀가 중얼거렸다. 「전 이렇게 되기를 바랐어요.」 그녀는 같은 말을 슬프게 되풀이했다. 「이렇게 되기를 바랐어요.」

그는 잠시 그녀의 머리카락을 쓰다듬었다. 머리카락이 어깨로 흘러내려 그녀의 얼굴을 가렸다.

「사라…… 참 달콤한 이름이야.」

그녀는 대꾸하지 않았다. 그는 그녀의 머리카락을 부드럽게 쓰다듬었다. 그러나 그의 마음은 다른 곳에 가 있었다. 그것을 눈치 챈 듯 그녀가 입을 열었다.

「당신이 저와 결혼할 수 없다는 건 잘 알아요.」

「그렇지 않아요. 나는 당신과 결혼하고 싶소. 그러지 못하면 다시는 내 얼굴을 바라볼 수 없을 거요.」

「전 죄 많은 여자예요. 이런 날이 오기를 얼마나 꿈꿔 왔는지 몰라요. 하지만 당신의 아내로는 어울리지 않아요.」

「사라……」

「당신의 사회적 지위, 당신의 친구들, 당신의…… 그 여자가 당신을 사랑하고 있다는 걸 알아요. 그 여자의 감정을 어떻게 제가 모를 수 있겠어요?」

「하지만 난 더 이상 티나를 사랑하지 않아!」

그녀는 그의 격정이 침묵 속으로 흘러들도록 내버려 두었다.

「그 여자는 당신의 상대로 부족함이 없어요. 하지만 저는 그렇지 못해요.」

마침내 그는 그녀의 말을 액면 그대로 받아들이기 시작했다. 그녀의 머리를 자기 쪽으로 돌린 다음, 희미한 불빛 속에서 서로의 그늘진 눈을 들여다보았다. 그의 눈은 일종의 공포로 얼룩져 있었고, 그녀의 눈은 차분하게 미소마저 띠고 있었다.

「우리 사이에 아무 일도 없었던 것처럼 내가 당신을 떠나야 한다는 의미는 아니겠지?」

그녀는 대꾸하지 않았다. 그러나 그녀의 눈빛 속에서 그는 그녀의 뜻을 읽었다. 그는 한쪽 팔꿈치를 괴고 몸을 일으켰다.

「당신은 날 그렇게 많이 용서해 주면 안 돼. 또 그토록 적게 요구해서도 안 되고.」

그녀는 눈으로 어두운 미래를 바라보며 머리를 베개에 파묻었다. 「왜 안 돼요? 제가 당신을 사랑한다면?」

그는 그녀를 끌어당겼다. 그렇게 큰 희생을 생각하자, 쓰라린 눈물이 눈에 고였다. 그로건 박사와 나는 사라를 얼마나 잘못 판단했던가! 사라는 우리보다 훨씬 고귀한 존재야. 찰스는 남성에 대한 경멸감에 휩싸였다. 남자들은 시시한 것에 집착하고, 남의 말을 쉽게 믿고, 이기적이었다. 그러나 그 역시 남자였고, 그렇다면 그에게도 먼 옛날부터 내려오는 남성의 빗나간 비겁함이 닥쳐올 터였다. 그래서 이번 일도 그의 마지막 방황, 젊은 혈기에서 부려 본 마지막 방탕에 불과한 것으로 돌릴 수 있지 않을까? 그러나 이런 생각을 하자마자 그는 형사 재판에서 기술적인 증거 불충분 때문에 무죄로 석방된 살인범 같은 기분을 느꼈다. 법정 밖에서는 자유인으로 살아갈 수 있을지 모르나, 죄의식은 영원히 가슴속에 남아 있을 것이다.

「나는 나 자신을 전혀 모르겠소.」

「저도 그래요. 그건 우리가 죄를 지었기 때문이에요. 그런데도 죄를 지었다는 걸 믿을 수가 없는 거예요.」그녀는 마치 끝없는 밤을 응시하고 있는 것처럼 말했다.「제가 원하는 건 오직 당신의 행복뿐이에요. 이제 전 알게 되었어요. 당신이 한때나마 저를 사랑한 날이 정말로 있었다는 걸. 전 견딜 수 있어요…… 어떤 생각도 견뎌 낼 수 있어요…… 당신이 죽는다는 생각만 빼고.」

찰스는 다시 몸을 일으켜 사라를 내려다보았다. 그녀는 여전히 눈 속에 희미한 미소를 머금고 있었다. 그 미소는 자기를 그가 육체적으로 알게 된 데 대한 정신적 또는 심리적인 응답이었다. 찰스는 지금까지 여자를 이토록 가깝게, 자신과 한 몸이 된 것처럼 느껴 본 적이 한 번도 없었다. 그는 몸을 굽혀 그녀에게 키스했다. 이 키스는 그녀의 입술과 뜨겁게 접촉할 때 그의 아랫도리에서 꿈틀거리던 것보다 훨씬 순수한 애정에서 나온 키스였다. 찰스도 빅토리아 시대의 대다수 남자들과 비슷했다. 세련된 감성을 가진 여자가 남자의 욕정을 받아들이는 역할을 즐길 수도 있다고는 생각조차 못했던 것이다. 그는 이미 자신에 대한 그녀의 사랑을 참을 수 없을 만큼 남용했다. 그런 일은 두 번 다시 일어나서는 안 되었다. 그리고 시간이 많이 지났다. 더 오래 머무를 수가 없었다. 그는 몸을 일으켰다.

「아래층에 사람이…… 그리고 하인이 호텔에서 기다리고 있소. 하루나 이틀 말미를 줘요. 지금은 무엇을 어떻게 해야 할지 아무 생각도 할 수가 없소.」

그녀가 눈을 감았다.「전 당신에게 어울리지 않아요.」

그는 잠시 그녀를 바라보다가 침대에서 내려와 옆방으로 건너갔다.

그리고 거기서! 벼락이 그를 내리쳤다.

옷을 입으면서 아래를 내려다보다가 와이셔츠 앞자락에 붉은 얼룩이 묻어 있는 것을 보았던 것이다. 그는 어디 상처를 입은 모양이라고 생각했다. 그러나 아무런 통증도 없었다. 그는 몸을 여기저기 살펴보았다. 그러다가 침실 쪽을 돌아보면서 의자 등받이를 움켜잡았다. 그제야 그는 깨달았다. 그보다 경험이 많거나 그보다 덜 열정적인 연인이라면 훨씬 더 빨리 알아차렸을 진실을.

〈나는 순결을 빼앗은 것이다.〉

옆방에서 움직이는 소리가 들렸다. 그는 머릿속이 빙빙 돌고 멍해져 있었지만, 서둘러 옷을 입기 시작했다. 대야에 물붓는 소리와 비눗갑이 바닥에 스치는 소리가 들려왔다. 그녀는 바르귀엔에게 몸을 주지 않았다. 그랬다고 말한 것은 거짓말이었다. 라임에서 보여 준 언행과 동기들은 모두 거짓에 바탕을 두고 있었다. 하지만 무슨 목적으로? 왜? 왜? 왜?

〈공갈! 나를 손아귀에 넣기 위한 사기극!〉

그리고 남자의 마음속에 깃들어 있는 그 메스꺼운 악마들, 남자들의 혈관에서 생식력을 빨아먹는 여자들의 엄청난 음모에 대한 우둔한 공포, 여자들이 남자의 이상주의를 먹이로 삼고, 그들을 녹여서 밀랍으로 만든 다음, 그네들의 흉악한 공상에 맞도록 그들을 빚어내지나 않을까 하는 두려움…… 거기에다 라 롱시에르 재판에서 인용된 그 소름 끼치는 증거들의 신빙성이 성난 파도처럼 밀려와, 묵시적인 공포로 찰스의 마음을 가득 채웠다.

조심스럽게 몸을 씻는 소리가 그쳤다. 바스락거리는 소리가 희미하게 들려왔다. 그는 그녀가 침대에 들어가는 모양이라고 생각했다. 그는 이제 옷을 다 입고, 난롯불을 바라보며 서 있었다. 저 여자는 미쳤어. 나를 이렇게 이상한 그물에 가두다니, 정말 사악한 여자야. 하지만 왜?

어떤 소리가 들렸다. 그는 돌아섰다. 그의 생각은 유감스럽게도 너무나 뚜렷하게 그의 얼굴에 드러나 있었다. 그녀는 쪽빛 드레스를 입었고, 머리는 여전히 풀어져 있었지만, 이전의 반항적인 태도를 약간 내보이면서 문지방에 서 있었다. 그는 그녀를 처음 만났던 때를 기억했다. 그때 그녀는 바다와 맞닿은 방파제 끝에 서서 그를 바라보고 있었다. 그녀는 이제 알고 있을 터였다. 그가 진상을 알아차렸다는 것을. 그러나 그녀는 그의 마음속에서 일고 있는 비난을 한발 앞서서 없애 버렸다.

그녀는 아까 했던 말을 되풀이했다.

「전 당신에게 어울리지 않아요.」

이제 그는 그녀를 믿었다. 그가 중얼거렸다. 「바르퀴엔은?」

「웨이머스에서 제가 저번에 말씀드린 그곳으로 갔을 때 …… 전 입구에서 조금 떨어진 곳에 있었어요…… 그리고 그 사람이 나오는 걸 보았어요. 어떤 여자하고. 첫눈에 직업을 알아볼 수 있는 여자였어요.」그녀는 그의 격렬한 눈길을 피했다. 「저는 어떤 집 문간에 몸을 숨겼어요. 그들이 가버리자 전 그곳을 떠났답니다.」

「하지만 당신이 전에 한 말은…….」

그녀는 갑자기 몸을 돌려 창가로 걸어갔다. 그는 말을 멈추었다. 그녀는 조금도 절뚝이지 않았다. 발목을 삐었다는 것도 다 거짓말이었다. 그녀는 비난이 담긴 그의 눈길을 흘끗 보고는 등을 돌렸다.

「그래요. 전 당신을 속였어요. 하지만 다시는 당신을 괴롭히지 않겠어요.」

「하지만 내가 뭘 어쨌다고…… 왜 하필이면 나를…….」

온통 수수께끼투성이였다.

그녀가 몸을 돌려 그를 마주 보았다. 비가 다시 세차게 쏟아지기 시작했다. 그녀의 눈빛은 단호했고, 반항적인 태도도 되돌아와 있었다. 그러나 그 태도는 이제 좀 더 부드러운 태도 뒤에 숨어 있었고, 그것이 그에게 그녀를 가졌다는 사실을 일깨워 주었다. 그들 사이에는 이전의 거리가 되돌아왔지만, 전보다는 부드러운 거리였다.

「당신은 저에게 위안을 주셨어요. 다른 세상, 다른 시대, 다른 인생을 살고 있었다면 제가 당신의 아내가 될 수도 있었으리라는 위안을. 그리고 당신은 저에게 계속 살아갈 수 있는 힘을 주셨어요…… 지금 바로 여기서.」그들은 불과 3미터 정도밖에 떨어져 있지 않았다. 그러나 그 거리는 10킬로미터나 되는 것처럼 느껴졌다. 「지금까지 당신을 계속 속여왔지만, 단 한 가지, 당신을 속이지 않은 게 있어요. 전 당신을 사랑했어요…… 당신을 처음 본 순간부터. 이 점에 있어서만은 당신이 속은 게 아니에요. 당신을 속인 건 제 외로움이

었어요. 분노, 시기심…… 그런 건 몰라요. 전 몰라요.」그녀
는 다시 빗발이 퍼붓고 있는 창문 쪽으로 돌아섰다. 「제가 한
일을 설명하라고 하진 마세요. 전 그걸 설명할 수가 없어요.
그건 설명될 수 없는 거예요.」

찰스는 방 안에 가득한 고요 속에서 그녀의 어깨를 노려보
았다. 바로 조금 전에 그토록 그녀에게 쏠리는 감정을 느꼈
던 것처럼, 이제는 그런 기분이 홱 날아가 버리는 것을 느꼈
다. 그리고 그것은 두 번 다 그녀 탓이었다.

「그 말은 받아들일 수 없소. 당신은 설명해야 해요.」

그러나 그녀는 머리를 흔들었다. 「이제 그만 가보세요. 당
신의 행복을 위해 기도할게요. 다시는 당신의 행복을 방해하
지 않겠어요.」

그는 움직이지 않았다. 잠시 후 그녀는 그를 돌아보고, 언
젠가도 그랬던 것처럼 그의 속마음을 분명히 읽어 냈다. 그
녀의 표정은 차분했고, 그것은 어떤 숙명을 느끼게 했다.

「언젠가도 말씀드렸듯이, 전 사람들이 상상하는 것보다 훨
씬 강해요. 제 인생은 자연이 끝맺어 줄 때 끝날 거예요.」

그는 몇 초 동안 그녀를 바라보다가, 모자와 지팡이 쪽으
로 돌아섰다.

「이게 내가 받은 보상이군. 당신을 도와주고, 그 많은 위험
을 무릅쓰고…… 이제는 당신의 상상에 속아 넘어간 얼간이
에 불과하다는 걸 깨닫는 게.」

「오늘 전 제 자신의 행복에 대해 생각했어요. 우리가 다시
만나게 된다면, 전 오직 당신의 행복밖에는 생각할 수 없을
거예요. 하지만 저와 함께 있으면 당신한테는 어떤 행복도 있
을 수 없어요. 당신은 저와 결혼할 수 없어요, 스미스선 씨.」

이 형식적인 호칭을 그녀가 다시 사용한 것이 그의 가슴을
도려냈다. 그는 상처받은 시선을 그녀에게 던졌다. 그러나

그녀는 그 시선을 미리 예상한 듯 등을 돌리고 있었다. 그는 그녀 쪽으로 한 발짝 다가섰다.

「어떻게 나를 그렇게 부를 수가 있지?」 그녀는 아무 대꾸도 하지 않았다. 「내가 원하는 건 다만 내가 이해할 수 있도록…….」

「제발 부탁이에요. 떠나 주세요!」

그녀가 그에게 돌아섰다. 그들은 잠시 미친 사람들처럼 보였다. 찰스는 뭐라고 말하려는 것처럼, 앞으로 뛰쳐나가 폭발할 것처럼 보였다. 그러나 그 순간 갑자기 발꿈치를 돌리더니, 황급히 방에서 나가 버렸다.

48

사람이 자신의 정신적 · 도덕적 본성에 맞는 것으로 자연스럽
게 받아들일 수 있는 이상의 것을 믿는 것은 부도덕하다.
— 존 H. 뉴먼, 「자유주의를 위한 18개 명제」(1828)

여러 음조를 내는 하나의 맑은 하프 소리에 맞추어
노래하는 사람과 함께, 나는 그것을 진실이라고 믿는다.
인간은 죽어 버린 자아의 돌층계를 딛고
더 높은 존재로 올라갈 수 있다는 것을.
— 앨프레드 테니슨, 「인 메모리엄」(1850)

　찰스는 아래층으로 내려오면서 한껏 공식적인 태도를 취
했다. 엔디콧 부인은 사무실 문간에 서서, 그에게 말을 걸려
고 벌써 입을 벌리고 있었다. 그러나 찰스는 짐짓 공손한 말
투로 고맙다는 인사를 하고는, 그녀가 미처 질문을 꺼내기도
전에, 그의 프록코트 단추 하나가 떨어져 나간 것을 알아차
리기 전에 곧장 그녀를 지나쳐, 어둠 속으로 나와 버렸다.
　밖에는 비가 억수같이 쏟아지고 있었다. 그는 빗속을 정처
없이 걸어갔다. 지금은 그저 내딛고 있는 발걸음에만 주의를
기울일 뿐, 아무 생각도 하고 싶지 않았다. 그는 남의 눈에 띄
지 않는 어둠 속에서 모든 일을 잊어버리고 냉정을 되찾고
싶었다. 그러나 그는 자기도 모르는 사이에, 내가 전에 묘사
한 엑서터의 부도덕한 구역으로 들어섰다. 홍등가가 흔히 그
렇듯이, 그곳에도 불빛과 사람들이 북적거리고 있었다. 그는
엑스 강으로 내려가는 가파른 비탈길로 들어섰다. 악취 나는
시궁창 양쪽을 따라 층층대가 이어져 있었다. 그러나 그곳은

조용했다. 저 아래쪽 모퉁이에 붉은 벽돌로 지은 작은 교회가 눈에 들어왔다. 찰스는 문득 그 성소에 들어가고 싶었다. 작은 출입문을 밀고 들어서자, 문이 너무 낮아서, 안으로 들어가려면 허리를 굽혀야 했다. 교회 마루가 출입구보다 높은 위치에 있어서, 그곳까지 층계가 나 있었다. 젊은 부목사가 마지막 등불을 끄다가 밤늦은 방문객을 보고는 깜짝 놀랐다.

「지금 문을 잠그려던 참인데요, 선생님.」

「기도를 좀 올릴 수 있을까요? 몇 분이면 됩니다.」

부목사는 소등 과정을 거꾸로 돌아가면서 불을 다시 켜더니, 밤늦게 찾아온 신자를 유심히 살펴보았다. 어엿한 신사여서, 도둑질이나 할 사람으로는 보이지 않았다.

「저희 집은 길 맞은편에 있습니다. 사람들이 기다리고 있어서 먼저 나가 봐야 하는데, 기도가 끝나거든 문을 잠그고 열쇠를 저한테 갖다주실 수 없겠습니까.」 찰스는 알았다는 듯이 고개를 숙였고, 부목사는 그를 지나 출입문으로 내려갔다. 「주님의 집은 늘 열려 있어야 한다고 생각합니다만, 그릇들이 비싼 거라서요.」

그래서 찰스는 교회에 혼자 남게 되었다. 그는 부목사가 멀어져 가는 소리를 들었다. 그는 안에서 낡은 문을 잠그고, 층계를 올라갔다. 새로 칠한 페인트 냄새가 났다. 그러나 검붉은 빛깔의 고딕식 아치들은 교회가 상당히 오래되었다는 것을 말해 주고 있었다. 찰스는 가운데 통로 중간쯤에 자리를 잡고, 제단 위에 걸려 있는 십자가를 쳐다보았다. 그러고는 무릎을 꿇고, 작은 소리로 주기도문을 외기 시작했다.

주기도문을 다 외자 어두운 침묵과 공허가 다시 밀려들었다. 그는 자신의 처지에 걸맞은 특별한 기도문을 짓기 시작했다. 「주여, 저의 이기심을 용서하소서. 주님의 계율을 깨뜨렸사오니, 용서하소서. 저의 불명예를 용서하시고, 저의 부정함을 용서하소서. 주님의 지혜와 자비에 대한 믿음이 부족했사오니, 용서하소서. 용서하시고, 충고를 주소서. 주여, 이 고통 속에서……」

그러나 그때, 심란한 기분이 빚어낸 허튼소리 때문에, 눈물로 얼룩지고 고통으로 일그러진 사라의 얼굴이 눈앞에 떠오르고, 어디선가 보았던 그뤼네발트[135]의 〈성모자(聖母子)〉도 떠올랐다. 그 그림을 보았던 도시가 어디였더라? 그의 마음은 잠시 멍해지면서, 얼핏 기억나지 않는 도시로 돌아갔다. 콜마르? 코블렌츠? 쾰른? 어쨌든 이름이 〈코〉로 시작되는 도시였다.[136] 그는 일어나서 다시 의자에 앉았다. 교회는 텅 비어 있었고, 더없이 조용했다. 그는 십자가를 쳐다보았다. 그러나 눈앞에는 그리스도의 얼굴 대신 사라의 얼굴이 떠오를 뿐이었다. 기도를 다시 시작하려고 했지만 할 수 없었다. 아무리 기도해 보았자 그리스도에게 들리지 않는다는 것을 알았기 때문이다. 그는 갑자기 울음을 터뜨렸다.

빅토리아 시대에는, 극소수의 무신론자와 불가지론자를 제외한 거의 모든 사람들이 뿌리 깊은 배타 의식을 가지고 있었다. 그것은 세상을 등지고 자기만의 껍데기 속에 틀어박히는 재능이었다. 같은 종파에 속한 신자들끼리도 교회의 어리석음을 조롱하고, 무기력한 교회의 파벌 싸움과 사치에 물든 주교들, 음모를 일삼는 참사회원들, 걸핏하면 자리를 비우는 교구 목사들, 급료가 낮은 부목사들, 낡은 교리 따위를 조롱했다. 그러나 그리스도는 여전히 예외로 남아 있었다. 그들에게는 그리스도가 오늘날 우리들 대부분에게 비치는

135 독일의 화가. 1460~1528.
136 성모 마리아가 아기 예수를 안고 있는 모습을 그린 〈성모자〉는 그뤼네발트가 그린 〈이센하임 제단화〉의 일부이며, 프랑스 콜마르의 운터린덴 미술관에 소장되어 있다.

완전히 세속화된 모습 — 즉, 은유를 사용하는 데, 인간적 신화를 창조하는 데, 자신의 신념에 따라 행동하는 데 놀라운 재능을 가졌던 나사렛 예수라는 한 인간의 모습 — 으로는 비칠 수 없었다. 그들은 모두 그의 신성을 믿고 있었다. 따라서 그를 믿지 않는 자들에 대한 그리스도의 질책은 더욱 강해졌다. 우리 현대인은 우리 시대의 잔인함과 우리의 죄의식 사이에 공공복지라는 거대한 건조물을 세웠다. 자선 사업은 완전히 조직화되었다. 그러나 빅토리아 시대 사람들은 그 잔인성과 훨씬 가까이에서 살고 있었다. 지성적이고 민감한 사람들은 개인적으로 훨씬 더 많은 책임감을 느꼈다. 따라서 어려운 시기에는 동정의 보편적 상징인 그리스도를 거부하기가 훨씬 어려웠다.

찰스는 마음속 깊은 곳에서는 불가지론자가 되고 싶지 않았다. 그러나 그는 한 번도 신앙을 필요로 해 본 적이 없었기 때문에, 신앙 없이도 살아갈 수 있는 방법을 기꺼이 터득했다. 그리고 라이엘과 다윈에 대한 지식과 그의 이성은 종교적 교리 없이 살아가는 것이 옳다고 일러 주었다. 그런데도 그는 지금 교회에 와 있었고, 사라 때문이 아니라, 신과 소통할 수 없는 자신 때문에 울고 있었다. 어두운 교회 안에서, 그는 신과의 통신망이 끊겼다는 것을 알았다. 어떤 소통도 불가능했다.

정적 속에서 문득 덜컹하는 소리가 났다. 그는 소맷부리로 급히 눈을 문지르며 뒤를 돌아보았다. 그러나 교회에 들어오려고 한 사람이 누구였든 간에, 그 사람은 교회 문이 닫혀 있다는 사실을 순순히 받아들인 모양이었다. 찰스는 일어나서 뒷짐을 지고, 좌석 사이의 통로를 오락가락하기 시작했다. 닳아 빠진 이름들과 날짜들 — 죽은 자들이 이승에 마지막으로 남긴 흔적들이 바닥에 새겨진 묘비에서 그를 응시하고 있었다. 지금 묘비를 밟고 있다는 죄의식이 그에게 차분함과 일종의 명석함을 가져다주었다. 그의 선한 자아와 악한 자아 사이에 ─ 또는 그 자신과 교회 끝 어둠 속에 두 팔을 벌리고 서 있는 모습 사이에 ─ 대화가 이루어지기 시작했다.

어디서부터 시작하면 좋습니까?

네가 행한 일에서부터 시작하라. 그리고 네가 행한 일을 후회하는 짓일랑 그만둬라.

저는 능동적으로 행한 게 아니라, 그 일을 하도록 유도되었을 뿐입니다.

무엇이 너를 유도했다는 말이냐?

저는 속았습니다.

속았다고? 그렇다면 그 속임수 뒤에 무슨 의도라도 숨어 있었느냐?

그건 저도 모릅니다.

하지만 너는 판단해야 한다.

그 여자가 저를 진정으로 사랑했다면, 제가 떠나도록 내버려 둘 수는 없었을 겁니다.

그 여자가 너를 진정으로 사랑했다면, 너를 계속 속일 수도 있지 않았을까?

그 여자는 저한테 아무 선택권도 주지 않았습니다. 그 여자는 자기 입으로 말했어요. 우리는 결혼할 수 없다고.

이유가 뭐라더냐?

사회적 지위가 서로 다르다는 겁니다.

그것 참 고상한 이유로군.

그리고 저는 어니스티나와 약혼한 몸입니다. 엄숙하게 서약했다고요.

약혼? 그건 이미 깨졌다.

저는 그걸 원상태로 돌려놓겠습니다.

사랑으로? 아니면 죄의식으로?

어느 쪽인지는 중요하지 않습니다. 그러나 서약은 신성한 것입니다.

어느 쪽인지가 중요하지 않다면, 서약도 신성할 수 없다.

제 의무는 분명합니다.

찰스, 나는 가장 잔인한 사람의 눈에서도 그런 생각을 읽었다. 의무란 항아리에 불과한 것이다. 그건 가장 큰 악에서부터 가장 큰 선에 이르기까지, 그 안에 들어오는 건 뭐든지 담고 있다.

그 여자는 제가 떠나기를 바랐습니다. 저는 그 여자의 눈빛에서 그것을 — 저에 대한 경멸을 읽을 수 있었어요.

경멸이 이런 순간에 어떤 일을 하는지 말해 줄까? 그 여자는 가슴으로 울고 있다.

저는 돌아갈 수 없습니다.

너의 사타구니에 묻은 피를 물로 씻어 낼 수 있다고 생각하느냐?

저는 돌아갈 수 없어요.

너는 언더클리프에서 그 여자를 다시 만나야 했다. 그렇지? 오늘 밤에는 엑서터에 머물러야 했고, 또 그 여자를 찾아가야 했다. 그렇지? 그 여자가 너의 손 위에 손을 얹게 했다. 그렇지? 그리고······.

인정합니다. 저는 죄를 지었습니다. 하지만 그건 그 여자의 덫에 빠진 것입니다.

그렇다면 지금은 그 여자한테서 자유로우냐?

찰스는 대답하지 못했다. 그는 다시 자리에 앉았다. 손가락 마디를 부러뜨리기라도 하려는 듯 손이 하얗게 될 정도로 주먹을 쥐면서, 어둠 속을 바라보고 또 바라보았다. 그러나 또 다른 목소리는 그를 그대로 내버려 두지 않았다.

찰스, 아마도 그 여자에겐 너보다 더 사랑하는 대상이 있을 것이다. 그리고 네가 이해할 수 없는 건, 그 여자가 너를 진정으로 사랑하기 때문에, 너보다 더 사랑하는 그것을 너한테 줄 수밖에 없다는 점일 것이야. 그 여자가 왜 울고 있는지 말해 주랴? 그건 네가 그 여자한테 받은 선물을 되돌려 줄 용기가 없기 때문이다.

그 여자는 무슨 권리로 저를 고문대 위에 올려놓았을까요?

너는 무슨 권리를 가지고 태어났지? 숨 쉴 권리? 부자가 될 권리?

저는 다만 카이사르의 것은 카이사르에게 바치라는…….

아니면 프리먼 씨에게?

그건 비열한 비난입니다.

그러면 나에게? 이것이 너의 공물이냐? 내 손바닥에 때려 박은 이 못들이?

말씀은 지당하지만, 어니스티나도 손바닥을 갖고 있습니다.

그럼 그 손바닥을 하나 잡고 읽어 보자. 나는 거기서 어떤 행복도 찾아볼 수가 없다. 그녀는 자기가 진정한 사랑을 받지 못한다는 걸 알고 있다. 그녀는 속고 있다. 한 번이 아니라 거듭해서. 결혼 생활을 하는 동안 매일같이.

찰스는 기도대에 팔을 올려놓고 머리를 묻었다. 그는 자기가 딜레마에 빠진 것을 느꼈다. 그는 결정을 내리지 못하고 망설였다. 그 딜레마는 손으로 만질 수 있을 만큼 뚜렷했고, 수동적이 아니라 능동적이었으며, 그 자신이 아니라 딜레마가 선택하는 미래 쪽으로 그를 몰고 가는 것 같았다.

가여운 찰스, 네 가슴을 살펴보아라. 너는 이 도시에 올 때, 네가 아직은 미래의 감옥에 갇히지 않았다는 것을 너 자신에게 증명해 보이려고 생각지 않았느냐. 그러나 도피는 행위가 아니다. 여기서 한 걸음 만에 예루살렘에 닿을 수 없듯이, 도피로는 아무것도 이룰 수 없다. 행위는 날마다, 시간마다, 다시 이루어져야 한다. 순간마다, 못은 어딘가에 박혀지기를 기다리고 있다. 너는 네 앞에 어떤 선택이 놓여 있는지 알고 있다. 너는 너의 시대가 의무와 명예와 자존심이라고 부르는 감옥에 갇힌 채 편안하고 안전한 생활을 누리든가, 아니면 자유로운 몸으로 십자가에 못 박히든가, 둘 중 하나를 택해야 한다. 너의 동반자는 돌과 가시나무와 돌려진 등뿐이겠지. 도시의 침묵과 증오뿐일 것이야.

저는 약합니다.

하지만 너는 자신의 약함을 부끄러워하고 있다.

제 힘으로 세상에 어떤 선을 가져올 수 있겠습니까?

아무 대답도 들려오지 않았다. 그러나 무언가가 찰스를 자리에서 일어나 칸막이 쪽으로 다가가게 했다. 그는 칸막이의 창을 통해 제단 위에 걸려 있는 십자가를 바라보았다. 그러고는 잠시 망설이다가 칸막이의 중문으로 들어가, 성가대석을 지나, 제단으로 올라가는 층층대에 다가갔다. 반대쪽 끝에 있는 불빛이 희미하게나마 이곳까지 비치고 있었다. 그는 그리스도의 모습을 겨우 분간할 수 있었다. 신비로운 감정이 입이 그를 휘감았다. 그는 자신이 거기에 매달려 있는 것을 보았다. 예수의 고결함이나 보편성은 갖고 있지 못했지만, 어쨌든 그는 못 박혀 있었다.

그러나 십자가 위가 아니라 다른 것에 못 박혀 있었다. 그는 이따금 사라를 생각할 때면, 자기가 〈그녀〉 위에 못 박힌

503

모습을 보는 듯한 기분이 들곤 했다. 그러나 종교적인 의미에서도 현실적인 의미에서도, 그런 불경스러운 신성 모독을 저지를 생각은 추호도 없었다. 오히려 그녀는 결혼 예배가 시작되기를 기다리며 그 옆에 나란히 서 있는 것처럼 보였다. 그러나 그녀에게는 또 다른 목적이 있는 것 같았다. 한동안 그는 그 목적을 파악할 수 없었다. 그런데 그것이 정체를 드러내며 다가왔다.

십자가에서 그리스도를 내리는 것!

번쩍 떠오르는 섬광 속에서 찰스는 기독교 신앙의 진정한 목적을 보았다. 그것은 그 야만적인 십자가의 이미지를 찬양하는 것도 아니고, 십자가를 높은 곳에 매달아 두면 유용한 이득 — 속죄 — 을 얻을 수 있기 때문에 계속 높은 곳에 놓아두는 것도 아니고, 십자가에 매달린 사람이 십자가에서 내려올 수 있는 세계, 그의 얼굴에서 고통스러운 쓴웃음이 아니라 평화로운 회심의 미소를 볼 수 있는 세계를 가져오는 것이었다. 그 평화를 가져온 것은 살아 있는 남녀들이고, 그 평화가 깃드는 곳도 살아 있는 남녀들의 마음속이다.

그는 거기에 서서, 자기 시대의 모든 것 — 혼란스러운 생활, 강고한 확신과 엄격한 관습, 억압된 정서와 우스꽝스러운 익살, 조심스러운 과학과 뻔뻔스러운 종교, 타락한 정치와 변함없는 계급 제도 — 을, 그의 가장 깊은 갈망을 은밀히 방해하는 막강한 적으로 보고 있는 것 같았다. 그를 속인 것은 바로 그의 시대였다. 그의 시대에는 사랑과 자유가 전혀 없었다. 또한 생각도 없고, 목적도 없고, 악의도 없었다. 속임수는 그 시대의 본질 자체였기 때문이다. 그의 시대는 비인간적인 기계였다. 그것은 그를 끊임없이 괴롭히는 악순환이었다. 그것은 실패였고, 나약함이었고, 암이었고, 찰스를 지금의 찰스 — 현실에 적극적으로 대응하기보다는 우유부단하게 머뭇거리고, 사람들과 어울리기보다는 혼자 몽상하기를 즐기고, 말보다는 침묵을 택하고, 행동보다는 주장을 내세우는 인물 — 로 만든 치명적인 결함이었다. 그리고 화석이었다!

그는 살아 있지만, 죽은 사람이나 마찬가지였다.

그것은 바닥 없는 낭떠러지로 다가가는 것과 같았다.

그리고 그 밖에도 무언가가 있었다. 그는 교회에 들어올 때부터 자기가 혼자 있는 게 아니라는 야릇한 기분을 느끼고 있었다. 이런 느낌은 지금만 특별히 그런 것이 아니라, 빈 교회에 들어갈 때면 늘 갖게 되는 예감이었다. 교회에 가득 들어찬 신도들이 뒤에 서 있는 것만 같았다. 그는 몸을 돌려 교회 안을 둘러보았다.

조용하고 텅 빈 좌석들뿐이었다.

찰스는 생각했다. 이 교회에 묻혀 있는 사람들이 정말로 죽었다면, 내세라는 게 존재하지 않는다면, 그들이 나를 어떻게 생각하든 무슨 상관이란 말인가? 그들은 모를 것이다. 그러니 심판할 수도 없을 것이다.

그는 펄쩍 뛰어올랐다. 〈그들은 모른다. 그러니 심판할 수도 없다.〉

그가 마침내 벗어던진 것은 그의 시대를 괴롭히고 깊은 상처를 주었다. 그것은 1850년대에 앨프레드 테니슨이 쓴 『인 메모리엄』이란 시에 아주 명쾌하게 언급되어 있다. 들어 보라.

우리는 죽은 이들이 아직도
우리 곁에 가까이 있기를 진실로 바라는가?
우리가 감추고 싶은 비열함은 없는가?
우리가 두려워하는 내면의 야비함은 없는가?
나는 그분의 칭찬을 받으려 애썼고,

그분의 비난을 겸손히 받아들였다.

이제 세상을 떠난 그분이 맑은 눈으로 내 감춰진 수치를 보고,

나는 그분의 사랑 안에서 더욱 작아져야 하는가?

나는 부당한 두려움 때문에 무덤을 나쁘게 생각한다.

믿음이 부족하다는 이유로 사랑이 비난을 받지나 않을까?

지혜는 위대한 죽음과 함께 있음이 틀림없다.

죽은 자들은 나를 속속들이 꿰뚫어 볼 것이다.

우리가 올라가거나 내려올 때, 우리 곁에 있으라.

굴러가는 시간들을 신처럼 지켜보라.

우리보다 더 큰 눈으로.

우리 모두를 고려하기 위해.

〈지혜는 위대한 죽음과 함께 있음이 틀림없다. / 죽은 자들은 나를 속속들이 꿰뚫어 볼 것이다.〉 찰스의 모든 존재는 이 구역질 나는 두 구절에 반발하여, 미래로 뒷걸음치려는 이 소름 끼치는 욕망에 반발하여, 아직 태어나지 않은 자식들이 아니라 이미 죽은 조상들을 마치 최면술에 걸린 듯이 바라보는 그 눈에 반발하여, 펄쩍 뛰었다. 과거의 존재는 유령처럼 희미한 그림자에 불과하다는 믿음이 그가 미처 알아차리기도 전에 그에게 무덤 속에서 평생을 보내라는 선고를 내린 것 같았다.

이런 생각은 무신론으로 한 걸음 도약한 것처럼 보일지 모르나, 그렇지는 않았다. 그것은 그리스도의 의미를 깎아 내리기는커녕, 그리스도를 살아나게 하고, 그리스도의 손바닥에 박힌 못을 전부는 아니지만 몇 개나마 빼주었다. 찰스는

무심한 그리스도의 목상에 등을 돌리고, 좌석이 있는 곳으로 천천히 돌아갔다. 그렇다고 예수에게 등을 돌린 것은 아니었다. 그는 다시 돌바닥을 내려다보며 왔다 갔다 하기 시작했다. 그가 지금 깨달은 것은 다른 세상 — 새로운 현실, 새로운 인과 관계, 새로운 창조 — 을 언뜻 본 것과 같았다. 구체적인 환영들이 그의 마음속에 폭포처럼 쏟아졌다. 찰스가 자서전을 쓴다면 이것만 가지고도 한 장(章)을 엮을 수 있을 것이다. 이렇게 고양된 순간이라면 여러분은 풀트니 부인이 대리석과 금박으로 장식된 거실 시계가 세 번 똑딱거릴 동안 영원한 구원에서 코턴 부인에게로 추락한 것을 상기할 수도 있을 것이다. 그리고 이 순간 찰스가 백부를 생각했다는 것을 마저 밝히지 않는다면 진실을 감추는 게 될 것이다. 찰스 자신은 약혼이 깨진 것과 아내 자격도 없는 여자와 관계를 맺은 것을 로버트 경의 탓으로 돌리지 않겠지만, 백부는 그것을 자기 탓으로 돌릴 터였다.

또 하나의 장면이 뜻하지 않게 그의 마음속으로 뛰어들었다. 사라와 대면한 벨라 부인. 놀랍게도 찰스는 어느 쪽이 더 점잖게 나올지를 예견할 수 있었다. 어니스티나라면 벨라 부인의 무기와 싸우려 들겠지만, 사라는…… 그 눈 — 그 눈이 어떻게 속물들과 수모를 참아 낼 것인가! 그들을 잠자코 이해해 주어라! 그들을 창공에 점점이 박힌 얼룩에 불과한 존재로 만들어 버려라!

그리고 사라에게 옷을 사서 입혀라! 사라를 파리로, 피렌체로, 로마로 데려가라!

지금은 사도 바울이 다마스쿠스로 가는 도중에 광채에 휩싸인 채 예수의 음성을 듣는 순간과 비교될 정도의 순간은 분명 아니다. 그러나 찰스는 — 또다시 제단에 등을 돌린 채 — 바울처럼 걸음을 멈췄고, 그의 얼굴에는 일종의 광채가 있었다. 그 빛은 층계 옆에 달린 가스등 불빛이 그의 얼굴에 반사된 것에 불과했을지도 모른다. 그리고 그는 자신의 마음을 그토록 매력적으로 뚫고 지나간, 고상하지만 추상적인 이유들을 말로 나타내지 않았다. 그러나 사라가 찰스의 팔에 이끌려 피렌체의 우피치 미술관에 가는 것은 잔인하지만 (우리가 살아남기 위해서는) 꼭 필요한 자유의 진수를 상징했다는 점을 믿어 주기 바란다. 다소 진부한 상징이긴 하지만.

찰스는 몸을 돌려 자리로 다시 돌아왔다. 그러고는 아주 비이성적인 일을 했다. 잠깐이지만 무릎을 꿇고 기도를 올린 것이다. 그러고는 통로를 내려와서, 가스등이 도깨비불만큼 희미해지도록 줄을 잡아 내린 다음, 교회를 떠났다.

49

나는 언제라도 나를 험담하고 도둑질할 준비가 되어 있는
하인과 하녀를 한 명씩밖에 두지 않는다…….
— 앨프레드 테니슨, 『모드』(1855)

찰스는 부목사의 집을 발견하고 초인종을 울렸다. 하녀가
나왔지만, 구레나룻을 기른 젊은 부목사도 문간 안쪽에서 어
슬렁거리고 있었다. 하녀는 집주인이 무겁고 낡은 열쇠를 받
으려고 앞으로 나오자 물러갔다.

「고맙습니다, 선생님. 저는 매일 아침 여덟시에 성찬식을
거행하고 있습니다. 엑서터에 오래 머무르실 건가요?」

「아닙니다. 그냥 지나가는 길이었습니다.」

「선생님을 다시 만나고 싶어서 기다리고 있었습니다. 제가
뭐 도와 드릴 일은 없을까요?」

젊은 부목사는 서재로 보이는 방문을 가리켰다. 찰스는 그
교회의 비품들이 겉만 번지르르하다는 것을 이미 알아차렸
다. 그리고 이제 그는 자기가 고해 성사를 권유받고 있다는
것을 알아차렸다. 저 방에는 기도대와 성모상이 놓여 있을
터였다. 벽에 가려 보이지는 않지만, 마술적인 힘을 동원하
지 않더라도 그 정도는 충분히 알아차릴 수 있었다. 그 젊은

이는 옥스퍼드 운동[137]의 분열을 보기에는 너무 늦게 태어났고, 그래서 이제는 틀에 박힌 의식(儀式)과 당시 유행했던 성직자 복장을 즐기며, 천박하게 그러나 안전하게 ── 엑서터 주교인 필포츠 박사가 고교회파였기 때문에 ── 빈둥거리고 있었기 때문이다. 찰스는 잠시 그의 인품을 가늠해 보다가, 새로 얻은 시각으로 용기를 냈다. 그 젊은이에게 고해하는 것보다 더 어리석은 일은 없을 것이다. 그래서 그는 허리를 굽혀 정중하게 그의 제의를 거절한 다음, 발길을 옮기기 시작했다. 기성 종교는 그의 고해를 듣고, 그가 남은 생애 동안 지을 죄를 미리 다 사면해 주었다.

찰스는 어디로 갔을까. 엔디콧 패밀리 호텔로 돌아갔을 거라고 여러분은 생각할 것이다. 현대 남성이라면 당연히 그랬으리라. 그러나 성가신 의무감과 예의범절이 성벽처럼 그의 앞길을 가로막았다. 그가 먼저 해야 할 일은 과거를 청산하는 것이었다. 그런 다음에야 사라에게 청혼하러 나타날 수 있을 터였다.

찰스는 사라의 거짓말을 이해하기 시작했다. 사라는 내가 자기를 사랑한다는 걸 알고 있었어. 내가 장님처럼 그 사랑의 깊은 진실을 보지 못하고 있다는 것도 알고 있었어. 바르귀엔에게 배신당했다는 거짓말과 그 밖의 온갖 속임수는 내 눈을 뜨게 해주려는 전략에 불과했어. 내가 사라에 대한 사랑을 깨달은 뒤 그녀가 한 말은 모두 나의 새로운 시각을 시험해 보려는 것이었어. 그런데 나는 딱하게도 시험에 떨어지고 말았어. 그러자 사라는 똑같은 전략을 이번에는 나의 아내가 될 자격이 없다는 것을 입증하는 증거로 사용했어. 이

137 1833년 옥스퍼드 대학에서 일어난 종교 혁신 운동. 영국 국교회에 고교회파 교리를 도입하여 가톨릭주의를 부흥시키려고 했으나, 복음주의를 받드는 저교회파와 자유주의적인 광교회파의 반발을 샀다.

런 자기희생은 얼마나 고귀한 정신의 발로인가. 앞으로 뛰쳐나가 사라를 품에 안고, 〈당신은 내 사람〉이라고 말하기만 했다면!

그리고 빅토리아 시대의 치명적인 이분법(이것은 그 시대 사람들의 분류벽이 초래한 가장 끔찍한 결과일 것이다)만 없었다면! 이 이분법 때문에 그들은 육체보다 영혼을 더 진정한 것, 훨씬 참되고 절대적인 것으로 생각하게 되었다. 아니, 육체는 진정한 자아가 아니며, 오직 영혼만이 진정한 자아라고 생각했다. 그들에게 영혼은 육체와 거의 결부되지 않은 것이었다. 육체는 짐승이고, 영혼은 그 짐승보다 훨씬 높은 곳에 떠 있는 숭고한 존재였다. 그러나 영혼은 설명할 수 없는 필연적인 약점 때문에, 못되고 반항적인 아이에게 끌려가는 하얀 풍선처럼, 짐승이 움직이는 대로 마지못해 끌려가고 있을 뿐이라고 그들은 생각했다.

이것 — 빅토리아 시대 사람들이 두 마음을 지니고 있었다는 사실 — 은 우리가 19세기로 여행할 때 반드시 휴대해야 할 장비다. 그것은 내가 자주 인용한 시인들 — 테니슨, 클러프, 아널드, 하디 — 의 시에서 명백히 볼 수 있는 악명 높은 정신 분열증이다. 이는 또한 존 스튜어트 밀과 글래드스턴 같은 이들이 젊은 시절 우파에서 좌파로, 다시 우파로 정치적 성향을 바꾼 사실에서도 볼 수 있고, 찰스 킹즐리[138]와 찰스 다윈 같은 당대의 수많은 지성인들이 겪었던 신경증과 정신 질환에서도 볼 수 있으며, 예술과 인생에 대해 일관된 마음을 가지고자 애썼던 — 또는 애쓰고 있는 것처럼 보였던 — 라파엘 전파 화가들에게 처음에 퍼부어진 비난과 저주에서도 볼 수 있고, 자유와 제약, 과도와 중용, 예절과 확

138 영국의 목사, 저술가. 1819~1875.

신, 보통 교육에 대한 원칙적인 요구와 보통 선거에 대한 공포 사이의 끝없는 줄다리기에서도 볼 수 있으며, 편집과 수정에 광적으로 집착했던 풍조에서도 볼 수 있다. 밀이나 하디의 글은 너무 삭제되고 수정되어서, 그들의 참모습을 알고 싶으면 출판된 책보다는 삭제되거나 가감된 부분, 불태워지는 것을 간신히 면한 편지나 일기, 은닉 과정에 떨어진 부스러기 같은 것을 조사해야 한다. 그처럼 기록이 혼란스러운 시대가 없었고, 공개된 부분이 얼빠진 후손들을 그처럼 성공적으로 속인 시대도 없었다. 그리고 이것은 바로 뒤이은 『지킬 박사와 하이드 씨』 시대에 대한 훌륭한 안내서가 되었다. 빅토리아 후기에 유행한 〈고디크〉[139]의 배후에는 그 시대를 드러내 보여 주는 심오한 진리가 깔려 있다.

빅토리아 시대 사람들은 누구나 두 마음을 가지고 있었다. 이 점에서만은 찰스도 예외가 아니었다. 십 호텔을 향해 걸어가는 동안, 그는 못된 아이 같은 자신의 육체가 사라와 다시 만났을 때 하얀 풍선 같은 자신의 영혼이 들려줄 말을 연습하고 있었다. 그 열정적이면서도 고결한 말을 들으면, 사라는 감사의 눈물을 쏟으며, 당신 없이는 살아갈 수 없다고 고백할 것이다. 그 모든 광경을 그는 눈앞에 생생하게 떠올릴 수 있었다. 나는 그가 상상한 광경을 여기에 적어 두고 싶은 유혹을 느끼지만, 현실은 유서 깊은 십 호텔 현관에 서 있는 샘이라는 형태로 나타났다.

「예배는 마음에 드셨습니까요, 나리?」

「난, 난 길을 잃었어, 샘. 그리고 지독하게 젖어 버렸지, 뭔가.」

139 *Gothick*. 12~16세기에 유럽에서 흥했던 고딕 양식을 모방한 19세기식 양식.

그러나 샘이 보기에는 전혀 그렇지 않았다.

「목욕물을 좀 준비해두게. 식사는 내 방에서 하겠네.」

「예, 나리.」

여러분이 찰스를 뒤따라 호텔로 들어갔다면, 15분쯤 뒤에는 그가 알몸인 채, 전혀 익숙지 않은 일에 열중하고 있는 모습을 볼 수 있었을 것이다. 그는 핏방울이 묻은 옷들을 커다란 목욕통 옆구리에 대고 비누 조각으로 부지런히 문지르고 있었다. 그는 바보가 된 기분을 느꼈고, 일을 잘해 내지도 못했다. 잠시 후에 샘이 음식 쟁반을 들고 들어왔을 때, 그 옷들은 반은 목욕통 안에, 반은 밖에 무심히 던져진 것처럼 걸쳐져 있었다. 샘은 별 생각 없이 그 옷들을 주섬주섬 챙겼다. 덤벙거리는 샘답게 그런 문제에 부주의한 것을 이번만은 찰스도 고맙게 여겼다.

저녁을 먹고 나서 찰스는 필통을 열었다.

　사랑하는 사라.

　당신을 이렇게 부를 수 있다니! 내 마음은 더없이 기쁘면서도, 또 한편으로는 아직 잘 알지도 못하는 사람을 어떻게 이렇게 부를 수 있는지 의아하게 여기고 있소. 당신 속에 있는 일면에 대해서는 나도 상당히 잘 알고 있다고 거리낌없이 말할 수 있소. 하지만 또 다른 면에 대해서는 당신을 처음 만났을 때나 마찬가지로 전혀 모르고 있소. 이런 말을 하는 것은, 오늘 저녁에 있었던 행동을 변명하기 위해서가 아니라 설명하기 위해서요. 변명이라니, 당치도 않소. 하지만 어떤 면에서는 그게 차라리 다행이었다고 말하고 싶소. 오랫동안 유예시켜 온 내 양심의 추구를 자극해 주었기 때문이오. 모든 사정을 다 늘어놓지는 않겠소. 그러나 사랑스럽고 신비로운 사라, 지금 우리를 묶어 주고 있는 끈은 우리를 영원토록 묶어 주리라 생각하오. 나에겐 당신을 다시 만날 권리가 없다는 것을 잘 알고 있소. 더구나 내가 지금 처해 있는 상황에서는 당신을 만나고 싶어하는 것조차 지나친 욕심이라는 것을 잘 알고 있소. 그래서 내가 맨 처음 해야 할 일은 약혼을 파기하는 것이오.

솔직히 말하건대, 그런 약혼은 맺는 것 자체가 어리석은 짓이라는 예감을 오래전부터 ─ 당신이 내 인생에 등장하기 전부터 느껴 왔소. 그러니 부탁하건대, 그 점에 대해서는 죄책감을 느끼지 말기 바라오. 불찰은 오히려 나한테 있소. 나 자신의 진정한 본성을 깨닫지 못했던 무분별이 비난을 받아야 할 것이오. 내가 10년만 더 젊었다면, 그래서 이 시대와 이 사회에서 내가 전혀 공감할 수 없는 면들을 그렇게 많이 보지만 않았다면, 나는 프리먼 양과 행복해질 수 있었을 것이오. 내 실수는 내가 스물두 살이 아니라 서른두 살이라는 사실을 잊은 거요.

나는 내일 아침 일찍 라임으로 떠납니다. 더없이 괴로운 여행이겠지만, 그나마 위안이 되는 것은 이 여행의 목적이오. 그리고 그 목적을 이루는 것 ─ 그것만이 지금 이 순간 내 마음을 지배하고 있소. 이런 심정은 당신도 느낄 것이오. 그러나 그 점에 있어서 내 의무와 내 생각은 오로지 당신의 것, 아니 우리 미래의 것이 될 것이오. 어떤 운명이 나를 당신에게 데려갔는지 모르지만, 신이 허락하는 한, 이제는 어떤 것도 당신을 나한테서 데려갈 수 없을 것이오. 하지만 당신이 나와 헤어지기를 원한다면, 지금까지 당신이 제시했던 것보다 훨씬 강력한 증거와 설득력 있는 이유를 준비해야 할 거요. 나는 당신이 그런 일을 시도하리라고는 믿을 수 없소. 당신의 마음은 내가 당신의 남자라는 것, 그리고 나도 당신을 내 여자라고 부르리라는 것을 알고 있소.

사랑하는 사라, 앞으로 내가 하려는 일들은 당신과 나에게 가장 떳떳하고 가장 명예로운 일이 되리라는 점을 당신한테 보증할 필요가 있을까? 당신한테 묻고 싶은 것도 너무 많고, 당신에게 쏟고 싶은 관심도 너무 많고, 당신에게 주고 싶은 기쁨도 너무 많소. 그러나 섬세하고 예민한 당신이 고집하는 예의범절은 언제나 철저히 존중하겠소.

당신을 다시 품에 안을 때까지는 어떤 평화도 어떤 행복도 느끼지 못할 거요.

C. S.

추신 — 앞에 쓴 것을 다시 읽어 보니, 내 가슴이 의도하지 않았던 딱딱한 격식이 느껴지는군요. 당신은 나한테 그렇게 가깝고도 아직은 서먹한 사람이오. 내 진정한 감정을 어떻게 글로 표현해야 할지 모르겠소.

당신의 C.

감정이 점차 고조된 이 편지는 여러 번 고쳐 쓴 다음에야 완성되었다. 그때쯤에는 시간이 많이 늦어졌고, 그래서 찰스는 편지를 당장 부치려던 마음을 바꾸었다. 지금쯤 사라는 울다가 지쳐서 잠들었을 것이다. 하룻밤만 더 그녀가 고통 속에서 지내도록 내버려 두기로 했다. 그러나 아침에는 기쁨으로 깨어날 것이다. 그는 그 편지를 몇 번이고 거듭해 읽어 보았다. 거기에는 불과 이틀 전 그가 런던에서 어니스티나에게 보낸 편지를 쓸 때 사용했던 문투가 약간 배어 있었다. 이처럼 인습에 꿰맞춘 편지는 쓰기가 괴로웠다. 추신을 덧붙인 이유가 거기에 있었다. 사라에게 말했듯이, 그는 아직도 자기 자신이 낯설게 느껴졌다. 자신을 도무지 알 수가 없었다. 그러나 이제 그 느낌은 거울 속에 비친 얼굴을 바라볼 때 느끼는 일종의 두려운 즐거움을 동반하고 있었다. 찰스는 자신 속에서 커다란 용기 — 뭔가 놀라운 일을 해냈다는 뿌듯함 — 를 느꼈다. 그리고 그는 나름의 소망을 가지고 있었다. 여행을 다시 떠나는 것. 그러나 이번에는 미래를 약속한 동반자 때문에 갑절로 유쾌한 여행이 될 터였다. 그는 자기가 아직 모르는 사라 — 웃는 사라, 노래하는 사라, 춤추는 사라 — 를 상상해 보려고 애썼다. 그런 사라를 상상하기는 어려웠지만, 불가능한 것은 아니었다. 둘이 그렇게 가까이 있는 것을 샘과 메리한테 들켰을 때 사라가 피식 떠올린 미소를 기억했다. 그것은 미래를 꿰뚫어 보는 듯한 투명한 미소였다. 그리고 무릎 꿇은 사라를 일으켜 세웠을 때 — 이제 찰스는 그녀와 함께 걷는 인생에서 그녀를 일으켜 세우며, 오랫동안 무한한 기쁨을 누릴 수 있을 터였다.

이런 것들이 그의 앞길을 가로막는 가시덤불이나 걸림돌이라 할지라도, 그는 얼마든지 견딜 수 있을 터였다. 그 순간 작은 가시덤불 하나가 떠올랐다. 샘. 그러나 샘은 하인에 불과했다. 언제든지 해고할 수 있는…….

그리고 언제든지 부를 수 있는. 그래서 샘은 부름을 받았다. 다음날 아침, 놀랄 만큼 이른 새벽에. 샘은 주인이 실내복 차림으로, 봉인된 편지와 꾸러미를 들고 서 있는 것을 보았다.

「샘, 이것들을 겉봉에 쓰인 주소로 가져가게. 10분 정도 기다려서 답장이 없거든, 곧장 돌아와. 답장을 기대하지는 않지만, 만약의 경우에 대비해서 말이야. 그리고 빠른 마차를 빌리게. 라임으로 갈 테니까.」 그러고는 덧붙였다. 「하지만 짐은 가져가지 않을 거야. 오늘 저녁에 돌아올 거니까.」

「오늘 저녁에 돌아온다굽쇼, 나리? 하지만 제 생각에는 …….」

「자네가 무슨 생각을 하건 상관없어. 내가 말한 대로만 해.」

샘은 하인다운 표정을 짓고 방에서 물러 나왔다. 층계를 천천히 내려가면서, 주어진 위치를 더 이상 버티기 힘들다고 생각했다. 적에 대한 정보도 없이 어떻게 전투를 치를 수 있단 말인가? 적군의 병력 배치에 대해 서로 모순되는 소문들이 이렇게 많아서야 어떻게 준비를 갖출 수 있단 말인가?

그는 손에 든 봉투를 내려다보았다. 목표 지점은 부도덕하기로 악명 높은 엔디콧 패밀리 호텔이었다. 수취인은 우드러프 양. 게다가 라임에는 오늘 갔다가 오늘 돌아온다? 짐은 여기에 놓아둔 채! 그는 작은 꾸러미를 뒤집어 보고, 편지 봉투를 손으로 눌러 보았다. 느낌이 두툼했다. 적어도 편지지 석 장은 들어 있는 듯싶었다. 그는 주위를 살짝 둘러본 다음, 봉인을 살펴보았다. 샘은 밀랍을 발명한 사람에게 저주를 내뱉었다.

그리고 이제, 그는 다시 찰스 앞에 서 있다. 주인은 옷을 다 입고 있었다.

「그래서?」

「답장은 없었습니다요, 나리.」

찰스는 표정을 관리할 수가 없었다. 그래서 돌아섰다.

「마차는?」

「기다리고 있습니다요, 나리.」

「좋아. 곧 내려가겠네.」

샘은 물러갔다. 문이 닫히자마자 찰스는 박수갈채를 받고 있는 배우가 입술에 감사의 미소를 띠며 관객들에게 인사하듯, 두 손을 머리로 들어 올렸다가 양옆으로 힘차게 내렸다.

왜냐하면 그는 간밤에 편지를 아흔아홉 번째로 다시 읽을 때 두 번째 추신을 덧붙였기 때문이다. 이 추신은 브로치 ── 이 것을 우리는 언젠가 어니스티나의 손에서 본 적이 있다 ── 에 관한 언급이었다. 찰스는 사라에게 그것을 받아 달라고 간청 하고, 그것을 받아 주면 자신의 사과를 받아들인 증거로 생각 하겠다고 덧붙였다. 뿐만 아니라, 이 두 번째 추신은 이렇게 끝나 있었다. 〈이걸 가지고 간 사람은 당신이 편지를 다 읽을 때까지 기다릴 거요. 만약에 그가 꾸러미를 도로 가지고 온다 면…… 하지만 난 당신이 그렇게 잔인할 리가 없다는 것을 알 고 있소.〉

그러나 이 가련한 사내는, 샘이 돌아오기를 기다리는 동 안, 그 만약을 생각하며 고통의 순간들을 보내고 있었다.

그리고 샘도 낮은 소리로 투덜거리며 괴로운 표정을 짓고 있다. 이 장면은 트랜터 이모네 부엌문 밖에 키 자란 라일락 그늘 아래서 벌어지고 있다. 무성하게 자란 나뭇가지가 정원 에서는 볼 수 없도록 일종의 칸막이 역할을 해주고 있었다. 오후 햇살이 하얀 꽃망울들을 뚫고 비스듬히 비쳐 들고 있었 다. 듣는 사람은 물론 메리였다. 그녀는 뺨을 붉힌 채, 손으로 는 줄곧 입을 가리고 있었다.

「말도 안 돼요. 말도 안 돼요.」

「그건 백부님 탓이야. 그 일 때문에 나리의 머리가 홱 돌아 버린 거라고.」

「하지만 아가씨는…… 오오, 아가씨는 이제 어쩐데요?」

그들은 마치 울부짖는 소리를 들었거나 쓰러지는 모습을 보았다고 생각하기라도 한 것처럼, 조심조심 창문 쪽으로 다 가가서 나뭇가지 틈새로 안을 들여다보았다.

「그런데 우린? 우린 어떡하지?」

「오오, 샘. 이건 불공평해요.」

「사랑해, 메리.」

「오오, 샘……」

「사실 그렇게 터무니없는 일은 아니었어. 지금 당신을 잃느니, 차라리 죽는 게 나아.」

「오오, 우린 어떡한데요?」

「울지 마, 메리. 난 2층에 있는 사람들한테 질렸어. 그들이 우리보다 나은 게 뭐야.」 샘이 메리의 두 팔을 움켜잡았다. 「찰스 씨가 그 주인에 그 하인이라고 생각한다면, 그건 오산이야. 메리, 당신과 나리 중에 하나를 택하라면, 당연히 당신이라고.」 그는 총을 겨눈 병사처럼 뻣뻣해졌다. 「난 종살이를 그만두겠어.」

「샘!」

「석탄 배달이라도 하겠어. 무슨 짓이든 다 하겠어!」

「하지만 당신 돈은? 그렇게 되면 그 돈을 주려고 하지 않을 거예요.」

「줄 돈도 없어.」 그는 쓰디쓴 얼굴로 그녀의 당황한 얼굴을 바라보았다. 그러나 곧 미소를 지으며 손을 내밀었다. 「하지만 누가 돈을 갖고 있는지 말해 줄까? 우리가 가진 카드를 제대로 써먹기만 하면……」

50

시간이 경과함에 따라 자연 선택을 통해 새로운 종이 형성되면, 다른 종들은 점점 드물어지다가 마침내 소멸하게 되는데, 나는 이것을 필연적인 결과라고 생각한다. 변화와 개량 과정을 겪고 있는 형태와 가장 가까운 경쟁 관계에 있는 형태는 자연히 가장 많은 피해를 입게 된다.
— 찰스 다윈, 『종의 기원』(1859)

그들은 두시 직전에 라임에 도착했다. 찰스는 미리 잡아둔 호텔로 가서 잠시 시간을 보냈다. 그는 눈앞에 닥친 면담에 대비하여 마음을 다잡으면서, 그러나 초조한 고뇌 속에서 방안을 오락가락했다. 실존주의적 공포가 다시금 그를 엄습했다. 이렇게 되리라는 것을 그는 충분히 짐작했을 터였다. 사라에게 편지를 보냄으로써 구명보트를 태워 버린 것도 그래서였을 것이다. 그는 엑서터에서 오는 도중에 생각해 두었던 구절을 몇 번이고 거듭해서 되뇌었다. 그러나 그 말들은 10월의 낙엽처럼 마음에서 날아가 버렸다. 그는 숨을 깊이 들이쉬고 모자를 집어 들었다. 그러고는 방에서 나갔다.

그를 보자마자 메리가 활짝 웃으며 문을 열었다. 그는 자신의 진지함을 시험이라도 해보듯 엄숙하게 말했다.

「어니스티나 양은 집에 계신가?」

그러나 메리가 대답도 하기 전에 어니스티나 자신이 현관 홀 안쪽에서 나타났다. 그녀는 살짝 미소를 머금고 있었다.

「아뇨. 마님은 점심 식사를 하러 나가셨어요. 하지만 들어오셔도 좋아요.」

그녀는 돌아서서 거실 안으로 사라졌다. 찰스는 모자를 메리에게 건네주고, 옷깃을 바로잡고, 잠시 심호흡한 다음, 홀을 지나 시련 속으로 들어갔다. 어니스티나는 정원이 내려다보이는 창가에 햇빛을 받으며 서 있다가 쾌활하게 돌아섰다.

「아빠한테서 편지를 받았어요. 아니, 찰스! 찰스? 뭐가 잘못됐나요?」

그러고는 그에게 다가왔다. 그는 그녀를 똑바로 볼 수가 없어서 눈길을 떨어뜨렸다. 그녀가 걸음을 멈추었다. 그녀의 놀란 눈과 그의 엄숙하고 당황한 눈이 마주쳤다.

「찰스?」

「좀 앉아요.」

「무슨 일이 있었어요?」

「그래서 온 거야.」

「하지만 왜 그런 눈으로 바라보세요?」

「무슨 말을 어떻게 시작해야 좋을지 몰라서 그래.」

어니스티나는 그에게 눈길을 고정시킨 채, 손으로 등 뒤를 더듬어서 창가에 있는 의자에 앉았다. 그는 여전히 말이 없었다. 그녀는 옆 탁자 위에 놓인 편지를 만지작거렸다.

「아빠는……」 하지만 그가 재빨리 쳐다보았기 때문에 그녀는 말을 멈추었다.

「그분은 아주 친절하셨어. 하지만 난 그분께 진실을 털어놓지 않았어.」

「진실이라니, 무슨 진실요?」

「그동안 아주 깊이, 아주 고통스럽게 생각을 거듭한 끝에 내가 당신과 결혼할 자격이 없다는 결론에 이르렀다는 것.」

순간 그녀의 얼굴이 하얘졌다. 그는 그녀가 기절이라도 하는 줄 알았다. 그래서 그녀를 부축하려고 몇 걸음 다가갔다. 그러나 그녀는 정신이 깨어 있다는 것을 확인이라도 하려는 듯 천천히 오른손을 왼팔로 가져갔다.

「찰스…… 농담하는 거죠?」

「부끄럽게도…… 농담하고 있는 게 아니야.」

「저와 결혼할 자격이 없다고요?」

「전혀 없어.」

「그럼 당신은…… 오오, 이건 악몽이야. 그렇죠, 찰스?」 그녀는 믿기지 않는 눈으로 그를 쳐다보고는 수줍은 미소를 지었다. 「벌써 잊었나요, 전보를? 당신이 친 전보가 아닌가요? 당신은 농담하고 있는 거예요.」

「이런 문제를 가지고 어떻게 농담을 할 수 있겠어. 나를 그런 사람으로 생각한다면 당신은 나를 너무도 모르고 있는 거야.」

「하지만…… 하지만…… 전보는!」

「그건 내가 결정을 내리기 전에 보낸 거였어.」

그가 시선을 떨구었다. 그제야 그녀는 진실을 받아들이기 시작했다. 바로 이런 때가 가장 중대한 순간이 되리라는 것을 그는 예견했었다. 만약 어니스티나가 기절해 쓰러지거나 히스테리를 일으킨다면…… 글쎄. 모든 것을 털어놓고 그녀의 자비를 구하기에 너무 늦은 것은 아니었다. 그러나 어니스티나는 오랫동안 눈을 감고 있었고, 몸을 부르르 떨기는 했지만 기절하지는 않았다. 역시 그 아버지에 그 딸이었다. 그녀는 차라리 기절하고 싶었을지도 모른다. 하지만 이런 엄청난 배신을 당하고는…….

「그럼 당신의 본심이 무엇인지 좀 설명해 주세요.」

순간적인 안도감이 그에게 밀려왔다. 그녀는 상처를 받긴 했지만 치명상은 아닌 모양이었다.

「한마디로 간단히 설명할 수는 없어.」

그녀는 새침한 표정으로 손만 내려다보고 있었다. 「그럼 여러 마디를 써서 설명해 보세요. 중간에 가로막진 않을 테니까요.」

「난 언제나 당신에게 커다란 존경과 애정을 품어 왔고, 앞으로도 계속 그럴 거야. 난 당신이 누구에게든 — 당신의 사랑을 받을 만큼 운 좋은 남자에게 — 훌륭한 아내가 되리라는 걸 한순간도 의심해 본 적이 없어. 하지만 부끄럽게도 당신에 대한 내 관심에는 비열한 면이 섞여 있다는 사실도 알고 있었어. 당신이 가져올 재산, 더구나 당신은 외동딸이라는 사실을 언제나 염두에 두어 왔으니까. 마음속 깊은 곳에서는 내 인생이 아무 목표도 없고 아무것도 이루지 못했다는 걸 항상 느끼고 있었어. 어니스티나, 제발 끝까지 들어 줘. 지난겨울에 내가 청혼하면 당신이 승낙할지도 모른다는 것을 알아차렸을 때, 난 악마에 홀렸더랬어. 그때 난 화려한 결혼을 통해 자신감을 회복할 수 있는 기회를 보았던 거야. 그렇다고 해서 내가 냉혹한 계산속만 가지고 일을 추진한 것은 아니야. 난 당신을 무척 좋아했어. 그런 감정이 사랑으로 발전되리라고 진심으로 믿었지.」

그녀가 천천히 머리를 들었다. 그에게 시선을 던졌지만, 그를 보고 있는 것 같지는 않았다.

「지금 제 앞에 있는 사람이 당신이라고는 도저히 믿어지지 않아요. 어떤 사기꾼이나, 야비하고 무정한…….」

「당신에겐 충격이었을 거야. 알고 있어.」

「충격이라고요?」 그녀의 표정이 분노로 일그러졌다. 「당신이 그렇게 냉정하고 태연하게 서서, 나를 한 번도 사랑한 적이 없었노라고 말하는데!」

그녀의 목소리가 높아졌고, 그는 열린 창문으로 가서 문을 닫았다. 그러고는 머리를 푹 숙인 그녀한테 다가가서 냉정함을 잃지 않고 최대한 부드럽게 말했다.

「변명하려는 게 아니야. 다만 내 죄가 사전에 계산된 것은 아니라는 걸 말하고 싶어. 그랬다면 내가 어떻게 지금 이런 말과 행동을 할 수 있겠어? 내가 바라는 게 있다면, 내가 속인 상대는 바로 나 자신이었다는 걸 당신이 이해해 주었으면 하는 거야. 무슨 말로 날 욕해도 좋아. 나약하고 이기적이고 …… 하지만 무정하지는 않아.」

그녀는 약간 떨리는 숨을 들이쉬었다.

「참 위대한 발견을 하셨군요. 그런데 무엇 때문이죠? 그 대단한 발견을 가져다준 게 도대체 뭐죠?」

「내 처지가 바뀌었다는 것을 알면 당신 아버지가 당장에 우리 약혼을 취소시킬 줄 알았어.」 그녀가 무서운 시선을 쏘아 보냈다. 「난 정직하려고 애쓰고 있어. 그런데 그분은 아주 너그러웠을 뿐만 아니라, 언젠가는 동업자가 되어야 한다는 제의까지 하셨어. 그때 나는 정말이지 쥐구멍에라도 들어가고 싶은 기분이었어.」

그녀의 얼굴이 반짝 빛났다. 「이제 알았어요. 알았다고요. 지금 당신이 이러는 건 장사꾼 집안에 장가들기가 싫어졌기 때문이에요. 내 말이 틀렸나요?」

그는 창문 쪽으로 돌아섰다. 「난 결국 그 제의를 받아들였어. 어쨌든, 당신 아버지를 부끄럽게 느낀다면, 그것처럼 지독한 속물근성도 없을 거야.」

「그런 말 한다고 해서 당신이 저지른 죄가 줄어들지는 않아요.」

「그분의 제의를 내가 두려운 마음으로 받아들였을 거라고 생각한다면, 그건 옳아. 하지만 그 두려움은 일을 제대로 처리할 수 없는 내 무능력에 대한 거였지, 그 제의 자체에 대한 건 아니었어. 제발 내 설명을…… 끝까지 들어 줘.」

「당신의 설명을 들으면 들을수록 제 마음은 더욱 찢어진다고요.」

그는 창문에서 돌아섰다.

「우리가 서로에게 품었던 존경심을 유지하도록 애써 봅시다. 이 모든 일에서 내가 오직 나만 염두에 두었다고 생각해선 안 돼. 오히려 나를 끊임없이 괴롭힌 것은, 내가 사랑하는 마음도 없이 당신과 결혼하는 건 당신과 당신 아버지한테 배은망덕한 짓이라는 생각이었어. 당신과 내가 서로 다른 사람이라면…… 하지만 우린 다르지 않아. 그래서 우린 상대가 자신의 사랑에 보답하고 있는지 아닌지를 표정 하나 말 한마디로도 알 수 있어.」

그녀가 야유하듯 말했다. 「아는 줄 알았죠.」

「티나, 그건 기독교에 대한 신앙과 같은 거야. 사람은 누구나 신앙을 가지고 있는 척 가장할 수는 있어. 하지만 가면은 결국 드러나고 말아. 당신도 한번 마음속을 유심히 들여다봐. 희미한 의심이 벌써 마음을 스치고 있을 거야. 그건…….」

그녀는 귀를 막았다가 천천히 손을 끌어내려 얼굴을 덮었다. 침묵이 흘렀다. 그때 그녀가 말했다. 「이젠 제가 말해도 되나요?」

「물론이지.」

「당신에겐 제가 단지 예쁘고 조그만 가구에 불과했다는 걸 알아요. 제가 철없다는 것도 알고, 버릇없다는 것도 알아요. 제가 평범하다는 것도 알아요. 그래요, 전 트로이의 헬레네도 아니고, 클레오파트라도 아니에요. 때로는 당신 귀에 거슬리는 말도 했고, 집 꾸미는 일을 가지고 당신을 귀찮게도 했어요. 당신의 화석을 조롱하면서 당신에게 상처를 주기도 했고요. 전 아직도 어린애에 불과할지 몰라요. 하지만 당신의 사랑과 보호…… 당신의 가르침을 받으면…… 좀 더 나아질 거라고 믿었어요. 당신을 기쁘게 해주는 법을 배우고 싶었고, 좀 더 나아진 제 모습을 보고 당신이 저를 사랑하도록 만들고 싶었어요. 당신은 모르겠지만, 아니 알 수도 없겠지만, 그게 바로 제가 맨 처음 당신에게 끌린 이유예요. 당신도 알고 있겠지만, 저를 쫓아다닌 남자가 백 명은 넘을 거예요. 그들 모두가 형편없는 사람은 아니었어요. 제가 당신을 택한 것은, 제가 너무 순진해서 당신을 다른 남자들과 비교해 볼 수 없었기 때문이 아니에요. 그건 당신이 좀 더 경험이 풍부한 사람처럼 보였기 때문이에요. 지금도 기억하지만, 우리가 약혼한 직후에 일기에다 쓴 적이 있어요. 왠지 당신은 자신감이 없어 보인다고. 전 그걸 느꼈어요. 제 말이 믿기지 않는다면, 일기장을 가져다 보여 드릴 수도 있어요. 당신은 당신 자신을 실패작이라고 믿고 있어요. 당신은 당신 자신을 경멸하고 있어요. 무언지는 모르지만…… 전 그것을 저의 진정한 결혼 예물로 드리고 싶었어요. 당신 자신에 대한 신뢰감을.」

긴 침묵이 흘렀다. 그녀는 여전히 고개를 숙이고 있었다.

그가 낮은 목소리로 말했다. 「당신은 내가 얼마나 많은 것을 잃게 될 것인가를 일깨워 주는군. 하지만 난 나 자신을 너무나 잘 알고 있어. 원래부터 없었던 것을 회복시킬 수는 없어.」

「제 말이 당신한테는 그런 의미밖에 갖지 않나요?」

「당신 말은 나한테 큰 의미를, 엄청나게 큰 의미를 갖고 있어.」

그녀는 그가 더 말해 주기를 기대하고 있는 게 분명했지만, 그는 잠자코 있었다. 이런 견제가 있을 줄은 예상치 못했다. 그는 그녀에게 감동을 받았고, 부끄러움을 느꼈다. 그러나 어떤 감정도 내색할 수 없었기 때문에 침묵을 지켰던 것이다.

그녀가 부드럽고 나직한 목소리로 말했다.「제가 말씀드린 것을 참작해서 적어도…….」그러나 그녀는 알맞은 말을 찾을 수 없었다.

「내 결정을 재고하라고?」

그의 어조에는 그럴 생각이 전혀 없다는 울림이 담겨 있었다. 그녀도 그것을 느꼈다. 그녀는 호소를 담은 눈으로 그를 바라보았다. 그녀의 눈은 애써 억눌렀던 눈물로 젖어 있었고, 창백한 얼굴은 침착함을 유지하려고 안간힘을 쓰고 있었다. 그런 모습이 그의 가슴을 비수처럼 찔렀다.

「찰스, 제발. 그래야 해요. 전 모르겠어요, 당신이 저한테 원하는 게 뭔지…… 말해 주세요. 제 어디가 마음에 안 들었는지, 제가 어떤 여자가 되기를 바라는지…… 무슨 일이든, 무엇이든 다 할게요. 당신의 행복을 위해서라면 뭐든지 포기할 수 있어요.」

「그런 식으로 말하면 안 돼.」

「전 말해야 돼요…… 말하지 않을 수가 없는걸요. 어제 그 전보를 받고 전 울었어요. 백 번도 넘게 거기에 입을 맞췄어요. 제가 당신을 성가시게 군다고 해서 저에게 더 깊은 감정이 없다고 생각하시면 안 돼요. 전…….」그때 어떤 직감이 번뜩 떠올랐다. 그녀는 그에게 잠깐 불 같은 시선을 보냈다. 「당신은 거짓말을 하고 있어요. 전보를 보낸 뒤에 무슨 일이 일어난 거예요.」

그는 벽난로 쪽으로 걸어가서 그녀에게 등을 돌리고 섰다. 그녀가 흐느끼기 시작했다. 그는 더 이상 참을 수 없어서 돌아섰다. 그녀가 고개를 푹 숙이고 있는 모습을 보게 되리라 예상하면서. 그러나 그녀는 고개를 쳐들고 그를 바라보고 있었다. 그리고 그가 돌아보자, 그녀는 겁먹은 아이처럼 손을 내밀면서 반쯤 일어나 한 걸음 내딛다가 무릎을 꿇으며 쓰러졌다. 그러자 찰스에게 날카로운 반감이 일어났다. 그것은 그녀에 대한 반감이 아니라, 진실을 절반도 털어놓지 못한, 그리고 가장 중요한 진실은 끝내 감추고 있는 자기 자신, 그럴 수밖에 없는 상황에 대한 반감이었다. 그것은 끔찍한 전투나 사고로 다친 사람 앞에서 의사가 느끼는 감정과 비슷했다. 목숨을 건지기 위해서는 절단 수술을 해야 한다는 잔인한 결정을 내리면서 〈달리 무슨 방법이 있단 말인가〉 하고 자문하는 의사처럼, 이제 찰스에게 남은 방법은 진실을 말하는 것뿐이었다. 그는 흐느낌이 가라앉는 순간을 기다렸다.

「당신에게 고통을 주고 싶지 않았어. 하지만…… 그래, 무슨 일이 있었어.」

그녀는 그에게 시선을 못 박은 채, 아주 천천히 일어서더니 손을 뺨으로 가져갔다.

「누구죠?」

「당신은 모르는 여자야. 이름이 중요한 것도 아니고.」

「그럼 그 여자는…… 당신은…….」

그는 시선을 돌렸다

「여러 해 동안 사귄 여자야. 그 여자에 대한 애착이 사라진 줄 알았는데, 런던에서…… 그게 아니라는 걸 알았어.」

「그 여자를 사랑하세요?」

「사랑? 글쎄…… 모르겠어…… 그게 무엇이든, 그 여자에 대한 감정 때문에 다른 여자한테 선뜻 마음을 줄 수 없는 건 사실이야.」

「그 이야기를 왜 처음에 하지 않았어요?」

긴 침묵이 흘렀다. 그는 그녀의 시선을 견딜 수가 없었다. 그 눈길은 그의 거짓말을 모두 꿰뚫어 보고 있는 듯했다.

그가 중얼거렸다. 「그 일로 당신이 괴로워할까 봐 두려웠어.」

「그보다는 당신 자신이 창피당하는 게 두려웠겠죠? 당신은…… 당신은 괴물이에요.」

그녀는 부릅뜬 눈으로 그를 노려보면서 의자에 털썩 주저앉았다. 그러고는 손에 얼굴을 파묻었다. 그는 그녀가 실컷 울도록 내버려 두고, 벽난로 위에 놓인 도자기 양(羊)을 노려보았다. 그리고 그 후 죽는 날까지, 도자기 양을 볼 때마다 격렬한 자기혐오감에 사로잡히곤 했다. 이윽고 그녀가 입을 열었을 때, 그 말투가 너무나 격렬해서 그는 움찔했다.

「제가 저 자신을 죽이지 않는다면, 굴욕감이 저를 죽일 거예요.」

「나를 아쉬워할 필요는 없어. 한순간도 아쉬워할 가치가 없는 남자니까. 당신은 다른 남자를 만날 수 있을 거야. 나처럼 삶에 짓눌려 맥을 못 추는 남자가 아니라 존경할 만한 남자를……」 그는 말을 끊었다가 갑자기 외치기 시작했다. 「약속해! 다시는 그런 말을 하지 않겠다고. 당신이 신봉하고 있는 모든 것을 걸고 약속해.」

그녀는 그를 노려보았다. 「제가 당신을 용서할 줄 알았어요?」 그는 말없이 고개를 흔들었다. 「부모님, 친구들에게 뭐라고 하죠? 찰스 스미스선 씨는 결국 명예나 약속보다 정부(情婦)가 더 중요하다는 결정을 내리고 말았다고……」

종이를 찢는 소리가 났다. 돌아보지 않아도, 그녀가 아버지의 편지에다 화풀이하고 있다는 것을 알 수 있었다.

「난 그 여자가 내 인생에서 영원히 사라졌다고 믿었어. 그런데 특별한 상황이……」

잠시 침묵이 흘렀다. 그녀는 찰스에게 유황을 끼얹을 수 있을지 어떨지를 곰곰 생각하고 있는 듯한 표정이었다. 그녀의 목소리는 냉정하고 독기에 차 있었다.

「당신은 약속을 깨뜨렸어요. 그런 경우 우리 여성들을 위한 구제 수단이 있어요.」

「당신은 그런 조치를 취할 권리가 있어. 난 유죄를 인정할 수밖에 없겠지.」

「세상 사람들은 당신이 어떤 사람인지를 알아야 돼요. 제 관심사는 그것뿐이에요.」

「무슨 일이 일어나든, 세상은 알게 될 거야.」

그가 저지른 짓의 극악무도함이 그녀를 지나 다시금 그에게 밀려왔다. 그녀는 계속 머리를 흔들고 있었다. 그는 의자 쪽으로 걸어가서 그녀를 마주 보고 앉았다. 손이 닿기에는 거리가 멀었지만, 그녀의 선한 자아에 호소할 수 있을 만큼은 가까운 거리였다.

「내가 벌을 받고 있지 않은 줄 알아? 난 한순간도 마음 편한 적이 없었어. 이건 내 인생에서 가장 끔찍한 결정이야. 지금 이 시간은, 이 무서운 시간은 앞으로 내가 죽는 날까지 깊은 회한으로 기억 속에 남게 될 거야. 나는 어쩌면 사기꾼일지도 몰라. 아니, 난 사기꾼이야. 하지만 당신은 적어도 내가 무정한 사람은 아니라는 걸 알고 있어. 내가 그런 놈이라면 지금 여기 있지도 않았을 거야. 편지나 한 통 보내고 외국으로 달아나 버릴 수도……」

「차라리 그랬으면 좋았을 텐데요.」

그는 그녀의 이마를 오랫동안 바라보다가 일어섰다. 그리고 거울에 비친 모습을 보았다. 거울 속의 사내 ─ 또 다른 세계 속의 찰스가 오히려 진정한 자신처럼 느껴졌다. 이 방에 있는 사내는 그녀 말마따나 사기꾼이었다. 적어도 어니스티나와의 관계에서는 항상 사기꾼이었다. 진정한 자신이 아니라, 자신의 관찰 대상이었다. 그는 마침내 준비해 둔 말을 꺼냈다.

「당신이 분노나 원한 말고 다른 감정을 느끼리라고는 기대하지 않아. 내가 바라는 게 있다면, 그 자연스러운 감정들이 다소 가라앉았을 때, 내 행동을 아무리 격렬하게 비난해도, 내가 나 자신을 비난하는 것만큼 엄격할 수는 없다는 걸 기억해 줘. 그리고 내가 이런 행동을 한 이유는 내가 존중하고 찬탄하는 사람을 더 이상 속일 수 없기 때문이라는 것도 기억해 주었으면 해.」

그것은 거짓말처럼 들렸다. 아니, 실제로 거짓말이었다. 찰스는 그녀가 노골적으로 보내는 경멸감을 알아차리고 마음이 불편해졌다.

「전 그 여자를 마음속에 그려 보려고 애쓰고 있어요. 귀족이겠죠? 가문을 자랑하는…… 오오, 불쌍한 우리 아버지 말을 귀담아들었다면!」

「그게 무슨 소리지?」

「아버지는 귀족을 알아요. 아버지가 그들을 말할 때 쓰는 표현이 있죠 — 예의범절은 훌륭하지만, 외상값은 안 갚는다.」

「난 귀족이 아니야.」

「당신도 마찬가지예요. 당신 백부님과 똑같다고요. 그 잘난 신분이 마치 우리 평범한 사람들이 믿는 것들을 거들떠보지 않아도 되는 자격증이나 되는 것처럼 행동하죠. 그 여자도 그래요. 얼마나 못된 여자면 남자가 약속을 저버리게 할 수 있을까. 어떤 여잔지, 짐작이 가요.」 그녀는 그 짐작을 뱉어 냈다. 「그 여잔 분명 유부녀일 거예요.」

「그 문제에 대해선 더 이상 얘기하지 않겠어.」

「그 여잔 지금 어디 있죠? 런던인가요?」

그는 잠시 어니스티나를 바라보다가 돌아서서 문 쪽으로 걸어갔다. 그녀가 자리에서 일어났다.

「두고 보세요. 우리 아버지가 당신네 두 사람 이름을 진창으로 끌어내어 욕보이고 말 테니. 당신은 모든 주변 사람들에게 버림받고 미움받게 될 거예요. 당신은 나라 밖으로 쫓겨나 고통을 당하게 될 거예요. 당신은……」

그는 문간에 멈춰 서 있다가, 이제 문을 열었다. 그러자 그녀가 말을 멈추었다. 마땅한 저주의 말이 더 이상 생각나지 않았기 때문일까. 그녀의 얼굴은 계속 실룩거리고 있었다. 하고 싶은 말이 많지만 할 수가 없다는 듯이. 그녀는 마음의 동요를 느꼈다. 그리고 그때 마음속의 모순된 자아가 그의 이름을 불렀다. 이건 악몽이었다고, 이제 악몽에서 깨어나고 있다고 말해 주기를 바라는 것처럼.

그는 움직이지 않았다. 그녀는 비틀거리더니, 의자 옆 마룻바닥에 쓰러져 버렸다. 그가 본능적으로 취한 행동은 그녀에게 달려가는 것이었다. 그러나 그녀가 넘어진 방식, 조심스럽게 무릎을 꿇고 양탄자 위에 모로 쓰러진 모습을 보고, 그는 달려가려던 걸음을 멈추었다.

그 무너진 형체를 잠시 내려다보다가, 그것이 여자들의 상투적인 긴장병이라는 것을 알아차렸다.

「당신 아버지한테 당장 편지를 쓰겠소.」

그녀는 아무 반응도 보이지 않았다. 눈을 감고 두 손을 양탄자 바닥에 내던진 채 가만히 누워 있었다. 그는 벽난로 옆에 달린 초인종 줄로 가서 그것을 거칠게 잡아당겼다. 그러고는 열려 있는 문으로 걸어갔다. 층계를 달려 올라오는 발소리가 들리더니, 곧 하녀가 나타났다. 찰스는 방에서 나가면서 메리에게 거실을 가리켰다.

「아가씨가 충격을 받은 모양이야. 무슨 일이 있어도 곁을 떠나지 말도록. 난 그러건 의사를 부르러 갈 테니까.」 메리는 기절할 것처럼 층계 난간을 붙들고, 고통스러운 눈길로 찰스를 바라보았다. 「알겠지? 절대로 아가씨 곁을 떠나면 안 돼.」 그녀는 고개를 끄덕였지만 움직이지는 않는다. 「잠깐 기절했을 뿐이야. 옷을 좀 느슨하게 해드려.」

메리는 겁먹은 눈길을 다시 한 번 그에게 던지고 방으로 들어갔다. 찰스는 몇 초를 더 기다렸다. 희미한 신음 소리에 이어 메리의 목소리가 들려왔다.

「아가씨, 아가씨, 메리예요. 의사가 올 거예요. 괜찮으세요, 아가씨? 제가 옆에 있을게요.」

찰스는 잠시 방문 쪽으로 되돌아갔다. 메리가 무릎을 꿇고 어니스티나를 안아서 흔들고 있는 게 보였다. 아가씨의 얼굴은 하녀의 가슴에 파묻혀 있었다. 메리가 찰스를 돌아보았다. 그 번득이는 눈은 그에게 안을 들여다보지도, 안으로 들어오지도 말라고 명령하고 있었다. 그는 그 눈의 공정한 판결을 받아들였다.

51

앞에서도 말했듯, 종속과 복종의 강력한 봉건적 관습은 오랫
동안 노동 계층에 영향을 미쳤다. 근대 정신은 이제 그 관습
을 거의 해체해 버렸다……. 나라 전역에서 점점 더 많은 개
인과 단체들이 자기가 원하는 대로 할 수 있는 영국인의 권리
를 주장하고 행사하기 시작했다. 원하는 곳에서 시위 행진을
벌이고, 원하는 곳에서 집회를 열고, 들어가고 싶은 곳에 들
어가고, 마음대로 야유하고, 마음대로 협박하고, 마음대로 박
살내고…… 이 모든 것은 무법 상태로 흐르는 경향이 있다.
— 매튜 아널드, 『문화와 무질서』(1869)

그로건 박사는 다행히 집에 있었다. 가정부가 안으로 들어
가라고 말했지만, 찰스는 현관 층층대에서 집주인이 내려올
때까지 기다렸다. 의사가 나타나자 찰스는 손짓으로 그를 불
러 문밖으로 나오게 했다.

「방금 파혼을 했습니다. 티나는 심한 고통에 빠졌어요. 설
명은 요구하지 마시고, 당장 브로드 가로 가주세요.」

그로건은 안경 너머로 찰스에게 놀란 눈길을 던지더니, 한
마디 말도 없이 집 안으로 들어갔다. 잠시 후 그는 모자와 왕
진 가방을 들고 다시 나타났다. 그들은 곧 걷기 시작했다.

「설마……?」

찰스는 고개를 끄덕였다. 그로건 박사도 이번만큼은 충격
받아 말문이 막힌 모양이었다. 그들은 서른 걸음쯤 말없이
걸어갔다.

「박사님이 생각하는 그런 여자가 아니에요. 전 확신합니다.」

「할 말이 없군, 스미스 선.」

「변명은 하지 않겠습니다.」

「어니스티나도 알고 있나?」

「다른 여자가 있다는 건 알지만, 그 이상은 모릅니다.」 그들은 모퉁이를 돌아 브로드 가로 올라가기 시작했다. 「그래서 부탁인데, 이름은 밝히지 말아 주셨으면 합니다.」 의사가 그를 힐끔 곁눈질했다. 「우드러프 양을 위해섭니다. 저를 위해서가 아니라.」

의사가 갑자기 걸음을 멈추었다. 「그럼 그날 아침에……?」

「부탁입니다. 더 이상 묻지 말아 주세요. 전 호텔에서 기다리고 있겠습니다.」

그러나 그로건은 여전히 그를 쳐다보며 서 있었다. 그의 얼굴에는 이게 악몽이 아닐까 하는 표정이 어려 있었다. 찰스는 의사의 시선을 잠시 견디다가, 트랜터 이모 댁이 있는 언덕 쪽을 의사에게 가리켜 보이고는, 화이트 라이언 호텔을 향해 큰길을 건너기 시작했다.

「맙소사…… 스미스선!」 찰스는 잠깐 돌아서서 의사의 성난 눈길을 받은 다음, 말없이 계속 걸어갔다. 의사도 걷기 시작했지만, 그의 눈길은 찰스가 호텔 안으로 사라질 때까지 줄곧 그를 뒤쫓았다. 찰스는 그로건 박사가 트랜터 이모 댁으로 들어가는 것을 보기에 딱 맞는 시간에 방으로 들어갔다. 그는 가룟 유다가 된 듯한, 에피알테스[140]가 된 듯한, 아니 역사에 등장했던 모든 배신자가 된 듯한 기분이었다. 그러나 때마침 문을 두드리는 소리가 났다. 그래서 그는 자기 모멸의 늪에 더 이상 빠지지 않고 벗어날 수 있었다. 나타난 것은 샘이었다.

---

140 기원전 460년대에 활동했던 아테네 정치가. 귀족 출신인데도 민중파 지도자로 변신하여, 귀족들의 권능을 박탈하는 이른바 〈에피알테스 개혁〉을 단행했지만, 귀족층의 미움을 사서 암살당했다.

「도대체 웬일이야? 종을 울리지도 않았는데.」샘은 입을 열었지만 아무 소리도 나오지 않았다. 찰스는 그 시선에 담긴 충격을 견딜 수 없었다. 「하지만 이왕 왔으니, 브랜디 한 잔만 갖다주게.」

그러나 그것은 시간을 벌기 위한 수작에 지나지 않았다. 브랜디가 날라져 오고, 찰스는 그 액체를 홀짝거렸다. 그러고는 다시 한 번 하인의 시선과 마주쳐야 했다.

「그게 사실인가요, 나리?」

「그 집에 있었나?」

「예, 나리.」

찰스는 브로드 가가 내려다보이는 창가로 걸어갔다.

「그래, 사실이야. 프리먼 양과 난 더 이상 결혼할 사이가 아니야. 그럼 가보게. 그리고 입 꽉 다물고 있어야 해.」

「하지만…… 나리, 저와 메리는요?」

「그건 나중에. 지금은 그런 문제까지 생각할 여유가 없어.」

그는 남은 브랜디를 마저 들이켜고, 책상으로 걸어가서 종이 한 장을 꺼냈다. 몇 초가 지났다. 샘은 그 자리에 그대로 서 있었다. 아니, 발이 떨어지지를 않았다. 그의 목은 눈에 보이게 부풀어 올라 있었다.

「내 말 못 들었나?」

샘의 눈이 묘하게 빛났다. 「물론 들었습죠, 나리. 그런데 이젠 제 자신의 처지를 생각해야겠습니다요.」

찰스가 몸을 돌렸다.

「그게 무슨 뜻이지?」

「앞으로는 런던에 사시겠지요, 나리?」

찰스는 잉크병에서 펜을 꺼냈다.

「어쩌면 외국으로 나갈 가능성이 많아.」

「그렇다면 한마디 충고를 해야겠는데, 전 함께 가지 않을 겁니다요.」

찰스는 펄쩍 뛰었다. 「뭐라고! 어떻게 감히 그런 건방진 태도로 말할 수 있나! 당장 나가!」

샘은 이제 성난 장닭이었다.

「아직은 말이 다 끝나지 않았구먼요. 마저 말하겠는데, 전 엑서터로 돌아가지 않겠습니다요. 이젠 고용살이를 그만두 겠다는 말입니다.」

「샘!」 그것은 분노의 외침이었다.

「진작에 그만두었어야 했는데……」

「지옥에나 떨어져!」

그러자 샘은 자세를 바로했다. 주인에게 한 방 먹일 수도 있었지만(나중에 메리한테는 한 방 먹였다고 말했다), 런던 내기다운 불같은 성미를 억누르고, 신사 중의 신사는 좀 더 훌륭한 무기를 쓴다는 것을 기억했다. 그래서 그는 문으로 가서, 차갑고 엄격한 눈길로 찰스를 돌아보았다.

「지옥에나 가라고? 그곳에 가면 당신 같은 족속을 만나게 될 것 같아서 싫구먼요.」

문이 부서질 것처럼 꽝 닫혔다. 찰스는 문으로 성큼성큼 걸어가서 홱 열어젖혔다. 샘은 복도를 따라 퇴각하고 있었다.

「어떻게 감히! 이리 와!」

샘은 침착하고 의젓한 태도로 돌아섰다. 「시중을 받고 싶거든 말이오, 종을 울려서 호텔 종업원을 부르셔.」

마지막 결정타 — 여기에 찰스는 말문이 막히고 말았다 — 를 치고 나서, 샘은 모퉁이를 돌아 아래층으로 사라졌다. 위층의 문이 다시 꽝 닫히는 소리를 들었을 때, 샘의 입가에 묻어 있던 웃음은 오래가지 않았다. 샘은 가서 그 일을 해치웠다. 그리고 사실을 말하자면 그는 무인도에 버려진 선원, 자기를 버리고 떠난 배가 멀어져 가는 것을 망연히 바라보고 있는 선원 같은 기분을 느꼈다. 더욱 나쁜 것은, 그런 벌을 받아 마땅하다는 것을 그 자신도 속으로는 알고 있었다는 점이다. 어쩌면 그의 죄목은 반란죄 하나만이 아닐지도 모른다.

찰스는 빈 유리잔을 난로 속에 던져 넣는 것으로 화풀이를 했다. 그는 앞길에 놓여 있는 가시덤불과 걸림돌을 첫번째로 맛본 셈이었고, 그 맛은 조금도 달갑지 않았다. 이 미칠 듯한 순간, 그는 하마터면 호텔 밖으로 뛰쳐나갈 뻔했다. 어니스티나에게 달려가 그녀의 발치에 무릎을 꿇고, 변명과 하소연의 말을 늘어놓고 싶었다 — 제정신이 아니었다고, 얼마나 고통스러웠는지 모른다고, 당신의 사랑을 잠깐 시험해 본 것뿐이라고…… 그는 계속 손바닥을 주먹으로 치고 있었다. 내가 무슨 짓을 했지? 지금 내가 무슨 짓을 하고 있지? 앞으로는 무엇을 어떻게 하지? 하인 녀석마저 나를 경멸하고 떠났는데…….

그는 두 손으로 머리를 감싸고 서 있었다. 그러다가 회중시계를 보았다. 그래, 나는 오늘 밤 사라를 만날 거야. 눈앞에 떠오르는 얼굴 — 가슴에 안았을 때 기쁨의 눈물을 흘리며 부드럽고 순종적이고 다정하게 빛날 그 모습…… 그것으로 충분했다. 그는 책상으로 가서, 어니스티나의 아버지한테 보낼 편지를 쓰기 시작했다. 그로건 박사가 찾아왔다는 전갈이 왔을 때, 그는 아직도 그 일에 매달려 있었다.

52

아아, 내 사랑을 노랗게 빛나는
황금 관으로 만들어 다오.
그러면 그녀는 푸른 수양버들 늘어선
강둑에 묻히리라.
— 서머싯 민요 「푸른 수양버들 강둑에서」

이 모든 일에서 가장 비탄에 잠긴 사람은 트랜터 이모였다. 그녀는 찰스를 만나게 되리라 기대하며 점심 식사에서 돌아왔다. 그러나 그녀가 만난 것은 뜻밖에도 전혀 다른 분위기였다. 집 안이 온통 재난 속에 빠져 있는 듯한 느낌이었다. 홀에 들어서자 메리가 그녀를 맞이했는데, 창백한 얼굴에 심란한 표정이 가득했다.

「애야, 무슨 일이 있었나 보구나!」

메리는 너무 괴로워서 말도 못하고 머리만 흔들 뿐이었다. 선량한 노부인은 치마를 살짝 들고, 제 나이의 절반밖에 안 되는 여자처럼 종종걸음으로 층계를 오르기 시작했다. 층계참에서 그로건 박사와 마주쳤다. 의사는 급히 손가락을 입술에 갖다 댔다. 그들은 거실로 들어갔다. 트랜터 부인이 의자에 앉는 것을 본 뒤에야 의사는 자초지종을 털어놓았다.

「어떻게 그런 일이…… 말도 안 돼요.」

「트랜터 여사, 가슴 아픈 일이지만…… 어쩔 수 없는 일이오.」

「하지만 찰스가…… 그렇게 상냥하고 다정한 찰스가……
전보를 보낸 게 바로 어제였는데…… 어떻게 그럴 수가…….」

「그가 한 짓을 이해할 수 없기는 나도 마찬가지요.」

「그래, 이유가 뭐랍니까?」

「그건 나도 모르겠소. 어니스티나도 말하려 하지 않고. 어
쨌거나 지금은 소란을 피울 때가 아니오. 티나도 한숨 푹 잘
필요가 있어요. 약을 먹었으니 괜찮을 거요. 내일이면 모든
게 다 밝혀질 테니…….」

「모든 게 밝혀진들 무슨 소용이랍니까…….」

그녀가 울기 시작했다.

「그래요. 실컷 우시오. 이럴 때는 우는 것만큼 기분을 달래
주는 게 없으니까.」

「가여운 것. 그 애는 가슴이 찢어져 죽을 거예요.」

「그렇지 않아요. 그런 일로 죽는 사람은 본 적이 없소.」

「선생님은 나만큼 그 애를 알지 못하세요. 오오, 에밀리가
뭐라고 할까? 이건 순전히 내 잘못이야.」 에밀리는 그녀의
여동생, 즉 프리먼 부인이었다.

「프리먼 부인한테 당장 전보를 쳐서 알려야 할 것 같소. 그
건 내가 알아서 할 테니 맡겨 주시오.」

「맙소사. 그런데 에밀리가 오면 어디서 재우죠?」

이 동문서답에 의사는 다정한 미소를 지었다. 이런 경우에
는 환자가 여자답게 마음껏 야단법석을 떨도록 내버려 두는
것이 상책이라는 것을 그는 오랜 경험을 통해 알고 있었다.

「트랜터 여사, 이젠 내 말을 잘 들으시오. 앞으로 며칠 동
안은 조카를 밤낮으로 지켜봐야 합니다. 티나가 환자처럼 굴
거든 그렇게 다루세요. 내일에라도 라임을 떠나고 싶어하거
든 그렇게 하도록 내버려 두세요. 어쨌거나 그 애의 비위를

맞춰 줘야 합니다. 티나는 젊고 아주 건강한 애예요. 내 장담하지만, 여섯 달도 지나기 전에 방울새처럼 쾌활해질 거예요.」

「어쩌면 당신은 그렇게 잔인할 수가 있어요! 그 앤 이번 충격을 절대로 이겨 내지 못할 거예요. 그 나쁜 녀석이…… 하지만 어째서……」 그 순간 어떤 생각이 떠오르자, 그녀는 손을 내밀어 의사의 소맷자락을 붙잡았다. 「다른 여자가 있군요?」

그로건 박사는 자기 코를 꼬집었다. 「그건 말할 수 없소.」

「찰스는 괴물이에요.」

「하지만 진짜 무서운 괴물은 자기가 괴물이라고 선언하지 않는 법이오. 게다가 스미스선은 수많은 괴물들이 탐욕스럽게 덤벼들었을 진수성찬을 스스로 포기했잖소.」

「그래요. 그건 감사해야 되겠군요.」 그러나 그녀의 마음은 모순된 생각과 싸우고 있었다. 「절대로 용서하지 않겠어요.」 또 다른 생각이 떠올랐다. 「찰스가 아직 읍내에 있겠죠? 만나러 가겠어요. 만나서 직접 물어봐야겠어요.」

의사가 그녀의 팔을 붙잡았다. 「그건 허락할 수 없소. 찰스는 나를 부르러 직접 왔습니다. 아마 지금쯤 나를 기다리고 있을 거요. 티나가 위험한 상태는 아닌지 들으려고 말이오. 내가 만나겠소. 만나서 알아낸 것은 숨김없이 말할 테니, 안심하고 나한테 맡겨요. 그 녀석 껍데기를 홀라당 벗겨 가지고 올 테니까.」

「그놈은 채찍으로 얻어맞고, 교수형을 당해야 해요. 우리가 젊었을 땐 그랬잖아요. 그렇게 해야만 돼요. 그 불쌍하고 가련한 아이를, 천사 같은 우리 티나를.」 그녀가 일어섰다. 「그 애한테 가봐야겠어요.」

「난 찰스를 만나러 가겠소.」

「그놈을 만나거든 내 말을 전해 주세요. 배은망덕한 죗값을 꼭 치르게 될 거라고.」

「알았소. 자, 이젠 진정해요. 그리고 메리가 왜 그토록 슬퍼하고 있는지 알아보도록 하세요. 누가 보면 그 애 가슴이 찢어졌나 보다고 생각할 거요.」

트랜터 부인은 의사를 배웅한 다음, 충계를 올라가 어니스티나의 방으로 갔다. 커튼이 드리워져 있었지만, 그 틈새로 햇빛이 비쳐 들고 있었다. 메리는 환자 옆에 앉아 있었다. 마님이 들어가자 그녀는 일어섰다. 어니스티나는 깊은 잠에 빠져 있었다. 반듯이 누워 있었지만 머리는 한쪽으로 돌리고 있었다. 얼굴은 이상하리만큼 평온하고 침착했다. 숨결도 조용했다. 입술에는 희미한 미소마저 감돌고 있는 것 같았다. 그 역설적인 평온함이 트랜터 부인의 마음을 더욱 아프게 했다. 불쌍한 것. 사랑스러운 것. 눈물이 다시 솟아났다. 그녀는 눈물을 훔치고 비로소 하녀를 바라보았다. 메리는 비탄의 구렁텅이에 빠진 사람 같았다. 사실은 티나가 그렇게 보여야 할 텐데, 그 애는 평온하게 잠들어 있고, 엉뚱하게도 메리가 슬픔에 잠겨 있었다. 트랜터 부인은 의사가 떠나면서 남긴 말을 기억했다. 부인은 하녀에게 따라오라는 손짓을 보냈고, 그들은 방에서 나와 충계참으로 갔다. 문을 열어 둔 채, 그들은 속삭이는 목소리로 대화를 나누었다.

「애야, 무슨 일이 있었는지 말해 다오.」

「찰스 씨가 저를 부르셨어요, 마님. 그래서 올라와 보니 아가씨는 기절해 누워 계셨고, 찰스 씨는 의사를 부르러 뛰어나갔답니다. 아가씨는 눈을 떴지만 아무 말씀도 안 하셨어요. 그래서 제가 아가씨를 부축해서 일으켜 드렸지요. 아가씨는 곧 침대로 가셨지만, 울기만 하셨어요. 그때 그로건 박사님이 오셔서 아가씨를 진정시켜 주셨어요. 오오, 마님.」

「그래, 그래. 잘했다. 그런데 아가씨는 아무 말도 않더냐?」

「침실로 가는 동안에만 잠깐 말씀하셨어요. 찰스 씨가 어디 계시냐고. 의사를 부르러 가셨다고 말씀드렸지요. 그랬더니 아가씨는 다시 히스테리를 일으키셨고…….」

「쉿, 조용히.」

왜냐하면 메리의 목소리가 점점 높아졌고, 그녀에게도 히스테리 비슷한 증상이 나타났기 때문이다. 그래서 트랜터 부인은 메리를 끌어안고 머리를 토닥여 주었다. 이로써 마님과 하녀의 관계에서 지켜져 온 관례는 모두 깨져 버렸지만, 그것 때문에 저승사자가 그녀의 코앞에서 천국의 문을 닫아 버리리라고는 생각되지 않는다. 하녀도 울음을 억누르느라 고통을 겪고 있었다. 마음 같아서는 실컷 울고 싶지만, 자기보다 몇 곱절 고통을 겪고 있는 티나 아가씨를 생각하면 그럴 수도 없었다. 마침내 그녀가 조용해졌다.

「무슨 일인지 말해 보렴.」

「샘 때문이에요, 마님. 지금 아래층에 있구먼요. 그이가 찰스 나리한테 못된 말을 했나 봐요. 그리고 그만두겠다고 말했대요. 찰스 나리는 아무 증명서도 써주지 않을 거예요.」 메리는 마지막 흐느낌을 억눌렀다. 「저희는 앞으로 어떻게 될지 모르겠어요.」

「못된 말? 그게 언제지?」

「마님이 들어오시기 전에요. 티나 아가씨 때문이에요, 마님.」

「하지만 어째서 그런 짓을?」

「샘은 그런 일이 있을 줄 알고 있었대요. 찰스 나리는 아주 나쁜 사람이래요. 마님께 말씀드리고 싶었지만 감히 그럴 수가 없었어요.」

방에서 낮은 소리가 났다. 트랜터 부인은 재빨리 가서 방 안을 들여다보았다. 그러나 어니스티나는 여전히 평온한 얼굴로 깊은 잠에 빠져 있었다. 부인은 고개를 떨구고 있는 하녀에게 돌아왔다.

「아가씨는 내가 돌보마. 나중에 얘기하자꾸나.」하녀는 고개를 더욱 숙였다.「샘 말인데, 그를 정말 사랑하니?」

「예, 마님.」

「샘도 널 사랑하고?」

「그게 바로 샘이 찰스 나리를 떠나려는 이유예요, 마님.」

「샘에게 기다리라고 해라. 얘기를 나누고 싶구나. 새 일자리도 찾아봐야겠고.」

그러자 메리는 눈물로 얼룩진 얼굴을 들었다.

「전 마님 곁을 떠나고 싶지 않아요, 마님.」

「나도 널 떠나보내고 싶지 않구나. 네가 결혼할 때까지는.」

트랜터 부인은 허리를 굽혀 하녀의 이마에 키스했다. 부인은 방으로 들어가서 조카 옆에 앉았고, 하녀는 아래층으로 내려갔다. 메리는 일단 부엌으로 갔다가, 요리사가 눈총을 주는데도 아랑곳하지 않고 밖으로 달려 나가, 라일락 그늘 속으로, 샘의 품 안으로 뛰어들었다.

53

우리는 그것이 우리를 어디로 데려왔는지 알고 있다……. 우리는 우리 본성의 전체가 아니라 일부분에서만 완전성을 강조하고, 도덕적 측면 중에서 복종과 행동의 측면만 따로 골라내어 거기에 관심을 집중시키고, 적어도 지금까지는 도덕적 양심의 엄격함을 가장 주요한 것으로 만들고, 모든 점에서 완벽해지는 것 ─ 우리 인간성을 충분히 조화롭게 발전시키는 것 ─ 에 대한 관심을 미래와 또 다른 세계에 미루고 있다.
─ 매튜 아널드, 『문화와 무질서』(1869)

「티나는…… 좀 회복이 되었습니까?」

「잠을 재워 두고 왔네.」

그로건 박사는 방을 가로지른 다음, 뒷짐진 자세로 창가에 서서, 바다로 이어진 브로드 가를 내려다보고 있었다.

「아무 말도 없던가요?」

의사는 여전히 등을 돌린 채 머리를 흔들었다. 잠시 침묵이 흘렀다. 그가 갑자기 찰스 쪽으로 돌아섰다.

「난 자네 설명을 기다리고 있네, 스미스선!」

그러자 찰스는 더듬거리며 설명하기 시작했다. 사라에 대해서는 거의 말하지 않았다. 그로건 박사를 속인 사실에 대해서만 변명했을 뿐이다. 그는 사라를 요양 기관에 맡긴다는 것이 너무 부당하게 생각되어 그런 짓을 했다고 변명했다. 의사는 묵묵히 귀를 기울였다. 찰스가 설명을 끝내자, 그는 다시 창문 쪽으로 돌아섰다.

「단테가 반율법주의자들에게 내린 형벌이 무엇이었는지

기억할 수 있으면 좋겠군. 그러면 그 벌을 자네한테 내릴 수 있을 텐데 말이야.」[141]

「충분히 벌을 받게 될 겁니다.」

「어떤 벌도 충분치 않아. 내 계산으로는.」

찰스는 잠시 생각한 다음 입을 열었다. 「제가 선생님의 충고를 따르지 않은 건 나름대로 생각한 바가 있어서 그런 겁니다.」

「충고를 따르지 않더라도 신사는 신사로 남을 수 있지만, 거짓말을 한다면 그건 이미 신사라고 할 수 없지.」

「전 거짓말이 필요하다고 생각했습니다.」

「육욕을 채우는 게 필요하다고 생각했듯이 말이지.」

「그 말씀은 받아들일 수 없습니다.」

「받아들이는 법을 배우는 게 좋을 걸세. 세상은 자네가 한 짓에 대해 그렇게 말할 테니까.」

찰스는 방 가운데에 있는 탁자로 걸어가서 그 위에 한 손을 올려놓았다. 「박사님은 제가 평생 동안 위선 속에서 살기를 바라셨습니까? 안 그래도 위선과 아첨으로 가득 차 있는 이 시대에? 거기에 제가 위선을 또 하나 보태기를 바라셨습니까?」

「자네가 자기 인식을 추구하는 건 좋지만, 거기에 그 죄없는 처녀를 끌어들이기 전에 다시 한 번 생각했더라면 좋았을걸.」

---

141 반율법주의는 신앙만 있으면 그리스도의 은총으로 구원을 받는다고 하여 모든 율법을 부인한 기독교 사상. 기독교 초기 교부들이 주장한 이 교리는 나중에 종교 개혁의 한 모티프가 되었다. 단테는 『신곡』 「천국편」에서 이렇게 묘사하고 있다. 〈그레고리우스는 거미줄 안에 누워 있고, 암브로시우스는 성직자들의 버림받은 모퉁이에 누워 있고, 아우구스티누스가 그 곁에 누워 있으며……〉

「하지만 그 인식이 일단 주어지고 나면, 우리는 그것의 명령에서 달아날 수 없습니다. 그 결과가 아무리 불쾌하다 해도 말입니다.」

의사는 얼굴을 약간 찡그리며 시선을 돌렸다. 찰스는 그로건 박사가 몹시 흥분해 있고, 그 고장의 관습에 맞서고 있는 이 괴물을 어떻게 다루어야 좋을지 몰라서 곤혹스러워하고 있다는 것을 알 수 있었다. 사실 라임에서 사반세기를 살아온 그로건과 세상을 보아 온 그로건 사이에는 치열한 싸움이 벌어지고 있었다. 거기에 또 다른 요인들이 있었다. 그는 찰스를 좋아했고, 어니스티나는 예쁘고 귀여운 아가씨이긴 하지만 천박하다는 생각 ― 이 은밀한 생각은 로버트 경의 생각과 그다지 동떨어져 있지 않았다 ― 에 공감하고 있었던 것이다. 게다가 그의 과거에는 오랫동안 묻혀 있는 사건이 하나 있었다. 이 사건의 정확한 성격을 밝힐 필요는 없지만, 그가 육욕에 대해 언급한 것은 겉으로 드러난 것보다 훨씬 개인적인 의미를 갖고 있었다. 그의 말투는 여전히 비난조였다. 그러나 그는 찰스가 질문한 도덕적 문제를 회피하고 있었다.

「난 의사일세, 스미스선. 의사로서 나는 무엇보다 우선하는 법칙을 알고 있는데, 그건 바로 모든 고통은 악이라는 걸세. 때로는 필요악일지도 모르지만, 그렇다고 해서 고통의 기본적인 성질이 달라지는 건 아닐세.」

「그렇다면 선은 어디서 나오는 것일까요? 바로 그 악에서 나오는 것이 아니라면 말입니다. 과거의 자아가 무너진 폐허 위가 아니라면, 도대체 인간은 보다 나은 자아를 어디에 어떻게 세울 수 있겠습니까?」

「그리고 길 건너에 있는 저 가엾은 처녀의 폐허 위에?」

「티나도 한 번쯤은 고통을 겪어 보고, 저한테서 자유로워지는 편이 나을 겁니다……」 그는 침묵 속에 빠졌다.

「자넨 그렇게 확신하나?」 찰스는 대꾸하지 않았다. 의사는 거리를 내려다보고 있었다. 「자넨 죄를 지었네. 자네가 받게 될 형벌은 평생토록 그걸 기억나게 할 걸세. 그러니 아직은 자네 자신한테 사면을 내리지 말게나. 자네한테 사면을 내려 줄 수 있는 것은 오직 죽음뿐이야.」 그는 안경을 벗어, 초록 빛 명주 손수건으로 닦았다. 긴 침묵이 흘렀다. 침묵이 끝났을 때, 의사의 음성은 여전히 비난조이기는 했지만 한결 부드러워져 있었다. 「그 여자와 결혼할 건가?」

찰스는 속으로 안도의 한숨을 내쉬었다. 그로건 박사가 나타나기 전까지만 해도 그는 나름대로 자기주장 — 한낱 시골 의사에 불과한 그로건 박사의 의견에 조금도 개의치 않겠다는 생각 — 을 가지고 있었다. 그러나 박사가 방에 들어오자마자 그런 생각이 한순간에 무너지는 것을 느꼈다. 이 아일랜드 인에게는 찰스가 존경하는 인간성이 있었다. 어떤 면에서 보면 그로건 박사는 찰스가 존경하는 모든 것을 대표하고 있었다. 그는 자기가 지은 죄를 모두 용서받기는 글렀다는 걸 알았다. 그러나 박사가 그를 완전히 파문하지는 않으리라는 느낌만으로도 충분했다.

「제가 지금 가장 진지하게 생각하고 있는 문제가 바로 그겁니다.」

「그 여자도 알고 있나? 그 여자한테 얘기했나?」

「네.」

「그 여자는 물론 자네 청혼을 받아들였겠지?」

「그렇게 믿을 만한 이유는 충분합니다.」 그는 아침에 샘을 심부름 보냈던 상황을 설명했다.

의사는 돌아서서 그를 마주 보았다.

「난 자네가 악당이 아니란 걸 알고 있네. 자네가 이런 지경에 이르게 된 것은 그 처녀가 자신의 유별난 행동에 대해 변명한 것을 곧이곧대로 믿었기 때문이라는 것도 충분히 알고 있네. 하지만 한 가닥 의심만은 자네 마음속에 남을 수밖에 없다는 걸 경고하고 싶군. 자네는 앞으로 그 처녀를 보호하려고 최선을 다하겠지만, 지워지지 않는 의심은 거기에 그림자를 드리울 걸세.」

「그 점도 깊이 생각해 봤습니다.」 찰스는 얼굴에 엷은 미소를 떠올렸다.「저도 남자들이 여자에 대해 얘기할 때 쓰는 알쏭달쏭하고 위선적인 겉치레 말은 잔뜩 알고 있으니까요. 여자들은 가게에 진열된 물건들처럼 얌전히 앉아 있어야 하고, 남자들이 가게에 들어가 이것저것 뒤집어 보고 물건을 고르듯 여자를 고르는 것을 허용해야 합니다. 남자들은 이 여자나 저 여자가 내 마음에 든다고 지목하지요. 여자들이 이것을 인정하면, 우리는 그 여자들을 점잖고 존경할 만하고 겸손하다고 말합니다. 그러나 그 물건들 중에 하나가 건방지게도 자신을 변호하고 나서면…….」

「짐작건대 그 여자는 아마 더했을걸?」

찰스는 의사의 심한 질책에서 슬쩍 비켜섰다.「그 여자는 상류 사회에서는 흔히 있는 일을 한 것뿐입니다. 상류 사회에는 결혼 서약을 어긴 여자들이 수없이 많은데도 대부분 용서받습니다. 반면에 그 여자는 주소를 보냈을 뿐인데도 비난을 받아야 합니다. 왜 그래야 하는지 이해할 수가 없어요. 더구나 거기에 대한 책임은 저한테 훨씬 많습니다. 저는 그 여자를 찾아가면 어떤 결과가 초래될지를 충분히 알고 있었고, 그 결과를 피할 수 있는 자유도 갖고 있었으니까요.」

의사는 말없이 그를 힐끔 쳐다보았다. 이제는 찰스의 정직성을 인정하지 않을 수 없었다. 그는 다시 거리를 내려다보았다. 잠시 후 그는 거의 예전과 같은 태도와 목소리로 말했다.

「나도 늙어가는 모양일세. 요즘은 신뢰를 저버리는 일이 하도 흔해서, 그까짓 일로 충격을 받는 건 시대에 뒤떨어진 늙은이라고 선언하는 꼴이 되리라는 걸 알고 있네. 하지만 날 괴롭히는 게 뭔지 아나? 위선적인 겉치레 말을 혐오하는 건 나도 자네와 마찬가지일세. 종교적인 것이든 법률적인 것이든 말일세. 법률은 나한테는 항상 당나귀처럼 어리석어 보였고, 종교도 그보다 나을 게 거의 없어. 나는 종교나 법률을 근거로 자네를 비난하는 게 아닐세. 아니, 어떤 견지에서도 자네를 비난하진 않겠네. 다만 내 의견을 말해 주고 싶을 뿐이지. 내 의견은 이렇다네. 자네는 자신이 이성적이고 과학적인 엘리트라고 믿고 있어. 아니, 잠자코 들어 보게. 난 자네가 뭐라고 말할지 알고 있네. 자기는 그렇게 허영심이 많은 사람이 아니라고 하겠지. 아마 그럴 거야. 하지만 자네는 선택받은 족속에 끼이고 싶어해. 그렇다고 해서 자네를 비난하진 않아. 나도 평생 동안 같은 소망을 품었으니까. 하지만 이 점만은 명심해 두기 바라네. 선택받은 자들은 언제나 자기가 선택받은 이유를 여러 가지로 주장해 왔지만, 시간이 인정하는 주장은 단 한 가지뿐이라는 점일세.」 의사는 안경을 고쳐 쓰고 찰스 쪽으로 돌아섰다. 「그게 무엇인고 하면, 선택받은 자들은 그들이 내세우는 특별한 이유가 무엇이든 간에, 이 암담한 세계에 좀 더 세련되고 좀 더 공정한 윤리를 도입했다는 걸세. 이 시험에서 떨어진 자들은 자신의 쾌락과 권력만을 추구하는 폭군이나 독재자로 전락하고 말지. 요컨대 자신의 비열한 소망에 희생당한 한낱 제물에 불과한 존재가 되고 만다는 얘기일세. 내가 무슨 말 하려 하는지, 자네는 이해하리라 믿네. 그리고 내 말은 이 불행한 날부터 자네 자신과도 특별한 관계를 갖게 된다는 것도…… 자네가 앞으로 좀 더 훌륭하고 너그러운 인물이 된다면, 자네는 용서받을 수 있을 걸세. 하지만 자네가 더욱 이기적인 사람이 된다면……
자네는 갑절로 저주를 받을 걸세.」

찰스는 박사의 엄격한 눈을 피해 시선을 떨구었다. 「박사
님 말씀에 비하면 설득력이 떨어지지만, 제 양심도 이미 그
와 똑같은 말을 했습니다.」

「그렇다면 주사위는 던져진 셈이군.」 의사는 탁자에서 모
자와 가방을 집어 들고 문 쪽으로 걸어갔다. 그러나 문 앞에
서 잠시 머뭇거리더니 손을 내밀었다. 「루비콘 강을 건너간
뒤에도 행군이 순조롭기를 빌겠네.」

찰스는 마치 물에 빠져 죽어 가는 사람처럼 의사가 내민
손을 움켜잡았다. 무슨 말인가 하려고 했지만 할 수가 없었
다. 찰스는 잠시 의사의 손에 힘이 주어지는 것을 느꼈다. 그
는 돌아서서 문을 열었다. 그러고는 의사를 돌아보았다. 그
눈에 한 줄기 섬광이 번쩍 지나갔다.

「자네가 한 시간 안에 이곳을 떠나지 않는다면, 난 내가 찾
을 수 있는 것 중에 가장 커다란 말채찍을 들고 다시 돌아오
겠네.」

이 말에 찰스는 온몸이 뻣뻣해졌다. 그러나 눈은 여전히
번득이고 있었다. 찰스는 고통스러운 미소가 나오려는 것을
간신히 억누르고 고개를 끄덕였다. 문이 닫혔다.

찰스는 방에 혼자 남았다. 의사가 처방해 준 약과 함께.

54

나의 바람은 매서운 북풍으로 바뀌었다.
전에는 그리도 부드러운 남풍이더니…….
— 아서 H. 클러프, 제목 없는 시(1841)

찰스에 대해 공정하게 말하려면, 그가 화이트 라이언 호텔을 떠나기 전에 샘을 찾으러 사람을 보냈다는 사실을 덧붙여야 한다. 그러나 하인은 술집에도 마구간에도 없었다. 찰스는 사실 그가 어디 있는지 짐작하고 있었다. 하지만 그곳으로는 사람을 보낼 수 없었다. 그래서 찰스는 샘을 다시 보지 못한 채 라임을 떠났다. 그는 앞마당에서 사륜마차를 타자마자 창문 가리개를 내렸다. 그렇게 영구차 같은 모양으로 3킬로미터를 간 뒤에야 — 저녁 다섯시였다 — 가리개를 다시 열어, 저녁 햇살이 어둑한 마차 안을 밝히도록 했다.

그러나 그 햇살이 찰스의 마음까지 밝게 해주지는 못했다. 그래도 라임에서 멀어질수록 그는 어깨의 짐을 내려놓은 것처럼 마음이 가벼워졌다. 패배는 했지만 살아남은 것이다. 그는 그로건 박사의 엄숙한 경고 — 앞으로 남은 인생은 이번 행동의 정당성을 보여 주는 증거가 되어야 한다는 것 — 를 마음 깊이 새겼다. 그러나 데번의 푸른 들녘과 5월의 산울타리 사이를 달리면서, 그의 앞날에 엄청난 시련이 닥치리라고 예상하기는 어려웠다. 그는 이번 경험을 오히려 전화위복의 계기로 여기고 있었다. 말하자면 이번에 저지른 죄를 속죄하는 일에서 그는 비로소 인생의 목적을 찾았던 것이다.

고대 이집트 시대의 한 이미지가 마음속에 떠올랐다. 대영박물관에 있는 석상 하나. 파라오는 왕비의 어깨에 한 손을 얹은 채 옆에 서 있고 왕비는 한 팔을 남편의 허리에 두르고 있는 형상은, 한 덩어리의 돌로 조각된 탓도 있지만, 찰스에게는 부부의 조화를 보여 주는 완벽한 표상처럼 여겨졌었다. 그와 사라가 아직은 그처럼 완벽한 조화로 다듬어지지 않았지만, 그들은 같은 돌로 만들어져 있었다.

그는 미래에 대해, 그리고 실제적인 문제들에 대해 생각하기 시작했다. 사라한테는 런던에 적당한 거처를 마련해 주어야지. 이번 문제가 해결되고, 켄징턴 저택에 세 들어 있는 사람들이 떠나고, 그 집으로 이사하고…… 이런 일들이 끝나는 대로 외국으로 떠나야지. 우선 독일로. 겨울에는 피렌체나 로마로(이탈리아의 국내 사정이 허락한다면). 어쩌면 스페인으로 갈지도 몰라. 그라나다! 알함브라 궁전! 달빛과 집시들의 노랫소리, 그 기분 좋고 상냥한 시선들…… 그리고 재스민 향내가 나는 어느 방에서 우리 두 사람은 서로 끌어안고 누워 있겠지. 가없는 고독감과 소외감…… 그러나 그 고독감 속에서 우리는 하나가 되고, 그 소외감 속에서 우리는 더욱 가까워지겠지…….

밤이 내렸다. 찰스는 차창 밖으로 목을 길게 빼고 엑서터의 먼 불빛을 바라보았다. 그는 마부에게 엔디콧 패밀리 호텔로 가라고 소리쳤다. 그러고는 좌석에 기대앉아, 이제 곧 벌어질 장면을 열띤 마음으로 상상해 보았다. 육체적인 욕망이 꿈틀거렸다 해도, 그것 때문에 그 장면이 손상될 수는 없었다. 그 점에서는 적어도 어니스티나에게 빚을 진 셈이었다. 그러나 그는 다정한 침묵 속의 열띤 광경을 보았다. 그녀의 손이 그의 손에…….

이윽고 목적지에 도착했다. 찰스는 마부에게 기다리라고 말한 다음, 호텔로 들어가서 엔디콧 부인의 사무실 문을 두드렸다.

「어머나, 손님이시구려.」

「우드러프 양이 나를 기다리고 있소. 나 혼자 올라갈 테니까…….」

이미 그는 층계 쪽으로 돌아서고 있었다.

「그 아가씨는 떠났다우.」

「떠났다고요! 잠깐 외출했다는 뜻이겠지요?」

「그게 아니고, 떠났다고 말씀드린 거라우.」 그는 맥빠진 표정으로 그녀를 바라보았다. 「그 아가씬 오늘 아침 런던행 기차를 탔다우.」

「확실한가요?」

「그렇다마다요. 제가 여기 서 있는 것처럼. 그 아가씨가 마부한테 기차 정거장으로 가자고 말하는 소리를 들었는걸요. 마부가 무슨 기차냐고 묻자, 그 아가씨는 런던행 기차라고 말했답니다. 제가 지금 손님께 말하고 있는 것만큼이나 분명하게요.」 통통한 노파는 앞으로 다가섰다. 「글쎄, 저도 놀랐지 뭐예요. 방값이 아직도 사흘 치나 남았거든요.」

「주소를 남기지도 않았소?」

「한 줄도요, 손님. 어디로 가는지 제게는 한마디도 안했는걸요.」 사흘 치 숙박비를 돌려 달라고 요구하지 않아서 호감을 가졌는데도, 사라가 그렇게 인사 한마디 없이 떠난 것 때문에 노파는 심사가 뒤틀려 있는 것 같았다.

「나한테 전갈도 남기지 않았소?」

「외람된 말씀인지 모르지만, 그 아가씨가 떠나간 건 바로 손님 때문이 아닌가 싶어요.」

거기에 더 이상 서 있을 수가 없었다. 「내 명함입니다. 그 여자한테서 소식이 오거든 잊지 말고 나한테 알려 주세요. 자, 받으세요. 수고비와 우푯값으로 약간 드리는 겁니다.」

엔디콧 부인은 알랑거리는 미소를 지었다. 「어이구, 고마우셔라. 틀림없이 그렇게 하리다.」

그는 밖으로 나갔다가 곧 돌아왔다.

「오늘 아침에 어떤 하인이 편지와 꾸러미를 가지고 우드러프 양을 만나러 오지 않았소?」 엔디콧 부인은 멍하니 서 있었다. 「여덟시 직후에.」 노파는 여전히 얼빠진 표정으로 서 있었다. 그러더니 하녀를 불렀다. 하녀가 나타나자 여주인은 엄격하게 다그쳤다…… 찰스가 홱 돌아서서 호텔을 나올 때까지.

찰스는 마차에 기대앉아 눈을 감았다. 온몸에 맥이 빠진 기분이었다. 이것저것 따지지 말고 곧장 이곳으로 돌아오기만 했더라도…… 하지만 샘. 샘! 도둑놈! 스파이! 프리먼 씨의 보수에 유혹당한 것일까? 아니면 그 빌어먹을 3백 파운드 때문에 앙심을 품고 그런 짓을 했을까? 라임에서 있었던 장면을 이제는 찰스도 이해할 수 있었다. 샘이 나와 함께 엑서터로 돌아오는 것을 극구 마다한 것은, 자기가 한 짓이 탄로 나리라는 것을 알아차렸기 때문이야. 그러니까 녀석은 내 편지를 훔쳐본 게 분명해……. 찰스는 어둠 속에서 얼굴을 붉혔다. 녀석을 다시 보게 되면, 모가지를 비틀어 버리겠어. 그는 경찰에 가서 샘을 고발할까 하는 생각까지 해보았다…… 어쨌든 절도는 절도니까. 그러나 그래 봤자 아무 소용이 없다는 것을 당장 깨달았다. 그리고 가장 중요한 일 — 사라를 찾는 일 — 에서 그게 무슨 도움이 되겠는가?

찰스는 그를 내리덮은 암흑 속에서 단 하나의 불빛을 보았다. 사라는 런던으로 갔다. 사라는 내가 런던에 산다는 것을 알고 있었다. 그러나 그로건 박사가 언젠가 말했듯이 나를 직접 찾아가 만나는 것이 그녀의 목적이었다면, 그녀는 런던으로 갈 것이 아니라 라임으로 되돌아가야 하지 않았을까. 내가 라임으로 간 것은 그녀도 짐작하고 있었을 테니까. 그런데 나는 그녀의 의도가 모두 고결한 것이라고 판단하지 않았던가? 그녀는 나를 단념하고 영원히 잃어버렸다고 생각한 게 아닐까? 한 줄기 불빛마저 깜박거리다가 이윽고 꺼져 버렸다.

그날 밤, 그는 여러 해 동안 하지 않았던 일을 했다. 침대 옆에서 무릎을 꿇고 기도를 올린 것이다. 그 기도의 요지는 그녀를 찾게 해달라는 것이었다. 평생을 그 일에 바쳐도 좋으니, 제발 그녀를 찾게 해달라고.

55

「맙소사, 〈너〉에 대해서라고!」 트위들디는 의기양양하게 손뼉을 치며 소리쳤다. 「그분이 너에 대한 꿈에서 깨어나면, 도대체 너는 어디에 있을 것 같니?」
「그거야 물론 내가 지금 있는 곳에 있겠죠.」 앨리스가 말했다.
「천만에.」 트위들디는 경멸조로 쏘아붙였다. 「너는 어디에도 없을 거야. 너는 그분의 꿈속에 있는 일종의 환상일 뿐이니까!」
그러자 이번에는 트위들덤이 덧붙였다. 「임금님이 꿈에서 깨어나면, 너는 촛불처럼 빵! 하고 꺼져 버릴 거야!」
「그렇지 않아요.」 앨리스가 성난 목소리로 외쳤다.
— 루이스 캐럴, 『거울 나라의 앨리스』(1872)

이튿날 아침, 찰스는 우스꽝스러울 만큼 시간에 맞추어 정거장에 도착했다. 그는 트렁크가 화물칸에 실리는 것을 지켜보고, 일등실 콤파트먼트[142]를 직접 골라잡는 등 신사답지 않은 업무를 해치운 다음, 열차가 떠나기를 기다리며 초조하게 앉아 있었다. 다른 승객들이 이따금 안을 들여다보았지만, 고르곤[143]이 쏘아보는 듯한 시선을 받고는 들어올 엄두도 못 내고 물러갔다. 그 눈빛은 마치 〈이 객실에는 문둥이가 아닌 사람만 들어올 수 있다〉고 말하는 것 같았다. 영국인이라면 아주 쉽게 이런 표정을 지을 수 있다. 마침내 기적이 울리고, 찰스는 이제 비로소 갈망하던 고독을 얻게 되었구나, 생각했다. 그러나 그때, 바로 그 마지막 순간에, 구레나룻이 더부룩

---

142 칸막이 객실. 마주 앉도록 의자가 설비되어 있으며, 플랫폼과 직접 통하도록 문이 나 있다.
143 그리스 신화에 나오는 괴물. 머리털이 모두 뱀이고, 그의 얼굴을 본 사람은 공포로 얼어붙어 돌이 되었다고 한다.

한 얼굴 하나가 객실 창문에 나타났다. 찰스는 차가운 시선을 보냈지만, 그 눈길은 서둘러 차에 오른 그 사내의 더욱 차가운 시선과 마주쳤을 뿐이다.

그 사내는 〈실례합니다, 선생〉 하고 중얼거리고는, 맞은편 끝으로 곧장 가서 앉은 다음, 두 손을 무릎 위에 올려놓고 가쁜 호흡을 가다듬었다. 나이는 마흔 살가량. 실크해트를 반듯하게 쓰고 있었다. 다소 거친 인상이었지만, 위험해 보이지는 않았다. 신사 같지는 않았다. 야심만만한 집사(하지만 집사들은 일등실에 타지 않는다)거나 성공한 전도사 ─ 천막을 쳐서 임시 예배당을 만든 다음, 온갖 싸구려 수사학으로 영원한 저주의 욕설을 퍼부어 가엾은 영혼들을 개종시키는 일종의 폭력배 ─ 일지도 모른다. 어쨌든 불쾌한 작자 ─ 그 시대의 전형적인 속물 ─ 라고 찰스는 생각했다. 그가 아무리 말을 걸어도 상대하지 않겠다고 마음을 다잡았다.

사람들을 훔쳐보며 그들의 신분이나 정체에 대해 이런저런 추측을 할 때 이따금 일어나는 일이지만, 찰스도 사내를 훔쳐보다가 그만 현장에서 들켜 버렸다. 사내는 자신을 훔쳐본 찰스에게 비난의 눈길을 던졌다. 곁눈질로 흘겨보는 사내의 날카로운 시선에는, 자기 쪽으로 눈길을 돌리지 말라는 명백한 경고가 담겨 있었다. 찰스는 황급히 시선을 창밖으로 돌리고, 저 사내도 자기만큼 남과 친해지는 것을 기피하는 모양이니 적어도 귀찮게 말을 걸어 올 염려는 없겠다고 자위했다.

열차의 조용한 흔들림은 찰스를 달콤한 공상 속으로 빠져들게 했다. 런던은 대도시다. 그러나 사라는 곧 일자리를 찾아 나설 게 틀림없다. 나한테는 시간과 돈과 의지가 있다. 1주일이 지나고, 2주일이 지나고…… 그러나 그때쯤이면 사라는 내 앞에 서 있으리라. 어쩌면 사라는 내 편지함에 또 다른 주소를 살짝 넣어 두지 않을까. 기차 바퀴는 이렇게 말하고 있는 것 같았다. 사라가–그렇게–매정할–리가–없어, 사라가–그렇게–매정할–리가–없어, 사라가–그렇게–매정할–리가–없어…… 열차는 붉고 푸른 계곡들 사이를 지나 컬럼턴을 향해 달리고 있었다. 컬럼턴이 어디에 있는지는 몰랐지만, 컬럼턴의 교회가 보였다. 마을이 시야에서 사라지자 그는 눈을 감았다. 간밤에 거의 잠을 자지 못했던 것이다.

앞자리에 앉은 사내는 잠자는 찰스를 한동안은 완전히 무시하고 있었다. 그러나 고개가 점점 깊이 꺾이자 — 찰스는 모자를 미리 벗어 예방조치를 취해 두었다 — 예언자 같은 턱수염을 기른 사내는 자신의 호기심이 들킬 염려는 없다고 안심한 듯, 이제는 아예 작정하고 찰스를 찬찬히 뜯어보기 시작했다.

그의 시선은 독특했다. 마치 찰스가 어떤 족속인지를 잘 알고 있다는 듯이(그가 어떤 부류의 사람인지는 뻔하다고 찰스가 생각했던 것처럼) 못마땅한 눈으로 그를 평가하고, 여러 모로 곱씹어 보는 눈치였다. 그는 지식이나 인간을 별로 좋아하지 않는 모양이었다. 남이 보고 있지 않을 때는 그 사내도 훨씬 덜 쌀쌀하고 덜 권위적인 사람으로 보이는 건 사실이었다. 그러나 그의 얼굴에는 불쾌한 자신감 — 자신에 대한 신뢰는 아닐지라도, 적어도 남의 이용 가치를 판단하는 능력, 그러니까 어느 정도나 우려낼 수 있고, 어느 정도나 기대할 수 있고, 어느 정도나 청구할 수 있는 상대인가를 판단하는 능력에 대한 자부심 — 이 남아 있었다.

이런 눈길로 1~2분쯤 바라보는 것은 변명할 수 있다 — 기차 여행은 지루하다, 남을 훔쳐보는 건 즐겁다…… 등등. 그러나 그 눈길은 1~2분보다 훨씬 오래 지속되었고, 게다가 점점 야만적인 열기를 띠고 있었다. 기차가 톤턴 역에 도착하자, 플랫폼에서 나는 소음 때문에 찰스가 잠에서 깨는 바람에 그 눈길도 잠깐 방해를 받았다. 그러나 찰스가 다시 잠에 빠져 들자, 그 눈길도 거머리처럼 다시 그에게 달라붙었다.

여러분도 언젠가는 이와 비슷한 시선을 받게 될지 모른다. 여러분은 그 시선을 금세 알아차릴지도 모른다 — 그때만큼 사람들의 언행이 신중하지 않은 오늘날의 상황에서는 더욱 그렇다. 열성적인 관찰자는 여러분이 잠들 때까지 기다리지도 않을 것이다. 그 시선은 뭔가 불쾌한 것, 모종의 부정한 성적 접근…… 여러분이 원하지 않는 방식으로 여러분을 알고 싶다는 욕망을 암시하고 있을 게 분명하다. 내 경험에 따르면, 호기심과 독단적인 권위, 냉소와 간청이 야릇하게 뒤섞인 그 독특한 시선을 보내는 직업은 하나뿐이다.

지금 너를 이용해 먹을 수 있을까?

지금 너를 가지고 내가 무엇을 할 수 있을까?

그렇다. 그것은 바로 전지전능한 신 — 그런 불합리한 존재가 있다면 — 의 시선이다. 우리가 흔히 신의 시선이라고 생각하는 것과는 전혀 다른, 야비하고 의심 많은(누보로망 이론가들이 지적했듯이) 도덕적 특질을 가진 시선이다. 이 시선을 나는 찰스를 유심히 바라보고 있는 그 사내의 얼굴에서 분명히 읽을 수 있다. 구레나룻이 더부룩한 그 사내의 얼굴은 내가 너무나 잘 알고 있는 얼굴이다. 그리고 나는 더 이상 가면을 쓰지 않고, 내가 바로 그 사내라는 것을 인정하겠다.

내가 지금 찰스를 바라보면서 던지고 있는 질문은 앞에서 든 두 개의 질문과는 전혀 다르다. 오히려 나는 이런 질문을 던지고 있다 — 도대체 너를 어떻게 처리할 것인가? 나는 찰스의 생애를 지금 여기서 끝낼 생각이었다. 그를 런던으로 가는 길에 영원히 남겨 둘 생각이었다. 그러나 19세기적 소설의 관행은 요령부득으로 끝난, 즉 미해결의 결말을 허용하지 않는다. 그리고 나는 앞에서 주장했었다. 소설의 등장인물들에게도 자유가 주어져야 한다고. 내 문제는 단순하다 — 찰스가 무엇을 원하고 있는지는 분명한가? 그것은 분명하다. 그러나 여주인공이 무엇을 원하고 있는지는 그렇게 분명치 않다. 그리고 나는 이 순간 그녀가 어디에 있는지 전혀 모른다. 물론 이 두 사람이 내 상상력이 만들어 낸 산물이 아니라 현실 세계를 이루고 있는 두 개의 단편이라면, 딜레마의 논점은 자명하다. 두 개의 욕망은 서로 싸워서, 경우에 따라 이기기도 하고 지기도 할 것이다. 소설은 흔히 현실에 순응하는 척한다. 작가는 서로 충돌하는 두 욕망을 링 위에 올려놓고, 그 싸움을 묘사한다. 그러나 승부는 사실 작가가 편드는 쪽이 이기도록 미리 정해져 있다. 그리고 우리는 작가가 승부를 결정하면서 보여 주는 솜씨(바꿔 말하면, 승부는 미리 정해져 있는 게 아니라고 독자들을 설득하는 솜씨)와, 작가가 편드는 욕망이 어떤 종류의 것인가를 보고 작가를 평가한다 — 괜찮은 작가, 한심한 작가, 못된 작가, 웃기는 작가…… 등등.

그러나 승부를 미리 정해 놓는 것에 찬성하는 주요 이유는, 그것을 통해 작가가 자기를 둘러싼 세계를 어떻게 생각하는가 — 즉, 작가가 비관론자인가, 낙관론자인가 — 를 독자들에게 보여 줄 수 있다는 점이다. 나는 1867년으로 슬쩍 되돌아간 것처럼 가장해 왔다. 그러나 그 연대는 사실상 한 세기 전이다. 그 후에 일어난 일들을 우리는 알고 있기 때문에, 낙관주의나 비관주의, 또는 그 밖의 어떤 주의를 내보이는 것도 쓸데없는 짓이다.

그래서 나는 찰스를 계속 응시하고 있지만, 이번만은 그가 뛰어들려는 싸움의 승부를 미리 정해 놓아야 할 이유를 전혀 찾을 수 없다. 나에게는 두 가지 대안이 남아 있다. 그 싸움이 계속되게 내버려 두고, 경과를 기록하는 일에만 참여할 것인가. 아니면 싸움의 진행과 기록 양쪽에 다 참여할 것인가. 내가 바라보고 있는 찰스의 얼굴은 어딘지 모르게 허탈해 보이지만, 그렇다고 완전히 절망에 빠진 얼굴은 아니다. 그리고 런던이 가까워지자, 나에게는 하나의 해결책이 보이는 것 같다. 그 딜레마 자체를 애당초 잘못된 것으로 만들어 버리는 방법이다. 내가 그 싸움에 말려드는 것을 피할 수 있는 유일한 방법은 그 싸움의 결말을 둘 다 보여 주는 것이다. 그러나 여기에는 한 가지 어려움이 따른다. 두 가지 결말을 동시에 묘사할 수는 없으므로, 순서를 정해 놓고 하나씩 서술할 수밖에 없는데, 소설에서는 마지막 장(章)이 더 무게를 갖기 때문에, 어느 쪽이 두 번째가 되든 그 두 번째 결말이 결정적이고 진정한 결말로 보이게 되리라는 점이다.

나는 프록코트 주머니에서 지갑을 꺼내, 은화 한 닢을 집어낸다. 그러고는 오른쪽 엄지손가락 손톱 위에 그 은화를 올려놓고 50센티미터쯤 위로 튕겨 올렸다가 왼손으로 받는다.

될 대로 되라. 나는 문득 찰스가 어느새 눈을 뜨고 나를 바라보고 있는 것을 알아차린다. 그의 눈빛은 나를 비난하는 정도가 아니라, 아예 경멸하고 있는 것 같다. 그는 나를 노름꾼이나 정신 이상자로 생각하는 것 같다. 나도 그를 비난하는 눈으로 노려보고, 은화를 지갑에 도로 넣는다. 그는 모자를 집어 들어, 보이지도 않는 먼지를 털어 낸(나를 털어 내고 싶다는 표시다) 다음, 머리에 얹는다.

기차는 패딩턴 역[144]의 지붕을 떠받치고 있는 커다란 철제

144 하이드 파크 공원 북쪽에 있는 철도역으로, 런던의 서쪽 관문.

기둥 밑으로 미끄러져 들어간다. 우리는 목적지에 도착하고, 찰스는 짐꾼을 손짓으로 부르면서 플랫폼에 내려선다. 짐꾼에게 뭐라고 지시를 내린 다음, 그는 돌아선다. 구레나룻을 기른 사내는 인파 속으로 사라진다.

56

아, 그리스도여, 우리가 사랑하는 영혼들을
잠시만이라도 볼 수 있게 하소서.
그들이 지금 어디서 무엇을 하고 있는지
우리한테 말할 수 있게 하소서.
— 앨프레드 테니슨, 『모드』(1855)

사설탐정 사무 — 귀족의 후원을 받고 있으며, 폴래키 씨의
단독 지휘를 받고 있음. 국내외 형사 경찰과 제휴. 영국과
대륙 및 식민지에서 비밀이 요구되는 민감한 조사를 은밀하
고 신속하게 처리해 드림. 이혼 법정에 제출할 증거 수집.
— 빅토리아 중기의 신문 광고

〈1주일이 지나고, 2주일이 지나고…… 그러나 그때쯤이면
사라는 내 앞에 서 있으리라…….〉 세 번째 주가 시작되었건
만 사라는 여전히 그 앞에 나타나지 않았다. 찰스를 나무랄
수는 없다. 그동안 그는 여기저기, 온갖 곳을 다 찾아다녔다.
찰스가 이처럼 온갖 곳을 다 찾아다닐 수 있었던 것은 네
명의 탐정을 동시에 고용했기 때문이다. 그들이 실제로 폴래
키 씨의 지휘를 받는지는 확인할 수 없지만, 어쨌든 그들
은 열심히 일했다. 탐정업은 생긴 지 10년밖에 안 된 새로운
분야였고, 이 직업을 바라보는 일반의 시선도 그다지 곱지
못했다. 1866년에 한 탐정이 어떤 신사를 미행하다 칼에 찔
려 죽었을 때, 여론은 대체로 살인자 쪽에 동정적이었다. 그
때 『펀치』지는 이렇게 경고했다. 〈강도처럼 남의 뒤를 졸졸
따라다니는 자들은 그 결과를 마땅히 감수해야 한다.〉
찰스가 고용한 탐정들은 우선 가정교사 소개소를 찾아다녔
지만 성과가 없었다. 그래서 다음에는 학교를 운영하고 있는

모든 종파의 교육 위원회를 찾아다녔다. 찰스 자신도 마차 한 대를 전세 내어 런던 시내 — 번화가와 빈민가를 가리지 않고 — 를 돌아다니며 젊은 여인들의 얼굴을 열심히 살폈지만, 헛수고였다. 사라가 묵고 있을 만한 지역 — 페컴, 펜턴빌, 푸트니 — 은 물론, 최근에 길이 새로 뚫린 지역들 — 이런 곳에는 가정집이 한두 채밖에 없었다 — 도 찾아가 보았다. 또한 탐정들과 함께 최근 들어 성업 중인 여사무원 소개소들을 조사해 보기도 했다. 이런 곳에서는 남성에 대한 일반화된 적개심을 분명히 느낄 수 있었다. 왜냐하면 여사무원 소개소들은 남성의 편견에 정면으로 맞서야 했고, 따라서 여성 해방 운동의 가장 중요한 온상이 될 운명이었기 때문이다. 그가 당장 관심을 가지고 있는 문제에서는 아무 성과도 거두지 못했지만, 다른 측면에서는 이런 경험이 찰스에게 도움되었다고 나는 생각한다. 그는 사라의 일면 — 사회적 편견 때문에 느끼는 분노와 억울함 — 을 조금씩이나마 이해하기 시작했던 것이다.

어느 날 아침, 그는 무척 언짢고 맥 빠진 기분으로 깨어났다. 창녀가 되었을지도 모른다는 끔찍한 가능성 — 언젠가 사라 자신이 암시했던 그 운명이 점점 확실성을 띠고 다가왔다. 그날 저녁, 그는 낭패한 기분으로 전에 갔던 헤이마켓 지역을 찾아갔다. 그때 마부가 무슨 상상을 했는지는 나도 짐작할 수 없다. 그러나 그는 분명히 이 손님이 지금까지 태운 승객들 가운데 가장 까다로운 남자라고 생각했을 것이다. 그들은 두 시간 동안이나 그 거리를 왔다 갔다 했다. 딱 한 번 마차를 세웠는데, 마부는 가스등 아래 서 있는 빨강 머리의 창녀를 보았다. 그러나 거의 동시에 찰스는 마차 지붕을 두 번 두드려 계속 가라고 명령했다.

그가 이처럼 사라를 찾아 헤매는 동안에도, 그가 자유를 선택한 또 다른 결과는 벌써 그에게 대가를 요구했다. 그가

겨우 마무리한 편지를 프리먼 씨에게 보낸 것이 열흘 전인
데, 그동안 프리먼 씨한테서는 아무 답장도 오지 않았다. 그
러다가 마침내 답장을 받았지만, 이 편지는 불길하게도 인편
을 통해 직접 배달되었고, 발송인도 프리먼 씨가 아니라 그
의 변호사였다.

근계(謹啓)
어니스티나 프리먼 양에 관한 건.
상기한 어니스티나 프리먼 양의 부친 어니스트 프리먼
씨의 의뢰에 따라, 귀하께 이번 금요일 세시에 법조 협회
사무실로 출두할 것을 요청하는 바입니다. 출두하지 않을
시에는 의뢰인의 권리 행사를 인정한 것으로 간주하겠습
니다.
변호사 오브리와 배고트

찰스는 이 편지를 자신의 변호사한테 가져갔다. 대대로 변
호사를 가업으로 삼은 몬터규 집안은 18세기 이래 스미스선
가문의 문제를 맡아서 처리해 왔다. 그 가업을 현재 맡고 있
는 사람은 해리 몬터규로, 책상 너머에 죄지은 얼굴로 앉아
있는 찰스보다 한두 살 나이가 많을 뿐이었다. 두 사람은 윈
체스터 칼리지를 함께 다녔고, 가까운 친구는 아니지만 서로
잘 알고 좋아하는 사이였다.
「이게 무슨 뜻이지, 해리?」
「그건 말이야, 상상도 못할 액운이 자네한테 닥쳤다는 뜻
이라네. 하지만 당장 고소하지 않고 꽁무니를 빼는 걸 보면,
그 사람들은 사실 겁을 먹고 있어.」
「그런데 왜 그들이 날 만나고 싶어하지?」
「자네를 곱게 보내 주진 않겠다는 속셈이지. 비싼 대가를

요구하고 있어. 짐작건대 그들은 자네가 죄를 자백하도록 요구할 걸세.」

「죄를 자백해?」

「그래. 불쾌한 서류를 보게 되리라 예상해야 할 거야. 하지만 나로서는 그 서류에 서명하라고 충고할 수밖에 없군. 자네한테는 변명의 여지가 없어.」

금요일 오후에 찰스와 몬터규는 법조 협회의 음침한 대기실로 안내되었다. 찰스는 결투를 앞두고 있는 듯한 기분이 들었다. 몬터규는 입회자였다. 그들은 약속된 시간보다 15분을 더 기다려야 했다. 그러나 이 예비 형벌은 몬터규가 미리 예견했던 것이어서, 그들은 초조한 가운데서도 즐거운 기분으로 그 고행을 견뎌 냈다.

드디어 호출이 떨어졌다. 그들이 사무실 안으로 들어가자, 땅딸막하고 성마른 노인이 커다란 책상 뒤에서 일어섰다. 그 뒤에 프리먼 씨가 서 있었는데, 찰스를 노려보는 눈길이 사뭇 차가웠다. 대기실에서 찰스가 느꼈던 즐거움은 순식간에 사라졌다. 찰스는 허리를 굽혀 인사했지만, 프리먼 씨는 본체도 하지 않았다. 두 변호사는 무뚝뚝하게 악수를 나누었다. 그리고 또 한 인물이 있었다. 큰 키에 비쩍 마른 체격, 대머리, 사람을 꿰뚫어 보는 듯한 검은 눈. 그 눈빛을 보고 몬터규는 움찔했다.

「머피 고등 변호사 각하는 알고 있겠지요?」

「명성은 익히 들었습니다.」

고등 변호사는 빅토리아 시대의 최고위 변호사였다. 그리고 머피 변호사는 살인자라는 별명이 붙어 있을 정도로, 당시 사람들에게 공포의 대상이었다.

오브리 씨는 두 방문객이 앉을 의자를 거만하게 손가락질로 가리키고는 자기도 자리에 앉았다. 프리먼 씨는 여전히 엄격한 태도로 서 있었다. 오브리 변호사가 서류를 대충대충 넘기는 동안, 그 틈을 이용해서 찰스는 사무실 안을 슬쩍 둘러보았다. 전문 서적들, 초록색 리본으로 묶인 양피지 두루마리들, 납골당에 들어찬 골분 항아리처럼 사방 벽에 높이 쌓인 서류함들. 그런 곳에 으레 들어차 있는 위협적인 공기가 찰스에게는 딱 질색이었다.

늙은 변호사가 엄격한 눈길로 젊은 변호사를 쳐다보았다.

「몬터규 씨, 본건은 너무나 분명한 약혼 불이행이어서, 논란의 여지도 없다고 생각하오. 당신의 의뢰인이 당신한테 자신의 행동을 어떤 식으로 설명했는지 모르나, 그는 프리먼 씨에게 보낸 이 편지에서 자신의 죄상에 대해 충분한 증거를 스스로 제공하고 있소. 내가 특히 주목하는 것은 그런 족속들이 흔히 보이는 뻔뻔함인데……」

「오브리 변호사님, 지금 상황에서 그런 험담은……」

머피 고등 변호사가 불쑥 끼어들었다. 「그러면 내가 하는 험담을 듣고 싶소, 몬터규 씨? 그것도 공개 법정에서?」

몬터규는 한숨을 내쉬고 시선을 떨구었다. 오브리 씨는 당당한 비난의 눈길로 그를 쳐다보았다. 「몬터규 씨, 난 돌아가신 당신 할아버지를 잘 알고 있었소. 그분이라면 이런 의뢰인을 위해 사건을 맡기 전에 다시 한 번 생각했을 거요. 하지만 그 문제는 당분간 접어 두기로 하고, 나는 이 편지가……」 그는 만지는 것도 역겹다는 듯 그 편지를 손가락 끝으로 집어 들었다. 「……이 수치스러운 편지가 이미 수모를 당한 피해자에게 더욱 무례한 모욕을 가했다고 생각하오. 책임을 면해 보려는 그 뻔뻔스러운 수작도 그렇지만, 그 범죄적이고 더러운 밀통 행위에 대해서는 한마디 언급조차 하지 않은 것도 참으로 뻔뻔스럽기 짝이 없소. 이 편지를 쓴 작자는 그게 바로 자기가 지은 죄에서 가장 흉악한 측면이라는 사실을 잘 알고 있을 텐데 말이오.」 그는 찰스를 노려보았다. 「당신은 프리먼 씨가 당신의 밀통 사실을 완전히 알지는 못할 거라고 생각했을지 모르나, 천만의 말씀이오. 우리는 당신이 관계한 여성의 이름도 알고 있소. 너무 역겨워서 입에 올리기조차 부끄러운 그 상황을 증언해 줄 사람도 있소이다.」

찰스는 얼굴이 빨개졌다. 프리먼 씨의 시선이 그에게 꽂혔다. 그는 고개를 떨군 채 샘을 저주할 수밖에 없었다.

몬터규가 말했다. 「제 의뢰인은 자신의 행위를 변호하러 온 게 아닙니다.」

「그러면 소송을 제기해도 변호하지 않겠소?」

「우리 법조계에서 오브리 변호사님처럼 고명하신 분이라면 제가 그 질문에 답변할 수 없다는 걸 잘 아실 텐데요.」

머피 고등 변호사가 다시 끼어들었다. 「소송이 제기되어도 변호하지 않겠소?」

「감히 말씀드리건대, 그 문제에 대해선 판단을 유보하고자 합니다.」

교활한 미소가 머피 씨의 입술을 일그러뜨렸다. 「당신의 판단 여부는 지금 문제가 안 될 텐데. 안 그렇소, 몬터규 씨?」

「계속하시죠, 오브리 변호사님.」

오브리 씨가 힐끔 바라보자, 고등 변호사는 동의한다는 듯 고개를 끄덕였다.

「이 사건은 말이오, 몬터규 씨, 소송에 너무 집착하지 말라고 내 의뢰인에게 충고할 수 있는 성질의 것이 아니오.」 그는 다시 서류를 뒤적거렸다. 「간단히 말하리다. 내가 프리먼 씨에게 드린 충고는 분명했소. 나의 경험, 그것도 아주 오랜 경험으로 보면, 본 사건은 내가 이제까지 맡았던 명예 훼손 중에서도 가장 악랄한 경우요. 당신의 의뢰인이 자신의 행위를 변호하고 싶어하지 않는다 해도, 이 같은 사악한 행위는 다른 사람들에 대한 경고의 의미로 공개 법정에 제소되어야 한다고 나는 굳게 믿고 있소.」

그의 말소리가 무겁게 가라앉더니 오랫동안 침묵했다. 찰스는 뺨에 피가 몰리는 것을 억제할 수 있으면 좋겠다고 생각했다. 적어도 프리먼 씨만은 지금 시선을 떨어뜨리고 있었다. 그러나 머피 고등 변호사는 얼굴을 붉히는 증인을 어떻게 이용해야 하는지 너무도 잘 알고 있었다. 그는 자신을 찬탄하는 소장 변호사들이 〈바실리스크[145]의 눈초리〉라고 부르는 표정을 지었다. 그의 눈에는 냉소와 사디즘이 뚜렷이 드러나 있었다.

오브리 씨가 새삼 나직한 어조로 말을 이었다. 「그러나 프리먼 씨는 본 사건을 법정에 제소하는 대신에 자비를 베풀기로 결정했소.」

찰스는 침을 꿀꺽 삼키고 몬터규를 힐끔 곁눈질했다.

「제 의뢰인은 여러분께 감사하리라고 확신합니다.」

「좋소. 나는 소중한 충고를 존중하여……」 오브리 씨는 고등 변호사를 향해 잠깐 머리를 숙여 보였다. 고등 변호사는 처참한 찰스에게 시선을 고정시킨 채 고개만 까딱했다. 「범죄 시인을 받아들이겠소. 하지만 분명히 말해 두고 싶은 것은…… 프리먼 씨가 고소하지 않기로 결정하는 데는 한 가지 전제 조건이 있다는 것이오. 즉, 당신의 의뢰인이 우리 앞에서 이 서류에 서명하고, 또한 이 자리에 입회한 사람들이 증인이 되어야 한다는 점이오.」

그는 서류를 몬터규에게 건네주었다. 몬터규는 그것을 훑어보고 나서 시선을 들었다.

145 노려보는 시선이나 입김으로 사람을 죽였다는 전설적인 동물.

「제 의뢰인과 단둘이 의논할 시간을 주시겠습니까? 5분 정도면 됩니다.」

「이 문제에서 의논이 필요하다고 생각하다니, 정말 놀랍군.」 오브리 씨는 약간 우쭐댔지만, 몬터규는 완강하게 버텼다. 「좋소. 좋아요. 꼭 그래야 한다면.」

그래서 몬터규와 찰스는 다시 음침한 대기실로 나왔다. 몬터규는 서류를 잠깐 읽어 보고는 찰스에게 건네주었다.

「자, 처방전일세. 자넨 그걸 받아들여야 해, 친구.」

몬터규가 창밖을 내다보는 동안 찰스는 그 서류를 읽었다.

찰스 앨저넌 헨리 스미스선(이하 〈갑〉이라 한다)은 어니스티나 프리먼 양(이하 〈을〉이라 한다)에 대하여 다음의 사실을 완전히 그리고 순순히 인정한다.

1) 〈갑〉은 〈을〉과 결혼하기로 계약을 체결했다.

2) 〈갑〉은 그 엄숙한 계약을 파기했으며, 결백한 측(전기한 〈을〉)은 계약을 파기할 만한 어떤 원인도 제공하지 않았다.

3) 〈갑〉은 〈을〉의 사회적 지위와 성품 및 결혼 지참금, 그리고 미래의 전망에 대해 〈을〉과 약혼하기 전부터 충분히 그리고 정확히 알고 있었으며, 그 후 〈갑〉이 〈을〉에 대해 알게 된 사실 가운데 이미 알고 있는 사실과 다르거나 어긋나는 것은 하나도 없었다.

4) 〈갑〉이 그 계약을 파기한 것은 전적으로 〈갑〉 자신의 사악한 이기심과 불성실 때문이며, 그 밖의 어떤 이유나 변명도 있을 수 없다.

5) 〈갑〉은 라임과 엑서터에 거주하는 사라 에밀리 우드러프라는 인물과 간통을 범했으며, 이 사실을 은폐하려고 시도했다.

6) 본건과 관련한 〈갑〉의 행동은 처음부터 끝까지 불명예스러운 것이었으며, 그로 말미암아 〈갑〉은 신사로서의 권리와 자격을 영구히 몰수당했다.

또한, 〈갑〉은 피해자 측(전기한 〈을〉)이 기한이나 조건 없이 〈갑〉을 고소할 수 있는 권리를 인정한다.

또한, 〈갑〉은 피해자 측이 본 문건을 임의로 이용할 수 있음을 인정한다.

또한, 〈갑〉의 다음 서명은, 본 문건에 포함된 조항들을 충분히 이해한 상태에서, 〈갑〉이 저지른 행위를 충분히 인정한 상태에서, 어떤 강압도 없는 상태에서, 상기한 모든 조항에 대해 현재는 물론 앞으로도 어떤 형태로든 번복하거나 반박하거나 부인할 권리를 일체 포기한 상태에서, 〈갑〉의 자유 의지에 따라 첨부된 것임을 밝힌다.

「어떻게 생각하나, 해리?」

「초안을 잡을 때 분명 의견 충돌이 있었을 거야. 특히 여섯 번째 조항이 그래. 변호사라면 그런 조항을 함부로 끼워 넣지 않아. 그게 법정에 제출되면, 어떤 신사도 강압을 받지 않고는 그런 조항을 인정하지 않으리라고 주장할 수 있을 거야. 변호사는 더욱더 그런 주장을 할 수 있지. 그건 사실 우리 쪽에 유리한 조항일세. 오브리와 머피가 그런 조항을 수용했다니 정말 놀라운걸. 내 짐작에 그 조항은 프리먼 씨가 억지로 집어넣은 것 같아. 그 사람은 자네가 치욕을 감수하기를 바라는 걸세.」

「악랄해.」

그는 당장에라도 서류를 갈기갈기 찢어 버릴 것 같았다.

몬터규는 점잖게 그 서류를 빼앗았다. 「법은 진실과는 관계가 없어. 지금쯤은 그걸 알 때도 됐을 텐데 그래.」

「그리고 〈피해자 측이 임의로 이용할 수 있다〉는 구절 말이야. 도대체 그건 무슨 뜻이지?」

「그건 이 서류의 내용이 「더 타임스」에 발표될 것이라는 뜻일 수도 있어. 몇 해 전에 비슷한 일이 있었던 게 기억나는군. 하지만 내 느낌으로는, 프리먼 씨는 이 사건을 조용히 마무리 짓고 싶어하는 것 같아. 자네를 감옥에 처넣고 싶었다면 아예 처음부터 자네를 법정에 세웠을 거야.」

「그러니까 서명할 수밖에 없겠군.」

「자네가 원한다면, 문구를 바꾸자고 주장할 수는 있어. 이 사건이 재판에 회부될 경우, 자네가 정상 참작이 될 만한 정황을 진술할 권리를 갖는다는 식으로 말일세. 하지만 내 생각에는 그렇게 하지 않는 게 좋을 것 같네. 이 조항의 가혹함이 오히려 자네한테는 유리할 수 있으니까. 그들이 부르는 대로 값을 치르는 게 우리한테는 상책일 수 있다는 얘기야. 그러면 부득이한 경우, 그들의 청구서가 터무니없을 만큼 지나치다고 주장할 수 있거든.」

찰스가 고개를 끄덕였다. 그들은 자리에서 일어섰다.

「그런데 해리, 어니스티나가 지금 어떤 상태인지 알고 싶어. 프리먼 씨한테 물어볼 수는 없잖은가.」

「나중에 기회를 봐서 오브리 영감한테 알아보겠네. 그렇게 나쁜 양반은 아니야. 프리먼 씨 같은 고객 때문에 그런 역할을 맡고 있을 뿐이지.」

그들은 사무실로 돌아갔다. 그리고 찰스부터 시작하여 차례대로 인정서에 서명했다. 모두들 그냥 선 채로 있었다. 어색한 침묵이 잠깐 지나갔다. 이윽고 프리먼 씨가 입을 열었다.

「이 불한당 같은 자식, 다시는 내 인생에 끼어들어 초 치지 마라. 내가 조금만 더 젊었더라면……」

「프리먼 씨!」

오브리 영감의 날카로운 목소리가 프리먼 씨의 말을 저지했다. 찰스는 머뭇거리다가 두 변호사에게 인사하고 방에서 나왔다. 몬터규가 그 뒤를 따랐다.

그러나 밖으로 나오자 몬터규가 말했다. 「마차 안에서 좀 기다리고 있게.」

몇 분 뒤 그는 찰스 옆자리에 올라탔다.

「어니스티나는 그런대로 괜찮대. 그게 그 양반의 말이야. 그가 한마디 덧붙였는데, 만약에 자네가 또다시 결혼할 계획을 세운다면 프리먼 씨가 어떻게 나올 작정인지를 귀띔해 주더군. 자네의 장인이 될 사람한테 자네가 좀 전에 서명한 서류를 보여 줄 거래. 그러니까 프리먼 씨는 자네가 총각 귀신으로 죽게 할 모양인가 봐.」

「나도 그럴 거라고 짐작했어.」

「자네가 이 정도에서 풀려난 게 누구 덕인지 아나?」

「어니스티나? 그것도 짐작했어.」

「프리먼 씨는 자네의 살 한 파운드를 요구할 작정이었는데, 그 아가씨가 막은 모양이야.」

마차가 1백 미터쯤 굴러간 뒤에야 비로소 찰스는 입을 열었다.

「나는 아마 죽는 날까지 죄를 씻지 못할 거야.」

「이보게, 찰스, 영국은 기독교 국가야. 회교도 세상이 아니라고. 나도 어느 누구 못지않게 예쁜 발목을 좋아해. 난 자네를 비난하지 않아. 하지만 값이 공정하게 매겨지지 않았다고 말하진 말게.」

마차는 계속 굴러갔다. 찰스는 바깥 거리를 우울하게 내다봤다.

「죽고 싶군.」

「그래? 그렇다면 베리 식당에 가서 바닷가재를 몇 마리 먹어 치우세. 배불러 죽도록. 하지만 죽기 전에 우드러프라는 그 수수께끼 같은 아가씨 이야기를 들려줘야 해.」

그 치욕스러운 면담은 며칠 동안 찰스를 우울하게 만들었다. 그는 차라리 외국으로 떠나 버릴까 생각했다. 클럽에도 갈 수 없었고, 친지를 만날 수도 없었다. 하인들에게는 엄한 지시를 내려 두었다 ─ 누가 찾아와도 면회 사절이라고. 그는 오직 사라를 찾는 일에만 관심과 정력을 쏟았다. 하루는 탐정 사무소에서 연락이 왔다. 뉴잉턴에 있는 여학교에 새로 고용된 우드베리 양이라는 아가씨를 찾아냈는데, 밤색 머리카락을 갖고 있고, 그가 설명한 사라의 인상착의와도 들어맞는 것 같다는 것이다. 어느 날 오후, 찰스는 그 학교 밖에서 서성대며 괴로운 한 시간을 보냈다. 우드베리 양이 행렬을 이룬 여학생들의 선두에 서서 걸어 나왔다. 사라와 닮은 데라고는 거의 없었다.

6월이 왔다. 유난히 화창한 6월이었다. 찰스는 끝까지 기다려보았지만, 6월이 끝날 때쯤에는 포기할 수밖에 없었다. 탐정 사무소에서는 여전히 낙관적이었지만, 속셈은 사례금에 있었다. 런던만이 아니라 엑서터에서도 사라의 행방을 수소문했다. 라임과 차머스에도 탐정을 보내 은밀한 탐문을 시도해 보았다. 그러나 모두 헛수고였다.

하루는 몬터규를 켄징턴에 있는 집으로 초대하여 저녁을 먹으면서 비참한 심정을 털어놓았다. 어떻게 하면 좋을까? 몬터규는 망설이지 않고 대답했다. 외국으로 떠나라고, 그래야 한다고.

「그런데 사라의 목적은 도대체 무엇이었을까? 나에게 몸을 바치고, 그러고는 내가 자기한테 아무것도 아닌 것처럼 나를 버리다니.」

「이런 말을 해서 미안하지만, 가장 강력한 추정은 자네가 그 여자한테 아무것도 아닐 가능성이 진실이라는 걸세. 그 의사 선생의 생각이 옳지 않을까? 자네를 파멸시키는 게 그 여자의 동기였을 거라고는 생각되지 않나? 자네의 미래를 파멸시키고…… 자네를 지금의 자네로 끌어내리는 것 말일세.」

「천만에. 그건 도저히 믿을 수 없어.」

「하지만 내가 보기에는, 믿어야 할 것 같아.」

「거짓말과 속임수를 한 겹 벗기면, 사실은 담백하고 정직한 여자일세. 어쩌면 죽었는지도 몰라. 사라는 돈이 없었어. 가족도 없고.」

「서기를 등기소에 보내서 사망 기록부를 찾아보도록 하겠네.」

찰스는 이 분별 있는 충고를 마치 모욕이라도 되는 듯이 받아들였다. 그러나 이튿날 그는 충고에 따랐다. 그런데 사라 우드러프라는 여인의 죽음은 등기부에 기록되어 있지 않았다. 그는 1주일을 더 우물쭈물하며 보냈다. 그러다가 어느 날 저녁, 그는 갑자기 외국으로 떠나기로 결심했다.

57

그에게는 매사가 여전히 규칙이다.
우리는 학교에 다닐 때 그것을 배운다,
무능한 자는 뒤처진다는 것을!
— 아서 H. 클러프, 제목 없는 시(1849)

그리고 이제, 스무 달을 건너뛰기로 하자. 때는 1869년 2월 초, 상쾌한 날이었다. 그사이에 글래드스턴은 마침내 다우닝 가 10번지의 주인이 되는 데 성공했으며, 영국에서는 마지막 공개 처형이 있었으며, 존 스튜어트 밀의 『여성의 예속』이 출판을 앞두고 있었다. 템스 강에는 여전히 흙탕물이 흘렀으나, 하늘은 그 강물을 비웃기라도 하듯 파랗게 맑았다. 그래서 위를 쳐다보면 여기가 피렌체가 아닌가 싶을 정도였다.

아래를 내려다보면, 땅바닥에 쌓였던 눈의 흔적이 첼시[146]에 새로 축조된 제방을 따라 남아 있다. 그러나 햇빛이 비칠 때면 봄날의 희미한 첫 유령이 아른거린다. 그 젊은 여자(유모차라도 밀고 가는 모습을 여러분에게 보여 주고 싶지만, 그럴 수가 없다. 유모차가 사용되려면 10년을 더 기다려야

---

146 런던 남서부 템스 강 북쪽 기슭에 있는 지구.

했기 때문이다)는 카툴루스[147]에 대해 들어 본 적도 없을 테고, 설령 불행한 사랑을 했다 해도 거기에 대해 심각하게 생각해 본 적은 거의 없을 것이다. 그러나 봄에 대한 감상은 알고 있었다. 그녀는 지난해 봄에 낳은 사랑의 결실을 (서쪽으로 1킬로미터 떨어진) 집에 놓아두고 혼자 외출을 나왔는데, 아기는 담요로 덮고 강보로 싸고 끈으로 꽁꽁 묶어 두었기 때문에, 꼭 땅밑에 묻힌 구근처럼 보였다. 그녀는 어떻게든 깔끔하게 꾸미고 있지만, 훌륭한 정원사들이 모두 그렇듯이 자신의 구근(아기)을 대량으로 심고 싶어하는 것도 분명하다. 임산부들이 그처럼 천천히 한가롭게 거니는 모습에서는 오만함이 느껴진다. 그것은 세상에서 가장 유쾌한 오만함이지만, 오만함은 오만함이다.

이 한가로운 젊은 여자는 제방 난간에 기댄 채 흙탕물이 빠지는 것을 바라보고 있다. 핑크빛 볼과 부드러운 속눈썹이 나 있는 아름다운 눈 — 그 눈은 하늘이 푸르다는 사실은 그런대로 인정하지만, 그 하늘이 찬란하다고는 생각지 않는다. 런던은 그렇게 순수한 것을 결코 낳을 수 없었을 것이다. 하지만 그녀가 돌아서서 길 너머에 늘어서 있는 벽돌집들 — 이 집들은 새로 지었거나 오래되었거나 간에, 하나같이 강을 향하고 있었다 — 을 바라볼 때, 그녀가 런던에 대해 조금도 반감을 가지고 있지 않은 것은 분명하다. 잘사는 사람들의 고급 주택을 바라보면서도 그 얼굴에는 시기심이라고는 전혀 없다. 오히려 그런 집들이 존재한다는 천진난만한 행복감으로 가득 차 있다.

런던 중심부 쪽에서 핸섬 한 대가 다가온다. 그 마차를 바

---

147 로마의 서정시인. 어느 귀부인에 대한 사랑과 실연을 노래한 일련의 시가 빛나며, 연애시의 선구자가 되었다. BC 84~BC 54.

라보는 그녀의 청회색 눈동자에는 그 평범한 런던 풍물을 아직도 매력적이고 신기하게 느끼는 듯한 기색이 역력하다. 마차는 길 맞은편에 있는 커다란 집 앞에 멈춰 선다. 여자 하나가 마차에서 내리더니, 지갑에서 동전 하나를 꺼낸다.

제방 위에 서 있던 젊은 여자의 입이 딱 벌어진다. 핑크빛 볼이 순간 창백해지더니 이윽고 빨개진다. 마부는 손가락 두 개를 모자챙에 갖다 댄다. 손님은 재빨리 돌아서서 뒤에 있는 집의 현관으로 걸어간다. 젊은 여자는 연석으로 다가가서 가로수 뒤에 몸을 반쯤 숨긴다. 마차에서 내린 여자는 현관문을 열고 안으로 사라진다.

「그 여자였어요, 여보. 똑똑히 보았단 말이에요.」
「믿을 수가 없어.」
말은 그렇게 했지만, 그러나 속마음은 반대였다. 사실 그의 육감이나 칠감은 그런 일이 있으리라 예상하고 있었다. 그는 런던으로 돌아오자마자 로저스 부인을 찾아가, 이 나이든 요리사한테서 찰스가 켄징턴에서 보낸 마지막 몇 주일 동안의 우울한 생활을 전해 들었다. 벌써 오래전 일이었다. 그는 겉으로는 메리와 마찬가지로 옛 주인을 비난했지만, 마음속에서는 다른 감정이 꿈틀거리고 있었다. 결혼을 성사시키는 것과 결혼을 깨뜨리는 것은 별개 문제다.

샘과 메리는, 작지만 제법 구색을 갖춘 거실에서 서로 마주 보고 있었다. 메리의 눈 속에 있는 어두운 놀라움과 샘의 눈 속에 있는 어두운 의혹이 마주치고 있었다. 벽난로 안에서는 밝은 불꽃이 타오르고 있었다. 그들이 서로 옥신각신하고 있을 때, 방문이 열리더니, 인상이 별로 좋지 않은 열네 살가량의 하녀가 강보에 싸인 젖먹이 ─ 나는 이 아기가 카슬레이크의 헛간에서 생겨난 마지막 훌륭한 수확이라고 믿는

다 — 를 안고 들어왔다. 샘은 당장 그 꾸러미를 받아 품에 안고는, 흔들고 얼러 대어 마침내 아기를 울리고 말았다. 그가 직장에서 돌아오면 으레 치르는 절차였다. 메리는 그 소중한 꾸러미를 급히 넘겨받아, 바보 같은 아빠한테 눈을 흘겼다. 그러는 동안 부랑아 같은 소녀는 문간에 서서 두 사람을 동정하듯 히죽 웃었다. 이제 우리는 메리가 뱃속에 또 다른 아기를 가진 지 몇 달이 되었다는 것을 분명히 알 수 있다.

「여보, 난 기분 전환을 하러 나가겠어. 그동안 저녁을 차려 둬. 해리엇, 알았지?」

「예, 주인님. 반 시간 안에 준비됩니다요, 주인님.」

「참 좋은 아가씨야. 그렇지, 여보?」 그러고는 거리낄 게 아무것도 없다는 듯 메리의 볼에 키스하고 아기의 옆구리를 간질였다.

그러나 5분 뒤, 집 근처에 있는 선술집에서 진 한 잔을 앞에 놓고 앉았을 때, 그는 그다지 행복해 보이지 않았다. 겉으로는 행복할 이유를 두루 갖추고 있었다. 비록 자기 소유의 가게를 갖고 있지는 못했지만, 거의 자기 가게나 다름없이 좋은 직장을 가지고 있었다. 첫애는 딸이었지만, 그 정도의 실망은 지금 메리가 임신하고 있는 둘째 아이로 곧 보상될 터였다.

라임에서 샘이 활용한 카드는 적중했다. 트랜터 부인은 처음부터 부드럽게 나왔다. 그는 메리의 도움을 받아, 그 부인의 자비에 운명을 걸었다. 그는 용감하게 사라에 대한 정보를 제공하여, 미래에 기대했던 것을 전부 다 잃어버리지 않았던가? 그가 사업을 시작할 수 있도록 찰스 씨가 4백 파운드(당신이 감히 요구할 수 있는 것보다 항상 더 비싼 값을 불러라)를 빌려 주겠다고 약속했던 것은 그에겐 복음이 아니었던가? 무슨 사업을 하려고 하나?

「프리먼 사장님과 같은 겁니다요, 마님. 아주 보잘것없는 가게요.」

그리고 그는 사라라는 카드를 아주 유용하게 써먹었다. 처음 며칠 동안은 아무리 구슬려도 전 주인의 범죄 비밀을 폭로하지 않았다. 그는 입을 다물고 있었다. 그러나 트랜터 부인은 너무 친절했다. 게다가 로크 대령네 제리코 저택에서 때마침 하인을 구하고 있어서, 샘이 실업자로 지낸 기간은 아주 짧았다. 마찬가지로 그의 남은 총각 시절도 짧았다. 그의 총각 시절을 끝내는 데 드는 비용은 신부의 여주인이 부담했다. 거기에 대해서는 그도 어떤 보답을 해야만 했다.

외로운 노부인들이 대개 그렇듯이, 트랜터 부인도 양자로 삼아서 도움을 베풀 만한 사람을 찾고 있었다. 게다가 그녀는 샘이 상업계에 투신하고 싶어한다는 것을 늘 염두에 두고 있었다. 그래서 런던의 동생네 집에 머물게 된 기회를 틈타 제부에게 그 문제를 꺼냈다. 프리먼 씨가 고개를 저으려 하자, 트랜터 부인은 재빨리 그 젊은 하인이 얼마나 명예롭게 행동했는가를 상기시켰다. 사실 그는 샘이 제공해 준 그 유익한 정보가 아직도 이용 가치가 있다는 것을 트랜터 부인보다 더 잘 알고 있었다.

「좋습니다, 처형. 한번 알아보지요. 아마 빈자리가 있을 겁니다.」

그래서 샘은 큰 상점에 아주 낮은 자리이긴 하지만 발판을 얻게 되었다. 교육에서 부족한 면을 그는 타고난 영리함으로 보충했다. 하인으로서 받은 훈련은 고객을 다루는 데에도 큰 도움이 되었다. 그는 옷차림도 훌륭했다. 그리고 하루는 좀 더 훌륭한 일을 해냈다.

그가 결혼하여 런던으로 돌아온 지 약 여섯 달 뒤, 그리고 기분전환을 하러 찾아간 술집에서 그렇게 우울한 모습을 보였던 저녁에서 불과 아홉 달 전인 어느 화창한 4월의 아침이었다. 이날 프리먼 씨는 하이드 파크의 저택에서 옥스퍼드가의 상점까지 일부러 걸어서 출근했다. 그가 출입문을 열고 안으로 들어서자, 아래층에서 일하고 있던 직원들은 깜짝 놀라 일어나서 손을 비비고 절을 하며 굽실거렸다. 그처럼 이른 시간에는 손님도 거의 없었다. 그는 늘 그렇듯이 영주처럼 당당한 태도로 모자를 들어 답례하고는, 놀랍게도 곧장 돌아서서 밖으로 나가 버렸다. 지배인이 부리나케 밖으로 쫓아 나갔다. 사장이 진열창 앞에 서서 바라보고 있는 것을 보고, 지배인은 심장이 덜컥 내려앉았지만, 조심스럽게 프리먼 씨의 등 뒤로 다가갔다.

「한번 실험적으로 해본 겁니다, 사장님. 당장 치우도록 하겠습니다.」

행인 세 사람이 그들 옆에 멈춰 섰다. 프리먼 씨는 그들을 흘끗 쳐다보고는, 지배인의 팔을 잡고 몇 걸음 저쪽으로 끌고 갔다.

「자, 보게나, 심프슨.」

그들은 5분쯤 그 자리에 서 있었다. 행인들은 다른 진열창은 그대로 지나치면서도 그 진열창 앞에서는 잠깐씩 걸음을 멈추곤 했다. 프리먼 씨가 그랬듯이, 별로 눈여겨보지 않고 그대로 지나쳤다가 그 진열창을 보러 되돌아오는 사람도 있었다.

그 진열창을 묘사하는 것은 오히려 흥미를 반감시키지 않을까 염려된다. 그러나 그 진열창의 특징을 제대로 평가하려면, 여러 가지 물건을 어지럽게 뒤섞어 놓고 가격표만 달랑 붙여 놓은 단조로운 다른 진열창을 보아야 할 것이다. 그리고 인류 가운데 가장 세련되고 감각이 예민한 사람들이 광고라는 위대한 신에게 평생을 바치는 우리 시대와는 달리, 빅토리아 시대 사람들은 좋은 포도주에는 간판을 달 필요도 없다는 어리석은 견해를 믿고 있었다는 사실도 기억해야 한다. 그 진열창의 뒷면에는 짙은 자줏빛 옷감이 단순하게 드리워져 있었다. 앞면에는 온갖 모양과 크기와 스타일의 신사용 칼라들이 가느다란 철사에 매달려 기발하게 배치되어 있었다. 그러나 여기서 특히 교묘한 점은 그 칼라들이 낱말을 이루도록 배열되어 있다는 것이었다. 그 신사용 칼라들은 적극적으로 이렇게 외치고 있었다. 〈이왕이면 프리먼을!〉

「저건 말일세, 심프슨, 우리가 올해 꾸민 진열창 가운데 최고일세.」

「정말 그렇습니다, 사장님. 아주 대담하고, 눈길을 단번에 사로잡는군요.」

「〈이왕이면 프리먼을!〉 저게 바로 우리가 고객들한테 원하는 것일세. 그렇지 않다면 무엇 때문에 이런 큰 가게를 운영하겠나? 〈이왕이면 프리먼을!〉이라…… 훌륭해! 앞으로 회람장과 광고문에는 모두 저 구절을 넣도록 하게.」

그는 다시 입구로 걸어갔다. 지배인은 미소를 지었다.

「이건 사실 전적으로 사장님 덕분입니다. 그 젊은이가…… 패로 군이었던가요? 그 청년을 여기 취직시키는 데 사장님께서 각별한 관심을 기울이셨던 걸 기억하시죠?」

프리먼 씨가 걸음을 멈추었다. 「패로…… 이름이 혹시 샘 아닌가?」

「그럴 겁니다, 사장님.」

「나한테 데려오게.」

「그 친구는 새벽 다섯시에 출근했답니다, 사장님. 저 일을 하려고 특별히 일찍 나왔지요.」

그래서 샘은 마침내 하늘같이 존경하는 인물과 대면하게

되었다.

「아주 훌륭한 일을 했네, 패로.」

샘은 정중하게 허리를 굽혔다. 「저한테는 즐거운 일이었습니다요.」

「지금 패로한테 급료를 얼마나 주고 있나, 심프슨?」

「25실링입니다, 사장님.」

「27실링 6펜스로 올리도록 하게.」

그러고는 샘이 미처 감사의 말을 하기도 전에 가버렸다. 행운은 여기서 끝나지 않았다. 그 주일이 끝나서 급료를 받으러 갔더니, 봉투 하나가 따로 건네졌던 것이다. 그 안에는 금화 세 닢과 〈열성과 창의성에 대한 보너스〉라고 적힌 카드가 들어 있었다.

불과 아홉 달이 지난 지금, 그의 급료는 주당 32실링 6펜스라는 아찔한 액수까지 올라갔다. 게다가 그는 진열창을 담당하는 직원 가운데 없어서는 안 될 요원이 되었고, 언제라도 봉급 인상을 요구할 수 있다는 자신감을 갖고 있었다.

샘은 진을 또 한 잔 사서 ── 이는 드문 일이었다 ── 자기 자리로 돌아갔다. 그의 불행 ── 오늘날 광고업에 종사하는 그의 후예들이 이제 겨우 벗어난 취약점 ── 은 그가 양심을 가지고 있다는 점이었다. 아니, 어쩌면 그는 정당하지 못한 행복과 행운을 얻었다는 정도의 느낌만을 가지고 있었는지도 모른다. 파우스트 신화는 교양인에게는 원형적인 것이다. 파우스트가 누구인지를 알 만큼 샘이 교양인인가 하는 점은 생각지 말자. 어쨌거나 그는 악마와 맺은 계약과 그 계약이 이행되는 과정에 관한 이야기는 벌써 들어서 알고 있을 만큼 세상 물정에 밝았다. 악마와 계약을 맺으면, 얼마 동안은 순탄한 인생을 살 수 있다. 그러나 언젠가는 악마가 자신의 권리를 요구하게 된다. 행운의 여신은 가혹한 감독이다. 그것은 상상력을 자극하여 행운을 잃을 경우를 미리 내다보게 하고, 행운의 여신이 그동안 베푼 친절까지 엄격하게 소급하여 대가를 받아내는 경우가 많다.

그리고 자기가 한 짓을 메리한테 털어놓지 않았다는 사실도 그의 마음을 괴롭혔다. 이것 말고는 그들 사이에 다른 비밀이 없었다. 그리고 그는 그녀의 판단을 신뢰했다. 자기 소유의 상점을 갖고 싶다는 해묵은 소망이 이따금 되살아나곤 했다. 이제는 타고난 소질을 보여 줄 만한 무대가 없지 않은가? 그러나 메리는 시골 출신답게 가장 좋은 땅을 알아보는 건전한 감각을 갖고 있었기 때문에, 샘을 부드럽게 — 몇 번은 그다지 부드러운 태도가 아니었다 — 달래 옥스퍼드 가의 직장으로 돌려보냈다.

말투에는 아직 반영되어 있지 않지만, 그들 두 사람은 출세하고 있었고, 그렇다는 것을 스스로 알고 있었다. 메리에게는 이 모든 게 꿈만 같았다. 1주일에 30실링 이상을 벌어 오는 남자와 결혼하다니! 짐마차꾼이었던 아버지는 10실링 이상을 벌어 본 적이 없었는데! 임대료가 1년에 19파운드나 되는 집에서 살게 되다니!

무엇보다 놀라운 일이 최근에 일어났다. 불과 이태 전만해도 하녀였던 그녀가 하녀를 고용하기 위해 무려 열한 명의 소녀를 면담했던 것이다. 왜 열한 명인가? 메리는 까다로운 성미가 여주인 역할의 중요한 부분을 차지한다는 그릇된 생각을 갖고 있었던 것 같다. 이 점에서 메리는 트랜터 부인보다 그 조카딸을 흉내 내고 있었다. 그러나 하녀를 선택할 때는, 잘생긴 남편을 가진 젊은 아내들 사이에 잘 알려져 있는 방식을 따랐다. 지성이나 능력 따위는 고려하지 않고, 전혀 매력이 없어야 한다는 점에 가장 많은 비중을 두었던 것이다. 해리엇을 하녀로 최종 결정한 다음 샘에게 한 말은, 그 애가 너무나 가엾게 보였기 때문에 1년에 6파운드를 주기로 했다는 것이었다. 이것은 완전한 거짓말은 아니었다.

진 두 잔을 마신 그날 저녁, 양고기 스튜를 먹으러 집으로 돌아온 샘은 아내의 불룩한 허리에 팔을 두르고, 입술에 입을 맞췄다. 그러고는 그녀가 가슴에 달고 있는 꽃가지 모양의 브로치 — 강도에 대비하여, 외출할 때는 언제나 떼어 놓고 다녔다 — 를 내려다보았다.

「그 진주와 산호는 좀 어때?」

메리는 미소를 지으며 브로치를 약간 들어 올렸다.

「당신 같은 사람을 만나게 되다니! 얼마나 행복한지 몰라요.」

두 사람은 그들의 행운을 상징하는 그 브로치를 내려다보며 잠시 서 있었다. 그것은 그녀의 경우에는 당연히 받을 만한 행운이었지만, 그의 경우에는 이제 마침내 대가를 치러야 할 빚이었다.

58

나는 찾고 또 찾았다. 그러나 그녀의 영혼은
그 뒤로는 단 한 줄기 빛도
내 영혼에 던져 주지 않았다.
그래, 그녀는 가버렸다, 가버렸다.
— 토머스 하디, 「1869년의 어느 바닷가 마을에서」

그렇다면 찰스는 어찌 되었을까? 그 스무 달 동안 그를 미행하는 임무를 맡은 탐정이 있었다면, 그처럼 딱한 사람도 없을 것이다. 찰스는 유럽의 거의 모든 도시를 돌아다녔지만, 한곳에 오래 머무른 적은 한 번도 없었기 때문이다. 그는 피라미드들도 보았고, 팔레스티나의 성지도 순례했다. 그리스와 시칠리아에도 머물렀기 때문에 수많은 명승지와 유적을 보았지만, 눈에 들어오는 것은 하나도 없었다. 그것들은 다만 무(無), 궁극의 공허, 완전한 무의미에 불과했다. 그가 단 며칠이라도 머물렀던 곳에서는 어디서나 참을 수 없는 무력감과 우울증이 그를 엄습했다. 그는 마치 마약 중독자가 아편에 매달리듯 여행에 의존하게 되었다. 현지에서 통역이나 짐꾼이 필요할 때를 빼고는 거의 혼자 다녔다. 아주 가끔씩 다른 여행자들과 어울려 며칠 동안 동행하는 고역을 겪기도 했지만, 그 여행객들은 거의 언제나 프랑스나 독일 신사들이었다. 영국 사람은 마치 페스트 환자나 되는 듯이 피해

다녔다. 어쩌다 영국인이 반갑게 접근하면 그는 얼음처럼 냉랭한 침묵으로 대했다.

그 숙명적인 봄에 일어난 사건과 감정적으로 밀접한 관계를 맺게 된 고생물학은 이제 더 이상 그의 관심을 끌지 못했다. 켄징턴에 있는 집도 폐쇄해 버렸다. 소장품은 지질학 박물관에 기증했고, 가구들은 창고에 맡겨 버렸다. 벨그라비아에 있는 저택도 몬터규에게 부탁해서, 임대 기간이 끝나면 다시 임대를 놓도록 조치해 두었다. 그 집에서는 살지 않을 작정이었다.

그는 책을 많이 읽었고, 여행 일지를 기록했다. 그러나 그 일지는 내면의 움직임을 적은 것이 아니라, 장소와 사건들에 대한 외적인 기록이었고, 사막의 대상(隊商) 숙박소 같은 데서 지루한 밤을 보낼 때 시간을 메우기 위한 방편에 지나지 않았다. 그의 깊은 자아는 오직 시의 형태로 표현되곤 했다. 그는 테니슨에게서 다윈에 비견할 만한 위대함을 발견했기 때문이다. 그가 테니슨에게서 발견한 위대함은, 그의 시대가 이 계관 시인에게서 발견한 위대함과는 분명 다른 것이었다. 특히 『모드』는 그 시대 사람들에게는 대가의 작품이라고 부를 가치조차 없다는 경멸을 받았지만, 찰스에게는 가장 애독하는 작품이 되었다. 그는 이 작품을 열 번도 넘게, 일부는 백 번도 넘게 읽었을 것이다. 『모드』는 그가 늘 지니고 다니는 책이었다. 그것과 비교하면, 그가 쓴 시는 너무나 보잘것없었다. 그 시를 다른 사람에게 보여 주느니 차라리 죽어 버렸을 것이다. 그러나 추방의 세월 동안 그가 자신을 어떻게 생각했는지를 명확히 보여 주는 한 예가 여기에 있다.

아아, 나는 잔인한 바다와 험한 산을 건너고
외국어를 쓰는 도시들을 수없이 지난다.

내가 지나치는 당신들의 행복한 모습은
나에게는 저주의 늪일 뿐이다.

어디에 가든 나는 똑같은 질문을 던진다.
무엇이 나를 여기로 몰고 왔는가?
이제부터는 무엇이 나를 몰아갈 것인가?
그것은 기껏해야 수치심으로부터의 도피에 불과하고,
나쁘게 말해도, 냉혹한 법률의 결과에 불과한 것인가?

여러분이 직접 시 낭송의 즐거움을 맛볼 수 있도록 좀 더 위대한 시 ― 찰스가 가슴에 간직한, 그리고 그와 내가 둘 다 공감할 수 있었던 시 ― 를 한 편 인용하겠다. 이 작품은 아마 빅토리아 시대를 통틀어 가장 뛰어난 단시(短詩)일 것이다.

그렇다, 고립된 인생의 바다에서
우리 사이에 가로놓인 해협을 흉내 내어,
해안선도 없고 끝도 없이 거친 바다에 점점이 뿌려진
우리 수백만 인생들은 홀로 살아간다.
섬들은 그들을 둘러싼 물결을 느끼고,
그들의 가없는 한계를 알고 있다.

그러나 달빛이 그들의 동굴을 비추고
그들이 봄 내음에 휩싸일 때,
그리고 별이 총총한 밤에, 그들의 계곡에서
나이팅게일이 아름답게 노래할 때,
그리고 해안에서 해안으로, 소리와 해협을 가로질러
아름다운 음률이 쏟아질 때,

아아, 그때 절망과도 같은 갈망이
그들의 머나먼 동굴로 보내지리라.
우리가 한 대륙의 일부분이라는 것을
그들은 단 한 번만이라도 분명히 느끼리라.
이제 우리 주위에는 끝없는 바다가 펼쳐져 있다.
아아, 우리의 해안선이 다시 만날 수 있다면!

그들의 갈망의 불꽃이 타오르자마자
사그라져야 한다고 누가 명령하였던가?
누가 그들의 깊은 소망을 헛되이 만드는가?
신이다. 신이 그들의 단절을 명령하고,
그들의 해안 사이에, 깊이를 알 수 없는 쓰라린 바다가,
그들을 떼어 놓는 바다가 존재하도록 명령하였다.[148]

그러나 스스로도 이해할 수 없는 우울증을 앓는 동안, 찰스는 자살의 유혹을 한 번도 받지 않았다. 그는 자신의 위대한 시각을 그의 시대, 그의 조상과 신분과 나라로부터 자유롭게 해방시켰지만, 그 자유가 사라에게 얼마나 많이 구현되어 있는지는 미처 깨닫지 못했다. 그 자유는 또한 그들이 추방의 운명을 함께 짊어지고 있는 생각에도 구현되어 있었다. 그는 이제 더 이상 그 자유의 존재를 믿지 않았다. 그는 자기가 단지 덫이나 감옥을 바꾸었을 뿐이라고 느꼈다. 그러나 그의 고독 속에는 그가 애착을 느낄 수 있는 무언가가 있었다. 그는 추방당한 자였고, 다른 사람들과는 달랐으며, 극소수만이 내릴 수 있는 결단 — 궁극적으로 어리석은 것이든 현명한 것이든 간에 — 의 결과였다. 이따금 마주치는 신혼

---

148 매튜 아널드의 「마그리트에게」(1853) — 원주.

부부의 모습을 보면 어니스티나가 생각났다. 그러면 그는 자신의 영혼을 살폈다. 그들을 부러워했을까, 아니면 동정했을까? 그는 적어도 그 점에서는 후회하지 않았다. 지금 그의 운명이 아무리 가혹하다 해도 그가 거부했던 운명보다는 고귀한 것이었다.

유럽과 지중해를 돌아다닌 이 여행은 열다섯 달쯤 걸렸다. 그동안 그는 한 번도 영국에 돌아오지 않았다. 누구와도 친밀하게 소식을 주고받지 았았다. 몇 통 안 되는 편지도 대부분 몬터규에게 보낸 것이었고, 사업과 관련된 지시를 내리거나 다음에는 어디로 송금하라는 내용이 고작이었다. 몬터규는 찰스의 위탁을 받아, 런던에서 발행되는 신문에 가끔 광고를 내고 있었다 ― 〈사라 에밀리 우드러프나 그녀의 거처를 아시는 분은……〉. 그러나 반응은 한 번도 없었다.

로버트 경은 편지를 받고서야 조카의 약혼이 깨진 것을 알았다. 그러나 자신이 곧 얻게 될 행복의 달콤함 때문에, 어깨를 으쓱해 보이고는 더 이상 그 일을 염두에 두지 않았다. 찰스는 젊으니까, 어딘가에서 어니스티나만큼 훌륭한, 아니 어쩌면 더 훌륭한 처녀를 찾게 되겠지. 그리고 찰스의 파혼은 프리먼 씨와 사돈 관계를 맺게 된다는 당혹감에서 로버트 경을 해방시켜 주었다. 찰스는 영국을 떠나기 전에 벨라 톰킨스 부인에게 경의를 표하기 위해 윈즈야트에 갔었다. 톰킨스 부인에게는 호감을 느낄 수 없었고, 백부에게는 유감을 느꼈다. 백부는 리틀 하우스를 주겠다고 말했지만, 찰스는 이 제의를 정중히 거절했다. 사라에 대해서는 아무 말도 하지 않았다. 결혼식에 꼭 참석하겠다고 약속했지만, 이 약속은 열병에 걸렸다는 거짓말로 쉽게 깨뜨릴 수 있었다. 그가 상상했던 대로 쌍둥이는 생기지 않았지만, 그가 해외로 떠난 지 13개월 뒤에 아들이자 상속자가 태어났다. 이때쯤 찰스는 자신의 운명에 익숙해져 있었고, 축하한다는 편지를 보내고 난 뒤, 다시는 윈즈야트에 발을 들여놓지 않겠다는 결심 말고는 별다른 감정도 느끼지 못했다.

그가 실질적으로 완전한 독신 생활을 하지 못했다 해도 ── 유럽의 고급 호텔엔 영국 신사들이 외도를 즐기려고 해외에 나온다는 사실이 널리 알려져 있었고, 그럴 기회도 많이 있었다 ── 감정적으로는 여전히 독신으로 남아 있었다. 그는 고대 그리스의 신전을 바라보거나 식사를 하는 것처럼, 말없이 냉소하며 여자와 성행위를 가졌다. 그런 성행위는 단지 섭생법에 불과했다. 사랑은 이 세계를 떠났다. 성당이나 박물관에서 그는 가끔 사라가 곁에 서 있는 것을 꿈꾸곤 했다. 그런 순간이 지나면, 그는 가슴을 펴고 심호흡했다. 그건 그가 헛된 향수의 사치에 빠지는 것을 스스로 금하고 있기 때문만은 아니었다. 그는 진짜 사라와 그렇게 많은 꿈속에서 만들어 낸 사라 ── 인간으로 환생한 이브, 신비와 사랑과 오묘함 자체인 사라와, 외딴 바닷가 마을 출신인 사라, 반쯤은 교활하고 반쯤은 머리가 돈 가정교사인 사라 ── 사이의 경계를 확신할 수 없게 되었다. 그녀와 재회하는 광경을 머릿속에 그려 보기도 했지만, 거기서 볼 수 있는 것은 자신의 어리석음과 망상뿐이었다. 그는 신문 광고를 계속 내고 있었지만, 영원히 반응이 오지 않는 편이 차라리 낫겠다고 생각하기 시작했다.

그에게 가장 큰 적은 권태였다. 그리고 파리에 머무르고 있던 어느 날 저녁, 자기는 파리에 오고 싶지도 않았고, 그렇다고 이탈리아나 스페인, 아니면 유럽의 어디 다른 곳으로 다시 떠나고 싶지도 않다는 것을 깨달았을 때, 그를 결국 고국으로 돌아오게 만든 것도 권태였다.

여러분은 내가 영국을 의미하는 것으로 여겼을 것이다.

그러나 그렇지 않다. 찰스가 파리를 떠나 영국에 1주일쯤 머물기는 했지만, 영국은 이제 그에게 더 이상 고국이 될 수 없었다. 이탈리아에서 파리로 가는 길에 그는 우연히 미국인 두 명과 동행하게 되었다. 나이 든 신사와 그의 조카였다. 그들은 필라델피아 출신이었다. 완전한 외국어가 아닌 말로 누군가와 대화를 나눌 수 있다는 즐거움 때문이었는지는 모르지만, 찰스는 그들에게 호감을 느꼈다. 그는 직접 그들을 안내하여 아비뇽을 돌았고, 그들은 베즐레를 보며 찬탄을 금치 못했다. 관광할 때 그들이 드러낸 천진난만한 즐거움은 다소 과장된 것이긴 했지만, 위선적인 것은 아니었다. 그들은 빅토리아 시대의 영국인들이 흔히 생각하는 멍청한 양키가 아니었다. 그들이 영국인보다 뒤떨어지는 게 있다면, 그것은 유럽 대륙에 대해 순진한 생각을 품고 있다는 것뿐이었다.

　필라델피아 출신의 노신사는 책을 많이 읽은 사람이었고, 인생에 대해서도 날카로운 판단력을 가지고 있었다. 어느 날 저녁 식사가 끝난 뒤, 그와 찰스는 조카를 청중으로 삼아 종주국과 독립한 식민지의 장단점에 관해 오랫동안 토론을 벌였다. 그리고 비록 정중하게 표현되긴 했지만, 영국에 대한 미국인의 비판은 찰스의 가슴속에 잠자고 있던 민감한 정서를 깨워 주었다. 또한 그는 그 신사의 말에서 자신과 비슷한 견해를 찾아냈다. 그리고 다윈의 진화론에서 유추하여, 언젠가는 미국이 다른 오래된 종족들을 능가하리라는 것을 어렴풋이 느끼기까지 했다. 수천 명의 가난한 영국인들이 해마다 미국으로 이민을 가고 있긴 했지만, 찰스도 미국으로 이민 갈 생각을 했다는 뜻은 물론 아니다. 대서양 너머에서 바라본 미국은 그가 꿈꾸는 〈젖과 꿀이 흐르는 땅〉은 아니었다(미국이 〈젖과 꿀이 흐르는 가나안〉이라는 것은 광고 역사상 가장 수치스러운 거짓말 가운데 하나다). 그곳은 좀 더 순박한 신사들 — 이 필라델피아 출신 노인과 그의 조카 같은 — 이 좀 더 순박한 사회에서 살고 있는 땅이었다. 필라델피아의 노신사는 아주 간결하게 설명해 주었다. 「미국에서는 대체로 자기가 생각하는 것을 말합니다. 이런 말을 해서 미안하지만, 런던에 대한 내 인상은 〈자기가 생각지 않는 것을 말하지 않으면 하늘이 도와준다〉는 겁니다.」

그것만이 아니었다. 찰스는 런던에서 몬터규와 저녁을 먹으면서 그 생각을 털어놓았다. 미국에 대해 몬터규는 미적지근한 태도를 보였다.

「미국은 땅덩어리가 넓지만, 거기에 대해 신사로서 말해도 좋은 이야기가 그렇게 많다고는 생각지 않네. 유럽 하층민들의 집합소 구실을 하면서 동시에 문명사회를 운영할 수는 없는 노릇이지. 그곳의 오래된 도시 몇 개는 나름대로 살기 좋다고 말하긴 하데만.」 그는 포트와인을 홀짝거렸다. 「말이 났으니 말인데, 어쩌면 그 여자는 그곳에 있을지도 몰라. 자네도 분명히 그런 생각을 했을 거라고 믿네. 듣자니까, 값싼 연락선들은 남편감을 찾아 떠나는 젊은 여자들로 만원을 이룬다더군.」 그는 급히 말을 덧붙였다. 「그렇다고 그 여자가 그런 이유로 미국에 갔을 거라는 얘기는 물론 아닐세.」

「그런 생각은 해보지도 않았어. 솔직히 말하면, 지난 몇 달 동안은 그 여자를 별로 생각해 보지 않았다네. 난 희망을 버렸어.」

「그렇다면 미국으로 가게나. 가서 포카혼타스[149] 같은 아가씨를 만나 자네의 슬픔을 씻어 버리게. 듣자 하니, 명문 출

---

149 포하탄족 출신의 인디언 여성(1595?~1617). 백인과 결혼하여 평화를 정착시킴으로써 후대에 전설적 인물이 되었다.

신의 영국 신사는 원하기만 하면 아름다운 처녀들 가운데 마음대로 아내를 고를 수 있다고 하더군.」

찰스는 미소를 지었다. 두 배나 더 아름다운 처녀를 머릿속에 그리고 지은 미소였는지, 아니면 몬터규에게는 알리지 않았지만 벌써 미국행 배편을 예약했다는 사실 때문에 지은 미소였는지는 상상에 맡길 수밖에 없다.

59

나는 무엇인가, 무엇이 되어야 하는가
묻기에도 지쳐 버린 병든 나를 싣고
그 배는 별빛 비치는 바다를 건너
앞으로, 앞으로, 나아갔다.
— 매튜 아널드, 「자기 신뢰」(1854)

리버풀에서 미국으로 가는 항해는 그다지 유쾌한 것이 아
니었다. 찰스는 자주 배멀미를 했다. 그리고 토하지 않을 때
는, 자기가 도대체 무엇 때문에 세계 반대편에 있는 원시의
땅으로 가려고 배를 탔을까 하는 의문을 곱씹으면서 대부분
의 시간을 보냈다. 어쩌면 그게 차라리 나았을지도 모른다.
그는 보스턴을 통나무 오두막집이 모여 있는 비참한 움막촌
정도로 상상하기 시작했다. 그리고 어느 화창한 아침, 부드
러운 벽돌과 하얀 나무 첨탑으로 이루어진 도시의 현실이 그
화려한 황금빛 둥근 지붕과 함께 그의 눈앞에 나타났을 때,
그는 말할 수 없이 유쾌한 안도감을 느꼈다. 보스턴의 첫인
상은 그를 실망시키지 않았다. 그는 유럽 여행 중에 만난 필
라델피아 사람에게 반했던 것처럼, 보스턴 사회의 우아하고
솔직한 태도에 매혹되었다. 이곳에서 그가 처음부터 환대를
받은 것은 아니었다. 그러나 도착한 지 1주일도 안 되어, 그
는 가지고 온 두어 장의 소개장 덕분에 여러 곳에 초대를 받

게 되었다. 그는 문예 클럽을 이용하도록 초대를 받았고, 상원 의원과도 악수를 나누었으며, 미국 문학의 아버지인 데이너의 주름진 손과도 악수를 했다. 데이너는 그 당시 80대 노인이었다. 그러나 찰스는 데이너보다 훨씬 유명한 작가인 너대니얼 호손은 만나지 못했다. 케임브리지 대학의 로웰 클럽에 들어갈 자격을 얻은 사람이라면 호손에 대해 흥미롭게 잡담을 나눌 수는 없었을 것이다. 호손은 일찌감치 로웰 클럽의 동기와 성향과는 정반대되는 결정을 내리려 하고 있었다. 말하자면 그는 역류하는 물결 속에서 계류장에 묶인 채, 침전물이 가득 쌓인 〈호밀밭〉 항구를 지나 좀 더 풍요로운 땅으로 가기 위해 장비를 갖추고 있는 배와 마찬가지였다(하지만 내가 감히 그런 대가를 흉내 내서는 안 된다).

그는 의무적으로 패니얼 회관[150]에 있는 〈자유의 요람〉에 경의를 표했지만, 영국은 남북 전쟁에서 맡은 파행적인 역할로 말미암아 아직도 미국에서 용서를 받지 못하고 있었기 때문에, 그에게 적개심을 품는 사람도 많았다. 게다가 미국에는 영국인에 대한 고정관념 — 엉클 샘[151]만큼 조잡하게 단순화된 존 불[152] — 이 존재했다. 그러나 찰스는 이 규격에 들어맞지는 않았다. 그는 독립 전쟁의 정당성을 잘 알고 있다고 선언했고, 보스턴을 미국 학문의 중심지, 반노예주의 운동의 중심지, 기타 수많은 것들의 중심지로 존중했다. 그는 미국인들이 영국인들의 생활 습관인 다과회나 붉은 코트[153]를 놓고 그를 집적거리며 괴롭혀도 미소를 지으며 냉정을 유지했고,

---

150 보스턴의 시장 건물. 독립 전쟁 당시 애국자들이 집회 장소로 썼기 때문에 〈자유의 요람〉이라고 부른다.

151 전형적인 미국인.

152 전형적인 영국인.

153 영국 군인. 예전에 붉은 코트를 입은 데서 유래한 말.

그러면서도 상대를 무시하거나 우쭐대는 것처럼 보이지 않으려고 고심했다.

그를 가장 즐겁게 해준 것은 두 가지였다. 즉, 자연환경의 미묘한 새로움 — 새로운 식물, 새로운 나무, 새로운 새들 — 과, 그와 이름이 같은 강을 건너 하버드 대학을 방문했을 때 발견한 새로운 화석들 — 이 화석들을 보았을 때 그는 넋이 나간 사람처럼 매혹되었다. 또 다른 즐거움은 미국인들 자체였다. 처음에 그는 미국인들이 세련된 반어법을 잘 이해하지 못한다는 사실을 알아차렸다. 그래서 농담으로 던진 말이 액면 그대로 받아들여지는 바람에 난처해서 쩔쩔맨 적도 있었다. 그러나 그들의 진솔함, 직선적인 접근 방식, 공공연한 환대와 더불어 드러내 보이는 호기심은 그런 것을 보상하고도 남았다. 짙은 화장으로 분식된 유럽 문화를 막 보고 온 뒤라서, 그들의 순박함은 화장을 하지 않은 깨끗한 얼굴처럼 더욱 유쾌하고 신선해 보였다. 이 얼굴은 곧 여성의 모습을 취하게 되었다. 미국의 젊은 여성들은 동시대의 유럽 여인들보다 훨씬 자유롭게 사람들 입에 오르내렸다. 대서양 건너편에서는 벌써 20년 전에 여성 해방 운동이 시작되었다. 찰스에게는 미국 여자들의 진취성이 무척 매력적으로 보였다.

그가 미국 여자들에게 느낀 매력은 보답을 받게 되었다. 어쨌든 보스턴에서는 사회적 취향의 보다 여성적인 측면에서 그 우월성을 런던에 기꺼이 양보했기 때문이다. 그는 금세 사랑에 빠질 수도 있었을 것이다. 그러나 프리먼 씨가 강요한 그 끔찍한 서류의 기억이 언제나 그를 따라다녔다. 그 서류는 그와 그가 만나는 순진한 처녀들 사이에 장벽처럼 서 있었다. 오직 하나의 얼굴만이 그것을 용서하고 제거할 수 있을 터였다.

게다가 수많은 미국인들의 얼굴에서 그는 사라의 환영을

보았다. 그들은 그녀와 같은 도전적인 태도와 솔직성을 갖고 있었다. 어떤 면에서 그들은 그가 옛날에 갖고 있었던 그녀의 이미지를 되살려 놓았다. 그녀는 놀라운 여성이었고, 여기서라면 마음 편히 지낼 수 있었을 것이다. 사실 그는 몬터규의 암시 — 사라는 차라리 미국에서 사는 게 마음이 편할 거라는 암시 — 를 점점 더 많이 생각하게 되었다. 지난 열다섯 달 동안, 그는 외모와 옷차림이 영국인과 너무 달라서 사라의 기억을 거의 되살리지 않는 외국에서 지냈다. 그런데 미국에서는 대부분 앵글로색슨 족이거나 아일랜드 계인 여자들 사이에서 지내고 있었다. 처음에는 다갈색 머리카락이나 활달한 걸음걸이나 그녀와 비슷한 모습이 언뜻 보이기만 해도 걸음을 멈추곤 했다.

한번은 공원을 가로질러 문예 클럽으로 가는 길에 비탈진 샛길에서 앞서 걸어가는 어떤 아가씨를 보았다. 그는 그녀가 틀림없는 사라라고 확신하고, 여자를 앞지르기 위해 풀밭을 가로질러 성큼성큼 걸어갔다. 그러나 그녀는 사라가 아니었다. 그래서 그는 우물거리며 사과해야 했다. 그 짧은 순간에 느낀 흥분이 너무나 강렬했기 때문에 그는 문예 클럽으로 가는 동안 줄곧 몸을 떨었다. 이튿날 그는 보스턴 신문에 광고를 냈고, 그 뒤로는 가는 곳마다 어디서나 광고를 냈다.

첫눈이 내리자, 찰스는 남쪽으로 갔다. 그는 맨해튼을 방문했지만 보스턴보다는 마음에 들지 않았다. 그다음에는 프랑스에서 만난 친구들과 함께 필라델피아에서 유쾌하게 2주일을 보냈다. 필라델피아에 대한 유명한 농담 — 일등상은 필라델피아에서의 1주일, 이등상은 2주일 — 을 그때는 알지 못했을 것이다. 거기에서 그는 남쪽으로 흘러갔다. 그래서 볼티모어와 워싱턴, 리치먼드, 롤리를 보고, 계속 새롭게 펼쳐지는 상쾌한 자연과 새로운 기후를 보았다. 그가 즐긴

것은 기상학적인 기후였다. 정치적인 기후 — 우리는 지금 남북 전쟁이 끝난 직후인 1868년 12월에 와 있다 — 는 유쾌한 것과는 거리가 멀었기 때문이다. 찰스는 황폐한 도시들과 재건[154]에 희생되어 모진 고통을 겪고 있는 사람들을 보았다. 불운한 대통령 앤드루 존슨은 남북 전쟁 때 북군 총사령관으로서 남부에 대파국을 가져온 율리시스 S. 그랜트에게 대통령직을 물려줄 참이었다. 찰스는 버지니아 주에서는 다시 영국인이 되어야 한다는 것을 알았다. 그가 버지니아 주와 남북 캐롤라이나 주에서 대화를 나눈 신사들의 조상은 독립 전쟁 때인 1775년에 식민지 상류층 중에서는 거의 유일하게 혁명을 지지했지만, 남북 전쟁 때 남부에 속했던 그 후손들은 합중국에 대한 반감으로 영국에 호의적이었다. 이것은 그에게는 정말 달갑지 않은 아이러니였다. 그는 남부가 합중국과 결별하고 다시 영국과 통합해야 한다는 말을 듣기까지 했다. 그러나 그는 이 성가신 일들을 외교관처럼 능란하게 무사히 헤쳐 나갔다. 주위에서 벌어지는 일들을 완전히 이해하지는 못했지만, 그는 각 주로 쪼개진 이 나라의 이상한 거대함과 좌절된 힘을 느끼고 있었다.

그가 느낀 인상은 아마 오늘날 미국을 찾는 영국인의 느낌과 별로 다르지 않았을 것이다. 미국인들은 그때도 지금만큼 불쾌했고, 친절했고, 거짓말로 발뺌을 했고, 정직했고, 잔인하고 난폭했으며, 보다 나은 사회에 관심을 갖고 그런 사회를 이루기 위해 노력했다. 찰스는 전쟁으로 폐허가 된 찰스턴에서 1월 한 달을 보냈다. 그리고 비로소 자기가 여행을 하고 있는 건지 이민을 온 건지 의아해지기 시작했다. 그는 미국식 관용구와 억양이 자기 말투에 슬며시 끼어들고 있는 것

154 남북 전쟁 이후 남부의 10개 주를 합중국에 복귀시킨 것.

을 알아차렸다. 그는 자신이 어느 한쪽을 편들고 있다는 것, 좀 더 정확히 말하면 자기 의식이 미국 자체처럼 분열되어 있다는 것을 알았다. 그는 노예 제도를 폐지하는 것이 옳다고 생각하면서도, 남북 전쟁이 끝난 뒤 남부에서 한몫 보러 간 뜨내기 정치인들이 흑인 해방을 열성적으로 주장하는 것이 실은 무엇에 대한 열성인가를 너무나 잘 알고 있는 남부인들의 분노에도 공감했기 때문이다. 상냥한 미인들과 원한에 찬 대위나 대령들 틈에 끼여 있으면 마음이 편했다. 그러나 그때 그는 보스턴 ─ 더 붉은 뺨과 더 순결한 영혼들……어쨌든 보다 청교도적인 영혼들 ─ 을 기억했다. 그는 자기가 그곳에서 더 행복했다는 것을 결국 깨닫게 되었다. 그리고 역설로써 그것을 증명하려는 듯이 그는 더 남쪽으로 여행을 계속했다.

이제는 더 이상 지루하지 않았다. 미국에 대한 경험, 특히 그 시대의 미국을 경험한 것은 그에게 자유에 대한 신념을 불어넣어 주었다. 아니, 그런 신념을 그에게 다시 돌려주었다. 그가 주위에서 본 결단 ─ 당장의 결과가 아무리 불행하다 할지라도 국가의 운명을 국민들 스스로 책임지려는 결단 ─ 은 억압적인 결과가 아니라 오히려 해방시키는 결과를 가져왔다. 그는 자기를 초대한 집주인의 우스꽝스러운 촌스러움이 사실은 그들의 솔직함을 드러내는 증거라고 생각하기 시작했다. 그들이 너무 자주 불만을 표시한다는 수많은 증거라든가, 법률의 힘을 빌리지 않고 임의로 죄인들에게 형벌을 가하는 경향(이것은 항상 판사를 사형 집행인으로 전락시키는 짓이다), 요컨대 자유에 취해 버린 체질이 유발하는 그 지방 특유의 폭력조차 찰스의 눈에는 정당한 것으로 비쳤다. 무정부주의가 남부 전역을 휩쓸고 있었다. 그러나 그것조차 그에게는 조국의 냉혹하고 엄격한 법률보다는 나아 보였다.

　그는 이런 생각을 마음속에만 간직하고 있었다. 아직 찰스턴에 머무르고 있던 어느 평온한 저녁, 그는 자기가 5천 킬로미터 떨어진 유럽을 마주 보는 곳에 있다는 것을 깨달았다. 그는 거기에서 시를 하나 썼다. 그 시는 여러분이 앞에서 읽었던 것보다 별로 나을 게 없다.

　　그들은 앨비언[155]의 고색창연한 속박이
　　허용하는 것보다 더 큰 진리를 찾아 여기에 왔는가?
　　그들의 젊음 속에는 우리가 전에는 감히 묻지 못했던
　　질문이 숨어 있는가?

　　그들의 나라에서는 이방인이지만,
　　나는 그들의 마음과 목적을 함께한다.
　　그들에게서 나는 보다 행복한 사람이 올라가야 할
　　시대를 보는 듯하다.

　　그리고 거기서는 모두가 그의 형제가 되어야 한다.
　　낙원은 그 증오와 사악한 불공평의
　　바위 위에 세워져 있다.
　　무슨 상관인가?
　　비록 어머니가 아기의 연약한 주먹을 조롱한다 한들
　　오늘은 아기가 실패한다 해도,
　　그 아기가 마침내 두 다리로 서서
　　어머니의 울타리를 때려 부순다면 무슨 상관인가?

　155 대영 제국.

왜냐하면 그 아기는 언젠가 자랑스럽게

　　이 땅의 광막하고 조용한 쪽빛 하늘 밑을 걸어갈 것이

기에.

　　그리고 동쪽으로 방향을 돌려 그를

　　안전한 해변으로 데려다 준 물결을 축복할 것이기에……

　공들인 운율과 수사 의문문, 그리고 사실 그다지 나쁘지 않은 〈광막하고 조용한 쪽빛 하늘〉이라는 구절이 여기에 찰스를 위한 단락을 마련한 이유다.

　메리가 사라를 보았다고 말한 뒤 거의 석 달이 지난 4월 마지막 날이었다. 그동안 행운의 여신은 샘에게 그렇게도 원하던 아들을 선사하여, 샘이 행운의 여신에게 진 빚은 더욱 늘어났다. 그날은 초록빛과 황금빛 꽃망울이 맺히고 교회 종소리가 울려 퍼지는 어느 일요일 저녁이었다. 아래층에서는 이제 막 산후 조리를 마치고 자리에서 일어난 젊은 아내와 하녀가 그의 저녁 식사를 준비하는 듯 그릇 부딪치는 소리와 이야기 소리가 조그맣게 들려왔다. 그리고 큰애는 태어난 지 3주일 된 남동생이 안겨 있는 그의 무릎에 올라오려고 바둥거리고 있었다. 딸애의 조그맣고 까만 눈망울은 벌써 샘에게 기쁨을 안겨 주고 있었다. 그 일은 바로 그때 일어났다. 그 작은 눈망울 속에 있는 무언가가 완전히 보스턴적인 영혼은 되지 못하는 샘의 영혼을 아프게 찔렀다.

　이틀 뒤, 마침 뉴올리언스를 여행하고 있던 찰스는 구시가지를 산책하고 호텔로 돌아왔다. 사무원이 그에게 해외에서 온 전보 한 통을 건네주었다.

　그 내용은 이러했다. 〈그녀를 찾았음. 런던에서 몬터규.〉

　찰스는 그 내용을 읽고 얼굴을 돌렸다. 그렇게 오랜 세월이 흐른 뒤에, 그사이에 그렇게 많은 일들이⋯⋯. 그는 사람들로 붐비는 거리를 멍하니 내려다보았다. 어디서 솟아나는지 모르게, 아무 감정적인 이유도 없이 눈에 눈물이 차오르는 것을 느꼈다. 그는 밖으로 나가 호텔 현관으로 갔다. 거기에서 담배에 불을 붙였다. 몇 분 뒤에 그는 호텔 카운터로 돌아갔다.

「유럽으로 떠나는 다음 배가 언제 있는지 알아봐 줄 수 있겠소?」

60

랠러지가 돌아왔다. 아아
그녀가 방금 돌아왔다. 오오!
— 토머스 하디, 「때맞춰 돌아온 그녀」

그는 첼시 다리 근처에서 마차에서 내렸다. 5월의 마지막 날이었다. 날씨는 포근하고 화창했으며, 집들은 나무 그늘에 숨어 있고, 파란 하늘에는 흰구름이 떠다니고 있었다. 구름이 드리우는 그림자가 잠깐 첼시를 가로질렀다. 그러나 강 건너 상점들은 여전히 햇빛 속에 서 있었다.

몬터규는 아무것도 몰랐다. 그 정보는 우연으로 도착했다. 종이 한 장에 이름과 주소만 달랑 적혀 있을 뿐이었다. 찰스는 변호사의 책상 옆에 서서, 언젠가 사라한테 받은 주소를 상기했다. 그러나 이번 주소의 필적은 동판 인쇄처럼 딱딱했다. 내용이 짧다는 점에서만 그녀의 체취를 느낄 수 있었다.

찰스는 미국을 떠나기에 앞서 몬터규에게 전보를 보내 경거망동하지 말 것을 부탁했다. 그녀에게는 절대로 접근하지 말 것, 그녀를 절대로 놀라게 하지 말 것, 그녀에게 더 이상 달아날 기회를 주지 말 것. 이런 지시에 따라 몬터규는 사무실 직원 가운데 진중한 사람을 골라, 사설탐정들에게 주었던 것과 같은 인상착의서를 주머니에 넣고 다니며 그녀의 정체를 은밀히 확인하도록 시켰다. 이 직원은 그 인상의 특징에 들어맞는 젊은 숙녀가 그 주소에 살고 있으며, 그 여성은 러프우드 부인이라는 이름으로 통하고 있다고 보고했다. 본명을 음절만 앞뒤로 바꾼 이 가명은, 그 정보가 부정확할지도 모른다는 한 가닥 의심을 말끔히 없애 주었다. 그리고 그 이름을 처음 들었을 때 순간적으로 느꼈던 충격이 지나간 뒤, 그녀가 결혼했을지 모른다는 의심도 사라졌다. 런던의 독신 여성들이 〈레이디〉라는 호칭을 붙여 유부녀인 체하는 것은 아주 흔한 수법이었다. 따라서 러프우드 부인이라는 이름은 부인이라는 호칭이 암시하는 것과는 정반대의 사실을 증명해 주었다. 사라는 결혼하지 않았던 것이다.

「이 편지는 런던에서 부쳤군. 누가 이 편지를 보냈는지 전혀 모르나?」

「그 편지는 우리 사무실로 보내졌네. 그러니 광고를 본 사람이 보낸 게 분명해. 게다가 자네한테 개인적으로 보낸 것을 보면, 우리가 누구를 대리하고 있는지 알고 있는 사람일 거야. 하지만 사례금에는 별로 관심이 없는 것 같아. 그건 바로 그 여자 자신이 보냈을지도 모른다는 뜻이 아닐까?」

「하지만 그렇게 오랫동안 숨어 있다가 이제 와서 자신을 드러낼 이유가 있을까? 게다가 이건 사라의 필적이 아니야.」 몬터규는 자기가 잘못 짚었다는 것을 묵묵히 인정했다. 「자네 직원이 얻은 정보는 이것뿐인가?」

「그는 지시에 따랐다네, 찰스. 탐문 따위는 하지 말라고 지시했거든. 그는 이웃 사람이 길거리에서 그 여자한테 아침 인사를 할 때, 마침 가까운 곳에 있었어. 그렇게 해서 이름을 알게 된 거야.」

「그런데 집은?」

「점잖은 가족이 사는 집이라더군. 내 직원이 한 말을 그대로 옮기면 그렇다네.」

「사라는 아마 그 집에서 가정교사를 하고 있을 거야.」

「그럴 가능성이 크지.」

그때 찰스는 창문 쪽으로 돌아서 있었다. 그게 차라리 나았다. 찰스의 어깨를 바라보는 몬터규의 눈길은 모든 것을 다 털어놓지 않았다는 사실을 말해 주고 있었기 때문이다. 그는 직원에게 질문을 하지 말라고 명령했지만, 자신이 직원에게 질문하는 것은 금하지 않았던 것이다.

「그 여자를 만나 볼 생각인가?」

「이보게, 해리, 내가 대서양을 건너온 건 말이야……」 찰스는 자신의 성난 어조를 사과하는 뜻으로 미소를 지었다. 「자네가 무엇을 묻고 싶어하는지 알고 있네. 하지만 대답할 수가 없군. 용서하게. 이 문제는 너무 개인적인 것이라서 말이야…… 그리고 실은 나도 내 감정을 잘 모르겠어. 사라를 다시 만나 볼 때까지는 아무것도 모를 거야. 내가 알고 있는 건…… 사라가 계속 내 마음에 떠올라 나를 괴롭힌다는 것뿐일세. 난 그걸 사라에게 말해야만 해. 그런데…… 뭐라고 말하면 좋을까.」

「그것도 그 스핑크스 같은 여자한테 물어봐야 하지 않겠어?」

「그렇게 표현하고 싶다면 마음대로 하게.」

「스핑크스의 수수께끼를 풀지 못한 사람들이 어떻게 되었는지를 자네가 명심하고 있기만 한다면.」[156]

---

156 그리스 신화에 따르면, 괴물 스핑크스는 테베 근처에 버티고 앉아서 나그네들에게 〈아침에는 네 발로 걷고 낮에는 두 발로 걷고 저녁에는 세 발로 걷는 게 무엇이냐〉는 수수께끼를 내어, 알아맞히지 못하면 잡아먹었다. 그러다가 오이디푸스가 〈인간〉이라고 대답하여 수수께끼를 풀자, 스핑크스는 부끄러워하여 스스로 목숨을 끊었다고 한다.

찰스는 침울하게 얼굴을 찡그렸다. 「침묵이냐, 죽음이냐, 둘 중 하나를 택해야 한다면, 자넨 추도사를 준비해 두는 게 좋을 걸세.」

「아무래도 그런 건 필요하지 않을 것 같은데.」

그들은 미소를 지었다.

그러나 스핑크스의 집이 가까워졌을 때 찰스는 웃고 있지 않았다. 이곳은 그가 전혀 모르는 동네였다. 다만 그곳이 은퇴한 해군 장교들이 여생을 보내는 그리니치보다 수준이 떨어지는, 그러니까 이를테면 그리니치의 대용품이라는 정도의 지식만 가지고 있었다. 빅토리아 시대의 템스 강은 오늘날보다 훨씬 더러웠고, 조수가 밀려왔다 빠져나갈 때면 구역질 나는 오물들이 파도에 씻겨 나가는 것을 볼 수 있었다. 언젠가는 그 악취가 견딜 수 없을 만큼 심해서, 상원 회의장을 의사당 밖으로 옮긴 적도 있었다. 콜레라가 발생한 책임도 거기에 돌려졌다. 그리고 오늘날 같은 방취제 시대에는 강변에 있는 집이 전망 좋은 고급 주택으로 당당한 사회적 지위를 갖고 있지만, 당시에는 이런 지위를 전혀 갖고 있지 못했다. 그런데도 찰스는 그 집들이 아주 멋지다는 걸 알 수 있었다. 그런 환경을 선택한 것을 보면 약간 괴팍한 게 분명하지만, 그 동네 사람들이 가난 때문에 그곳으로 밀려들지 않은 것만은 분명했다.

마침내 찰스는 떨리는 가슴을 안고 그 운명의 문으로 다가갔다. 얼굴은 창백해지고 모욕당한 기분이었다. 그가 새로 습득한 미국적 자아는 이 거대하고 뿌리 깊은 과거 앞에서 흔적도 없이 사라졌고, 그는 하녀보다 조금 나은 지위의 고용인을 찾아온 신사라는 사실을 의식하고 난처해서 어찌할 바를 몰랐다. 그가 다가간 운명의 문은 연철로 만들어졌고, 짧은 샛길이 그 문에서 높은 벽돌집까지 이어져 있었다. 그러나 그 벽돌집은 사치스러운 담요 같은 등나무 덩굴 ── 이 나무는 최초의 연푸른색 꽃망울을 이제 막 터뜨리기 시작한 참이었다 ── 로 지붕까지 가려져 있었다.

그는 노커로 문을 두 번 두드렸다. 그리고 20초쯤 기다렸다가 다시 두드렸다. 그러자 문이 열렸다. 하녀가 눈앞에 서 있었다. 하녀 뒤로 넓은 홀이 언뜻 보였다. 거기에는 많은 그림들이 걸려 있었다. 그림이 너무 많아서 집이라기보다는 미술관처럼 보였다.

「러프우드 부인을 만나러 왔소. 여기 살고 있는 것으로 알고 있는데……」

하녀는 눈이 크고 날씬한 아가씨였는데, 하녀들이 관례적으로 쓰게 되어 있는 레이스 캡은 쓰고 있지 않았다. 사실 그녀가 앞치마만 두르고 있지 않았다면 그는 그녀를 어떻게 불러야 할지 몰랐을 것이다.

「성함이 어떻게 되시는지요?」

그는 그녀가 〈선생님〉이란 존칭을 붙이지 않은 것을 알아차렸다. 어쩌면 그녀는 하녀가 아닐지도 모른다. 그녀의 말투는 하녀보다 훨씬 고상했다. 그는 명함을 건네주었다.

「아주 멀리서 만나러 왔다고 꼭 좀 전해 주시오.」

그녀는 그가 보는 앞에서 명함을 읽었다. 하녀라면 그런 무례한 짓은 하지 않을 것이다. 그녀는 왠지 망설이는 것 같았다. 그러나 바로 그때 홀의 어두운 저쪽 끝에서 어떤 소리가 들렸다. 찰스보다 예닐곱 살쯤 많아 보이는 남자가 문간에 서 있었다. 그 아가씨는 난처한 상황을 구해 줘서 고맙다는 듯이 남자 쪽으로 돌아섰다.

「이 신사분이…… 사라를 만나고 싶어하세요.」

「그래?」

그는 손에 펜을 쥐고 있었다. 찰스는 모자를 벗고 문지방에 선 채 남자에게 말했다.

「선처해 주시기 바랍니다…… 사적인 문제로…… 저는 그
여자가 런던에 오기 전부터 잘 알고 있었습니다.」

아주 잠깐이긴 하지만 골똘하게 찰스를 바라보는 그 남자
의 시선은 어딘지 모르게 찰스를 경원하는 듯한 느낌을 주었
다. 그에게서는 희미하게나마 유대인 같은 분위기가 풍겼고,
별로 신경을 쓰지 않은 옷차림은 저속해 보일 만큼 화려했
다. 어찌 보면 젊은 시절의 디즈레일리 같기도 했다. 그 사람
은 젊은 여자를 흘낏 바라보았다.

「사라는 지금……?」

「그들은 아마 얘기를 나누고 있을 거예요.」

〈그들〉이란 사라가 맡고 있는 아이들을 말함이리라.

「그러면 저분을 위로 안내해요.」

그는 고개를 약간 숙여 보이고는 나타날 때처럼 갑자기 사
라져버렸다. 젊은 여자는 찰스에게 따라오라고 손짓했다. 그
는 몸소 문을 닫아야 했다. 그녀가 층계를 올라가기 시작했
을 때, 그는 빽빽이 걸려 있는 그림들을 돌아볼 여유를 가졌
다. 그는 현대 미술에 어느 정도 관심을 가지고 있었기 때문
에, 그 그림들이 어떤 유파에 속해 있는지를 한눈에 알아볼
수 있었다. 그 유명한 ― 동시에 악명도 높은 ― 화가의 서
명을 여러 그림에서 볼 수 있었다. 그가 약 20년 전에 미술에
보였던 열정은 이제 다 사그라졌다. 당시에는 땔감으로나 쓸
모가 있을까 싶었던 그림들이 이제는 아주 비싼 값으로 팔리
고 있었다. 펜을 들고 있던 남자는 미술품 수집가였다. 그것
도 다소 수상쩍은 예술품을 전문으로 모으는 수집가. 그러나
거기에 못지않게 큰 재산가이기도 했다.

찰스는 젊은 여자의 날씬한 뒷모습을 따라 층계를 올라갔
다. 계단 벽에는 홀보다 더 많은 그림이 걸려 있었는데, 그 그

림들 역시 대부분 수상쩍은 유파의 그림들이었다. 그러나 그는 이제 너무나 마음이 떨려서 그림에는 주의를 기울일 수가 없었다. 두 번째 층계를 올라가기 시작했을 때, 그는 용기를 내어 물어보았다.

「러프우드 부인은 가정교사로 일하고 있나요?」

젊은 여자는 층계 중간쯤에 멈춰 서더니 뒤를 돌아보았다. 그녀의 눈길은 즐거운 놀라움을 나타내고 있었다. 그러나 곧 눈길을 떨어뜨렸다.

「전에는 그랬는데, 이제는 아니에요.」

아래로 내려가 있던 그녀의 눈길이 다시 올라와 잠시 찰스의 눈과 마주쳤다. 그녀는 다시 층계를 올라가기 시작했다. 그들은 두 번째 층계참에 이르렀다. 그 예언자 같은 안내인은 어떤 문 쪽으로 돌아섰다.

「여기서 잠시만 기다려 주세요.」

그녀는 문을 약간 열어 둔 채 방으로 들어갔다. 그 문틈을 통해 찰스는 방 안 풍경의 한 모퉁이를 볼 수 있었다. 열린 창문과 하늘거리는 레이스 커튼, 창밖의 나뭇잎 사이로 반짝이는 강물이 언뜻 보였다. 나지막하게 중얼거리는 목소리가 들렸다. 그는 방 안을 볼 수 있도록 위치를 옮겼다. 두 명의 신사가 보였다. 그들은 햇빛을 잘 받도록 창문 쪽으로 비스듬히 세워진 이젤 앞에 서서, 거기에 얹힌 그림을 바라보고 있었다. 두 사람 가운데 키가 큰 쪽은 그림을 유심히 살피느라 허리를 굽히고 있었고, 그래서 찰스는 그 뒤에 서 있는 또 다른 인물도 볼 수 있었다. 우연히 그 신사가 문 쪽을 돌아보다가 찰스와 시선이 마주쳤다. 그러자 그는 약간 몸을 돌리더니, 문에서는 보이지 않는 쪽에 있는 누군가를 흘낏 돌아보았다.

찰스는 한 방 얻어맞은 것처럼 멍한 기분이었다.

그가 알고 있는 얼굴이었기 때문이다. 언젠가 어니스티나와 함께 한두 시간쯤 그 사람 이야기에 귀를 기울인 적도 있었다. 아니, 이럴 수가! 하지만…… 아래층에 있는 그 남자는! 그 많은 그림들은! 그는 황급히 돌아서서, 악몽에서 깨어난 사람이 아니라 잠에서 깨어나 악몽으로 뛰어든 사람처럼, 층계참 끝에 있는 높은 창문을 통해 뒤뜰을 내려다보았다. 아무것도 보이지 않았다. 아무것도 알 수 없었다. 한번 타락한 여인은 계속 타락할 수밖에 없다 — 는 가설 자체가 얼마나 어리석은 것인가 하는 것 말고는. 그는 바로 그 중력의 법칙을 저지하러 오지 않았던가? 그는 주위 세계가 난데없이 물구나무서 있는 것을 본 사람처럼 충격을 받았다.

어떤 소리가 났다.

그는 휙 뒤를 돌아보았다. 그녀였다. 그녀가 막 문을 닫고 손잡이에 손을 얹은 채 문에 기대서 있었다. 갑자기 햇빛이 사라져, 그 모습을 똑똑히 보기가 어려웠다.

게다가 그녀의 차림새라니! 그것은 전과 너무나 달랐기 때문에, 그는 순간 사라가 아닌 다른 여자라고 생각했을 정도였다. 마음속에서 그는 언제나 미망인처럼 칙칙한 옷을 입고 있는 사라를 보아 왔다. 그러나 이 여인은 패션에 대한 온갖 형식적 개념을 거부하는 것으로 알려진 이른바 〈신여성〉의 복장을 완전히 갖추고 있었다. 화려한 감청색 스커트, 금도금된 별 모양의 버클이 달린 진홍빛 벨트, 분홍색과 하얀색 줄무늬가 엇갈린 실크 블라우스. 블라우스에는 미끈하게 흘러내린 긴 소매와 섬세한 하얀 레이스로 만든 조그만 칼라 — 이 칼라에는 작은 카메오 보석이 달려 있어서 타이 역할을 해주고 있었다 — 가 달려 있었다. 머리는 빨간 리본으로 뒤에서 느슨하게 묶여 있었다.

그 자극적이고 자유분방한 유령은 찰스에게 즉각 두 가지 반응을 불러일으켰다. 하나는 그녀가 두 살을 더 먹은 게 아니라 오히려 두 살은 더 젊어 보인다는 것이었고, 또 하나는 자기가 영국에 돌아온 것이 아니라 세계를 한 바퀴 돌아서 미국으로 되돌아갔다는 느낌이었다. 그쪽 나라의 멋쟁이 아가씨들은 낮에는 대부분 그런 옷차림을 하고 있었기 때문이다. 그들은 그런 패션의 의미를 알고 있었다. 허리받이와 코르셋, 크리놀린의 지긋지긋한 속박을 감수한 뒤여서, 그런 옷차림은 더욱 간편하고 멋있게 느껴졌을 것이다. 미국에서 찰스는 그런 옷차림을 볼 때마다, 여성 해방에 대한 교묘한 암시와 더불어, 그럼에도 오히려 남자를 유혹하는 듯한 요염함의 매력을 느끼곤 했었다. 그런데 이제, 마음속에 새로이 싹튼 수많은 의혹 때문에, 그의 뺨은 그녀가 입고 있는 블라우스의 분홍빛 줄무늬만큼이나 빨개졌다.

그러나 이 충격 ─ 사라는 지금 어떤 신분이며, 어떤 여자가 되었는가! ─ 을 거슬러서 안도의 물결이 쏟아져 들어왔다. 그 눈빛, 그 입술, 언제나처럼 그녀가 풍기고 있는 그 도전적인 분위기, 이 모든 것이 여전히 그녀에게 존재하고 있었다. 그녀는 그의 행복했던 한때의 기억이 만들어 낸 놀라운 창조물이었지만, 꽃이 피고, 실체를 얻고, 번데기 껍질에서 벗어나 아름다운 날개를 활짝 펴고 있었다.

그들은 한참 동안 아무 말도 없었다. 이윽고 그녀가 벨트 고리 앞에서 손을 신경질적으로 맞잡으며 시선을 떨어뜨렸다.

「여긴 어떻게 오셨나요, 스미스선 씨?」

주소를 보낸 사람은 그녀가 아니었다. 그녀의 질문이 그것을 말해 주고 있었다. 그가 찾아온 것이 전혀 달갑지 않다는 투였다. 그는 그녀의 질문이 언젠가 언더클리프에서 뜻밖에 마주쳤을 때 그가 던졌던 질문과 똑같다는 사실을 기억하지 못했다. 그러나 그는 이제 두 사람의 입장이 이상하게도 서로 뒤바뀌었다는 것을 알아차렸다. 이제는 그가 사정하는 입장이었고, 그녀는 마지못해 들어주는 입장이었다.

「내 변호사가 당신이 여기 살고 있다는 말을 들었소. 누구한테 들었는지는 모르지만.」

「변호사요?」

「모르고 있었나 보군요. 프리먼 양과는 파혼했소.」

이제는 충격을 받은 쪽이 그녀였다. 그녀는 오랫동안 그의 눈을 바라보고 있다가 눈길을 떨어뜨렸다. 그는 한 걸음 다가가서 낮은 목소리로 말했다.

「나는 이 도시를 샅샅이 찾아다녔소. 다달이 신문에 광고도 냈고…… 혹시나 하는 소망에서…….」

이제 그들은 둘 다 그들 사이의 마룻바닥, 층계참 전체를 덮고 있는 멋진 터키 산 양탄자를 내려다보고 있었다. 그는 목소리를 애써 가다듬었다.

「나는 당신이…….」 그는 적당한 말을 찾지 못해 말꼬리를 흐렸지만, 그녀가 완전히 변했다는 말을 할 작정이었다.

그녀가 말했다. 「인생은 저한테 퍽 너그러웠답니다.」

「저 방에 있는 신사는…… 혹시 그 사람 아니오?」

그녀는 그가 아직도 믿을 수 없다는 눈으로 말한 이름이 맞다고 고개를 끄덕였다.

「그러면 이 집은…….」

그러자 그녀는 약간 숨을 들이쉬었다. 그의 말투에 비난하는 기색이 드러났기 때문이다. 그의 마음에는 전에 들었던 소문이 서서히 스며들기 시작했다. 그것은 방 안에 있는 남자가 아니라 아래층에서 본 남자에 대한 소문이었다. 사라는 느닷없이 위층으로 통하는 층계를 올라가기 시작했다. 찰스는 그 자리에 못 박힌 듯 서 있었다. 그녀는 망설이며 그를 내려다보았다.

「따라오세요.」

그는 그녀를 따라 층계를 올라가서, 그녀가 북쪽의 넓은 정원이 내려다보이는 방으로 들어가는 것을 보았다. 그곳은 어느 예술가의 화실이었다. 문 가까이 있는 탁자 위에는 그림들이 어지럽게 널려 있었다. 이젤 위에는 이제 막 기름을 먹이기 시작한 화폭이 놓여 있었다. 밑그림만 그려진 그 화폭에는 슬픈 표정으로 시선을 떨구고 있는 젊은 여인과 그녀의 머리 뒤쪽에 나뭇잎이 희미하게 스케치되어 있었다. 벽 앞에는 다른 캔버스들이 벽 쪽을 향한 채 세워져 있었다. 또 다른 벽에는 갈고리가 줄지어 박혀 있고, 그 갈고리에는 가지각색의 화려한 여자 옷과 스카프, 숄 따위가 가지런히 걸려 있었다. 커다란 도자기 물병이 있고, 그림 도구 — 물감, 붓, 물감통 — 들이 놓여 있는 탁자가 있었다. 얕게 양각된 부조와 조그만 조각품들, 두루마리 종이가 담겨 있는 항아리도 있었다. 그런 물건들이 놓여 있지 않은 곳은 한 사람이 겨우 엉덩이를 붙일 만한 정도의 공간밖에 되어 보이지 않았다. 찰스는 그녀를 따라 안으로 들어갔다.

사라는 그에게 등을 돌리고 창가에 서 있었다.

「전 그분의 비서랍니다. 말하자면 조수죠.」

「모델 노릇도 하고 있소?」

「가끔은요.」

「알겠소.」

그러나 실은 아무것도 알 수 없었다. 그는 문 옆 탁자에 놓인 스케치들 가운데 하나를 곁눈질로 힐끔거리고 있었다. 그것은 여성의 상반신만 그린 누드였는데, 여자는 엉덩이 근처에 항아리 하나를 잡고 있었다. 그림에 담긴 얼굴은 사라처럼 보이지는 않았다. 그러나 여자가 고개를 외로 꼬고 있어서, 사라가 아니라고 확신할 수도 없었다.

「엑서터를 떠난 이래 죽 여기서 살았소?」

「작년부터 여기서 살았어요.」

어떻게 지냈느냐고 물어볼 수만 있다면 얼마나 좋을까? 그 남자를 어떻게 만났느냐, 어떤 조건으로 같이 살고 있느냐. 그는 머뭇거리다가 모자와 지팡이와 장갑을 문 옆에 있는 의자에 올려놓았다. 그녀의 머리카락은 허리까지 닿을 정도로 치렁하게 늘어져 있어서, 그 풍성한 아름다움을 충분히 드러내고 있었다. 그녀는 그의 기억 속에 남아 있는 모습보다 작고 호리호리해 보였다. 비둘기 한 마리가 그녀 앞의 창턱에 날아와 앉아서 울다가, 무엇엔가 놀란 듯 날아가 버렸다. 아래층에서 문이 열리고 닫히는 소리가 들렸다. 아래를 지나가는 남자들의 수런대는 목소리가 희미하게 들려왔다. 방은 그들을 격리시키고 있었다. 아니, 모든 것이 그들을 갈라놓았다. 견딜 수 없는 침묵이 계속되었다.

그는 그녀를 가난에서 구해 주려고, 이 야릇한 집구석의 야릇한 처지에서 구해 주려고 여기 왔다. 완전 무장을 갖추고, 못된 용을 찔러 죽일 각오도 되어 있었다. 그런데 그의 도움을 받아야 할 그녀가 규칙을 깨뜨려 버린 것이다. 그녀는 사슬에 묶여 있지도 않았고, 흐느껴 울지도 않았고, 손바닥을 비비며 제발 구해 달라고 간청하지도 않았다. 그는 마치 가장무도회가 열리는 줄 알고 괴상한 옷차림으로 만찬 파티에 나타난 사람 같았다.

「그 사람은 당신이 미혼이라는 걸 알고 있소?」

「전 과부로 통하고 있어요.」

그의 다음 질문은 참으로 재치 없는 것이었다. 하기야 그는 재치를 모두 잃어버렸다.

「그 사람의 부인은 죽은 걸로 아는데?」

「그래요. 하지만 그분의 마음속에는 여전히 살아 계세요.」

616

「그럼 그 사람은 재혼하지 않았소?」

「그분은 이 집에서 동생과 함께 살고 계세요.」

그러고는 그 집에 살고 있는 또 한 사람의 이름을 덧붙였다. 찰스가 은연중에 드러낸 두려움이 터무니없는 것이라는 점을 그 집에 동생이 함께 살고 있다는 사실이 증명해 준다고 여기는 것 같았다. 그러나 그녀가 덧붙인 이름은 1860년대 후반의 신사라면 누구나 혐오감을 가지고 들을 수밖에 없는 이름이었다. 그의 시가 불러일으키는 공포는 그 시대의 타고난 연설가로 존경받는(즉, 공허한 겉치레로 명성을 얻은) 존 몰리가 공공연히 표현한 적도 있었다. 찰스는 그 시인에 대한 존 몰리의 비난을 농축해 놓은 듯한 구절을 기억해 냈다. 그것은 〈일단의 사티로스들이 추대한 호색적인 계관 시인〉이라는 비난이었다. 그리고 이 집주인은 또 어떤가! 그가 아편 상용자라는 소문도 나돌지 않았던가? 네 명 — 사라를 포함하면 다섯 명 — 의 식구가 벌이는 주신제(酒神祭)의 현장이 찰스의 마음에 떠올랐다. 그러나 사라의 모습에는 술 마시고 흥청대는 난잡한 주신제의 분위기는 조금도 없었다. 시인을 일종의 보증인으로 내세운 것은 그녀의 결백을 입증해 주는 것 같았다. 그런데 문을 통해서 그가 언뜻 보았던 그 유명한 강연자 겸 비평가, 약간 과장된 생각을 갖고 있긴 하지만 널리 존경받고 있는 그 사람은 이런 죄의 소굴에서 도대체 무엇을 하고 있는 것일까?

나는 찰스의 심성 가운데 보다 나쁜 면 — 즉, 존 몰리처럼 세상 풍조에 영합하는 기회주의적인 면 — 을 지나치게 강조하고 있다. 하지만 그의 보다 좋은 면 — 즉, 라임 주민들이 사라에게 품고 있는 적개심에도 불구하고 그녀의 본성을 한눈에 간파할 수 있게 해준 자아 — 은 그녀에 대한 의심을 털어 버리려고 안간힘을 다하고 있었다.

그는 나직한 목소리로 그동안 있었던 일들을 털어놓기 시작했다. 그러나 마음속에는 또 다른 목소리가 있어서, 격식을 차리는 그의 딱딱한 태도를 저주했다. 그 체면 차리기야말로 헤아릴 수 없이 많은 외로운 낮과 외로운 밤들, 눈만 뜨면, 아니 꿈속에서조차 사방에서 그녀의 영혼을 느껴야 했던 그 숱한 나날들…… 그리고 느닷없이 흐르곤 하던 눈물을 털어놓지 못하게 만드는 걸림돌이었다. 찰스는 그날 밤 엑서터에서 있었던 일을 이야기했고, 그의 결심과 샘의 야비한 배신에 대해 이야기했다.

그는 그녀가 돌아서기를 바랐다. 그러나 그녀는 여전히 얼굴을 돌린 채 아래 정원만 내려다보고 있었다. 그곳 어딘가에서 아이들이 놀고 있었다. 그는 잠시 말을 끊고 서 있다가, 그녀 뒤로 다가갔다.

「내 말이 당신한테는 아무 의미도 없소?」

「아니에요. 저한테는 너무도 많은 의미를 갖고 있어요. 그만큼 저는…….」

그는 부드럽게 말했다. 「계속해요.」

「어떻게 말해야 할지 모르겠어요.」

그러고 나서 그녀는, 가까이서는 그를 바라볼 수 없다는 듯 문 쪽으로 걸어갔다. 이젤 옆에 이르러서야 그녀는 그를 향해 돌아섰다.

그녀는 같은 말을 중얼거렸다. 「무슨 말을 해야 할지 모르겠어요.」

그러나 그녀는 그 말을 아무 감정도 없이, 그가 그토록 조바심치며 찾고 있는 감사의 기미라고는 조금도 없이 냉담하게 말했다. 잔인하게도 그녀는 자기가 몹시 당황하고 있다는 것을 솔직하게 드러내고 있을 뿐이었다.

「당신은 나를 사랑한다고 말했소. 그리고 여자가 보여 줄 수 있는 가장 중요한 증거를 보여 주었소. 우리를 사로잡은 것은 단순히 서로에 대한 평범한 동정이나 매력이 아니라는 증거를……」

「그 점은 부인하지 않겠어요.」

그의 눈에 상처 입은 분노의 불꽃이 번뜩였다. 그 시선을 받자 그녀는 고개를 숙였다. 침묵이 방 안으로 다시 흘러들고, 이번에는 찰스가 창문 쪽으로 돌아섰다.

「하지만 그것보다 더 강하고 새로운 애정을 찾아냈다는 거요?」

「당신을 다시 만나게 되리라고는 꿈에도 생각지 않았어요.」

「그건 내 질문에 대한 답이 아니오.」

「불가능한 일에는 미련을 갖지 않기로 했어요.」

「그것도 역시 내 질문에…….」

「스미스선 씨, 저는 그분의 정부가 아니에요. 당신이 그분을 아신다면, 그분에게 일어난 비극을 아신다면…… 차마 그런 생각은…….」그러나 그녀는 말을 끊고 침묵에 빠졌다. 내가 너무 지나쳤구나. 그는 손가락 관절을 톡톡 두드리면서 얼굴을 붉히고 서 있었다. 다시 침묵이 흘렀다. 이윽고 그녀가 조용히 입을 열었다. 「저는 새로운 애정을 찾았어요. 하지만 당신이 생각하는 그런 종류의 애정이 아니에요.」

「그렇다면 나를 다시 만났을 때 당신이 그렇게 당황한 것을 어떻게 해석해야 할지 모르겠군.」 그녀는 아무 말도 하지 않았다. 「당신은 이제…… 나로서는 흉내도 낼 수 없을 만큼 재미있고 즐거운 친구들을 갖고 있다는 건 충분히 상상할 수 있소…….」그는 자신의 비꼬는 말투를 의식하고, 얼른 덧붙였다. 「내 마음을 이런 식으로 표현하는 건 정말로 싫소. 하지만 당신이 나를 그렇게 만들고 있어요.」 여전히 그녀는 아무 대꾸도 하지 않았다. 그는 씁쓸한 미소를 지으며 그녀 쪽으로 돌아섰다. 「어떻게 된 일인지 이제는 알겠소. 사람을 싫어하게 된 건 당신이 아니라 바로 나요.」

이 솔직한 표현이 그에게는 더 나았다. 그녀가 그를 흘끗 바라보았다. 관심이 전혀 없지도 않은 표정이었다. 그녀는 망설이다가 결단을 내렸다.

「당신을 그렇게 만들 생각은 없었어요. 전 나름대로 최선이라고 생각되는 일을 할 작정이었어요. 당신의 신뢰와 친절을 악용한 건 사실이에요. 당신에게 몸을 던졌고, 저를 억지로 당신에게 떠맡겼어요. 당신이 약혼한 몸이라는 걸 알면서 말이에요. 그 당시 저에게는 어떤 광기가 있었어요. 엑서터에서 그 일이 있기까지는 그 사실을 분명히 알지 못했죠. 그때 당신이 저에 대해 염려한 최악의 경우는 사실이었어요. 실제로 저는 그런 여자였으니까요.」 그녀는 잠시 말을 끊었고, 그는 그녀가 계속하기를 기다렸다. 「저는 종종 예술가들이 자신의 작품을 부수는 것을 보았어요. 저 같은 아마추어가 보기에는 너무나 훌륭한 작품인데도, 그들은 미련 없이 파괴하는 것이었어요. 그래서 한번은 제가 항의를 했더니, 예술가가 자신에게 가장 엄격한 심판자가 되지 못하면, 그 사람은 예술가가 될 자격이 없다고 하더군요. 그 말을 듣고 깨달은 바가 많았답니다. 우리 사이에 있었던 일도 저 자신이 파괴해 버리는 것이 옳다고 믿었어요. 거기엔 거짓이 있었기 때문이에요.」

「그건 내 잘못이 아니었소.」

「그래요, 당신에겐 책임이 없어요.」 그녀는 잠시 쉬었다가 좀 더 부드러운 어조로 말을 이었다. 「스미스 선 씨, 얼마 전에 존 러스킨[157] 씨의 글을 읽었는데, 거기에 나오는 한 구절

[157] 영국의 사회 사상가이자 예술 평론가로서 라파엘 전파의 이론적 지주였다. 1819~1900.

이 특히 마음에 와닿더군요. 그 글은 개념의 모순에 관한 것이었어요. 그 구절의 뜻을 한마디로 말하자면, 자연적인 것은 인공적인 것에 의해 손상되고, 순수한 것은 불순한 것에 의해 손상된다는 거예요. 이태 전에 우리 사이에 있었던 일은 바로 그런 것이었어요.」 그녀는 낮은 목소리로 말을 이었다. 「그리고 그때 제가 맡은 역할이 어느 쪽인지도 너무나 잘 알고 있답니다.」

찰스는 또다시 그녀가 지적인 면에서 자기와 대등하다는 기묘한 느낌을 받았다. 또한 두 사람 사이에서 언제나 불협화음을 일으킨 게 무엇인지도 깨달았다. 그것은 그가 쓰는 말의 딱딱한 격식 — 이것은 그녀가 끝내 받지 못한 연애편지에 최악의 형태로 표현되어 있었다 — 과 그녀가 쓰는 말의 솔직함이었다. 그의 언어는 공허함과 어리석은 속박 — 이것을 그녀는 방금 개념의 인공성이라고 표현했다 — 을 드러냈고, 그녀의 언어는 그녀의 생각과 판단이 실질적이고 순수하다는 것을 드러내고 있었다. 가감이나 수정을 가할 필요가 없는 진솔하고 단순한 책과, 겉은 그럴듯하게 꾸몄지만 알맹이는 하나도 없는 엉터리 책의 차이. 사라는 친절하게도 — 어쩌면 찰스를 빨리 떼어 버리고 싶어서 그랬는지도 모른다 — 그 점을 애써 감추고 있었지만, 그것이 바로 두 사람 사이의 진정한 모순이고 차이였다.

「당신의 비유를 내가 계속해도 되겠소? 당신이 개념의 자연적이고 순수한 부분이라고 표현한 것 말이오, 그것을 원상태로 되돌릴 수는 없겠소?」

「아마 그러지 못할 거예요.」

그러나 이 말을 할 때 그녀는 그의 시선을 피하고 있었다.

「당신을 찾아냈다는 소식을 들었을 때 나는 여기서 6천 킬로미터나 떨어진 곳에 있었소. 그게 한 달 전이오. 난 그때 이

후 단 한 시간도 당신을 생각하지 않고 보낸 적이 없었소. 당신을 만날 생각, 당신과 이야기할 생각…… 그 비유가 아무리 적절한 것일지라도, 예술에 대한 소견에 빗대어 내 질문에 대답할 수는 없소.」

「예술에 대한 제 생각은 인생에도 똑같이 적용된답니다.」

「그렇다면 당신이 지금 하고 있는 얘기는 결국 나를 사랑한 적이 한 번도 없었다는 거로군.」

「그렇게는 말할 수 없어요.」

그녀는 그에게서 돌아섰다. 그는 다시금 그녀 뒤로 다가갔다.

「하지만 당신은 그렇게 말해야 하오. 당신은 또 이렇게 말해야 하오. 〈나는 정말 나쁜 여자였다. 나는 당신한테서 내가 이용할 수 있는 도구나 내가 초래할 수 있는 파멸밖에는 보지 않았다. 나는 당신이 아직도 나를 사랑한다거나, 여행하는 동안 나와 견줄 만한 여자를 전혀 보지 못했다거나, 나와 떨어져 있으면 당신은 유령이나 그림자에 불과하다는 말 따위에는 이제 아무 관심도 없기 때문이다…….〉 그녀가 고개를 숙였다. 그는 목소리를 낮추었다. 「당신은 또 이렇게 말해야 하오. 〈나는 당신의 죄가 단지 몇 시간 동안 결정을 내리지 못하고 우유부단한 모습을 보인 것뿐이라는 사실에도 관심 없다. 당신이 자신의 명예를 희생하여 그 죄를 속죄했다는 것에도 나는 관심이 없다…….〉 아니, 이런 것은 그다지 중요한 게 아니오. 나는 내가 가진 모든 것을 백 번이라도 다시 희생할 수 있소. 당신을 알 수만 있다면…… 사랑하는 사람…… 당신을 알 수만 있다면, 나는…….」

그는 하마터면 울음을 터뜨릴 뻔했다. 그는 조심스럽게 손을 뻗어 그녀의 어깨를 만졌다. 그러나 손이 닿자마자 그녀의 자세가 알아차릴 수 있을 만큼 딱딱해진 것을 느끼고 그만 손을 내리고 말았다.

「다른 문제가 있나 보군.」

「그래요, 다른 문제가 있어요.」

그는 그녀가 돌리고 있는 얼굴에 분노에 찬 시선을 쏘아보내고는 숨을 깊이 들이마신 다음, 문 쪽으로 걸어갔다.

「제발 가지 마세요. 말씀드려야 할 게 또 있어요.」

「중요한 건 이미 말하지 않았소?」

「이건 당신이 생각하는 그런 게 아니에요.」

그녀의 말투가 너무나 새롭고 격렬해서, 그는 모자를 집으려던 동작을 멈추었다. 그는 그녀를 흘낏 돌아보았다. 거기서 그는 완전히 분열된 존재를 보았다 ── 그를 비난하던 사라와 제 말을 들어 달라고 간청하는 사라. 그는 마룻바닥을 내려다보았다.

「당신이 말하는 의미에서도 다른 문제가 있어요. 그분은 …… 제가 여기서 만난 화가예요. 그분은 저와 결혼하고 싶어 하세요. 저는 그분을 남자와 예술가로서 존경하고 있지만, 그분과 결혼하지는 않을 거예요. 지금 이 순간 그분과 당신 가운데 한 사람을 택할 수밖에 없다면, 당신은 패배자로서 이 집을 나가게 되지는 않을 거예요. 그 점은 믿어 주세요.」 그녀가 몇 걸음 다가왔다. 그녀의 열띤 시선은 그의 눈에 지그시 꽂혀 있었다. 그래서 그는 그녀의 말을 믿을 수밖에 없었다. 그는 다시 시선을 떨구었다.「그분과 당신의 공통된 경쟁자는 바로 저 자신이에요. 전 결혼하고 싶지 않아요. 그 이유는…… 첫째, 제 과거 때문이에요. 전 고독에 길들여졌어요. 저는 늘 제가 고독을 혐오한다고 생각했었어요. 그런데 이제는 고독을 너무나 쉽게 피할 수 있는 세계에서 살고 있어요. 그러자 제가 고독을 소중히 여기고 있다는 걸 알게 되었어요. 전 누구하고도 인생을 같이하고 싶지 않아요. 지금

이대로 있고 싶어요. 아무리 친절한 남편, 아무리 너그러운 남편이라도, 남편은 결혼 생활에서 제가 다른 여자, 아내로서 적당한 여자가 되기를 기대할 거예요. 전 그렇게 되고 싶지 않아요.」

「그럼 두 번째 이유는?」

「두 번째 이유는 저의 현재예요. 전 이제껏 한 번도 인생에서 행복해지리라고 기대한 적이 없었어요. 하지만 지금 이곳에서 전 행복해요. 전 제 성미와 취미에 맞는 다양한 일을 하고 있어요. 그 일이 너무 즐거워서, 이젠 더 이상 그게 즐겁다는 생각도 못할 정도예요. 전 예술의 천재들이 나누는 일상적인 대화에 끼어들 수 있어요. 그들도 나름대로 결점을 갖고 있죠. 나쁜 짓도 하고요. 하지만 세상 사람들이 생각하는 그런 사람들은 아니에요. 여기서 만난 분들은 존경할 만한 열정과 고귀한 목적을 가진 사람들의 세계를, 지금까지 그런 세계가 이 세상에 존재하는 줄도 몰랐던 세계를 저한테 보여주었답니다.」 그녀는 이젤 쪽으로 돌아섰다. 「스미스 선 씨, 전 지금 행복해요. 드디어 제가 속해야 할 곳, 적어도 제게는 그렇게 여겨지는 곳에 도달했어요. 저는 이 말을 아주 겸손한 마음으로 하고 있는 거예요. 저 자신은 결코 천재가 아니에요. 다만 지극히 사소하고 하찮은 방법으로 천재들을 도울 수 있는 능력을 갖고 있을 뿐이죠. 제가 무척 운이 좋았다고 생각하셔도 좋아요. 그 사실을 부인하지 않겠어요. 아니, 그렇다는 것은 저 자신이 누구보다도 잘 알고 있어요. 그만큼 저는 행운의 여신에게 빚을 지고 있어요. 다른 데서는 행운을 찾을 수 없을 거예요. 제 행운은 너무 불안정해서, 이곳을 떠나면 행운도 사라지고 말 거예요. 모처럼 찾아온 행운을 제 발로 차버릴 수는 없어요.」 그녀는 다시 말을 끊고 그를 마주 보았다. 「어떤 식으로 생각하셔도 좋아요. 하지만 저는 현재의 생활을 다른 생활과 바꾸고 싶은 생각이 조금도 없어요. 그리고 그건 제가 가장 소중히 여기는 사람, 제가 형언할 수 있는 것 이상으로 저를 감동시키는 사람이 간청한다 해도 마찬가지예요. 저는 그분이 주는…… 충실하고 너그러운 애정을 받을 자격이 없어요.」 그녀는 목소리를 낮추었다. 「그리고 저는 지금 그분에게 저를 이해해 달라고 간청하고 있는 거예요.」

그녀의 독백이 진행되는 동안 찰스는 몇 번이나 그녀의 주장을 가로막고 싶은 충동을 느꼈다. 이런 주장은 모두 이단처럼 보였다. 그러나 마음속 깊은 곳에서는 그 이단자에 대한 존경심이 싹터 오르고 있었다. 그녀는 어느 누구와도 달랐다. 그 유별난 점이 지금은 더욱 두드러지게 느껴졌다. 그는 런던과 새로운 생활이 그녀를 미묘하게 변화시킨 것을 알았다. 그녀의 어휘와 말투를 우아하게 다듬어 주었고, 그녀의 직관을 분명히 표현하게 해주었고, 그녀의 명석한 통찰력을 더욱 깊게 해주었다. 그리고 전에는 어디에도 뿌리를 내리지 못하고 있던 그녀를 인생에 대한 확신과 자신의 역할에 안주하게 해주었다. 그녀의 화려한 옷차림에 대해서도 처음에는 오해했다. 그러나 이제는 그 옷차림이 단지 그녀의 새로운 자각과 자제를 표현해 주는 요소에 불과하다는 것을 깨닫기 시작했다. 그녀는 이제 더 이상 자제와 냉정을 겉으로 과장하는 검은 제복을 입을 필요가 없었다. 그는 그것을 보면서도, 보려고 하지 않았을 뿐이다. 그는 방 한가운데로 다시 돌아왔다.

「아무리 그렇더라도 당신은 여성이 창조된 목적을 거부할 수는 없소. 당신 말대로라면 도대체 무엇 때문에 여자들이 이 세상에 태어난단 말이오? 난 저…… 남자에 대해서는…….」 그는 이젤에 얹혀 있는 그림을 가리켰다. 「……저 남자와 그의 그룹에 대해서는 비난할 생각이 없소. 하지만 그들에게 봉사하는 것을 자연법칙보다 우위에 놓을 수는 없을 거요」 그는 자신의 유리한 입장을 계속 밀어붙였다. 「나도 변했소. 나 자신에 대해서도 많은 것을 알았고, 나에게 거짓된 것이 무엇이 었는지도 알았소. 나는 아무런 조건도 제시하지 않겠소. 스미스선 부인이 되어도, 원한다면 당신은 현재의 사라 우드러프 그대로 남아 있을 수 있소. 당신은 전혀 변할 필요가 없어요. 나는 당신이 새로운 세계를 갖거나 그 안에서 계속 즐거움을 얻는 것을 막지 않겠소. 나는 다만 당신이 지금 누리고 있는 행복을 더욱 넓히라고 제의하고 있을 뿐이오.」

그녀는 창가로 걸어갔고, 그는 눈으로 그녀를 좇으면서 이젤 쪽으로 걸어갔다. 그녀가 몸을 반쯤 돌렸다.

「당신은 이해하지 못해요. 그건 물론 당신 잘못이 아니죠. 당신은 정말 친절한 분이세요. 하지만 저를 이해할 수는 없어요.」

「잊어버린 모양인데, 당신은 전에도 그런 말을 했었소. 그런 말투를 당신은 일종의 자랑거리로 삼고 있는 모양이군.」

「저는 저 자신조차 저를 이해할 수 없다는 의미로 말씀드린 거예요. 이유는 말할 수 없지만, 저의 행복은 바로 제가 저 자신을 이해하지 못하는 데 있는 것 같아요.」

찰스는 저도 모르게 미소를 지었다. 「정말 어처구니가 없군. 그러니까 당신은 나와 결혼하면 당신 자신을 이해하게 될지도 모르기 때문에 내 제안을 생각해 보지도 않고 거부한다는 거요?」

「다른 분들의 경우와 마찬가지로, 바로 그래서 당신의 청혼을 받아들일 수 없는 거예요. 그것이 저에게는 전혀 어처구니 없는 일이 아니라는 걸 당신이 이해할 수 없기 때문이에요.」

그녀는 다시 그에게 등을 돌렸다. 그러나 그녀가 하얀 창틀에서 뭔가를 집을 때, 그녀에게서는 고집스러운 어린애가 감추려고 애쓰는데도 자연히 드러나고 마는 당혹감의 기미가 느껴졌다. 그래서 그는 한 가닥 희망의 불빛이 어렴풋이 다가오는 것을 보기 시작했다.

「그런 이유로 나한테서 달아날 수는 없소. 당신이 원하는 신비로움은 모두 그대로 간직하고 있어도 좋아요. 그건 나한테도 성역으로 남아 있을 거요.」

「제가 두려워하는 건 당신이 아니에요. 저에 대한 당신의 사랑이 두려운 거죠. 그 안에서는 아무것도 성역으로 남아 있을 수 없다는 걸 전 너무나 잘 알고 있어요.」

그는 마치 법조문에 들어 있는 사소한 구절 때문에 행운을 박탈당한 사람 같은 기분을 느꼈다. 불합리한 법률이 합리적인 의도를 정복했고, 그는 거기에 희생된 가련한 제물이었다. 그러나 그녀는 이성에 굴복하려 하지 않았다. 그녀의 감성에 호소하면 좀 더 효과가 있을지 모른다. 그는 망설이다가 그녀에게 다가갔다.

「내가 없는 동안 나에 대해 많이 생각해 봤소?」

그러자 그녀는 그를 바라보았다. 이 새로운 공세를 예상해 두기라도 했던 듯 그 시선은 냉담했고, 그 질문을 오히려 환영하고 있는 것처럼 보였다. 잠시 후 그녀는 몸을 돌려 정원 너머에 있는 지붕들을 바라보았다.

「처음에는 당신 생각을 많이 했어요. 우리가 헤어지고 난 뒤 반년이 지날 때까지는…… 그러다가 그 무렵 당신이 신문에 낸 광고를…….」

「그렇다면 내가 당신을 찾고 있다는 걸 알고 있었단 말이오!」

그러나 그녀는 거침없이 말을 이었다. 「그 광고 때문에 저는 그때까지 살던 하숙집과 이름을 바꾸어야 했어요. 무슨

627

일인가 싶어 조사도 해봤답니다. 그리고 그제야 당신이 프리먼 양과 결혼하지 않은 걸 알았어요. 그전에는 전혀 모르고 있었어요.」

그는 도저히 믿을 수 없다는 기분을 느끼며 한동안 얼어붙은 듯이 서 있었다. 그러자 그녀가 돌아보았다. 그녀의 눈 속에서 그는 희미한 기쁨을 본 것 같았다. 결정적인 카드를 줄곧 손에 쥐고 있으면서, 그가 쥔 카드를 전부 펼쳐 보일 때까지 기다렸다가, 자신의 카드를 내놓을 때의 우쭐한 승리감이랄까. 그녀는 조용히 그에게서 멀어졌다. 멀어져 가는 움직임보다 오히려 그 조용함, 그 명백한 무관심이 그에게는 더 두려웠다. 그는 그녀의 움직임을 눈으로 좇았다. 그리고 드디어 그녀의 비밀을 이해하기 시작했다. 그녀는 인간의 성적 운명을 무서운 형태로 왜곡하기 시작한 것이다. 그는 일개 졸병, 거대한 전쟁터에서 사로잡힌 포로에 불과했다. 그리고 모든 전쟁이 다 그렇듯이, 그 전쟁은 사랑을 위한 싸움이 아니라 소유와 영토를 위한 전쟁이었다. 그는 더 깊이 들여다보았다. 그녀는 모든 남자를 혐오하거나, 다른 남자들보다 그를 더 경멸하는 게 아니었다. 그녀가 그에게 쓴 전술은 단지 그녀가 보유하고 있는 병기의 일부이며, 더 큰 목적을 달성하기 위한 도구에 불과했다. 그는 그보다 더 깊은 곳을 들여다보았다. 그녀는 현재 생활이 행복하다고 말했지만, 이 주장은 또 다른 거짓말이었다. 존재의 핵심에서는 옛날과 똑같이 고통받고 있었다. 이것이야말로 그에게 들킬까 봐 그녀가 진정으로 두려워하는 결정적인 비밀이었다.

침묵이 흘렀다.

「그렇다면 당신은 내 인생을 파멸시켰을 뿐만 아니라, 거기서 즐거움도 얻었군.」

「이런 만남은 불행밖에 가져올 수 없다는 걸 알고 있었어요.」

「그건 거짓말이오. 당신은 내 불행을 생각하면서 즐겼을 거요. 그리고 내 변호사한테 편지를 보낸 것도 바로 당신일 거요.」

그녀는 날카롭게 부인하는 눈초리를 보냈지만, 그는 차갑게 찡그린 얼굴로 거기에 맞섰다.

「잊고 있는 모양인데, 당신은 목적을 달성하기 위해서라면 능란한 여배우가 될 수도 있다는 것을 나는 알고 있소. 전에도 한 번 혼쭐난 일이 있기 때문에 말이오. 내가 왜 최후의 일격을 맞기 위해 지금 소환되었는지 짐작이 가는군. 당신은 내가 아닌 새로운 먹이를 찾은 거요. 나는 남성에 대한 당신의 증오심, 만족할 줄 모르는 그 증오심을 마지막으로 달래주고 있는지도 모르지……. 그러고는 헌신짝처럼 버림을 받겠지.」

「당신은 절 오해하고 있어요.」

그러나 그녀의 말투는 냉정했다. 마음속에서는 그의 비난을 심술궂게 즐기고 있는 것처럼 보이기까지 했다. 그는 쓸쓸하게 고개를 저었다.

「아니, 내 말이 맞을 거요. 당신은 내 가슴에 비수를 꽂았을 뿐만 아니라, 그 칼을 비트는 데서 기쁨을 느끼고 있소.」 그녀는 의지와는 상관없이 최면술에라도 걸린 것처럼 그를 바라보며 서 있었다. 그 모습은 마치 유죄 선고를 기다리는 반항적인 범죄자 같았다. 그는 선고를 내렸다. 「언젠가는 당신도 신 앞에 불려가 나한테 한 짓을 해명해야 할 거요. 그리고 하늘나라에도 정의가 있다면, 당신이 받게 될 형벌은 영원보다도 오래 계속될 거요.」

다소 멜로드라마 같은 말투였다. 그러나 말보다는 그 뒤에 숨어 있는 감정의 깊이가 더 중요할 때도 있는 법이다. 이 말은 찰스의 모든 존재와 절망에서 나온 말이었다. 그 말 뒤에서 울부짖는 것은 멜로드라마가 아니라 비극이었다. 그녀는 한동안 그를 바라보고 있었다. 그의 영혼 속에서 울부짖는 무시무시한 분노의 소용돌이가 그녀의 눈에 되비쳤다. 갑자기 그녀가 고개를 떨구었다.

그는 마지막으로 잠시 망설였다. 그의 얼굴은 허물어지기 직전의 제방 같았다. 그에게 으르렁거리며 밀려오는 저주의 무게는 그만큼 엄청났다. 그러나 그녀가 갑자기 죄책감을 보인 것처럼, 그도 갑자기 입을 다물고 돌아서서 문으로 걸어갔다.

한 손에 스커트 자락을 모아 쥐고 그녀가 뒤쫓아 달려왔다. 그는 그 소리에 몸을 다시 돌렸고, 그녀는 잠시 어찌할 바를 모르고 서 있었다. 그러나 그가 움직이기도 전에 그녀는 재빨리 그를 지나쳐서 문 쪽으로 걸어갔다. 그는 출구가 막힌 것을 알았다.

「그런 생각을 가진 채 이대로 가게 할 수는 없어요.」

그녀는 숨이 가쁜 듯 가슴을 부풀리며 그의 눈을 똑바로 바라보았다. 마치 그 시선으로 그를 막을 수 있다고 믿는 것 같았다. 그러나 그가 분노에 찬 손짓으로 내젓자, 그녀가 말하기 시작했다.

「이 집에는 이 세상의 누구보다 저를 잘 알고 이해해 주는 숙녀가 있답니다. 그녀가 당신을 보고 싶어해요. 제발 만나 주세요. 그녀가 설명해 줄 거예요…… 저의 진정한 본성을 저 자신보다 훨씬 잘 설명해 줄 거예요. 제가 당신에게 이런 태도를 취하는 것이 당신이 생각하는 만큼 그렇게 비난할 만한 건 아니라는 점을 설명해 줄 거예요.」

그녀의 눈을 노려보는 그의 눈에서 불꽃이 튀었다. 눈이 분노로 이글이글 타올랐다. 그의 마음속에서 드디어 둑이 무너겨 내린 것 같았다. 그는 자신을 억제하려고, 그 불길을 꺼뜨려 냉정을 되찾으려고 눈에 보일 만큼 애를 썼다. 그리고 성공했다.

「내가 알지도 못하는 여자가 당신의 행동을 변명해 줄 수 있다고 생각하다니, 정말 놀랍군. 그리고 이제…….」

「그녀가 기다리고 있어요. 당신이 여기에 있다는 걸 알고 있답니다.」

「여왕이 몸소 기다리고 있다 해도 상관없소. 나는 그 여자를 만나지 않겠소.」

「저는 그 자리에 없을 거예요.」

그녀의 뺨은 거의 찰스의 뺨만큼 붉어져 있었다. 찰스는 난생 처음으로 ― 그리고 마지막으로 ― 자기보다 약한 여성에게 폭력을 휘두르고 싶은 충동을 느꼈다.

「비키시오!」

그러나 그녀는 고개를 저었다. 이제는 말을 넘어선 단계, 의지의 문제였다. 그녀의 태도는 격렬했고 거의 비극적이었다. 그러나 이상한 무언가가 그녀의 눈에 어른거렸다. 무슨 일인가가 일어났다. 다른 세계의 공기가 거의 알아차릴 수 없을 만큼 희미하게 그들 사이에 불어오고 있었다. 그녀는 자기가 그를 궁지에 빠뜨린 것을 안다는 듯 그를 바라보았다. 그가 어떻게 나올지 몰라서 약간 겁먹은 듯싶었지만, 적개심은 보이지 않았다. 그런 겉모습 뒤에는 이 실험이 어떻게 될지 궁금해하며 결과를 지켜보는 호기심만이 존재하는 것처럼 보이기까지 했다. 찰스의 내면에서 무언가가 움찔했다. 그의 눈길이 아래로 떨어졌다. 그의 분노 뒤에는 아직도 그녀를 사랑한다는 자각이 숨어 있었다. 이 여자를 잃은 상실감은 평생 잊을 수 없을 거라는 자각도 숨어 있었다. 그는 반짝이는 문 손잡이를 내려다보며 말했다.

「이걸 내가 어떻게 이해해야 한단 말이오?」

「좀 덜 존경할 만한 신사라면 벌써 짐작할 수 있었을 거예요.」

그는 그녀의 눈을 뚫어지게 들여다보았다. 거기에 조금이라도 미소의 그림자가 있었을까? 아니, 그런 건 있을 수 없었다. 사실 있지도 않았다. 그녀는 그 헤아릴 수 없는 눈으로 그를 잠시 바라보다가, 문을 떠나 방을 가로지르더니 초인종 줄이 늘어져 있는 벽난로 옆으로 걸어갔다. 그는 이제 마음대로 그 방에서 나가 버릴 수도 있었다. 그러나 그는 꼼짝도 하지 않고 그녀를 바라보고만 있었다. 〈좀 덜 존경할 만한 신사라면……〉 이제 또 얼마나 지독한 짓을 저지르려는 것일까? 다른 여자…… 사라를 누구보다도 잘 알고 이해한다는 여자…… 이 집에 살고 있는 여자…… 그에게조차 이름을 밝힐 수 없는 여자. 사라는 초인종에서 물러나 다시 그에게 다가왔다.

「곧 올 거예요.」 사라는 문을 열고 그에게 곁눈길을 던졌다. 「제발, 그녀가 하는 말에 귀 기울여 주세요. 그리고 그녀의 처지나 나이에 걸맞은 존경심을 보여 주세요.」

그러고는 방에서 나갔다. 그러나 그녀의 마지막 말이 결정적인 단서를 남겨 주었다. 그는 이제 곧 만나게 될 사람이 누구인지를 당장 짐작할 수 있었다. 그것은 사라를 고용한 남자의 누이이자 여류 시인인 — 더 이상 그 이름을 숨기지 않겠다 — 크리스티나 로세티였다. 물론 그렇겠지! 찰스가 크리스티나 로세티의 시를 읽는 것은 드문 일이었지만, 읽을 때마다 그녀의 시에서 이해할 수 없는 신비주의를 발견하지 않았던가! 그녀의 시에는 열정적인 모호함과 지나칠 정도로 내향적인 정신의 감각, 여성적인 복잡한 심리가 표현되어 있지 않았던가! 솔직히 말하면, 그것은 인간과 신의 사랑의 경계 위에서 갈피를 못 잡고 불합리하게 뒤죽박죽된 의식을 보여 주고 있지 않았던가![158]

그는 문으로 걸어가서 그것을 열었다. 사라는 복도 끝에 있는 문을 열고 막 들어가려는 참이었다. 그녀가 돌아보자, 그는 무슨 말인가 하려고 입을 벌렸다. 그러나 아래층에서 조용한 소리가 들려왔다. 누군가가 층계를 올라오고 있었다. 사라는 입술에 손가락을 대어 보이고는 방 안으로 사라졌다.

찰스는 망설이다가 화실로 돌아가서 창가로 걸어갔다. 그는 이제 사라의 인생철학에 대해 책임을 져야 할 사람이 누구인지를 알았다. 그 여자, 언젠가 『펀치』지가 흐느끼는 수녀원장, 라파엘 전파 패거리의 신경질적인 노처녀라고 조롱했던 바로 그 여자였다. 영국으로 돌아오지 않았더라면 얼마나 좋았을까! 그는 영국으로 돌아온 것을 절망적인 마음으로 후회했다. 이런 비참한 상황에 뛰어들기 전에 좀 더 조사해 보기만 했더라도! 하지만 이제 와서 후회해 봤자 무슨 소용인가! 그는 지금 여기에 있다. 그는 문득 그 여류 시인이 자기를 멋대로 하도록 내버려 두어서는 안 된다고 마음을 다잡았다. 그러고는 그 시인과의 대결에 잔인한 흥미마저 느꼈다. 그녀에게 그는 헤아릴 수 없이 많은 바닷가 모래알 가운데 하나에 불과하거나, 아니면 이 이국적인 정원에 돋아난 볼품없는 잡초에 지나지 않을지도 모른다.

소리가 났다. 그는 일부러 꾸민 냉정한 얼굴로 돌아섰다. 그러나 그것은 크리스티나 로세티가 아니라 아까 현관문을

---

158 여기서 나는 번역자로서, 작가 자신이 종종 그랬던 것처럼 잠시 끼어들고픈 충동을 느낀다. 앞에서 작가는 화가와 시인인 두 형제를 말했다. 그러나 그들은 실은 한 인물이다. 단테이 게이브리얼 로세티, 그는 라파엘 전파(前派)의 주도적 화가이자, 인간의 깊은 영혼과 죽은 아내에 대한 추모의 정을 노래했던 서정시인이었다.

열어 주었던 아가씨였다. 그녀는 어린아이를 안고 있었다. 육아실로 가는 길에 문이 열린 것을 보고, 잠깐 안을 들여다본 모양이었다. 그녀는 그가 혼자 있는 것을 보고 놀란 표정을 지었다.

「러프우드 부인은 가셨나요?」

「어떤 숙녀분이 나와 만나고 싶어한다고 하더군요. 초인종을 눌렀으니 곧 오실 겁니다.」

아가씨는 머리를 숙였다. 「알겠습니다.」

그러나 그녀는 뜻밖에도 방으로 들어오더니, 어린아이를 이젤 옆의 양탄자 바닥에 내려놓았다. 그러고는 앞치마 주머니에서 인형을 꺼내 아이에게 건네주고, 마치 그 아이가 더없이 행복하다는 것을 확인이라도 하려는 듯 그 옆에 무릎을 꿇었다. 그러다가 갑자기 몸을 일으켜 우아한 태도로 문 쪽으로 걸어갔다. 그러는 동안 찰스는 모멸감과 당혹감에 어쩔 줄 모르는 표정으로 서 있었다.

「그 숙녀분은 금방 오시겠지요?」

아가씨가 돌아섰다. 입술에 가벼운 미소가 떠올라 있었다. 그녀는 양탄자 위에 앉아 있는 아이를 흘낏 내려다보았다.

「벌써 와 있는걸요.」

문이 닫힌 뒤에도 찰스는 적어도 10초 동안 문을 노려보았다. 그러다가 눈길을 이쪽으로 돌리자, 검은 머리와 토실토실한 팔을 가진 조그만 여자 아이가 눈에 들어왔다. 젖먹이보다는 조금 컸지만 어린이가 되기에는 아직도 먼 아기였다. 아이는 찰스가 살아 있는 존재라는 것을 갑자기 깨달은 듯, 의미도 없는 소리를 옹알거리며 인형을 그에게 들어 올렸다. 그 단정한 얼굴의 진지한 회색 눈망울에는 그가 누구인지 모르겠다는 수줍은 의심이 담겨 있는 것 같았다. 잠시 후 그는 아이 앞에 무릎을 꿇고, 아이가 바둥거리며 일어서는 것을 도와주면서, 사라진 고대 문자의 첫 견본을 막 발굴해 낸 고고학자처럼 그 조그만 얼굴을 유심히 살펴보았다. 그러나 아이는 그런 눈길을 좋아하지 않는다는 분명한 증거를 보여 주었다. 어쩌면 그가 그 연약한 팔을 너무 세게 쥐었기 때문인지도 모른다. 그는 언젠가 이와 비슷한 곤경에 빠졌을 때처럼 급히 시계를 더듬어 찾았다. 그것은 지난번과 마찬가지로 훌륭한 효과를 거두었다. 그리고 잠시 후 그는 아무 저항도 받지 않고 아이를 안아 들어 창가에 있는 의자로 데려갈 수 있었다. 아이는 그의 무릎에 앉아 은으로 만든 장난감에 열중해 있었고, 그는 아이의 얼굴과 손과 그 밖의 모든 구석에 열중해 있었다.

그는 또한 그 방에서 오간 대화를 하나하나 되새겨 보고 있었다. 언어는 줄무늬 비단과 같아서, 보는 각도에 따라 색깔이 달라진다.

조용히 문이 열리는 소리가 들렸다. 그러나 그는 돌아보지 않았다. 잠시 후, 누군가 그가 앉아 있는 의자의 높은 등받이 위에 손을 얹었다. 그는 아무 말도 하지 않았다. 그 손의 임자도 마찬가지였다. 시계에 흠뻑 빠져 버린 아이도 조용했다. 어느 이웃집에서 남아도는 시간을 주체하지 못한 누군가가 피아노를 두들겨대기 시작했다. 그 연주는 멀리서 듣기에도 형편없었고, 박자도 제대로 맞지 않았다. 쇼팽의 마주르카가 벽을 뚫고, 나뭇잎과 햇살을 뚫고 스며 들어왔다. 단속적으로 나아가는 그 소리만이 시간의 진행을 말해 주고 있었다. 그것마저 없었다면 시간이 가는 것을 알지 못했을 것이다. 역사는 살아 있는 정지, 육화된 사진 한 장으로 바뀌었다.

아이가 드디어 시계에 싫증이 났는지, 엄마의 품으로 손을 뻗었다. 엄마는 아이를 안아 올려 어르다가, 몇 걸음 떨어진 데로 데려갔다. 찰스는 오랫동안 창밖을 내다본 채 앉아 있었다. 그러다가 의자에서 일어나 사라와 아기를 바라보았다. 사라의 눈은 여전히 진지했지만, 입술에는 가벼운 미소가 감돌고 있었다. 이제 그는 놀림받고 있는 것이다. 그러나 이런 놀림을 받기 위해서라면 6천 킬로미터가 아니라 6백만 킬로미터라도 한걸음에 달려왔을 것이다.

아이는 바닥에 인형이 있는 것을 보고 거기로 손을 뻗었다. 사라는 허리를 굽혀 인형을 집어 주었다. 잠시 그녀는 장난감에 열중해 있는 아이의 모습을 어깨 너머로 바라보고 있었다. 그러다가 찰스의 발치로 시선을 떨구었다. 그녀는 그의 눈을 마주 볼 수가 없었다.

「이름이 뭐요?」

「랠러지예요.」

그녀는 운율적으로 〈지〉를 약간 강하게 발음했다. 여전히 그녀는 눈을 들지 못했다.

「하루는 길거리에서 로세티 씨가 저에게 접근해 왔어요. 전 몰랐지만, 그분은 절 줄곧 지켜보고 있었던 모양이에요. 저한테 그러더군요. 모델로 삼고 싶다고. 이 아이를 낳기 전이었죠. 그분은 제 사정을 아시고는 모든 면에서 정말 친절하게 대해 주셨어요. 아이 이름까지 직접 지어 주셨답니다. 그분은 랠러지의 대부님이기도 하니까요.」 그녀가 중얼거렸다. 「이름이 좀 별나다고 생각지 않으세요?」

찰스의 느낌에도 그건 분명 별난 이름이었다. 그리고 이런 상황에서 그처럼 사소한 문제에 대해 그의 의견을 듣고 싶어 한 것은 더욱 야릇했다. 마치 그의 배가 막 암초에 부딪치려는 순간에, 누군가가 자기네 오두막 장식을 어떤 재료로 만드는 게 좋겠느냐고 물어본 듯한 느낌이었다. 그러나 그는 무감각 상태에서 저도 모르게 이렇게 대답하고 있었다.

「그건 그리스 어의 〈랄라게오 lalageo〉에서 나온 말이오.

시냇물처럼 졸졸 흐른다는 뜻이지.」

사라는 이런 어원학적 지식을 제공해 준 그에게 고마움을 표하는 듯이 고개를 숙였다. 여전히 찰스는 그녀를 바라보며, 자신의 돛대가 부서져 나가는 것을 바라보고, 물에 빠져 죽는 사람의 울부짖음을 마음의 귀로 듣고 있었다. 그녀를 결코 용서하지 않겠다고, 그는 속으로 마음을 다졌다.

그녀가 속삭이는 소리가 들렸다. 「이름이 마음에 안 드세요?」

「나는……」 그는 치밀어 오르는 분노를 꿀꺽 삼켰다. 「아, 아니요. 아주 예쁜 이름이군.」

그러자 그녀는 다시 고개를 숙였다. 그러나 그는 움직일 수도 없었고, 눈에서 그 끔찍한 의문을 지워 버릴 수도 없었다. 1초만 늦게 지나갔더라면 머리 위로 무너져 내려 그를 황천길로 보냈을지도 모르는 석조 건물의 폐허를 멍하니 바라보고 있는 사람 같았다. 인간 정신이 습관적으로 무시하고 신화라는 잡동사니 골방에다 처박아 둔 운명이라는 요소가 눈앞에 어머니와 딸이라는 두 모습으로, 피와 살을 가진 사람의 모습으로 나타나기라도 한 것처럼, 그는 넋을 잃고 그녀를 바라보고 있었다. 그녀는 여전히 눈을 내리깔고 있어서, 검은 속눈썹에 가려진 표정은 읽을 수가 없었다. 그러나 그는 그 눈에서 눈물을 보았다. 아니, 차라리 감지했다. 그는 무심코 그녀 쪽으로 두세 걸음 다가갔다. 그러다가 다시 멈춰 섰다. 걸을 수가 없었다. 그녀에게 다가갈 수가 없었다. 비록 낮은 목소리지만 폭발하듯 말이 터져 나왔다.

「하지만 왜? 왜? 내가 오지 않았더라면 어떻게……」

그녀는 머리를 점점 더 깊이 숙였다. 그는 그녀의 대답을 간신히 알아들을 수 있었다. 「그럴 수밖에 없었어요.」

그리고 그는 이해했다. 그것은 신의 뜻이었다. 그들의 죄를 용서해 주시는 신의 자비였다. 그러나 그는 여전히 그녀가 감추고 있는 얼굴을 내려다보았다.

「그러면 당신이 내게 던진 그 온갖 잔인한 말들은…… 나도 똑같이 잔인한 말을 하게끔 만들 속셈이었소?」

「그렇게 말할 수밖에 없었어요.」

마침내 그녀가 그를 올려다보았다. 그녀의 눈에는 눈물이 가득 고여 있었고, 그녀의 시선은 마주 보기 힘들 만큼 적나라했다. 우리도 인생에서 한두 번쯤은 누구나 그런 시선을 받거나 지어 보인다. 그 시선 속에서는 이 세계가 녹아들고, 과거는 사라진다. 그 순간 우리는, 만세 반석이란 결국 사랑일 수밖에 없다는 것을 가장 깊은 이해심으로 깨닫게 된다. 지금 여기서 두 사람이 서로 손을 맞잡고, 이 맹목적인 침묵 속에서 한 사람이 다른 사람의 가슴에 머리를 기대는 그 몸짓에 담겨 있는 가없는 사랑이야말로 우리가 의지할 수 있는 반석임을 깨닫게 되는 것이다. 영원처럼 느껴지는 한순간이 흐른 뒤, 찰스가 그 침묵을 깨뜨린다. 그 질문은 말이라기보다는 오히려 신음에 가까웠지만.

「비유로 가득 찬 당신의 우화를 내가 과연 이해할 수 있을까?」

그의 가슴에 기댄 그녀의 얼굴은 말없이 격렬하게 흔들린다. 한참 뒤, 그는 다갈색 머리카락에 입을 맞춘다. 멀리 떨어진 집에서는 재능이 없는 피아니스트가 솜씨에 대한 자책감에 사로잡힌 듯 — 아니면 그 형편없는 연주에 괴로워하는 가없은 쇼팽의 망령에 사로잡힌 듯 — 연주를 멈춘다. 갑자기 찾아온 정적이 그토록 자비롭게 느껴진 것은 그 피아노 연주가 형편없었다는 것을 반영한다. 랠러지는 그 고요함에 영향을 받았는지, 그의 얼굴을 헝겊 인형으로 탕탕 때리기 시작한다. 아빠 — 지금이야말로 이 사실을 밝히기에 안성맞춤인

때다 —— 는 딸에게 자기 얼굴을 타악기 대신 내맡긴 채, 바이올린 천 개가 연주하더라도 타악기가 없으면 금세 싫증이 나는 법이라고 생각한다.

61

진화란 단지 우연(핵산의 나선 구조가 자연의 방사선 때문에
일으키는 돌연변이)과 자연법칙이 협력하여 생존에 좀 더 적
합한 생명체를 창조하는 과정에 불과하다.
— 마틴 가드너, 『두 얼굴을 가진 우주』(1967)

참된 신앙이란 〈자신이 아는 바대로 행하는 것〉이다.
— 매튜 아널드, 『노트북』(1868)

소설의 막판에는, 아주 하찮은 역을 빼고는 새로운 인물을
등장시키지 말라는 것이 역사가 증명해 주는 소설가의 철칙이
다. 그러니 랠러지에 대해서는 그만 잊어버리기 바란다. 그러
나 마지막 장면에서 단테이 게이브리얼 로세티(이 사람은 아
편이 아니라 일종의 최면제인 클로랄 중독으로 죽었다)의 주
소인 체인 워크 16번지 맞은편 강둑의 난간에 기대서 있던 무
척 중요해 보이는 인물은 이 철칙을 무참히 깨뜨리는 것처럼
보일지도 모른다. 나는 사실 그 사람을 여기에 끌어들이고 싶
지 않았다. 그러나 그 사람은 휘황한 무대 조명을 받지 못하는
곳에 남아 있는 것을 도저히 참지 못하는 사람, 일등 객차로
여행하지 못할 바에는 아예 길을 떠나지 않는 사람, 첫째를 유
일한 수식어로 생각하는 사람, 요컨대 머릿속이 온통 첫째로
만 가득 차 있는 그런 족속의 사람이기 때문에, 그리고 나는
자연스러운 현상(아무리 나쁜 것이라 해도)에 개입하기를 거
부하는 사람이기 때문에, 그는 스스로 그 장면에 뛰어들었던

것이다. 아니면 그의 표현대로 이제야 진정한 자신의 모습으로 거기에 뛰어들었다. 그는 사실 새로운 등장인물이 아니다. 비록 가장한 모습일망정 지난번에도 이 소설에 등장했었기 때문이다. 그러나 이 인물은 겉으로는 굉장히 중요해 보이지만 아주 하찮은 역할을 하는 사람 — 사실을 말하면 감마선 입자만큼 미미한 역할을 맡은 사람 — 이니까 안심하시라.

그의 참모습…… 그의 진정한 성격은 별로 유쾌한 것이 아니다. 전에 기찻간에서 보여 주었던 장로처럼 텁수룩한 구레나룻은 이제 약간 멋 부리는 프랑스 식으로 말끔히 다듬어져 있었다. 그 옷차림, 화려하게 수놓은 여름용 저고리, 손에 낀 세 개의 반지, 호박 파이프에 끼운 여송연, 공작석 손잡이가 달린 지팡이 — 이런 것들에는 호사스러운 것을 좋아하는 기질이 엿보인다. 그는 설교단을 포기하고 오페라단으로 진출한 것처럼 보인다. 그리고 설교단보다는 오페라단에서 훨씬 더 잘해 나가고 있는 것 같다. 요컨대 그에게는 성공한 오페라 흥행주 같은 분위기가 물씬 풍긴다.

그는 강둑 난간에 무심히 몸을 기댄 채, 반지를 낀 첫째와 가운데 손가락 마디로 코끝을 가볍게 잡아 비틀고 있다. 누군가가 그를 본다면, 그가 즐거움을 거의 억누르지 못하고 있다는 인상을 받을 것이다. 그는 로세티 씨의 집을 뒤돌아보고 있다. 그 집을 바라보는 그의 눈길은 주인다운 당당함으로 충만해 있다. 마치 방금 사들인 새 극장을 쳐다보며, 그 커다란 극장을 관객으로 가득 채울 수 있다고 굳게 믿는 극장주의 눈길 같다. 이 점에서 그는 거의 변하지 않았다. 그는 분명 이 세상을 자기가 마음대로 소유하고 이용할 수 있는 대상으로 보고 있다.

그러나 그가 문득 몸을 바로 세운다. 첼시를 이렇게 한가로이 산책하는 것은 그에게는 막간의 여흥 같은 것이지만,

그보다 더 중요한 일이 그를 기다리고 있다. 그는 회중시계
— 프랑스의 저명한 시계 제작자 브레게가 만든 것이다 —
를 꺼내, 두 번째 금사슬에 매달린 많은 열쇠 중에서 작은 열
쇠를 하나 골라낸다. 그리고 그 열쇠를 이용하여 시간을 조
정한다. 그 시계는 15분쯤 빨리 가고 있었던 것 같다. 그렇게
훌륭한 시계 제조업자가 만든 시계에서는 아주 드문 일이고,
게다가 그 근처에는 그의 시계가 틀렸다는 것을 알 수 있는
다른 시계가 보이지 않기 때문에, 그의 행동은 더욱 이상해
보인다. 그러나 그 이유를 추측해 볼 수는 있다. 그는 비열하
게도 다음 약속에 늦은 것을 변명할 핑계를 미리 준비하고
있는 것이다. 그런 실업계의 거물 같은 사람들은 지극히 사
소한 문제에서도 자기가 잘못한 것처럼 보이는 것을 참지 못
하는 법이다.

그는 1백 미터쯤 떨어진 곳에서 기다리고 있는 마차를 향
해 거만하게 지팡이를 휘둘러 마차를 부른다. 마차는 재빨리
그가 서 있는 곳으로 다가온다. 하인이 뛰어내려 문을 연다.
오페라 흥행주는 마차에 올라탄 다음 진홍빛 가죽 의자에 몸
을 쭉 펴고 앉아서, 하인이 그의 다리에 덮어 주려는 담요를
물리친다. 하인은 문을 닫고 고개를 숙여 보이고는, 마부석
에 앉은 동료 하인 옆에 올라탄다. 주인이 행선지를 소리치
자 마부는 채찍 손잡이를 모자에 갖다 댄다.

그러고 나서 마차는 경쾌하게 멀어져 간다.

「아니, 내 말이 맞을 거요. 당신은 내 가슴에 비수를 꽂았
을 뿐만 아니라, 그 칼을 비트는 데서 기쁨을 느끼고 있소.」
그녀는 의지와는 상관없이 최면술에라도 걸린 것처럼 그를
바라보며 서 있었다. 그 모습은 마치 유죄 선고를 기다리는
반항적인 범죄자 같았다. 그는 선고를 내렸다. 「언젠가는 당

신도 신 앞에 불려가 나한테 한 짓을 해명해야 할 거요. 그리고 하늘나라에도 정의가 있다면, 당신이 받게 될 형벌은 영원보다도 오래 계속될 거요.」

그는 마지막으로 잠시 망설였다. 그의 얼굴은 허물어지기 직전의 제방 같았다. 그에게 으르렁거리며 밀려오는 저주의 무게는 그만큼 엄청났다. 그러나 그녀가 갑자기 죄책감을 보인 것처럼, 그도 갑자기 입을 다물고 돌아서서 문으로 걸어갔다.

「스미스선 씨!」

그는 한두 걸음 더 걸어가다가 멈춰 서서 어깨 너머로 그녀를 돌아보았다. 그러고는 도저히 그녀를 용서할 수 없다는 결론을 내리고, 격렬한 몸짓으로 고개를 돌려 앞에 있는 문의 아래쪽을 바라보았다. 그녀는 그의 바로 뒤에 와서 섰다.

「이게 바로 제가 방금 말한 것을 입증해 주는 증거가 아닐까요? 우리는 다시 만나지 않는 편이 더 나았을 거라는 증거가 아닌가요?」

「당신의 논리는 내가 당신의 진정한 본성을 미리 알고 있었다는 걸 전제로 하는 것 같군. 하지만 나는 당신의 본성을 모르오.」

「정말인가요?」

「나는 라임에 있는 당신 여주인이 이기적이고 고집불통인 여자라고만 생각했었소. 그런데 이제 나는 그 부인의 말벗이었던 여자와 비교하면 그 부인은 오히려 성자였다는 걸 알았소.」

「그러면 제가 아내로서 도저히 당신을 사랑할 수 없다는 걸 뻔히 알면서도 당신과 결혼하겠다고 말하는 편이 오히려 이기적이 아니란 말인가요?」

찰스는 그녀에게 얼음장같이 차가운 시선을 던졌다. 「기억하고 있는지 모르지만, 당신은 나한테 말한 적이 있었소. 당신에게 마지막으로 의지가 되어 줄 사람은 나뿐이라고. 내가 당신의 인생에 남아 있는 마지막 희망이라고. 이제는 처지가 뒤바뀌었군. 당신은 나한테 내줄 시간조차 없소. 좋아요. 하지만 변명하려고 애쓰진 마시오. 이미 나에게 준 모욕만으로도 충분한데, 그건 그 상처에다 원한을 덧붙일 뿐이니까.」

이것은 처음부터 그의 마음속에 맴돌던 말이었다. 그의 가장 강력하면서도 한편으로는 가장 비열한 논점이었다. 그리고 그는 이 말을 입 밖에 내면서, 분노가 극에 달했기 때문에 몸이 부들부들 떨리는 것을 억누를 수가 없었다. 그는 그녀에게 마지막으로 고통스러운 시선을 던지고 단호하게 몸을 돌려서 문을 열려고 했다.

「스미스선 씨!」

그녀가 다시 불렀다. 그리고 이번에는 그의 팔 위에 그녀의 손이 얹혔다. 다시 한 번 그는 그 손을 저주하고, 또 그 때문에 무기력해지고 마는 자신의 나약함을 저주하면서 꼼짝도 못하고 서 있었다. 그녀의 행동은 말로는 표현할 수 없는 무언가를 그에게 전달하고 싶어서 애쓰는 것처럼 보였다. 아니, 그건 참회나 사과의 몸짓에 불과했을지도 모른다. 그러나 만일 그랬다면 그 손은 그의 팔에 닿자마자 아래로 떨어져 버렸을 게 분명하다. 그런데 그녀의 손은 심리적으로뿐만 아니라 육체적으로도 그를 가지 못하게 꽉 붙들고 있었던 것이다. 그는 천천히 고개를 돌려 그녀를 바라보았다. 그러고는 그녀의 눈 속에 미소의 그림자가 떠돌고 있는 것을 보고 충격을 받았다. 그 미소는 전에 샘과 메리에게 그들이 만나는 현장을 들키고 깜짝 놀랐을 때 그녀가 보여 주었던 그 야릇한 미소와 비슷했다. 그것은 인생을 그토록 심각하게 받아들이지 말라는 반어법일까? 아니면, 그의 비탄을 자못 흡족하게 바라보며 즐기는 은밀한 쾌감의 흔적일까? 그러나 그가 고통스럽고 익살기가 전혀 없는 시선으로 그녀를 바라보면, 그녀는 당연히 손을 떨어뜨렸어야 했다. 그러나 여전히 그는 자기 팔에 얹힌 압력을 느끼고 있었다. 그녀는 이렇게 말하고 있는 것 같았다. 보세요, 해결 방법이 하나 있다는 걸 모르시나요?

그 해결 방법이 떠올랐다. 그는 그녀의 손을 내려다보고 나서, 얼굴로 시선을 돌렸다. 그 시선에 응답이라도 하듯 그녀의 뺨이 서서히 붉은빛으로 물들어 갔고, 눈에서는 미소가 사라져 갔다. 그의 팔을 잡고 있던 손이 미끄러져 떨어졌다. 그리고 그들은 마치 입고 있는 옷이 갑자기 벗겨져 발가벗은 채 마주 보고 있는 듯이, 여전히 서로 바라보며 석상처럼 서 있었다. 그러나 그는 육체적인 쾌락을 위해 벌거벗었다기보다는 임상학적인 진찰을 받기 위해 벌거벗은 듯한 기분을 느꼈다. 옷 속에 숨어 있던 종양이 그 징그러운 실체를 송두리째 드러내고 있는 것 같았다. 그는 그녀의 눈 속에서 그녀의 진정한 의도를 알 수 있는 증거를 찾아보았지만, 자기 자신을 제외하고는 모든 것을 희생할 각오가 되어 있는 정신 — 그 정신의 완전무결한 상태를 본래대로 유지하기 위해서라면 진리나 감정, 심지어는 여자다운 정숙함까지도 아낌없이 버리겠다는 정신 — 만을 보았을 뿐이었다. 그리고 결국에는 정말로 일어날지도 모르는 그 희생에서 그는 순간적으로 유혹을 느꼈다. 그녀가 그릇된 입장을 취했었다는 것을 이제야 분명히 깨달은 그는 일말의 두려움을 느꼈다. 그리고 그녀가 제안하는 플라토닉한 우정 — 한때는 그보다 더 친밀한 관계였고 결코 정신적인 애정만을 나눈 사이가 아니라 할지라도 — 을 받아들이는 것은 그녀에게 더 큰 상처를 주게 되리라는 사실도 알 수 있었다.

그러나 그것을 깨닫자마자 그는 그런 타협의 실체를 보게 되었다. 어떻게 내가 이 타락한 집에서 남몰래 조롱당하는 대상, 여자를 연모한 나머지 풀 먹인 옷감처럼 태도가 뻣뻣해진 남자, 애완용 당나귀가 될 수 있겠는가? 그는 자기가 진정으로 그녀보다 뛰어난 점을 알았다. 그것은 타고난 신분도 아니고, 교육 정도도 아니며, 지성도 아니고, 남녀 간의 차이도 아니었다. 그것은 바로 타인에게 베풀 수 있는 능력이었고, 이것은 한편으로는 타협에 대한 무능력이기도 했다. 반면에 그녀는 소유하기 위해서만 베풀 수 있을 뿐이었다. 그리고 그를 소유하는 것 — 있는 그대로의 그를 갖고 싶어서 그러는 것인지, 아니면 그녀의 소유욕이 너무 강해서 한번 정복한 것만으로는 만족하지 못하고 끊임없이 되풀이하여 만족시켜 주어야 하기 때문인지, 아니면 또 다른 이유 때문인지는 알 수도 없고 알고 싶지도 않았지만 — 만으로는 충분치 못했다.

그리고 그는 마침내 깨달았다. 그녀는 자기가 거절하리라는 것을 이미 알고 있었다는 사실을. 처음부터 그녀는 그를 교묘하게 조종해 왔다. 그리고 끝까지 그럴 터였다.

그는 마지막으로 거부의 뜻이 이글이글 타오르는 시선을 그녀에게 던진 다음, 그 방을 나왔다. 그녀는 이제 더 이상 그를 붙잡으려 하지 않았다. 그는 걸어 내려가는 층계 벽에 잔뜩 걸려 있는 그림들이 말 없는 구경꾼이라도 되는 것처럼 똑바로 앞만 바라보았다. 그는 교수형을 당하러 가면서도 전혀 마음의 동요를 보이지 않고 당당한 태도를 유지하는 최후의 고결한 대장부였다. 그는 울고 싶었다. 그러나 그 집에서는 무슨 일이 있어도 눈물을 흘릴 수 없었다. 또한 비탄에 잠겨 절규할 수도 없었다. 그가 현관으로 내려오자, 아까 그를 안내했던 아가씨가 어린아이를 안고 방에서 나타났다. 그녀는 무슨 말인가 하려고 입을 벌렸다. 그러나 거칠면서도 얼음같이 차가운 찰스의 눈초리를 보고는 입을 다물었다. 그는 그 집을 떠났다.

그리고 문간에서 — 미래는 이제 현재가 되었다 — 그는 어디로 가야 할지 모른다는 것을 깨달았다. 그는 마치 성인으로서의 능력과 기억을 모두 그대로 지닌 채 이 세상에 다시 태어난 것을 깨달은 기분이었다. 그러나 그는 갓난아이처럼 무력했다. 모든 것을 다시 시작해야 했고, 모든 것을 다시 배워야 했다. 그는 단 한 번도 뒤돌아보지 않고 강둑으로 가는 길을 가로질렀다. 그곳은 황량했다. 사람은 아무도 없었다. 다만 멀리서 달려가고 있는 마차 한 대가 보일 뿐이었다. 그 마차조차 그가 강둑 난간에 이르렀을 때에는 시야에서 사라져 버렸다.

그는 왜 자기가 잿빛 강물을 내려다보고 있는지도 알지 못한 채, 둑에 부딪치는 높은 물결을 가까이에서 내려다보았다. 그것은 미국으로 돌아가는 것을 의미했다. 그것은 위로 올라가려고 버둥거렸던 서른네 해 동안의 모든 노력이 헛수고였다는 것을 의미했다. 모두가 헛일이다. 헛되고, 헛되고, 헛되다. 모든 고지를 다 잃어버렸다. 그것은 그녀처럼 철저하게 정신적 독신 생활을 하는 것을 의미했다. 그리고 그는 적어도 여기에 대해서는 확실한 자신감을 가지고 있었다. 그것은 앞서 말한 모든 것 — 미래 지향적인 것이든 과거 회귀적인 것이든 간에 — 이 검붉은 산사태처럼 그를 덮치기 시작했을 때, 그가 마침내 돌아서서 방금 나온 집을 바라본 것을 의미했다. 2층의 열린 창문에서는 하얀 레이스 커튼이 금방이라도 떨어져 내릴 것만 같았다.

그러나 그것은 단지 그렇게 보였을 뿐이고, 사실은 5월의 훈풍에 살랑살랑 나부끼고 있을 뿐이었다. 사라는 화실에 그대로 남아서 아래 정원을 내려다보고 있었기 때문이다. 정원에서는 한 아이와 그 아이의 엄마로 보이는 젊은 여자가 풀밭에 앉아 데이지꽃으로 화환을 만드는 일에 열중해 있다. 사라는 그들을 물끄러미 내려다본다. 그녀의 눈에 눈물이 고여 있을까? 그녀가 너무 멀리 떨어져 있기 때문에, 그것은 나도 알 수 없다. 게다가 지금은 유리창에 여름 햇살이 되비치고 있어서, 그녀는 빛 뒤에 숨어 있는 그림자로밖에는 보이지 않는다.

물론 여러분은 찰스를 붙잡은 사라의 손이 뭔가를 분명히 암시하고 있었는데도 그 제의를 찰스가 거부한 것은 결국 미련한 짓이었다고 생각할지도 모른다. 그리고 적어도 사라의 그런 행동은 그녀의 결의가 상당히 약화된 것을 무심결에 드러낸 것이라고 생각할지도 모른다. 여러분은 그녀가 옳았다고 생각할지도 모른다. 영토를 지키기 위한 그녀의 투쟁은 영원한 침략자에 대항하는 약자의 합법적인 봉기라고 생각할지도 모른다. 하지만 이것이 그들의 이야기에 별로 어울리는 결말이 아니라고 생각하면 안 된다.

비록 먼 길을 구불구불 돌아서 오기는 했지만, 나는 이제 본래의 원칙으로 돌아왔기 때문이다. 즉, 제61장 첫머리에 인용한 경구에서 볼 수 있는 한계를 넘어서 인간사에 간섭하는 신은 존재하지 않는다는 것이다. 따라서 우리에게 우연히 주어진 능력의 한계 안에서 우리 스스로 만들어 낸 인생, 카를 마르크스가 정의하였듯이 〈목적을 추구하는 인간의 행위〉로서의 인생이 있을 뿐이다. 이런 행위를 인도하는 기본 원칙 — 나는 이 원칙이 항상 사라를 이끌어 왔다고 믿는다 — 은 내가 이 장의 첫머리에서 인용한 두 번째 경구다. 현대의 실존주의자는 〈신앙〉이란 말을 〈인간성〉이나 〈확실성〉이란 말로 대치하고 싶어할 것이다. 하지만 그래도 역시 매튜 아널드의 의도가 무엇인지는 분명히 인식할 것이다.

신비로운 법칙과 신비로운 선택으로 이루어진 인생의 강물은 황량한 강둑을 지나 흘러간다. 그리고 또 다른 황량한 강둑을 따라서 찰스는 자신의 시체가 실린, 눈에 보이지 않는 상여를 뒤따라 가는 사람처럼 걷기 시작한다. 그는 임박한, 그리고 스스로 선택한 죽음을 향해 걸어가고 있는 것일까? 나는 그렇게 생각하지 않는다. 왜냐하면 그는 드디어 자신에 대한 믿음 한 조각, 그 위에 자기 존재를 세울 수 있는 진정한 고유성을 찾아냈기 때문이다. 그는 아직도 비통하게 그것을 부인하려 하지만, 그리고 그의 눈에는 그 부인을 지지하는 눈물까지 고여 있지만, 그리고 사라가 어떤 면에서는 스핑크스 역할을 맡기에 유리한 점을 많이 갖고 있는 듯이 보이지만, 인생이란 결코 하나의 상징이 아니며, 수수께끼 놀이에서 한 번 틀렸다고 해서 끝장이 나는 것도 아니고, 인생은 하나의 얼굴로만 사는 것도 아니며, 주사위를 한 번 던져서 원하는 눈이 나오지 않았다 해도 체념할 필요는 없다는 것을 그는 이미 깨닫기 시작했다. 도시의 냉혹한 심장으로 끌려 들어간 인생이 아무리 불충분하고 덧없고 절망적이라 할지라도, 우리는 그 인생을 견뎌 내야 한다. 그리고 인생의 강물은 흘러간다. 다시 바다로, 사람들을 떼어 놓는 바다로.

프랑스 중위 놈과 놀아난 년의 로맨스
— 포스트모던 역사 소설, 혹은 역사적 메타픽션

1

  존 파울즈는 1926년 3월 31일 영국 런던에서 동쪽으로 60킬로미터 떨어진 에식스 주의 작은 해안 도시 리언지Leigh-on-Sea에서 태어났다. 그는 훗날 회고하기를, 1930년대의 영국 교외 문화가 답답하고 체제 순응적이었으며 가정 생활은 지나치게 인습적이어서, 〈나는 줄곧 거기에서 달아나려고 애썼다〉고 말했다.

  그는 18세에 베드퍼드 스쿨(남학생들에게 대학 입학 준비를 시키는 대규모 기숙 학교였다)을 졸업하고 에든버러 대학에 잠깐 다닌 뒤, 1945년에 병역 의무를 마치기 위해 다트무어(잉글랜드 남서부 데번 주)에서 2년 동안 복무했다. 하지만 훈련소에 들어가자마자 제2차 세계 대전이 끝났기 때문에 전쟁터는 근처에도 가보지 못했고, 1947년에는 군대 생활이 자기한테 맞지 않다는 판단을 내리고 있었다.

  파울즈는 그 후 4년 동안 옥스퍼드 대학에 다니면서 프랑스 문학을 전공했고, 실존주의와 누보로망의 세례를 받았다.

특히 알베르 카뮈와 장폴 사르트르를 존경했는데, 그들의 저술은 개인의 의지와 체제 순응에 대한 파울즈 자신의 생각과 일치했다. 그는 1950년에 프랑스어로 학위를 받았고, 작가로서 성공할 생각을 하기 시작했다.

그는 그 후 여러 곳에서 교편을 잡았다. 프랑스의 푸아티에 대학에서 1년 동안 영문학을 강의했고, 그리스의 스페차이 섬에 있는 아나르기리오스 대학에서 2년 동안 영어를 가르쳤으며, 끝으로 1954년부터 1963년까지 런던의 세인트고드릭 대학에서 영어를 가르쳤고 나중에는 학부장을 지냈다.

그리스에서 보낸 시간은 파울즈에게 매우 중요했다. 섬에서 지내는 동안 그는 시를 쓰기 시작했고, 글쓰기에 대한 오랜 중압감을 이겨 내기 시작했다. 1952년부터 1960년까지 그는 여러 편의 소설을 썼지만, 어딘지 모르게 불완전하고 길이가 너무 길다고 생각하여 한 편도 출판사에 보내지 않았다.

1960년 말에 파울즈는 불과 한 달 만에 『컬렉터』 초고를 완성했다. 그는 1962년 여름까지 수정 작업을 계속한 뒤 출판사에 보냈다. 책은 1963년 봄에 출간되어 당장 베스트셀러가 되었다. 복권에 당첨되어 횡재한 나비 채집광 청년이 미모의 여대생을 납치하여 자기 집 지하실에 감금해 놓고 사랑을 구걸하다가 죽음에 이르게 만드는 과정을 그린 이 소설은, 그 내러티브 속에서 전통적인 계급 구조의 해체로 인한 영국 사회의 무기력 상태를 신랄하게 풍자함으로써, 대담한 주제 외에도 독창적인 서술 방식과 치밀한 심리 묘사, 풍부한 어휘 구사 등으로 대단한 평가를 받았다. 이 책에 대한 비평가들의 찬사와 상업적 성공 덕분에 파울즈는 모든 시간을 집필에 바칠 수 있게 되었다.

그의 뛰어난 작가적 재능은 두 번째 작품 『마법사』가 1965년에 출간되면서 다시 확인되었다(파울즈는 이 소설의 원고를 10년이 넘도록 수정했으며, 1977년에는 개정판을 내놓았다). 이 소설이 발표되자, 표현에 신중한 「더 타임스」지도 장문의 서평을 통해 〈전후에 등단한 작가들 가운데 가장 독창적이고 장래가 촉망되는, 그리고 위대한 영국 문학의 전통을 가장 확실하게 재창조해 나갈 수 있는 작가〉라고 극찬을 아끼지 않았다.

이 같은 성원에 부응하듯 파울즈는 1969년에 세 번째 소설을 내놓음으로써 평단과 독자들의 기대가 부질없는 게 아니었음을 보여 주었다. 그 작품이 바로『프랑스 중위의 여자』인 것이다.

제2차 세계 대전 이후의 유럽 문학을 살펴볼 때, 『프랑스 중위의 여자』가 발표되기 전까지만 해도 영국 소설은 범위가 제한적이고 편협하다는 비판을 받아 왔다. 프랑스 문학은 누보로망의 세례를 받은 지 이미 오래되었고, 미국과 독일 문학에는 포스트모던 소설 경향이 하나의 관행으로 자리 잡고 있었다. 그런데도 영국에서는 아직도 D. H. 로렌스에 발목이 잡힌 채 리얼리즘의 전통에 매달려 있었다. 그런 영국 소설에『프랑스 중위의 여자』의 출간은 자의식적인 글쓰기, 즉 메타픽션의 새로운 시대가 도래한 것을 알렸다. 이 소설은 다소 시대에 뒤떨어진 영국 소설의 전통에 형식적 혁신을 접목시킴으로써 그 내용이 더욱 풍부해졌다.

이 같은 이중 구조를 새롭게 구축하기 위해 파울즈는 소설이 행사할 수 있는 온갖 서술 방식을 동원하고 있다. 작가의 시선은 외딴 시골의 부엌에서 런던 중심가의 환락가까지 걸쳐 있고, 그의 성찰은 역사적 현실의 길목에서 일상적 심리의 미로까지 넘나들고 있으며, 그의 문체는 영상적 묘사에서 현학적 담론에까지 이르고 있다. 뿐만 아니라, 가장 고전적인 것에서 가장 전위적인 것까지, 문학사를 형성해온 갖가지 소설론과 기법들이 작가의 장인적 솜씨 안에서 찰흙처럼 주물러진다. 그에게 소설은 스스로 증식하고 변형하는 유기체이며, 등장인물들은 살아 있는 인간과 마찬가지로 자유에 구속당한 실존적 존재들이다. 그는 신처럼 전지적인 소설가였다가 방랑하는 시인이 되기도 하고, 등신대의 작중 인물로 불쑥 나타났다가 신랄한 비평가로 슬쩍 물러서기도 한다. 소설이란 인간의 상상력을 담아내는 총체적 장르임을 이 작품은 여실히 보여 주고 있다. 그러므로 『프랑스 중위의 여자』를 읽는 것은 하나의 소설 작품을 넘어 소설 문학을 읽는 것이다. (이 소설은 2005년 10월에 「타임」지가 선정한 〈20세기 100대 영문 소설〉에 뽑혔다.)

1970년대에 파울즈는 다양한 문학적 프로젝트 — 자연에 대한 연작 에세이 포함 — 에 몰두했으며, 1973년에는 시집을 펴내기도 했다. 그 후 그의 관심은 다양한 주제에 걸쳐 있었고, 그의 문체 또한 다양한 변주를 거듭했다. 중단편 소설집 『에보니 타워』(1974), 시나리오 작가의 40여 년에 걸친 생애를 다룬 자전적 소설 『다니엘 마틴』(1977), 자신의 뮤즈와 대결하는 소설가의 투쟁을 그린 우화 『만티사』(1982), 과학소설과 역사를 겸하고 있는 18세기의 미스터리 『구더기』(1985) 등의 소설이 있고, 『난파선』(1975), 『섬』(1978), 『나무』(1979), 『벌레 구멍』(1998) 등 다양한 에세이와 논픽션 작품을 썼다. 발표한 작품은 많지 않지만, 작품마다 새롭고 실험적인 시도를 보임으로써 다양한 문학 담론의 초점이 되었으며, 현대 영국 소설가들 가운데 가장 특이한 주제와 의욕적인 기법을 과시한 작가라는 평가와 함께, 전문 비평가와 일반 독자들로부터 동시에 인기를 누렸다.

1968년부터 파울즈는 영국 남해안에 있는 작은 항구 도시 라임 레지스(『프랑스 중위의 여자』의 무대)에서 살았다. 그는 이 도시의 역사에 관심이 많았고, 그 덕에 결국 1979년에는 라임 레지스 박물관장으로 임명되어 10년 동안 자리를 지키기도 했다.

존 파울즈는 2005년 11월 5일에 향년 79세로 타계했다.

『프랑스 중위의 여자』는 1981년에 영화로 제작되었는데, 제러미 아이언스와 메릴 스트립이 각각 남녀 주인공으로 출연하여 찰스와 사라 역을 맡았고, 명감독 카렐 라이즈가 연출을 맡았다. 각색은 극작가 해럴드 핀터가 했는데, 핀터는 파울즈가 타계하기 23일 전에, 파울즈도 단골 후보였던 노벨문학상을 수상했다.

2

『프랑스 중위의 여자』는 실로 특이한 역사 소설이다. 파울즈는 이 작품으로 20세기 후반에 빅토리아 시대 문학에 대한 관심을 되살렸을 뿐만 아니라, 작중 무대로 삼고 있는 빅토리아 시대의 역사적 제약 속에서 〈포스트모던〉의 미학과 〈실존주의〉 철학 같은 현대적 관심도 탐구하고 있다. 〈이 소설은 역사 소설이 아니다〉라는 작가 자신의 거듭된 표명에도 불구하고 그의 작가적 상상력은 역사적 삶에 대한 관심과 불가분 결합되어 있으며, 독자들 또한 그런 맥락 속에서 그의 소설을 읽고 그 풍요로운 세계를 맛보는 동시에 위화감을 느끼는 것을 막지는 못할 것이다.

이처럼 과거와 현대의 이중 초점을 가지면, 양쪽에 관심이 있는 독자들한테서 서로 다른 반응이 돌아온다. 각각 호의적인 평가와 부정적인 평가가 있으니까, 2 곱하기 2 해서 주로 네 가지 반응이 있다. 시대에 어긋난 빅토리아조 취미에 대해 〈파괴적〉이라고 비난하는 사람도 있고, 빅토리아 시대 작가를 괴롭혔던 윤리적 문제를 다시 다루었다고 평가하는 사람도 있다. 그 〈포스트모던〉성에 대해서도 〈따분한 심심풀이〉라고 잘라 버리는 사람도 있고, 〈포스트모던〉한 〈메타픽션〉을 보여 주는 가장 좋은 예라고 말하는 사람도 있다.

평가는 나뉘지만, 기본적인 합의도 있다. 그것은 『프랑스 중위의 여자』가 빅토리아 시대 소설과 포스트모던 소설의 경계를 자유롭게 넘나들고 있다는 것이다. 빅토리아 시대 소설을 흉내 내어 작중 화자의 말처럼 〈현대적인 의미에서의 소설일 수는 없는〉 것처럼 보이지만, 사실은 그런 화자의 존재 자체가 이 소설의 〈현대〉성 내지는 〈포스트모던〉성을 보증하고 있다. 파울즈가 이룩하려 한 것은 빅토리아 시대 소설과 포스트모던 소설, 그리고 1860년대와 1960년대의 대화다.

이런 〈대화〉적인 역사 해석이 작품의 뼈대를 만들고 있고, 당연히 뼈대에 붙은 〈살〉에도 영향을 주고 있다.

『프랑스 중위의 여자』에서 〈살〉을 이루고 있는 것은 뭐니 뭐니 해도 주인공 찰스 스미스선의 〈성장〉과 〈탐구〉다. 그리고 그 중심이 되는 것은 찰스가 사라 우드러프와 사랑에 빠졌다가 운명의 장난으로 헤어지고 2년 뒤에 재회한다는 로맨스다. 이 로맨스는 찰스에게 약혼녀인 어니스티나 프리만과의 파혼, 보통 의미에서는 결혼 생활의 행복을 포기하는 것을 의미한다. 또한 이 줄거리는 종종 〈진화론에 버림받고〉 〈실존주의에 구원받은〉 남자의 이야기, 〈진화론의 길이 실존주의의 방으로 바뀐〉 변혁기의 이야기로 여겨진다. 찰스가 아마추어 고생물학자이며 당시에는 드물었던 다윈 신봉자이고, 사라의 주장이 실존주의적이라는 것을 생각하면 이것은 아주 훌륭한 요약으로 보인다. 하지만 과연 그럴까.

소설을 자세히 읽어 보면 몇 가지 문제점을 지적할 수 있을 것 같다.

우선 〈진화론〉에서 〈실존주의〉로 가는 직선적인 〈진보〉를 파울즈가 과연 생각하고 있었을까 하는 점이다. 애당초 그는 빅토리아 시대를 희화화하거나 단순하게 비판하지는 않는다. 확실히 20세기 후반의 정신분석학이나 심리학을 동원하여 빅토리아 시대 사람들의 〈비밀 생활〉을 폭로한다는 자세는 적어도 인간의 수성(獸性)이나 성욕에 대해 좀 더 정확한 지식을 갖고 있다는 의미에서 20세기 후반의 일반인이 빅토리아 시대의 아마추어 신사보다 지적으로 우월하다는 주장을 뒷받침하고 있는 것처럼 보인다. 또한 이 후세의 지혜야말로 과거를 정당화하면서 전복하는 이 작품의 포스트모던적인 미학적·정치적 입장을 보여 준다는 해석도 성립할 것이다. 하지만 파울즈는 정말로 그가 존경하고 애독하는 토머스 하디를 〈전복〉하려고 했을까.

다음은 좀 더 단순한 문제가 있다. 어니스티나와 사라에게 〈진화론〉과 〈실존주의〉, 또는 〈빅토리아 시대〉와 〈현대〉를 적용하는 것이 올바른가 하는 점이다. 어니스티나는 말투나 찰스에게 파혼당한 뒤의 반응에서 조금은 시대를 느끼게 하는 면이 있지만, 그녀가 현대 소설의 등장인물로는 어색한가. 한편 사라는 정말로 〈현대〉적인가. 사라의 사고방식에는 분명히 〈실존주의〉적인 면이 있다. 하지만 그것은 정말로 〈현대〉에 국한된 사고방식인가.

그렇게 생각하면, 언뜻 훌륭하게 여겨졌던 〈실존주의의 구원설〉도 왠지 수상해진다. 만약 〈진화론〉에서 〈실존주의〉로 간 게 아니라면, 찰스는 어디서 어디로 이동했고 무엇에서 무엇으로 변했을까.

작품 전반부에서 많은 독자가 놓치기 쉬운 것은 찰스와 어니스티나의 관계다. 작품은 찰스와 사라의 관계로 초점을 옮겨 가고, 어니스티나는 파혼 통보를 받고 쓰러진 뒤로는 작품에 등장하지 않는다. 그래서 그들의 약혼은 상류층의 30대 바람둥이와 20세 안팎의 부잣집 딸의 결합이고, 어니스티나는 마땅히 버림받을 만해서 버림받은 평범하고 전형적인 빅토리아 시대 여성이라고 생각하는 사람이 많을지도 모른다. 하지만 실제로 어니스티나를 〈빅토리아 시대의 전형〉이라고 부르기에는 상당한 유보가 필요하고, 찰스가 어니스티나와 약혼한 것도 〈지참금〉이라는 단순한 이유 때문만은 아니다. 찰스가 사라에게 반해 가는 이유도 거기에 숨어 있다.

찰스는 기본적으로 여성에게 모순된 욕망을 품고 있다. 우선 그는 아주 인습적이고 무난한 것을 좋아한다. 그것은 그에게 안전한 목적지를 보장해 주기 때문이다. 하지만 그는 한편으로는 자신의 인격이나 지성에 걸맞은 위험이나 모험을 바라고 있다. 그가 줄곧 독신 생활을 구가한 것은 그 때문이다. 낭만적인 환상은 품더라도 그 환상을 실현하려고 마음먹기에는 지나치게 현실적이고, 적당한 곳에서 결말을 짓는 것은 지성이나 미적 감각이 용납하지 않았다. 할수없이 〈보호색〉을 띠게 되고, 당시의 양식에 맞춰 자신을 지켰다. 그럼으로써 그는 다른 사람과의 성의 있는 대화나 관계에서 달아났다고 말할 수 있다. 거꾸로 말하면 찰스가 어니스티나와 약혼한 것은, 그녀가 〈현실적〉으로 적당한 상대였기 때문만이 아니라 그녀가 그에게는 타협할 수 있는 인물이었기 때문이다.

작중 화자가 〈자신에게 회의를 품은 도덕적 엘리트〉라고 부르는 찰스의 약혼은 확실히 금전적 이유만으로는 설명할 수 없다. 애당초 그는 섬유업계 부호의 딸과 결혼하면 거액의 지참금이 딸려 온다는 관점에서 그 결혼을 생각하는 것을 의식적으로 거부하기까지 한다. 그런 결혼은 그의 〈많은 가능성〉을 짓밟고 인생을 〈시간도 항로도 정해져 있고 목적지도 이미 알려져 있는 항해〉로 만들어 버릴 뿐이라고 그는 생각한다. 그렇기 때문에 어니스티나가 찰스에게 인정했듯이 찰스도 어니스티나에게 〈두뇌 회전이 빠르고 태도가 싹싹하고 성격이 시원시원한 것〉을 인정했다. 실제로 어니스티나의 머리가 좋고 유머 감각이 뛰어난 것은 대화 곳곳에서 엿볼 수 있다.

빅토리아 시대의 이상적인 여성상으로 흔히 〈가정의 천사〉라는 말이 쓰이고, 버지니아 울프가 이것을 비판한 것은 유명하다. 이런 여성상에 비하면 어니스티나는 오히려 『오만과 편견』의 엘리자베스 베넷에 가깝다고 말할 수 있다. 독립심이 강하고, 말을 똑 부러지게 하고, 적어도 당시의 기준으로는 허영심이 강하다고 여겨진 여성상이다. 그러니까 찰스는 빅토리아 시대 사회의 관습에 동조하여 빅토리아 시대의 가치관에 따라 아내로 가장 적합한 여성을 고른 것은 아니다. 찰스에게 어니스티나는 그가 사회적 체면을 유지하고 장차 물질적·정신적 생활의 안정을 확보할 수 있는 범위 안에서의 모험이고 반항인 것이다.

이렇게 생각하면 찰스와 어니스티나의 약혼을 과연 〈빅토리아 시대적〉이라고만 말할 수 있을까 하는 의문이 생긴다. 찰스와 어니스티나의 관계가 『미들마치』의 리드게이트와 로자먼드 빈시를 모델로 한다는 견해는 우리의 현재 문맥에서도 확실히 설득력이 있다. 찰스와 마찬가지로 리드게이트도 로자먼드의 경제력(이 돈으로 그는 의학 연구에 매진할 수 있다)만이 아니라 그녀가 그의 상대로 어울리는 지성과 여성적 매력을 갖추고 있다는 오해를 토대로 로자먼드를 선택한다. 이들 두 남자 주인공에게는 지적인 여성을 구하는 모험심과 〈머리 나쁜 여자의 매력〉이라는 안전성을 구하는 욕망이 뒤섞여 있다. 이런 모순된 욕망은 좀 더 현대적인 등장인물에서도 찾아볼 수 있다. 『채털리 부인의 사랑』에서 클리퍼드 채털리가 코니를 선택한 것도 일종의 모험인 동시에 사회 규범에 따르려는 안전성에 대한 욕망이 뒤섞인 선택이다. 그것은 오히려 현대 소설에서 좀 더 현재적(顯在的)인 형태로 표현되는 보편적 남성 심리의 한 측면이라고 말할 수 있다.

찰스와 어니스티나의 관계는 특별히 〈빅토리아 시대적〉인 것은 아니다. 오히려 빅토리아 시대의 기준으로 보면 파격적인 부분까지 있을 정도다. 찰스의 심리적 모순은 적어도 서구 근대 사회에서 보편적으로 볼 수 있는 남성의 모순된 욕망에 기인한다.

찰스와 어니스티나의 관계가 완전히 〈빅토리아 시대적〉이라고 말할 수 없다면, 찰스와 사라의 관계를 〈현대적〉이라고 생각하는 것도 의심스러워진다. 사라에게 끌리는 것을 〈실존주의에 구원되었다〉고 말할 수 있을까.

우선 확인해 두어야 할 것은 찰스의 눈을 통해서 본 사라는 대단히 〈빅토리아 시대적〉이라는 것이다.

확실히 사라는 어니스티나와는 달리 모든 장면, 모든 의미에서 빅토리아 시대의 관습에 노골적으로 도전하고 있다. 그리고 이 예측불가능성이 찰스에게 하나의 매력이 된 것은 상상하기 어렵지 않다. 파울즈 자신이 그녀를 〈신화에서 빠져나온 인물〉이나 〈살아 있는 수수께끼〉로 묘사하여, 시대를 초월한 그녀의 〈편재성(偏在性)〉을 강조하고 있는 것처럼 보인다. 적어도 이것은 시대의 한계에 구속된 폴트니 부인이나 트랜터 부인과 뚜렷한 대조를 이룬다.

그런데 찰스의 렌즈를 통해서 본 사라는 앞에서 살펴본 어니스티나와 같은 이야기를 각색만 달리한 이본(異本)이라고 말할 수밖에 없다. 현대적이거나 시대를 초월한 보편적인 면은 있지만, 빅토리아 시대의 한계에 들어가 버리는 〈모순된 욕망들〉 가운데 〈모험을 추구하는 욕망〉의 이야기다. 사라에게 끌린다는 것은 결코 빅토리아 시대의 한계를 크게 벗어나는 것은 아니다. 적어도 찰스가 당시 기준으로는 상당히 인텔리이고 사상적으로 자유주의적이었다는 것을 고려하면, 사라를 〈흥미롭다〉고 생각하는 것은 결코 부자연스럽지 않다고 말할 수 있다. 그러면 그것은 구체적으로 어떤 사회적·문화적 내러티브일까.

첫 번째 내러티브는 기사도의 신화라고 부를 만한 것이다. 애당초 찰스가 사라에게 관심을 갖게 된 것은 사라가 무력하고 어떻게 할 수도 없는 궁지에 놓여 있기 때문이다. 프랑스 상선의 항해사에게 버림받았다고 소문이 난 사라는 〈프랑스 중위의 여자〉(좀 더 실감나게 번역하자면 〈프랑스 중위 놈과 놀아난 년〉)라는 별명으로 불리고, 거친 파도가 밀려오는 방파제에 남의 눈도 꺼리지 않고 혼자 서 있다. 바람이 몰아치는 방파제에 서 있는 사라의 모습은 많은 의미에서 그녀의 무력함과 덧없음을 상징한다. 빅토리아 시대의 사고방식에서 여성과 독립심이 결부되는 일은 별로 없다. 존 러스킨 같은 자유주의적인 비평가조차 여성은 남성의 보호를 받아야 한다고 말했다. 뭐니뭐니해도 빅토리아 시대의 이상적 여성상인 〈가정의 천사〉의 특징은 〈육체적인 연약함〉이다. 따라서 빅토리아 시대 소설의 인도적이고 박애주의적인 훌륭한 남자 주인공들은 당연히 〈무력하고〉 〈가련한〉 여성을 지킨다. 그와 마찬가지로 찰스는 불행한 여성 사라를 구출하려고 한다.

여기에는 몇 가지 주석이 필요하다. 빅토리아 시대 신사들이 현대의 기준으로 〈불쌍한〉 여자라면 누구나 다 구해 줄까.

대답은 〈아니다〉일 것이다. 우선 그 여성은 제정신이고, 소녀라고 부를 수 있을 만큼 젊다는 두 가지 조건을 충족시켜야 한다.

샬럿 브론테의 『제인 에어』를 생각할 필요도 없이 정신적으로 병들어 있으면 빅토리아 시대 신사의 구제 대상이 될 수 없다. 조지 엘리엇이 창조한 가장 윤리적인 인물 다니엘 데론다조차 템스 강에서 자살하려는 불행한 소녀 마이라를 구출했을 때 맨 먼저 확인한 것은 그녀의 정신 상태였다. 윤리관이라는 측면에서는 그보다 더 평균치에 가까운 파울즈의 찰스가 사라의 정신 상태를 확인한 것도 당연한 일이다.

문제는 사라의 나이다. 신사의 구제 대상이 되는 것은 당시의 기준으로 결혼 적령기를 지난 여성은 아니다. 케이트 밀레트가 지적했듯이 기사도 정신에 따라 여성을 보호하는 행위는 곧 봉건적인 종속 관계를 만든다는 것이다. 따라서 연령적으로 확실한 상하 관계를 맺고 있는 편이 보호자에게는 편리하다. 그런 의미에서 〈25세 안팎〉으로 여겨지는 사라는 미묘한 나이에 접어들고 있다. 그런데 이 나이 문제를 찰스는 보기 좋게 해결한다. 사라를 처음 만났을 때, 찰스는 〈야릇한 ― 관능적인 것과는 거리가 먼, 어쩌면 오빠나 아버지가 된 듯한 ― 감정〉에 휩싸이는 것이다. 물론 찰스는 사라의 아버지뻘이 될 만한 나이는 아니다. 그리고 스스로 늙었다고 느끼고 있는 것도 아니다. 요컨대 여기서 그는 멋대로 사라의 나이를 끌어내려, 그의 보살핌을 필요로 하고 있는 불행한 소녀로 바꾸어 놓은 것이다.

찰스의 심리를 통제하는 두 번째 내러티브는 〈타락한 여자〉의 신화라고 부를 만한 것이다. 사실은 헛소문에 불과한 사라와 〈프랑스 중위〉의 관계는 흔히 있는 〈박해받는 여자〉 이야기를 연상시킨다. 그것은 불행한 소녀가 악당의 유혹을 받고 운명에 농락당한다는 이야기다. 그리고 남성의 상상력은 거기에 성적 환상을 투영하여 쾌락을 추구해 왔다. 빅토리아 시대의 영문학에서는 조지 엘리엇의 헤티 소렐(『애덤 비드』), 토머스 하디의 테스(『더버빌가의 테스』) 등이 전형적인 〈타락한 여자〉다. 테스는 결혼이라는 전통적 구제 가능성을 박차 버릴 만큼 자신을 희생하고, 성녀의 인생과 순교를 택한다.

『테스』가 입증하고 있듯이 〈타락한 여자〉의 내러티브는 도덕적인 독자만이 아니라 감상적인 독자도 끌어들인다. 도덕적인 독자들은 거기에서 〈타락〉에 대한 교훈을 본다. 빅토리아 시대적인 성도덕에 대해 설교를 늘어놓는 경우도 있을 테고, 그로건 의사처럼 정신분석적인 관점에서 찰스에게 경계심을 불러일으키는 경우도 있을 것이다. 반면에 감상적인 독자들은 여주인공을 동정하고, 경우에 따라서는 찰스처럼 여주인공에게 매혹된다. 이런 독자들에게 그녀들의 이야기는 〈타락〉이나 〈죄〉의 이야기가 아니라 오히려 그 한 번의 잘못으로 부당하게 닥쳐 온 고난의 이야기다. 따라서 그들이 테스의 운명에 눈물짓고 찰스가 그런 여성인 사라를 동정했다고 해서 특별히 〈실존주의적〉이거나 〈현대적〉인 것은 아니다.

그리고 보면 찰스는 〈진화론에 버림받은〉 것도, 〈실존주의에 구원받은〉 것도 아닌 듯하다. 단지 그가 사는 사회에 유통되고 있던 몇 가지 내러티브 가운데 비교적 안전한 내러티브를 버리고 모험적인 내러티브에 몸을 내맡기기로 결심했을 뿐이라고 말할 수도 있다. 그는 어니스티나도 사라도 결코 개인으로 파악하지 않는다. 그들은 변화하지 않는 내러티브의 등장인물이나 역할일 뿐이다. 그런 의미에서 그가 고생물학과 화석 채집을 취미로 삼고 있는 것은 상징적이다. 『컬렉터』의 칼리반이 나비를 수집하듯 인간을 다루었고, 찰스의 정신 구조도 본질적으로는 칼리반과 같다. 진화론을 〈이해하지 못한〉 그는 〈진화론에 버림받았다〉기보다 〈화석에 배반당했다〉고, 즉 모든 인간이 화석처럼 움직이지 않는 안전한 존재라는 생각에 현혹당했다고 말하는 편이 정확하지 않을까.

이따금 화자는 〈빅토리아 시대〉와 〈실존주의〉를 대치하고 있지만, 파울즈는 특별히 이 두 시대가 대조적이라거나 어느 한쪽이 다른 쪽에 비해 우월하다고 생각하는 것은 아니다. 여기서 중요한 것은 찰스가 빅토리아 시대적인지 현대적인지를 결정하는 것이 아니라, 그의 정신 편력을 빅토리아 시대의 어휘와 마찬가지로 현대의 어휘로도 말할 수 있다는 점이다. 확실히 그의 믿음은 화자의 지적대로 빅토리아 시대적이다. 그리고 그에게 영향을 주고 속박해 온 문화적 내러티브도 역시 빅토리아 시대적이다. 하지만 그것은 현대의 실존주의나 그에 상응하는 철학이나 심리학 등의 어휘로도 말할 수 있는 문제다. 빅토리아 시대의 어휘로 충분히 말할 수 없다면, 현대의 어휘로도 충분히 말할 수 없다.

찰스의 문제점은 빅토리아 시대의 문화적 내러티브에 구속되어 있었다는 것이고, 그의 성장은 자신을 그 속박에서 해방시킨 것이다. 이것은 분명 순수하게 현대적인 것처럼 보일지도 모른다.

찰스가 실존주의자가 되었다고 생각하는 것은 그가 빅토리아 시대의 문화적 내러티브에 현혹되어 사라의 참모습을 보지 못한 것과 마찬가지로 20세기 후반부터 21세기에 이르는 현대의 문화적 내러티브에 현혹되어 있다고까지 말할 수 있지 않을까. 확실히 찰스의 성장에 실존주의적으로 여겨지는 면은 있다. 하지만 〈파울즈가 일찍이 실존주의에 경도해 있었던 이상, 주인공 찰스는 최종적으로 빅토리아 시대에서 빠져나와 실존주의자가 될 게 틀림없다〉고 생각하는 것은 문학 작품을 작가의 전기적 사실에 의탁한 결과일 뿐이다. 이것이야말로 파울즈가 이 작품에서 금지하고 있는 게 아닐까.

파울즈는 〈반지성〉을 표방하고, 누보로망을 싫어하며, 당시 〈포스트모던 소설〉의 흐름도 별로 좋아하지 않은 듯하다. 하지만 『프랑스 중위의 여자』에서 그는 〈쓴다〉는 행위에 대해 지극히 자의식적이다. 예를 들면 화자는 다음과 같은 논평을 하고 있다.

> 등장인물은 〈사실적〉인가, 〈상상적〉인가? 여러분이 나의 이런 견해를 〈위선자의 강연〉쯤으로 생각한다면, 나는 웃을 수밖에 없다. 여러분은 여러분 자신의 과거에 대해서조차 그것을 실재했던 현실로 생각하지 않는다. 여러분은 그것을 치장하고, 금박이나 옻칠을 바르고, 검열하고, 땜질하고…… 한마디로 말해서 소설화하고, 선반 위에 — 여러분의 책, 여러분이 지어낸 자서전 속에 — 집어넣는다. 우리는 모두 실제 현실에서 도망치고 있다. 이것이 바로 〈호모 사피엔스〉의 기본 정의다.(p. 115)

기억은 상상과 마찬가지로 창조적인 행위다. 화자가 우리를 모두 자서전의 저자나 〈시인〉이라고 부르는 것은 바로 이 창조적 행위 때문이다. 화자는 현실과 비슷한 사이비 현실을 상상하여 실제 현실을 초월하는 것이 소설가의 역할이라고 말한다.

이 역설을 해소하려면 내러티브를 두 종류로 나누어 버릴 수밖에 없다.

첫 번째 범주에 속하는 것은 찰스를 현혹시킨 〈기사도 정신〉이나 〈타락한 여자〉 같은 내러티브, 개인의 고유성 · 타자성(他者性)을 없애는 내러티브다. 이로써 찰스는 사라가 없어도 사회적으로 인정받고 좀 더 평범해진 사라를 기억 속에서 창조할 수 있고, 그렇게 만들어낸 사라와 현실의 사라를 구별할 수도 없다.

또 다른 범주에 속하는 것은 독자의 인식을 높은 차원으로 향상시키는 내러티브다. 파울즈가 묘사하는 사라는 적어도 찰스가 체험하고 있는 사라와는 다르다. 파울즈는 분명 그가 〈수수께끼〉라고 부르는 것을 많이 남겼고, 그녀를 특정 사상이나 이미지 — 화자가 작품 말미에 쓴 표현을 빌리면 〈두 얼굴〉 — 로 환원할 수 없게 한다. 첫머리와 결말에서 그녀가 원경(遠景)의 어렴풋한 인물, 배경에 녹아든 영상으로 나타나 있는 것은 흥미롭다. 결국 그녀는 특별한 하나의 역할로 환원할 수 있는 인물이 아니고, 단순한 도식화나 이해를 방해하는 인물, 모순을 갖고 변화하는 개인인 것이다.

파울즈는 독자들을 일상적인 세계에서 좀 더 차원 높은 세계로, 특정 이데올로기에 중독된 편협한 인식에서 타자성을 인정하는 열린 지각으로 향상시킨다. 마치 사라가 찰스를 이끌었던 것처럼. 마지막 장면이 슬픈 결말과 함께 황량한 강둑 묘사로 끝나는데도 이 소설에서 희망이나 낙관적인 시점을 볼 수 있다면, 그것은 주인공이 우리와 마찬가지로 높은 차원으로 비상하기 시작했기 때문일 것이다.

작품 말미에 와서 강조되고 있듯이, 소설 첫머리의 제사(題詞)는 카를 마르크스의 「유대인 문제」에서 인용한 문장이다. 〈모든 해방은 인간 세계의 회복이며, 인간 자신에 대한 인간관계의 회복이다.〉 사실 〈인간 세계의 회복〉과 〈인간관계의 회복〉은 주인공 찰스에게도 중요하고, 이 작품 자체에도 매우 중요한 과제일 것이다. 그리고 파울즈는 찰스한테서 이 〈회복〉을 방해하는 것들을 모조리 제거했다. 그래서 그는

〈성인의 능력과 기억〉과 〈갓난아기처럼 무력함〉을 모두 지닌 채 이 세상에 다시 태어난 듯한 느낌까지 받는다. 이 무력감은 그가 많은 내러티브에서 해방되어 마침내 자기 자신으로 살게 된 것을 의미한다. 화자는 강둑을 따라서 쓸쓸히 걸어가는 찰스가 〈스스로 선택한 죽음을 향해 걸어가고 있는 것일까?〉 하고 물은 다음, 〈나는 그렇게 생각하지 않는다. 왜냐하면 그는 드디어 자신에 대한 믿음 한 조각, 그 위에 자기 존재를 세울 수 있는 진정한 고유성을 찾아냈기 때문〉이라고 말한다.

그러나 그것이 해답일 수 있을까? 작가는 화자의 입을 빌려 독자들에게 질문을 던졌기 때문이다. 그렇다면 이제는 독자인 당신의 선택이 남아 있는 셈이다.

그 열려 있는 지평에 이 소설의 자리가 놓여 있다.

김석희

존 파울즈 연보

1926년 출생 3월 31일 영국 에식스 주의 해안 도시 리언지에서 태어남.

1939년 13세 4년간 기숙학교 베드퍼드 스쿨을 다님.

1944년 18세 에든버러 대학에서 단기간 수학.

1945년 19세 데번 주 다트무어에서 영국 해병대 소속으로 2년간 훈련받음(1946년까지). 하지만 곧 제2차 세계 대전의 종결로 전투에는 참가하지 않음.

1947년 21세 옥스퍼드 대학에서 4년간 프랑스 문학을 전공함. 프랑스 실존주의에 크게 영향을 받고 카뮈와 사르트르를 탐독함. 프랑스어로 학위를 받음.

1950년 24세 프랑스 푸아티에 대학에서 1년간, 그리스 스페차이 섬의 아나르기리오스 대학에서 2년간 교편을 잡음. 이때 그리스의 아름다운 자연 풍광에 감흥을 받았고 글쓰기의 중압감에서도 벗어남. 또한 미래의 아내 엘리자베스 휘턴을 이곳에서 만남(1956년 결혼).

1952년 26세 영국으로 귀국.

1954년 28세   런던의 세인트고드릭 대학에서 영어를 가르침(1963년까지). 이후 학부장까지 지냄.

1963년 37세   첫 번째 소설 『컬렉터*The Collector*』 발표. 평단의 찬사와 상업적 성공을 이끌어 냄. 이후(1965년) 윌리엄 와일러 감독에 의해 영화화됨.

1965년 39세   자신의 작품에 철학적 근간이 된 초기의 메모들과 아포리즘을 모은 에세이 『아리스토스*Aristos*』 발표.

1966년 40세   『마법사*The Magus*』 출간. 비범한 상상력과 혁신적 기법으로 역시 큰 성공을 거두며 히피 세대들의 필독서가 됨. 이후 12년간 수정 작업을 거쳐 1977년에 개정판 출간.

1969년 43세   『프랑스 중위의 여자*The French Lieutenant's Woman*』 발표. 전후 대표적인 포스트모더니즘 소설로서 존 파울즈의 대표작. 1981년에는 카렐 라이즈가 연출하고 극작가 해럴드 핀터가 각색을 맡아 영화화됨.

1973년 47세   시집 『시집*Poems*』 출간.

1974년 48세   중단편 소설집 『에보니 타워*The Ebony Tower*』 출간.

1975년 49세   자연에 대한 애정을 담은 사진 연작 에세이집 『난파선*Shipwreck*』 출간(이후 발표되는 『섬*Islands*』, 『나무*The Trees*』, 『스톤헨지의 수수께끼*The Enigma of Stonehenge*』가 이에 포함됨).

1977년 51세   자전적 소설 『다니엘 마틴*Daniel Martin*』 출간. 영국 항구 도시 라임 레지스(『프랑스 중위의 여자』의 무대)의 박물관장으로 임명되어 그 후 10년간 재직.

1982년 56세   『만티사*Mantissa*』 출간.

1985년 59세   『구더기*A Maggot*』 출간.

1998년 72세   에세이집 『벌레 구멍*Wormholes*』 출간.

2003년 ^{77세}   회고록 『일기 *The Journals*(1949~1965)』 1권 출간.

2005년 ^{79세}   11월 5일. 79세로 타계. 『프랑스 중위의 여자』가 「타임」지 선정 〈20세기 100대 영문 소설〉로 선정.

2006년 『일기(1965~1990)』 2권 출간.

열린책들 세계문학 033 프랑스 중위의 여자 하

옮긴이 김석희 서울대학교 인문대 불어불문학과를 졸업하고 대학원 국문학과를 중퇴했으며, 1988년 한국일보 신춘문예에 소설이 당선되어 작가로 데뷔했다. 영어·프랑스어·일본어를 넘나들면서 데스먼드 모리스의 『털 없는 원숭이』, 존 러스킨의 『나중에 온 이 사람에게도』, 폴 오스터의 『빵 굽는 타자기』, 짐 크레이스의 『그리고 죽음』, 로라 잉걸스 와일더의 『초원의 집』 시리즈, 쥘 베른 걸작 선집, 시오노 나나미의 『로마인 이야기』 시리즈, 홋타 요시에의 『고야』 등 200여 권을 번역했고, 역자 후기 모음집 『번역가의 서재』 등을 펴냈으며, 제1회 한국 번역상 대상을 수상했다.

지은이 존 파울즈 **옮긴이** 김석희 **발행인** 홍지웅·홍예빈
발행처 주식회사 열린책들 **주소** 경기도 파주시 문발로 253 파주출판도시
전화 031-955-4000 **팩스** 031-955-4004 **홈페이지** www.openbooks.co.kr
Copyright (C) 주식회사 열린책들, 2004, *Printed in Korea.*
ISBN 978-89-329-0946-2 04840 **ISBN** 978-89-329-1499-2 (세트)
발행일 2004년 5월 30일 초판 1쇄 2008년 8월 20일 초판 6쇄 2006년 2월 25일 보급판 1쇄 2008년 7월 30일 보급판 6쇄 2009년 12월 20일 세계문학판 1쇄 2018년 1월 30일 세계문학판 8쇄

이 도서의 국립중앙도서관 출판예정도서목록(CIP)은 서지정보유통지원시스템 홈페이지(http://seoji.nl.go.kr)와 국가자료공동목록시스템(http://www.nl.go.kr/kolisnet)에서 이용하실 수 있습니다.(CIP제어번호 : CIP2009003485)

열린책들 세계문학
Open Books World Literature

각 권 8,800~13,800원